U0108751

粵語詞匯溯源

◎陳雄根　張錦少 編著

商務印書館

粵語詞彙溯源

編　　著：陳雄根　張錦少

責任編輯：鄒淑樺

封面設計：張　毅

出　　版：商務印書館 (香港) 有限公司

　　　　　香港筲箕灣耀興道 3 號東滙廣場 8 樓

　　　　　http://www.commercialpress.com.hk

發　　行：香港聯合書刊物流有限公司

　　　　　香港新界荃灣德士古道 220—248 號荃灣工業中心 16 樓

印　　刷：盈豐國際印刷有限公司

　　　　　香港柴灣康民街 2 號康民工業中心 14 樓

版　　次：2023 年 6 月第 1 版第 2 次印刷

　　　　　© 2019 商務印書館 (香港) 有限公司

　　　　　ISBN 978 962 07 0531 1

　　　　　Printed in Hong Kong

目　錄

序 一

粵語是漢語一支重要的、歷史悠遠的方言，它的歷史可以追溯至先秦。在粵語的詞彙中，有不少來自古漢語，如「睇」、「睩」、「搴」，都出於古代楚方言。有些現在所見的粵語詞彙，是由古代的單音節詞與其他詞語構成，如「脢肉」的「脢」，是指背肉，出《周易》。又如「沒水」(即潛水)的「沒」(「沒」音「未」)，見《莊子》一書。為粵語詞彙探求本字，有助鈎尋粵語的歷史。

粵語本字的探求，過去學者做了不少研究，然而，他們的著述，一般不重視語音的論證，縱或有所引述，卻沒有合理的解釋，以致所考本字欠缺說服力。另外，也有學者從古書中尋找保留在今天粵語的詞彙，然而這類研究，資料比較零碎，未為全面。本書在前人研究的基礎上，嘗試考求粵語本字，並從古書中搜羅今天所見的粵語詞彙。本書以《粵語詞彙溯源》命名，「溯源」有兩重意義，一是指有本字可考的詞彙，則探求它們本字的寫法；二是指無本字可考的詞彙，則搜尋它們在古書中的用例，證明它們是古已有之。至於既無本字可考，又不見於古籍的粵語詞彙，則不在本書的研究範圍之內。

本書考釋粵語本字，務求在音義方面求得穩妥的論證。字音方面，先從一字的《廣韻》或《集韻》切語入手，探究其讀音由中古至今的演變的規律。字義方面，則從《說文》、《玉篇》等字書，說解該字之義，並求該字在古書中的用例，羅列其義項，俾讀者從中了解字義的變化。如音義證據不足，則寧棄不錄。至於無本字可考的粵語詞彙，則探其在古書中的用例，這些古書，

包括了古典文學、古代文獻等典籍。今粵語詞匯，見於古典文學作品的，如「晏」(遲、晚)、「搴」(掀，揭)見《楚辭》，「舊時」(從前)、「幾多」(多少)、「幾時」(何時)、「行路」(走路)、「好彩」(幸運)、日日(每天)、「花樽」(花瓶)、「金叵羅」(本指酒杯，今指極受寵愛的孩子)等，見於古詩或詞；「孤寒」(吝嗇)、「帶挈」(提携，關照)、「腳板」(腳掌)、「係」(是)見元雜劇；「補數」(彌補)、「七零八落」(零亂不整)、「搶眼」(耀眼，惹人注目)、「擔帶」(承擔)、「鬥氣」(賭氣)、「攢盒」(捧盒)，見古典小說。至於在古代文獻見到的粵語詞匯，如「髦」(髮垂貌)見《詩經》、「後生」(年青人)見《論語》、「滗」(控去水份)見《孟子》、「狼戾」(野蠻殘暴)見《戰國策》、「起屋」(建造房子)見《漢書》。由此可見，粵語保留古語詞的數量是相當可觀的。

粵語本字難考，原因之一是粵語是一支方言，而非共同語，故它多在口頭流傳，很少用作書面語記錄下來，久而久之，不少本字便告湮沒，到後來要把原字寫出，便往往茫無頭緒，而改用同音字代替，或另造一字以記。如：「脉」是動物的臀部，引申有盡頭之意，今人多知粵語 duk^1 音有盡頭之義，不知其字寫法，故以同音字「篤」記之。又如「噍」是咀嚼之意，今人不知，另造「嚼」字以代。又如「香笄」是燒香後剩下幼長的竹籤，「笄」本義是髮簪，引申為竹籤，今人不知其正確寫法，以「香雞」代之。認識本字，有助準確理解詞匯的意義，不致因借字而望文生訓。本書所考本字，附以今粵語的寫法，以資比較。考求本字，目的在追本溯源，從古代漢語考證粵語的詞源。通過考求本字，可知何者為正字、何者為俗字、何者為粵語自創字、何者為同音借字等。認識本字，並不表示今後必須要寫本字，但它有助認識粵語的歷史和古籍的研究，卻是毋庸置疑的。

無本字可考，而在古書見到今天所見的粵語詞匯，在字形

上大多保留原貌。像「挨晚」(傍晚)、「當堂」(當場)、「隔籬」(鄰舍)、「冷巷」(僻靜的小巷)、「收科」(打圓場),古今寫法相同。這些詞匯的意義,也大致保持不變。虛詞的運用,粵語也有承襲古書的用法。如唐‧杜甫〈第五弟豐獨在江左近三四載寂無消息覓使寄此二首〉其二:「聞汝依山寺,杭州定越州?」詩中「定」解作「還是」,表選擇性連詞,今粵語「定」還保留這個意思,如:「你去定我去?」意思是「你去還是我去?」又如宋‧歐陽修〈畫眉鳥〉:「始知鎖向金籠聽,不及人間自在啼。」詩中「向」用作介詞,表動作的地點。今粵語「向」(讀如「響」)也保留這個意義,如:「我向辦公室等咗你好耐。」(「我在辦公室等了你很久。」)像「當堂」、「隔籬」、「定」、「向」等詞匯,察其在古書上的用法,可以推斷它們的寫法,就是最早的寫法,其本字如此,也不必再考本字了。另外,掌握這些粵語詞匯的意義,也有助理解文學作品的內涵。

本書蒐羅的粵語詞匯,部分也同時是現代漢語詞匯,如「七老八十」(年紀很大)、「打擾」(打擾)、「鬥氣」(賭氣)、「緊要」(要緊)、「古板」(性格板滯、執拗)、「荷包」(錢包)、「些少」(少許)、「烏鴉嘴」(喻話多使人討厭的人),並見古典小說,這些語料後來分別為粵語和現代漢語吸納,成為它們的詞匯,從粵語和現代漢語共用的古漢語詞匯,可以考察粵語與共同語的關係,對漢語史的研究,意義重大。

粵語詞匯的意義和結構是不斷發展的。本書為粵語詞匯溯源的同時,也兼釋其今義。如某詞在今口語中常與別的詞語連用,形成詞組、成語、俗語、歇後語等,也會連帶論及,俾讀者了解詞義的演變、詞語孳乳的現象。如「屈」音 gwat[6],本義是無尾,引申作短,古典詩歌有「掘頭船」一詞組,以假借字「掘」代「屈」,「掘頭船」即短頭船。「屈」義又引申為鈍,《南齊

書·王僧虔列傳》有「掘筆書」一語,「掘筆」即鈍筆。今天粵語「屈」字仍保留「短」和「鈍」義,如「屈尾雞」即短尾雞,今粵語「枝鉛筆屈晒啦」一句,指鉛筆芯鈍了。除此之外,「屈」進一步引申有不通義,如「屈頭路」,即死胡同。又引申為説話語氣硬撅撅的,如「講嘢屈擂槌」,指説話硬邦邦的。又引申為決絕,如「屈情」,即絕情。

本書由本人與張錦少教授合作寫成。本人與張教授在粵語研究方面合作多年,過去曾參加國際粵方言研討會,共同發表考釋粵語本字的文章,又合著粵語本字溯源的專書。今次再度合作,撰寫《粵語詞匯溯源》,是總結過去共同研究所得,參考前人的粵語研究成果,並搜羅古書所見的的粵語材料,反覆求證寫成。所考詞匯,共 639 個。當然,見於古籍的粵語詞匯,遠不只此數,這裏限於篇幅,先成一冊,容日後有機會再作補充了。本書的出版,希望惠及普羅大眾,故音義的考證,力求扼要,點到即止。古義部分,列舉詞的義項,並多舉書證,俾讀者明白。今義部分,亦列舉義項,並設句例以申明其義。讀者比較粵語詞匯古今義項,對詞義的演變,亦可思過半矣。

《粵語詞匯溯源》能夠成書,得向幾位學者表示謝意。首先要向何文匯教授致謝,他推薦本人與商務印書館合作,並鼓勵本人把書完成。其次要感謝的是商務印書館毛永波先生,在本書的撰寫過程中,毛先生就本書寫作的方式、篇幅的安排、全書的體例,給予很多寶貴的意見。本書荷蒙張雙慶教授慨允寫序,謹致謝忱!鄧思穎教授、范國先生對本書採用香港語言學學會的粵語拼音方案的音標,提出了有用的指引和説明。又周慧儀女士協助本書校對工作,謹此一併致謝。

探求本字,是吃力不討好的工作,因為本字的探源,有時

很難有確定的答案，同一個詞語，不同學者所考本字，可能會有不同的結果。另外，在搜求粵語吸納古書的詞匯，不免有所遺漏。本書探求粵語本字及古書所見粵語詞匯，雖力求避免失誤，然限於識見，錯漏自恐難免，祈望大雅君子，不吝指正。

陳雄根

2018 年 6 月

序 二

舊同事陳雄根教授和張錦少教授新著《粵語詞彙溯源》即將出版，要我寫序。我們三人有多重關係，我和陳兄是中文系相差三年的同學，入學時我做學生會幹事，和他在迎新時的小組討論的情景尚歷歷在目；他任系座時，又是老上司。張兄既是我的學生，又是同鄉。他們之前的同類著作《追本窮源：粵語詞彙趣談》也是我寫的序，所以再作馮婦，也就是應有之義了。

近年來，粵語研究的熱潮不斷。幾大漢語方言組織的系列研討會，基本上兩年一屆，只有粵語最正常，從無間斷。只有粵語有自己的學術期刊《粵語研究》。而方言詞的研究，這幾年正是方興未艾，令人矚目。最新的這本書，以我看來，有幾個亮點。

第一，如上所說，它顯示了方言研究的最新動向和成果。粵語是漢語方言中最強勢的方言，所以它在研究上的很多表現，都位居漢語其他方言的前列。最早的方言語法專著，就是寫於上世紀六十年代末、出版於七十年代初由張洪年教授所寫的《香港粵語語法的研究》，這是一本極具時代意義，又極具學術價值的著作。和之前一些為推廣普通話而編寫的學話小冊子，不可同日而語。文革結束不久，又看到高華年的《廣州方言研究》，也是以語法為主，在內地屬單一方言區較早的一種。至於詞彙，香港商務印書館早在八十年代初就出版了饒秉才、歐陽覺亞、周無忌合作的《廣州話方言詞典》，屬於方言研究中最早的。粵語書面語方面，近年香港有黃仲鳴《香港三及第文字研究》和李

婉薇的《粵語書寫》二種專著，都是開風氣之先。總之，粵語能有這種特殊的表現，原因與它是香港這個「特區」的主要用語有關，「特區」的香港因為少了一些束縛，研究的發展就會快一點。這幾年香港的學界出版界，對詞匯，尤其是本字的考證的興趣最濃，早期有吳昊的一些著作，近期有彭志銘、彭家發的專著，還有一些粵方言聯綿詞本字的考證，在網上廣為流傳，有一些被報紙採納，版面上常有怪字出現，是香港書面語的一景。陳、張二位的新著，是這方面最新的成果。與其他人不同的是，雄根兄的專業是文字訓詁學，錦少兄的專業是文獻學，二人皆長於做考證，這部書，反映了方言詞匯研究的最新動向，比之前他們以普及為目的「趣談」，是為了在電視媒介上向市民介紹語文知識，其深度和廣度當然大有不同。

第二，方言詞匯研究，一向落後於語音、語法兩方面。原因之一是它必須在語音描寫的幫助下進行，其二是詞義不好把握，不是母語的人來做，常常會出錯，或者問不出真正的「本義」來，即問不出該詞的土味來。第三，是如何把握收詞的數量，陳、張二位的第一本同類著作收詞 100 個，自然是嘗試的結果，這一次全書收 639 個，就大有可觀了。記得周法高教授和我們談起一個語言的詞匯量問題，他說要能較全面反映這個語言的面貌，五、六萬個詞是少不了的。而上述饒秉才等的詞典，連同諺語、短語收了近五千個，數量已經不少，因為方言中的不少詞，和共同語是相同的。我們關注的是方言特殊的詞語，是能找到源頭的存古詞語，目前這個成績已然不錯，更何況書中雄根兄說「見於古籍的粵語詞匯，遠不止此數」，「前言」中又表示「粵語詞匯有源可溯的，數量當遠超本書所載」，本書的撰作目的，是「拋磚引玉」，「引起學者的注意」，為粵語詞匯的研究闖出一片新天地來，我們期待更豐碩成果的出現。

第四，是詞匯的時代問題。當我們對一個方言的語音、詞匯、語法有了全面的了解後，通過比較和其他手段，就有可能為這個方言的歷史勾勒出一個輪廓。目前所有方言學者各自做的工作，正是為了這個目標努力。本書「前言」説「粵語在形成過程中，在不同的時代吸納大量的古語詞，……可知粵語是一個源遠流長的方言」，還原它的部份面貌，是很有價值的研究。本書引用的文獻資料宏富，由最早的《易經》、《詩經》的先秦時代，到《二十年目睹之怪現狀》之近現代作品，時代跨度大，能搜集到這麼多珍貴的資料，十分難得。如何加以利用，要細加考量。本書把 639 條詞語分為兩大類，一是有本字可考的詞匯，即書中詞頭加上「※」號的詞，二是無本字可考的詞匯。後者的提法可斟酌。因為所有書面的詞語，只要是第一次出現的，都可以假設是它的本字，無必要在字書中再找一個和它意義相近的字，作為它的本字。《漢語大詞典》標榜它的書證採用的是該詞第一次出現的那一條，之前既無此詞，也就無所謂本字了。而且無本字的詞，較多的是較後起的雙音詞，而傳統的字書，收的是單字，中國語文的字和詞往往是矛盾的，一個字有時是一個詞，有時又僅是其中一個語素，「字」是漢語很有特色的單位，此所以徐通鏘等教授主張「字本位」理論是有相當道理的。例如，書中收的「大班」，是洋人來華開公司出現的詞，這樣的新詞當然不必考本字。此外，因應本書豐富的材料，可以作下一步分析的，是如何細化這些材料的問題。如上面説的「古」的時間拖得長，可以分得更細一點。「今」只指今日粵語，可以逕用「粵」字，更為準確。同時，在分析時，可以注意書面語和口語的不同。總之，細讀本書的《前言》部份，對了解粵語詞匯是很有幫助。

　　看了本書的若干詞條，的確是饒有趣味，一時技癢，也舉一個例子來談談，以增加讀者研習粵語的興趣。「熨斗」一詞來

源甚早，書證出自《世説新語》。但「熨」字後起，本字是「尉」，《説文解字》十篇上火部收「尉」字，這個字的左下方的「小」，其實是「火」字，所以收入火部，這是字形譌變的結果。《説文》的解釋是：「從上按下也。从尸（古文「仁」），又（即「手」，今譌作「寸」）持火，所以申繒也。」段注：「字之本義如此，引申之為凡自上按下之稱。」又引用《通俗文》的説法「火斗曰尉」。從上面的資料可知，「尉」的偏旁構成顯示它的本義是手持火，從上而下，壓平布帛（即「所以申繒也」），它的本義是壓平布帛的工具，叫「火斗」。因為有以上按下、自上平下之意，故秦漢間多用作官名。應劭曰：「自上安下曰尉，武官悉以為稱。」（《漢書·百官公卿表》）後來「尉」的引申義流行，表「申繒」的義項又因為文字的譌變看不到從「火」的特點，於是用字人又造了從「尉」、從「火」的「熨」字，用來表示壓平衣物的意思。作為動詞，現代漢語有「熨平、熨衣服」等詞語，作為名詞，則構成如「火斗」一般的「熨斗」。奇怪的是，「熨」在近現代有了一個 yùn 的音，現在的共同語字書，如《新華字典》、《現代漢語詞典》都以這個音為主，但在一些大型、古代字典，如《辭源》則無此音。閩南方言此字音 wut⁵，仍能讀出這個字的入聲，和 yùn 音正好是陽入對轉。

《漢語大字典》收這個字的古音，但在定現代音時逕注上 yùn 音，無任何解釋。在粵語區，熨斗叫「燙斗」，「熨衣服」叫「燙衫」。有一個可能是這兩個字形近，你把「熨」字看成「燙」字了。有趣的是，如果這個詞的書面寫作「燙斗」，而你讀作〔tʰɔŋ³³ tɐu³⁵〕，那你是在讀粵方言詞；但如果你看到的是「熨斗」，而仍然讀作〔tʰɔŋ³³ tɐu³⁵〕，那你就是用「訓讀」的方法讀這個詞了。

總之，「燙斗」是粵方言詞，「熨斗」是古語詞和共同語詞，

要考證「熨」字的本字，當作「尉」。現代漢語今讀 yùn，是陽入對轉的派生詞。粵語「尉」作為姓氏，還當讀入聲的 wɐ t[55]。

　　是為序。

張雙慶

2019 年 6 月於美國加州

前　言

一

　　粵語是我國的一支重要方言，它在先秦時期已經形成。在古代的文獻中，保存了不少為粵語吸收的詞匯。若把這些詞匯鈎尋出來，對粵語的歷史、詞匯形音義的結構、詞匯的發展等方面的研究，都饒有意義。以下先從本書蒐集所得粵語詞匯，以察粵語的歷史。

　　在先秦文獻中，已有不少詞匯為今粵語所沿用，就本書所載，約有 60 個。見於《周易》的如：「翼」(翅膀) 和「脢」(背肉)。見於《尚書》的如：「畀」(給予)、「貔」(猛獸，今粵語作「貔貅」，解調皮，搗蛋)。見於《詩經》的如：「曀」(天陰有風，今粵語表密雲欲雨或悶熱)、「髟」(髮垂貌)。見於《論語》的如「晏」(晚，遲)、「餲」(食物壞臭，今粵語解屎臭)。見於《周禮》的如：「噌」(細聲)、「搦」(按壓，後引申作握持，今粵語解作提起)。其他古籍，經書如《禮記》、《孟子》、《爾雅》、《左傳》，史書如《國語》、《戰國策》，子書如《老子》、《墨子》、《莊子》、《列子》、《荀子》、《韓非子》，都有詞匯為粵語吸納，如「澄」(控去水分) 見《孟子》，「於是乎」(於是) 見《國語》、《莊子》，「狼戾」(野蠻) 見《戰國策》，「卒之」(終於) 見《莊子》等。又《楚辭》中有不少詞語現在也是粵語詞匯，如「姣」(好，今粵語解妖媚)、「搴」(拔取，今粵語解掀)、「睩」(注視)、「扮」(擦拭)、「重」(仍，還) 等，其中「搴」和「睩」更是楚地獨有的方言，可見楚語對粵方言的影響。

　　兩漢典籍的詞匯，為今粵語吸納的更多，就以《說文解字》

一書來說，便有大量詞匯為粵語沿用。這些詞匯，以名詞和動詞佔數最多，形容詞次之，多以單音節詞為主。名詞如：「罌」（缶）、「髆」（肩）、「潵」（小雨）、「臬」（乾飯屑，今粵語轉作量詞，如「一臬飯」）；動詞如：「覷」（用眼角盯人）、「湒」（小口地飲）、「佗」（負荷）、「嚼」（咀嚼）；形容詞如：「屈」（短尾，後引申為短）、「痟」（疲倦）、「熇」（火熱）、「嬐」（白皙而美好，後引申為美好）。也有多音節詞的，如「牛百葉」（牛胃）、「淫納納」（本指絲的濡濕，後引申為衣服濕漉漉，字又作「淫泅泅」）等。

在古典文學作品中，詩、詞、曲、雜劇、小說等保留今所見的粵語詞匯甚豐，除了單音節詞外，更多的是複音詞或詞組，而以小說保留的數量最多。這裏試從唐至清，各選一種文學體裁為例說明。

唐詩如：

揞 動詞。用手掩蓋。
盧仝〈月蝕〉：「恐是睚睫間，揞塞所化成。」

間 量詞。用於房屋。
杜甫〈茅屋為秋風所破歌〉：「安得廣廈千萬間，大庇天下寒士俱歡顏，風雨不動安如山。」

擘 動詞。分開，剖裂。
李白〈西嶽雲臺歌送丹丘子〉：「巨靈咆哮擘兩山，洪波噴流射東海。」

向 介詞，表動作地點。在。
韓愈〈贈賈島〉：「天恐文章聲斷絕，再生賈島向人間。」

花樽 名詞。花瓶。
白居易〈寄皇甫七〉：「花樽飄落酒，風案展開書。」

金叵羅 名詞。酒杯。
岑參〈酒泉太守席上醉後作〉：「渾炙犂牛烹野駝，交河美酒金叵羅。」

志在 主謂詞組。志向所在。
李白〈古風〉其一:「我志在刪述,垂輝映千春。」

舊年 偏正詞組。舊的一年,今粵語解去年。
王灣〈次北固山下〉:「海日生殘夜,江春入舊年。」

趁虛 動賓詞組。趕集。
柳宗元〈柳州峒氓〉:「青箬裹鹽歸峒客,綠荷包飯趁虛人。」

齊戢戢 形容詞。整齊。唐詩作「齊戢戢」。
張籍〈採蓮曲〉:「青房圓實齊戢戢,爭前競折漾微波。」

宋詞如:

禁 動詞。禁受,受得住。
晁補之〈一叢花〉(東君密意在花心):「西城未有花堪採,醉狂興,冷落難禁。」

爭 動詞。差,欠。
辛棄疾〈江城子〉(一川松竹任橫斜):「比着桃源溪上路,風景好,不爭多。」

尋日 時間詞。昨日。
程垓〈蝶戀花〉(晴日溪山春可數):「尋日尋花花不語,舊時春恨還如許。」

隔籬 動賓詞組。鄰舍。
蘇軾〈浣溪沙〉(麻葉層層檾葉光):「麻葉層層檾葉光,誰家煮繭一村香。隔籬嬌語絡絲娘。」

舊時 時間詞。從前。
姜夔〈暗香〉:「舊時月色,算幾番照我。」

終須 副詞。終究。
嚴蕊〈卜算子〉(不是愛風塵):「去也終須去,住也如何住。」

元雜劇如:

係 動詞。是。

關漢卿《竇娥冤》第四折:「若係冤枉,刀過頭落,一腔熱血休滴在地下,都飛在白練上。」

裰 動詞。退。
楊顯之《臨江驛瀟湘秋夜雨》第一折:「待趨前,還裰後,我則索慌忙施禮半含羞。」

老公 名詞。丈夫。
無名氏《玉清菴錯送鴛鴦被》第二折:「我今日成就了你兩個,久後你也與我尋一個好老公。」

事幹 名詞。事情。
蕭德祥《楊氏女殺狗勸夫》第三折:「元來是孫大嫂。難得貴人踏賤地,到俺家裏有甚事幹?」

帶挈 動詞。提携。
楊顯之《臨江驛瀟湘秋夜雨》第一折:「侄兒,則願你早早成名,帶挈我翠鸞孩兒做個夫人縣君也。」

緊要 形容詞。重要。
關漢卿《竇娥冤》第四折:「怎麼賽盧醫是緊要人犯不到?」

薄設設 形容詞。單薄。
石君寶《李亞仙花酒曲江池》第一折:「我將這骨刺刺小車兒碾得蒼苔碎,薄設設汗衫兒惹得游絲細。」

黃黚黚 形容詞。黃中帶黑。元雜劇作「黃甘甘」。
吳昌齡《張天師斷風花雪月》楔子:「你沒病,我看着你這嘴臉,有些黃甘甘的。」

眮眼 動賓詞組。元雜劇作「瞵眼」。
關漢卿《望江亭》第二折:「我雖是個裙釵輩,見別人瞵眼抬頭,我早先知來意。」

露出馬腳 成語,動賓詞組。暴露了事實的真相。
無名氏《包待制陳州糶米》第三折:「兄弟,這老兒不好惹,動不動先斬後聞,這一來,則怕我們露出馬腳來了。」

明清小說如：

拎 動詞。拿。
《儒林外史》第四回：「渾家拎着酒，放在桌子上擺下。」

穿崩 動詞。暴露。
《文明小史》第二十五回：「他這一去，那活兒就穿崩了，如何使得。」

折墮 動詞。折磨。
《醒世姻緣傳》第七十九回：「姑娘，你年小不知好歹，這北京城裏無故的折墮殺了丫頭，是當頑的哩！」

日頭 名詞。太陽。
《水滸全傳》第十七回：「楊志戴了遮日頭涼笠兒。」

炮仗 名詞。爆竹。
《紅樓夢》第五十四回：「他提起炮仗來，咱們也把煙火放了，解解酒。」

甜頭 名詞。好處，利益。
《醒世恆言》卷三十六：「陳四哥今日得了甜頭，怎肯殺他？」

闊落 形容詞。寬廓。
《儒林外史》第十回：「依弟愚見，這廳事也太闊落，意欲借尊齋，只須一席酒，我四人促膝談心，方纔暢快。」

熱辣辣 形容詞。炎熱。小說作「熱剌剌」。
《金瓶梅》第五十一回：「進來見大姐正在燈下納鞋，說道：『這咱晚，熱剌剌的，還納鞋？』」

雜崩冷 形容詞。雜拌兒，喻學無專長。小說作「雜板令」。
《初刻拍案驚奇》卷一：「有憐他的，要薦他坐館教學，又有誠實人家嫌他是個雜板令，高不湊，低不就。」

好在 副詞。幸虧。
《官場現形記》第四十一回：「王柏臣無可說得，只好收拾收拾行李，預備交代起程。好在囊橐充盈，倒也無所顧戀。」

是必 副詞。務必。

《西遊記》第八十回：「悟空，我們才過了那崎嶇小路，怎麼又遇這個深黑松林？是必在意。」

流離浪蕩 動詞詞組。流浪。

《二十年目睹之怪現狀》第四十五回：「那些僧伴，一個個都和我不對。只得別了師傅，到別處去掛單，終日流離浪蕩，身邊的盤費，弄的一文也沒了，真是苦不勝言！」

擺酒 動賓詞組。設宴。

《金瓶梅》第三十四回：「明日與新平寨坐營須老爺送行，在永福寺擺酒。」

伸懶腰 動賓詞組。人疲倦時或睡醒起牀時，舉臂伸腰，舒展筋骨的動作。

《紅樓夢》第二十六回：「只見黛玉在牀上伸懶腰。」

烏鴉嘴 偏正詞組。喻話多使人討厭的人。

《石點頭》卷十三：「誰知是個烏鴉嘴，耐不住口，隨地去報新聞，頃刻就嚷遍了滿營。」

做硬 動補詞組。肯定做。

《金瓶梅》第七回：「薛嫂道：『姑奶奶聽見大官人説此樁事，好不喜歡！説道，不嫁這等人家，再嫁那樣人家！我就做硬主媒，保這門親事。』」

　　本書所蒐集的粵語詞彙，部分初見於宋代韻書《廣韻》和《集韻》，而不見於宋以前的典籍，這批詞彙估計是較後產生的，共 78 個，當中僅五個是雙音節詞，其餘的是單音節詞。這些詞彙主要是名詞、動詞和形容詞，而以動詞的數量最多，動詞多反映手部動作，如：「搓」（推擊）、「扰」（碰撞）、「擸」（遺棄）、「摱」（拉引）、「撠」（搖動）、「剒」（削）、「挺」（擊打）、「攰」（以手撞擊）、「㨴」（抽，拔）、「㨂」（以手擊頭）。其餘的有眼部、口部、足部和頭部動作。眼部動作如：「覻」（瞪視）、「瞓」（眨眼）、「睄」（略看一眼）。口部動作如：「欶」（咬）、「嗒」（舔，嚐）、「嚼」（咧

嘴而笑)、「齘」(上下牙咬合)。足部動作有「躝」(爬)。頭部動作有「覰」(抬頭)。

至於名詞的例子如:「煩」(後腦勺兒。今粵語稱「後尾煩」)、「厰」(痂)、「竉」(孔穴,洞)、「澪」(爛泥。今粵語稱「泥澪」)、「骹」(肋骨。今粵語稱「骹骨」)、「瘕」(喉病。今粵語稱「揸瘕」,即哮喘)、「潲」(泔水。今粵語稱「潲水」)、「楻」(楔子)、「胼」(足後跟)、「朘臕」(肉雜。今粵語稱「口朘臕」)。形容詞方面,例子如:「歡」(痛)、「畾」(大。今粵語有「大隻畾畾」詞組)、「熭」(本義為火乾出,引申為發熱、憤怒)、「饐」(本義是飯壞,今粵語引申為食物──尤其是油膩食品──因放置時間長而變質,因而產生的一種不好的味道)、「籸」(黏糊糊)、「盆」(器物不平整,走樣,變形)、「紕」(本義為繒欲壞,今粵語引申為毛衣類的邊緣鬆散)、「俺憸」(本義為多意氣貌,引申為愛挑剔)、「邋遢」(本義為行事不拘檢,引申有不重儀表、不潔等義)、「虥豔」(本義為色惡,引申為暴躁,煩躁) 等。

另外,還有兩個象聲詞:一個是「瀧」(物墮水聲),另一個是「靁靁」(雷聲。今作「隆隆」)。

由上可知,粵方言在形成的過程中,在不同的時代吸納大量的古語詞,採用其原有的意義,並發展出新的意義,另在原有的詞形上,衍生出新的詞語,形成其本身獨特的詞匯系統。又從粵語詞匯最早可溯源至《周易》、《尚書》等古籍,可知粵語是一個源遠流長的方言。

二

先秦漢語中,詞匯大多是單音節詞,複音詞相對較少。自

漢以後，複音詞數目漸多，但應用時仍以單音節詞為主。其後，複音詞滋生越多，唐宋古籍或詩詞作品，複音詞便用得相當普遍了。到了元明清，在曲、雜劇、小說等作品中，複音詞的運用更多。粵語詞匯的生成，與古漢詞匯的發展，基本上是一致的。本書蒐羅所得的粵語詞匯，有本字可考的多為單音節詞，無本字可考的多為複音詞。粵語單音節詞多有本字可考的原因，是因為本字產生之後，為粵語吸納成基本詞匯，很少有機會在書面語使用，只靠口耳相傳下來，久而久之，本字便告湮沒，到要把它寫出來時，便另造同音字以代。如「睩」字見《楚辭》，解注視。又如「溦」是小雨，見《說文》，今粵語「雨溦」，正是由「溦」衍生而來。由於「睩」、「溦」少見，今粵語分別借「碌」、「尾」以代。同理，一些初見於《廣韻》和《集韻》的單音節詞匯，由於書面語少用，只靠口頭流傳下來，慢慢地本字也不易為人所知。如廣東省傳統小吃「蛋散」的「散」，本作「饊」，見《廣韻》，但因「饊」字少用，故後來以「散」字代之。又如「敞氣」的「敞」，見《集韻》，敞氣即鬆口氣，由於「敞」字少用，今人不識，便另造一新字「唞」代之。具體而言，粵語詞匯本字與後起字的關係，有如下述：

(一) 不知本字，以同音字代替

這類的例子佔數最多。除上面所舉的睩—碌（前者為本字。下同）、溦—尾、饊—散等例子外，還有：

歓▶赤
「歓」是痛，如「肉歓」，今作「肉赤」。

打櫼▶打尖
「櫼」是楔子，「打櫼」是把楔子插在榫子縫中，使榫合位置固定。「打櫼」後引申為插隊，「櫼」為同音字「尖」所代。

覤▸擔

「覤」是抬頭之意。如「覤高頭」即抬高頭,今「覤」為「擔」所代。

讀▸單

「讀」有欺謾之意。粵語「讀打」一詞,解諷刺,指桑罵槐。今「讀」為「單」所代。

鱖魚▸桂魚

「鱖」是魚名,大口細鱗,有班文。今「鱖」為「桂」所代。

頧▸枕

「頧」是後腦勺兒。也叫「後頧」、「後尾頧」。今「頧」為「枕」所代。

筓▸雞

「筓」本指用竹造的幼長髮簪,燒香後剩下幼長的竹籤,因形狀似髮簪,故稱「香筓」。今「筓」為「雞」所代。

痯▸冤

「痯」指疲倦。如「痯痛」指骨節酸痛。今「痯」為「冤」所代。

緄▸滾

「緄」編織的帶子。「緄邊」是鑲邊,在衣服上包邊。今「緄」為「滾」所代。

覿▸麗、厲

「覿」是以目示意。如「眼覿覿」指用眼角盯着人。今「覿」為「麗」或「厲」所代。

涊▸辦

「涊」是是爛泥,今粵語稱「泥涊」。今「涊」為「辦」所代。

齺▸擦

「齺」是齒利。「牙齺」指牙尖嘴利,自誇不凡。今「齺」為「擦」所代。

睘▸擎

「睘」是驚訝地看。如「眼睘睘」是目瞪口呆之意。今「睘」為「擎」所代。

嗄▶沙

「嗄」是聲破。如「聲嗄」即聲音嘶啞。今「嗄」為「沙」所代。

欶▶索

「欶」是吸的意思。如「欶氣」即喘氣。今以「索」代「欶」。

舷板▶跳板

「舷」本解作船。「舷板」指搭在船邊，便於人上下的船板。今「舷」為「跳」所代。

漦▶潺

《集韻・山韻》：「漦，魚龍身濡滑者。」「滑漦漦」指黏滑之狀。今「漦」為「潺」所代。

眨眼▶斬眼

「眨眼」即眼睛快速地一閉一睜。今「眨」為「斬」所代。

剚▶制

「剚」解願意。如「剚唔剚」即願意不願意。今「剚」為「制」所代。

(二) 不知本字寫法，而另造本字

一般人不知道粵語本字的寫法，而刻意造一字來表示，如：

愮▶郁

「愮」本義為心動，後引申為活動義。今另造「郁」字以代。

擸捶▶垃圾

「擸捶」是破爛或沒用的東西，今另造「垃圾」以代。

寵▶窿

孔穴。《廣韻・董韻》：「寵，孔寵。」今另造「窿」字以代。

唧嘈▶嘈嘈

「唧嘈」原意是大聲說話，今另造「嘈嘈」以代。

搜▶擸

「搜」本義是拉引，如「搜返轉頭」即扳回來。今另造「擸」字以代。

艷艷▶忟憎、憫憎、瘟瘤、怓憎

「艷艷」解暴躁，煩躁。後人不知本字，另造「忟憎」、「憫憎」、「瘟瘤」、「怓憎」等詞以代。

嘿▶噷

「嘿」本義為眾聲，引申為胡謅。如「發嘿風」即胡説八道。今另造「噷」字以代。

搋▶唯

「搋」本義為散失，後引申為浪費。今另造「唯」字以代。

鐵雞▶剠雞

「鐵」本義是閹割雄雞的睪丸。今另造「剠」字以代。

噍▶嚼

「噍」是咀嚼之意，今另造「嚼」字以代。

(三) 以今字為本字

個別粵語詞彙現在的寫法，一般人以為本字如此，而不知另有本字。

揪▶抽

「揪」是用手提起。「抽」只有引出義。《廣韻‧尤韻》：「揪，手揪。」今「揪」作「抽」。

佮▶夾

「佮」是合起來的意思。如：「佮份做生意。」（合伙做生意）。「夾」沒有合起來的意思。

謑▶窒

「謑」是説話無條理之意，「窒」只有窒礙義。《集韻‧質韻》：「謑，諮謑，言無倫脊也。」「無倫脊」，即無條理。今粵語「口謑謑」是指説話結結巴巴，沒有條理之意。

籥▶陰

「籥」是聲音微小低沉，如「籥聲細氣」即細聲細氣，低聲細語。「籥聲細氣」今寫作「陰聲細氣」，然「陰」無聲音微小義。

勾▸溝

「勾」本義為聚集，引申有混和義，如「水勾油」（水與油混和在一起），今作「水溝油」，並以「溝」為本字。

擮▸瀨

「擮」有遺棄義，如「擮尿」（遺尿），今作「瀨尿」，然「瀨」解作急流，無遺棄義。

擂▸擂

「擂」與「擂」皆有研磨義，如「擂漿棍」指在沙盆中研碎豆類、花生、芝麻等用的木棍，今「擂」作「擂」。《正字通・手部》：「擂，擂本字。」

檮板▸壽板

「檮」是棺材板。「檮」今作「壽」。

（四）本字經誤讀後，另造一新字代之

多那那 / 多妠妠▸多籮籮

《爾雅・釋詁》：「那，多也。」《經典釋文》：「那，本或作妠。」《詩經・小雅・桑扈》：「不戢不難，受福不那。」毛傳：「那，多也。」由於一般人多將粵音 n- 聲母讀成 l- 聲母，故「那 / 妠」音由 no⁴ 變 lo⁴，而「多那那 / 妠妠」也誤寫作「多籮籮」了。

開襠褲▸開浪褲

「開襠褲」指小孩穿的開襠褲，「襠」讀 nong⁶，今俗作「浪」（long⁶）。粵人慣讀懶音，每將 n- 聲母字改讀為 l- 聲母，從「襠」由 nong⁶ 改讀為 long⁶，再改寫為「浪」，可知。

相對而言，複音詞匯較少本字可考，原因是複音詞多為常用詞，在古籍中也較常用，相沿下來，寫法沒有多大轉變，字形相對穩定，沒有本字可考了。見於詩詞的複音詞如「多謝」（謝謝）、「風爐」（炊事用的爐子）、「隔籬」（鄰舍）、「幾多」（多少）、「水浸」（水淹）；見於元劇的詞匯如「火滾」（氣憤）、「緊要」（要緊）、「油水」（喻利益，好處）、「老婆」（妻子）、「收科」（收場）；見於小說的如：「搭船」（乘船）、「火燭」（火災）、「今晚」（今夜）、

「局住」(被迫)、「限時限刻」(確定時間)。以上文學作品所見的複音詞,為粵語吸納,寫法和意義基本保持不變,故無所謂本字可考了。

粵語今所見的單音節詞匯,有直接沿用古漢語單音節詞匯的,如:「晏」(遲、晚)、訕(爭論)、「畀」(給予)、「搓」(推擊)、「怦」(心動)、「攝」(分理而握持)、「湶」(用唇及舌尖小口地飲)、「腠」(油膩)、「挼」(用手揉搓)、「煠」(把食物放在沸水久煮,不加調料)、「褪」(退後)、「揸」(拿,握)、「躓」(走路的姿勢向前栽)等。也有由古單音節詞演變為今複音詞的,如:蛇—白蛇(水母)、齙—齙牙(兩齒之間橫生的牙齒)、痕—揸痕(哮喘)、鉸—鉸剪(剪刀)、煩—後煩(後腦勺兒)、涊—泥涊(爛泥)、齜—牙齜(牙尖嘴利,自命不凡)、宄—內宄(指潛伏在己方內部,為敵對勢力提供情報、消息的人)、囟—腦囟(囟門)、髀—髀骨(肋骨)等。

至於粵語今所見的複音詞,有直接沿用古漢語複音詞的,如:「白淨」(皮膚白皙)、「鼻塞」(鼻子不暢通)、「補數」(彌補)、「前日」(前兩天)、「打地鋪」(在地下設鋪睡覺)、記認(識別的標記)、行路(走路)、「耳性」(記性)、「落雪」(下雪)、「狼戾」(脾氣暴躁,蠻橫無理)、「唧嘈」(說話急躁而無條理)、「毛手毛腳」(動手動腳,多指男女間輕佻,不莊重的行為)等。也有就古漢語複音詞增刪或轉換語素,而成今粵語複音詞,如:

出月▶出年
古典小説有「出月」一詞,即是下一個月。今粵語無「出月」一詞,卻類推出「出年」一詞,即下一年之意。

坐月子▶坐月
坐月子,婦女產後休息一個月。今粵語刪去詞尾「子」而成「坐月」。

大模廝樣兒▸大模斯樣

「大模廝樣兒」即大模大樣，今粵語刪去詞尾「兒」而成「大模斯樣」。

發渣▸發爛渣

「發渣」即發脾氣。今粵語轉成「發爛渣」，有發脾氣，耍無賴之意。

家生▸架生

「家生」是家中器物總稱。「架生」則是家具、器物的總稱。「家生」也許因「家」由陰平變調為陰去，而改寫為「架生」。

急急腳腳▸急急腳

古典小說有「急急腳腳」一詞，形容急忙奔走的樣子。今粵語刪去一「腳」字而成「急急腳」。

脧膧▸口脧膧

「脧膧」本義為肉雜，粵語加「口」字轉成「口脧膧」，解作零食。

不憤氣▸唔憤氣

「不憤氣」即不甘心，不願意。粵語把「不」改為「唔」，以切本身用語的特點。

沒搭煞▸冇搭煞

「沒搭煞」解糊塗。粵語把「沒」改為「冇」，以切本身用語的特點。

覻▸擔

「覻」是抬頭之意。如「覻高頭」即抬高頭，今「覻」為「擔」所代。

飛堷▸冇尾飛堷

「飛堷」即「飛塼」，粵語利用古漢語加以創新，在「飛堷」前加上「冇尾」，「冇尾飛堷」喻一去不回的人或物。

三

　　本書所考本字，每依《廣韻》或《集韻》反切定其讀音，審音方法，在「凡例」已有說明。至於本字字音由中古反切如何演

變成今天的粵音，則具見書中各字所隸屬的詞條「讀音」項下的分析，此不贅言。這裏要補充說明的，是粵語詞匯的變調和變音問題。

由於粵語詞匯多用於口語，故每有變調和變音的情況出現。首先說的是變調，這在口語中最為普遍。在發生變調的字中，由低調轉高調的字要比由高調轉低調的字為多。由低調轉高調的字，主要為高升變調（由本調變讀為陰上調），其次為高平變調（由本調轉讀為陰平調）。

高升變調字例如（變調字以下線示之）

出 年
ceot¹ nin⁴⁻²
下一年

打 雜
daa² zaap⁶⁻²
做雜事的人

當 舖
dong³ pou³⁻²
專門收取抵押品而借款給人的店鋪

風 爐
fung¹ lou⁴⁻²
炊事用的爐子

家 婆
gaa¹ po⁴⁻²
丈夫的母親，婆婆。

向
hoeng³⁻²
在。如：「我向屋企。」（我在家裏）

冷 巷
laang⁵ hong⁶⁻²
兩排屋之間的狹窄夾道

無 賴
mou⁴ laai⁶⁻²
遊手好閒，品行不端的人。

腦 囟
nou⁵ seon³⁻²
囟門

外 母
ngoi⁶ mou⁵⁻²
岳母

以上舉例，凡屬雙音節的，高升變調都出現在後一音節。

高平變調的字例如（變調字以下線示之）：

挨 晚
aai¹ maan⁵⁻¹
傍晚

跛 羅 蓋
bo²⁻¹ lo⁴ goi³
膝蓋骨

打 地 舖
daa² dei⁶ pou³⁻¹
在地下設鋪睡覺

黑魆魆	空寥寥	雨溦
hak¹mang⁶⁻¹mang⁶⁻¹	hung¹ liu⁴⁻¹ liu⁴⁻¹	jyu⁵ mei⁴⁻¹
黑漆漆	空落落的	小雨

狼戾	窿	溦	派頭
long⁴⁻¹ lai⁶⁻²	lung⁵⁻¹	mei⁵⁻¹	paai³⁻¹ tau⁴
脾氣暴躁，蠻橫無理。	孔穴，洞。	用唇及舌尖小口地飲	氣派，架子。

　　以上舉例，凡屬雙音節的，高平變調有出現在前一音節，也有出現在後面的音節。ABB 式形容詞如「黑魆魆」和「空寥寥」，變調都在疊音後綴 BB 出現。

　　就本書所載，也有入聲字變調的現象，它們都是由低調轉讀為高調，分別是下陰入轉讀上陰入或陽入轉讀上陰入，變調後的字，其調值相當於高平變調。

　　下陰入轉讀上陰入的字例如（變調字以下線示之）：

白雪雪	薄設設
baak⁶syut³⁻¹syut³⁻¹	bok⁶ cit³⁻¹ cit³⁻¹
白淨淨的，非常潔白。	形容單薄

殼
kok³⁻¹
擊頭。如：「殼頭殼。」

　　陽入轉讀上陰入的字例如（變調字以下線示之）：

睩	搣	搦
luk⁶⁻¹	mit⁶⁻¹	nik⁶⁻¹
瞪。如：「眼睩睩。」	揪，拔。	提，拿。

　　其他由低調轉讀高調的字例如（變調字以下線示之）：

㨆

lang⁴⁻³

相連。如:「㨆埋一堆。」(連在一起)。「㨆」由陽平聲
變調讀陰去聲。

流離浪蕩

lau⁴ lei⁴ long⁶⁻⁵ dong⁶

「浪」由陽去聲變調讀陽上聲。

肥㳩㳩／肥髶髶

fei⁴ dam⁶⁻³ dam⁶⁻³

肥胖而肉下垂貌。「㳩/髶」由陽去聲變調讀陰去聲。

㽪

naan⁶⁻³

皮膚上被叮咬或因病出現的紅腫包塊。「㽪」由陽去聲變
調讀陰去聲。

　　粵語詞匯變調的現象,也有由高調轉為低調的,但數量相
對少得多。例如(變調字以下線示之):

發爛渣　　　　　毛醫醫

faat³ laan⁶ zaa¹⁻²　　　mou⁴ sang¹⁻⁴ sang¹⁻⁴

「渣」由陰平聲變　　「醫」由陰平聲變
調讀陰上聲。　　　調讀陽平聲。

腄

deoi¹⁻³

腫。如:「眼腄」(眼皮浮腫)。「腄」由陰平聲變調讀陰去聲。

摓

fang¹⁻⁶

揮霍。如:「你唔好將啲錢亂咁摓。」(你不要隨便把錢揮霍。)
「摓」由陰平聲變調讀陽去聲。

口窒窒　　　　　鉸剪

hau² zat¹⁻⁶ zat¹⁻⁶　　　gaau²⁻³ zin²

「窒」由上陰入聲變調　　「鉸」由陰上聲變調讀
讀陽入聲。　　　　　陰去聲。

睄

saau³⁻⁴

略看一眼。如:「佢睄下間房,見冇人就走咗喇。」(他稍為看看房間,見沒有人,便離開了)。「睄」由陰去聲變調讀陽平聲。

至於音變,有文白異讀的現象。如「白淨」和「乾淨」的「淨」,文讀 zing⁶,白讀 zeng⁶;「韶聲細氣」和「聲氣」的「聲」,文讀 sing¹,白讀 seng¹;「糴米」的「糴」,文讀 dik⁶,白讀 dek⁶;「愛惜」的「惜」,文讀 sik¹,白讀 sek³;「坐月」的「坐」,文讀 zo⁶,白讀 co⁵ 等。

比較複雜的音變,如「金叵羅」的「叵」,本讀 po²,轉讀 bo²,再變調讀 bo¹。又如「澆」,本讀 ging⁶,口語讀 king⁴,聲母和聲調都轉了。又如「涸」,本讀 hok⁶,口語讀 kok³,也是聲母和聲調都轉了。

還有一種音變,與語音同化有關。如「一垯」(今粵語本讀 jat¹ daap³) 即一塊,「一垯地」即一塊地。「一垯」在古典小説分別寫作「一搭」及「一笪」,今則作「一笪」。「搭」讀與「垯」同,中古收 -p,「笪」中古收 -t。「一垯」的「垯」,其讀音的韻尾可能經歷由 -p 轉為 -t 的過程,這是由於「一」的韻尾影響使然。「一」中古收 -t。「一搭」二字韻尾,分別是 -t 和 -p,但「一笪」二字韻尾,則變成 -t 和 -t,這是因為前字「一」收 -t 尾,於是便產生順同化,影響後字也收 -t,而詞組也改寫為「一笪」(jat¹ daat³) 了。

四

至於粵語詞匯意義的演變,這從以下幾方面言之:

（一）詞義保持不變

例如：

花樽 花瓶

老公 丈夫

前日 前兩天。粵語的時間詞。又如「尋日」（昨日）、「今日」（今天）、「今晚」（今夜）、「今朝」（今天上午）等時間詞，古今詞義大多保持不變。

鼻塞 鼻子不暢通。

伸懶腰 人疲倦時或睡醒起牀時，舉臂伸腰，舒展筋骨的動作。

詏 古今都有爭論、不順口二義。

等等 等候片刻。

局住 被迫，沒有其他選擇。

醜樣 不好看，長得難看。

一五一十 比喻敘述從頭到尾，原原本本，沒有遺漏。

（二）詞義的擴大

例如：

阿婆 古稱老婦為「阿婆」，今除保留古義外，另可用作外祖母的稱謂。

爺 古稱父親為「爺」，今除保留古義外，另可用作祖父的稱謂。

蓮 古解作蓮花的果實，即蓮子。今除保留本義外，還擴大到物品上類似蓮子的東西，如「帽蓮」、「錶蓮」等。

補數 古解作彌補，今除解彌補外，還解作補上尚欠的人情。

落船 古解作登船，今除解登船外，還解作由船登上岸。

擸 古解作棄去，今除解棄去外，尚有「遺下」一義。

噍	古解作咀嚼，今有咀嚼、大吃二義。
烏糟	古解作骯髒，今除有有骯髒義外、還解作卑鄙下流。
夭	古解作人瘦弱短小，今除有此義外，還解作收入少。
粞	古解作粘，今除有粘義外，還解作做事緩慢。

(三) 詞義的縮小

例如：

家婆	古有二義：一是妻子，主婦。二是丈夫的母親，婆婆。今只保留丈夫的母親一義。
舊年	古有二義：一是舊的一年。二是去年。今只保留去年一義。
翼	古有翅膀、輔助、保護等義，今只保留翅膀一義。
鬧	古有喧鬧、熱鬧、責罵等義，今只保留責罵義。
應承	古有答應、照應二義，今只保留答應義。
闊落	古有寬敞和豁達開朗二義，今只保留寬敞義。
過頭	古有出頭（如「二十出頭」古稱「二十過頭」）和超過限度二義，今只保留超過限度一義。
散場	古有三義：一是戲劇等文娛活動演出結束，演員下場，觀眾散去。二是結局。三是比喻生命終結。今只保留第一義。
幾時	古有何時、多少時候二義，今只有何時義。
好在	古有四義：一是安好，多用於問候。二表讚賞之意。三是依舊。四是還好，幸虧。今只有還好，幸虧義。

(四) 詞義的轉移

例如：

晦氣	古有二義：一是遇事不順利，倒霉。二是臉色難看，呈青黃色。今則指面帶慍色，不愛理人。

糗	本義是用石臼把乾飯屑搗成粉的乾糧。今用作量詞，塊。如：「一糗飯」。
聲氣	古有二義：一解聲音和氣息。二解聲音，言語。今則解作信息，消息。
漱	古有二義：一是在水中漂擊絲絮。二是水流輕疾。今則解作潲雨。
曀	古解作天陰有風。今則有二義：一解密雲欲雨。二解天氣悶熱。
風騷	古有三義：一是詩文，泛指文學。二是體面，光彩。三是形容女子外貌俏麗，舉止輕佻。今則有二義：一指女子舉指輕佻，行為放蕩。二指意氣風發。
嘈	古解作大而雜的聲音。今則有二義：一解牢騷。二解說話急躁而無條理，話急而不斯文。
幾何	古有二義：一解若干，多少。二解有多久，有多長，有多回。今則解作次數少。
犀利	古有二義：一是堅固銳利。二是形容語言、文辭、感覺、眼光等尖銳鋒利。今則轉為另外二義：一解利害，兇。二解有本事。
做人情	古解作給人恩惠，以某種行動或東西結好於人。今解作給辦喜事請客的主人家送禮金或禮物。

五

　　就本書所載的粵語詞匯，按其今義進行歸類，動詞數量特多，其次是名詞和形容詞，另外也有為數不少的時間詞，以下將逐一言之。動詞數目較多的原因，大抵是粵語詞匯多反映人的行為，而人的行為舉措，古今變化不大，故動作的稱謂多能保存至今。這些動詞當中，與手部動作有關的動詞佔數最多，此外還有足部的動作、眼部的動作、口部的動作等，現分別說明如下：

(1) 手部的動作

當中又以擊打的詞語較多，如「毆」(擊打)、「揼」(用棍或棍狀的東西打)、「扰」(擊打)、「搨」(捶打，拳打)、「搯」(以拳擊人)、「擙」(用手或硬物敲打頭部)、「敲」(用手指節打頭)、「搣」(用力捏皮肉使疼痛)、「抨」(趕，打)、「箭」(用竹枝等物打人)等。其他的手部動作如：「畀」(給予)、「搋」(用手壓、揉)、「揸」(拉扯)、「撍」(抽，拔)、「扚」(提起)、「撳」(用手往下按)、「搴」(掀，揭)、「攋」(遺棄，棄去)、「拎」(拿)、「攕」(輕輕撫摸)、「擘」(分裂，撕開)、「摱」(拉引)、「冚」(拿走)、「撢」(摸，掏)、「搦」(提，拿)、「捼」(用手揉搓)、「糝」(撒)、「搊」(順着一定的軌道拖拉)、「摅」(用手指甲抓取)、「揸」(拿，握)等。

(2) 足部的動作

如「跢」(失足踩入)、「跙」(走，離開)、「趯」(跑，逃)、「蹻」(舉高足部)、「躝」(爬)等。

(3) 眼部的動作

如「覴」(瞪視)、「瞌」(眯眼)、「睺」(看上，留意)、「覰」(用眼角看人)、「睩」(瞪)、「睄」(掃視，略看一眼)、「眨眼」(動詞詞組，眼睛快速地一閉一睜)等。

(4) 口部的動作

如「詏」(爭論，爭辯)、「忲」(央求，哀求，懇求)、「嘈」(吵鬧，喧嘩)、「啖」(吃)、「譠打」(諷刺，指桑罵槐)、「嗒」(舔，嚐)、「噅」(咧嘴而笑)、「啯」(上下牙咬合)、「啉」(用言語使人聽從)、「渳」(用唇及舌尖小口地飲)、「鬧」(罵)、「嗡」(胡謅)、「哦」(嘮叨不休)、「譅」(責令，大聲說)、「斟」(斟酌，商談)、「噍」(咀嚼)等。

其他動作的動詞，於此從略。

名詞方面，包括的事類繁多，這裏只選佔數較多的幾項如身體、食物、器具、親屬介紹一下：

(1) 身體

齙牙_兩齒之間橫生的牙齒，古稱「齙」。　　髀_腿

跛羅蓋_膝蓋骨　　膊_肩　　腳板_腳掌　　後頸_後腦勺

腦囟_囟門，古稱「囟」。　　骱骨_肋骨，古稱「骱」。

屎朏_屁股　　腈_足後跟　　脧_小男孩的生殖器。

(2) 食物

蛋饊　廣東省傳統小吃，以麵粉、筋粉、雞蛋和豬油搓扭成環狀或條狀，油炸而成。古稱「饊」，即饊飯，由糯米煮後煎乾製成。後指饊子，以糯米和麵，入少鹽，牽索紐捻成環釧之形，油煎食之。

鱤魚　扁形闊腹，背隆起，大口細鱗，青黃色，雜以黑色斑紋，生長於河流湖泊中，肉肥美。

油炸鬼　油條，古稱「油炸膾」。

牛百葉　牛胃，可用作食膳。

糯米餈　「餈」是米類穀物製成的餅，各地用料和做法有異，如廣東有的地方把糯米磨成粉，和水搓揉成圓形，壓扁成圓餅，再煎成粉餅。今「糯米餈」用糯米粉做的有餡（如：芝麻、紅豆、花生等）的糰子，可蒸食、煎食或煮食。

饊雞　去掉睪丸的公雞，也稱「閹雞」。

燒鴨　以高溫燒烤鴨的一種食物。

燒鵝　以高溫燒烤鵝的一種食物。

燒賣　點心名稱，通常以豬肉為主要餡料，外包麵皮，蒸熟而吃。

雪梨　　梨名，肉嫩白如雪，故稱。

鰨沙魚　古稱「鰨」，即比目魚，也稱「龍𡎶魚」。

田雞　　各種食用蛙的泛稱，以青蛙為主。因美味如雞而多生長於
　　　　水田中，故名。

煎餬　　古稱「餬」，丸餅。現在我們所吃的煎餬，是用糯米粉做
　　　　的油炸食品。

(3) 器具：

罌　　　瓦罐，陶製圓罐，略扁，有蓋。

攢盒　　大的糖果餅食盒子，內分多格，過年時捧出招待客人。北
　　　　方叫「捧盒」。

燈盞　　沒有燈罩的油燈。

花樽　　花瓶。

筷子　　食具。用竹、木、金屬製的夾飯菜或其他東西的細長棍兒。

風爐　　泛指炊事用的爐子，多以泥造，用炭生火。

鉸剪　　古稱「鉸」，剪刀。

荷包　　錢包。

瓦鐺　　溫器，似鍋，三足。

銀包　　錢包。

筲箕　　用竹皮或者條狀植物手工藝編織而成的扁形的器皿，形
　　　　狀似籃，多用以盛米、淘米、洗菜，器身有大量通氣小氣
　　　　孔，用以隔除水份。

手扼　　套在手臂或手腕上的環形裝飾品，多用金屬製成。

戌　　　門窗上的插關兒。

鎖匙　　鑰匙。

藤條　　用藤造的長條，軟而靭，或用以體罰。

(4) 親屬

阿婆　外祖母，面稱、背稱均可。

阿嫂　哥哥的妻子，面稱、背稱均可。

親家　有兒女婚姻關係的雙方互稱。

家婆　丈夫的母親，婆婆。

家姐　姐姐。

爺　父親。如：「兩仔爺」（兩父子）。又是祖父的稱謂，叫「爺爺」或「阿爺」。

妗　舅母。

老公　丈夫。

老婆　妻子。

外父　岳父。

外母　岳母。

新婦　兒媳婦。

　　形容詞方面，以表人的形狀、性質、狀態最多。單音節的形容詞如：「嘈」（吵鬧，喧嘩）、「慳」（節儉）、「姣」（妖媚）、「㷫」（憤怒）、「懵」（無知，糊塗）、「夭」（瘦弱短小）、「戇」（傻，笨）、「孱」（虛弱）等。雙音節形容詞數量較多，如：「白淨」（皮膚白皙）、「齊整」（整齊）、「醜樣」（樣子難看）、「定當」（妥當，鎮定）、「快脆」（快速，快當）、「闊佬」（闊綽）、「乾淨」（清潔）、「孤寒」（吝嗇）、「古板」（性格板滯，執拗）、「鬼馬」（滑頭，狡猾，機靈，有趣）、「喉急」（心急）、「喉唥」（性急）、「俺憸」（愛挑剔）、「邋遢」（骯髒）、「狼戾」（脾氣暴躁，蠻橫無理）、「唧嘈」（説話急躁而無條理，話多而不斯文）、「老土」（土氣，過時）、「豔豔」（暴躁，煩躁）、「頻孿」（匆忙）、「犀利」（利害）、「失魂」（精神恍惚，冒冒失失）、「小器」（氣量小，小心眼兒）、「正經」（端莊）等。

粵語單音節形容詞的重疊，有 ABB 一式，這裏特別介紹一下。ABB 式的形容詞始見於《楚辭》，它是由一個單音形容詞和一個重疊式組成。本書直接從古籍中找到的 ABB 式形容詞共有六個，分別是：

白雪雪　白淨淨的，非常潔白。元‧睢景臣〈哨遍‧高祖還鄉〉套曲：「明晃晃馬鐙鎗尖上挑，白雪雪鵝毛扇上鋪。」

薄設設　形容單薄。元‧石君寶《李亞仙花酒曲江池》第一折：「我將這骨剌剌小車兒碾得蒼苔碎，薄設設汗衫兒惹得游絲細。」「薄設設」只得其古書用例，「設設」本字待考。

齊輯輯　整整齊齊。唐人作「齊戢戢」。唐‧張籍〈採蓮曲〉：「青房圓實齊戢戢，爭前競折漾微波。」然「戢」無齊整義，本字當為「輯」。《列子‧湯問》：「推於御也，齊輯乎轡銜之際，而急緩乎脣吻之和。」「齊輯乎轡銜之際」意謂協調駕車的眾馬，使整齊均一。「齊輯輯」一詞，殆由「齊輯」演變而來。

熱辣辣　炎熱。小說作「熱剌剌」。《金瓶梅》第五十一回：「進來見大姐正在燈下納鞋，說道：『這咱晚，熱剌剌的，還納鞋？』」「辣辣」/「剌剌」本字待考。

濕納納 / **濕洇洇**　《說文‧系部》：「納，絲溼納納也。」「納納」本指絲的濡濕。後引申為衣服濕漉漉。漢‧劉向〈九歎‧逢紛〉：「裳襜襜而含風兮，衣納納而掩露。」王逸注：「納納，濡溼貌也。」「洇」是後起字，本身亦有濡濕之意。

黃黚黚　指黃中帶黑。「黚」是淺黃黑色。《說文‧黑部》：「黚，淺黃黑也。」元劇作「黃甘甘」。元‧吳昌齡《張天師斷風花雪月》楔子：「你沒病，我看着你這嘴臉，有些黃甘甘的。」

　　隨上述六個古書可見的 ABB 形容詞外，今所見粵語後起的 ABB 式形容詞，由於 BB 的寫法多不能反映其實際意義，本書特為此溯源，找出若干 ABB 形容詞的本字來，錄之如下：

白濛濛 形容白茫茫一片。「濛濛」有迷茫不清之意。

臭 罄罄 臭氣撲鼻貌。罄，《集韻‧耕韻》：「罄，不可近也。」

脆曝曝 形容食物用牙咬時容易弄脆，且發出脆裂的聲音。「曝」，象聲詞，象物着落的聲音。

長陳陳 過長。《集韻‧哈韻》：「陳，……陳隉，長兒。」

多那那／多衻衻 形容很多。《爾雅‧釋詁》：「那，多也。」《經典釋文》：「那，本或作衻。」

肥 优优／髳髳 肥胖而肉下垂貌。「优」同「髳」，髮垂貌。《玉篇‧人部》：「优，《詩》云：『髳彼兩髦。』或作优。」「优／髳」由髮垂引申為肥肉下垂。

肥腯腯 胖得豐滿、結實。《説文‧肉部》：「腯，牛羊曰肥，豕曰腯。」

肥脭脭 形容肌肉肥而鬆軟。《集韻‧勘韻》：「脭，脭膛，肥兒。」

肥豚豚 豚本義是小豬，引申為肥。「肥豚豚」指人胖乎乎的。

光振振 光亮耀眼，刺目。《廣韻‧庚韻》：「振，振觸。」今粵語「振」的意義，由物體的接觸義引申為光線接觸人目。

黑魕魕 黑暗，黑漆漆。《説文‧冥部》：「魕，冥也。」

輕僄僄 形容很輕的意思。《説文‧人部》：「僄，輕也。」《方言》卷十：「僄，輕也。」

空寥寥 空空如也，空落落的。「寥」是空虛之意。《玉篇‧宀部》：「寥，空也。」

軟朒朒 指物件的柔軟，也指性格的軟弱。《廣雅‧釋詁》：「朒，弱也。」《廣韻‧合韻》：「朒，腝兒。」

硬弸弸 形容東西、物質堅硬。《説文‧弓部》：「弸，弓彊兒。」「弸」本訓「弓彊」之貌，引申為堅強義。

硬觵觵 形容物件堅硬貌。「觵」是酒杯，以兕角為之，故引申有硬義。

新簇簇 全新，嶄新之意。「簇」是叢生小竹，假借作程度副詞，表示完全，（如「簇新」）。

臊羫羫 形容羊肉的膻氣。《廣韻・覃韻》:「羫，小香。」後引申為膻氣。

滑㲉㲉 指黏滑之狀。《集韻・山韻》:「㲉，魚龍身濡滑者。」

烏黢黢 形容物體烏黑，或形容物體黑得發亮。《玉篇・黑部》:「黢，黑也。」《集韻・術韻》:「黢，黑也。」

　　ABB 式形容詞的 BB 成分都含有不同程度的詞匯意義，A與 BB 的詞義關係，具體而言有兩方面:(一) BB 有強調 A 義的作用;(二) BB 有補充 A 義的作用。關於第一種作用的，如「齊輯輯」的「輯輯」，強調排列整齊之貌;「軟軷軷」的「軷軷」，強調軟貌;「輕僄僄」的「僄僄」，強調輕貌。關於第二種作用的，如「黃黯黯」的「黯黯」，補充黃中帶黑的意思;「光振振」的「振振」，則有刺目的附加意義;「肥优优」的「优优」，有下垂的附加意義。

　　BB 成分的詞匯意義與 A 的詞匯意義是相同、相近或相關。如「長陳陳」，「陳陳」有長義;又如「黑羆羆」，「羆羆」有「冥」義，與「黑」義近;又如「脆嗶嗶」，「嗶嗶」是脆裂的聲音，與「脆」義相關。總的來說，BB 有強調 A 義作用的，二者意義相同或相近;BB 有補充 A 義作用的，二者意義相近或相關。ABB 形容詞，就其詞匯意義而言，A 是主要成分，BB 是次要成分。[①]

　　至於時間詞，有表一日之內的時段，如:「今朝」(今天上午)、「今晚」(今夜)、「挨晚」(傍晚)、「上晝」(上午)、「下晝」(下

---

① 有關粵語 ABB 式形容詞的分析，參陳雄根〈廣州話 ABB 式形容詞研究〉，《中國語文通訊》第 58 期，香港:香港中文大學中國文化研究所吳多泰語文研究中心，2001 年 6 月，頁 16-26。

午）、「夜晚」（晚上）等。表時辰名稱的有「十一點鐘」（十一時。
此詞見晚清小說《二十年目睹之怪現狀》），這類詞的產生，當在
時鐘發明之後，故較晚出。另有大量的相對時間詞。所謂相對時
間詞，並不是指實際的時間，如「昨日」是相對於「今日」而言。[2]
本書所見的相對時間詞如：「尋日」（昨日）、「前日」（前兩天）、
「初頭」（一年或一月開始不久的日子）、「第二日」（第二天）、「今
日」（今天）、「舊年」（去年）、「舊時」（從前）、「後日」（後天）等。
相對時間詞中，古典小說有「出月」一詞，即是下一個月。如《紅
樓夢》第十六回：「賈璉這番進京，若按站走時，本該出月到家。」
今粵語無「出月」一詞，卻有「出年」一詞，即下一年之意。粵語
「出年」當是從「出月」衍生出來的。

另外有若干量詞，順帶附論如下：

啗 / 啖 「啗」與「啖」同，本義為吃。今粵語用「啖」，不用「啗」。
「啖」由動詞發展為量詞。用法有二：(i) 口。如：「食一
啖飯。」（吃一口飯）。又如：「飲啖茶。」（喝一口茶）。(ii)
下。如：「佢惜（錫）咗我一啖。」（她吻了我一下）。

垯 本義為一處地方。《集韻・盍韻》：「垯，地之區處。」後
「垯」演變為量詞，表示一塊，字改寫為「搭」，如「一搭
空地」、「一搭印記」。今粵語「搭」又改寫為「笪」。

沓 本義為話多。《說文・曰部》：「沓，語多沓沓也。」《玉
篇・曰部》：「沓，多言也。」後引申用為量詞，見《世說
新語》。今粵語「沓」也用作量詞，疊。如：「一沓銀紙」（一
疊鈔票）。

竇 本義為孔穴。今可用作量詞，解作窩。如：一竇雞仔（一
窩小雞）、一竇豬仔（一窩小豬）

---

② 相對時間詞定義，參張洪年《香港粵語語法的研究》（增訂版），香港：中
文大學出版社，2007 年，頁 330。

涿 本義為流下的水滴。《説文·水部》:「涿,流下滴也。」今粵語專用作量詞,多用作排泄物的量詞。(i) 泡。如:「一涿尿」(一泡尿) (ii) 口。如:「一涿口水痰」(一口痰) (iii) 行。如:「一涿鼻涕」(一行鼻涕)。

戌 本義為小木樁。《集韻·送韻》:「戌,杙也。」今粵語「戌」可用作量詞,解作疊,摞。如:「一戌書」(一疊書)、「一戌碗」(一摞碗)。

帗 本義為一幅巾。《説文·巾部》:「帗,一幅巾也。」今粵語「帗」專用作量詞,解作塊。如:「一帗布」(一塊布)。

間 本義為空隙。《説文·門部》:「間,隙也。」後發展為量詞,用於房屋。如:唐·杜甫〈茅屋為秋風所破歌〉:「安得廣廈千萬間,大庇天下寒士俱歡顏,風雨不動安如山。」今粵語「間」也可用作量詞,用於房屋。如:「一間屋」(一所房子)。用於機構、單位。如:「一間銀行」(一家銀行)、「一間飯店」(一家飯店)等。

枭 《説文·米部》:「枭,舂糗也。」「糗」是乾飯屑。「舂糗」是用石臼把乾飯屑搗成粉的乾糧。今粵語「枭」用作量詞,解作塊。如:「一枭飯」(一團飯)。

罌 瓦器。《説文·缶部》:「罌,缶也。」或作「甖」。今粵語也用作物量詞,如:「一罌蜜糖」(一瓶蜂蜜)。

孖 《廣韻·之韻》:「孖,雙生子也。」今粵語「孖」又用作量詞,解作相連的一對。如:「一孖臘腸」(兩條臘腸)。

　　從以上諸例,可見粵語量詞的形成,多由名詞或動詞轉化而來,詞義與原詞有引申關係。如「竇」本為孔穴,名詞,引申為量詞,解作窩,如「一竇豬仔」即一窩小豬,「窩」由「孔穴」義引申而來。又如「唊」本義為吃,動詞,引申為量詞,解作口,如「食一唊飯」,即吃一口飯。

六

　　本書在探求有本字可考的粵語詞匯時，會就本字的形音義進行分析。至於無本字可考的詞匯，則蒐集其在古籍的用例，以示其出處所在。本字的探究，有助我們認識粵語詞匯取義的因由。如「牙鯗」一詞，今作「牙擦」，我們從今天的寫法，很難理解此詞為何有牙尖嘴利、自命不凡的意思。如從「牙鯗」來看，「擦」的本字「鯗」從齒，有齒利之意，由此引申出牙尖嘴利、自命不凡之義，便易於明悟。又如「譠打」一詞，今作「單打」，有諷刺義，但從今天的寫法，根本也看不出有諷刺義來，然從本字「譠」從言，字有欺謾之意去看，則「譠打」之訓諷刺，便容易理解了。粵語的本字，今多以同音字代替（如上述以「擦」代「鯗」、以「單」代「譠」），這樣對詞義的理解自然構成障礙，如知道其字本來的寫法，則對詞義的掌握，便渙然冰釋。這裏，我們無意鼓吹恢復粵語詞匯本來的寫法，但如能弄清粵語本字和今字的關係，對詞義的認識會大有幫助。我們認為今後編寫粵方言字典的學者，如一字有本字可考的話，除錄其今體外，不妨附上本字的寫法，略作詮釋，加深讀者對詞義的理解。

　　本字的確定，要求準確的讀音的分析。過去從事粵語研究的學者，考求本字時，在審音方面或失之粗疏，以致所考或會有所偏差。如「饐」（jik[1]）字，本義是飯壞，引申為食物（尤其是油膩食品）因放置時間長而變質，因而產生的一種不好的味道。今俗作「腍」。然有學者以為本字是「膱」。按：《廣雅・釋器》訓「膱」為臭，《韻會》訓「膱」為肉敗，照理也可引申食物放置時間太久而產生敗臭氣味的意義。然「膱」字《集韻・職韻》音「質力切」，今粵音「職」（zik[1]）。至於「饐」，《集韻・昔韻》音「夷益切」，今粵讀 jik[6]，變調讀 jik[1]。從審音角度來看，「饐」定為

「膉」的本字是較合理的。又如「標青」一詞，有說本字是「縹青」。縹，《集韻・笑韻》音「匹妙切」，今音「票」（piu³），與「標青」的「標」音不同。查「標青」本作「穮青」，穮，《集韻・宵韻》音「卑遙切」，與「標」字在同一小韻，今粵讀 biu¹。穮本義是禾芒，「標青」有出類拔萃之意。從以上二例可知，要準確為本字溯源，必須要嚴於審音才行。

上文提及粵語在發展的過程中，在不同時代吸納大量的詞匯，不斷壯大其詞匯系統。這些詞匯，有來自不同方言區的，如「搴」（掀，揭）、「睩」（瞪）、「担」（拿）「攰」（器破而未離）是楚語（「搴」、「睩」見《楚辭》，「担」、「攰」見西漢・揚雄的《方言》）。又據《方言》一書，「璺」（器破而未離）是秦晉語，「菢」（雞伏卵。《方言》作「抱」）、「斟」（倒酒）屬北燕、朝鮮洌水之間的詞語。又據《方言》郭璞注，「媵」（擔的兩頭有物）在東晉時屬江東語。又「罌」（瓶。《方言》作甖）本是漢時的共同語，今為粵語專用。根據《說文》，「黸」（黑）本是齊語，今亦為粵語所用（如「鑊黸」，即鍋底的黑煙子）。又「牙瘂仔」一詞，乃由吳方言轉來。（《集韻・麻韻》：「牙，吳人謂赤子曰瘂牙。」）可見粵語的形成，對不同方言的詞匯，是兼收並蓄的。

粵語的詞匯，也可能同時是其他方言的詞匯。就以粵語與現代漢語來說，粵語中不少常用的詞匯，也是現代漢語詞匯，顯示粵語和現代漢語的發展過程中，同時吸納了一批相同的古語詞，如「晏」（遲，晚）、「幫補」（在經濟上幫助）、「親家」（有兒女婚姻關係的雙方互稱）、「打雜」（做雜事）、「幾時」（何時）、「光鮮」（光潔鮮明）、「荷包」（錢包）、「一五一十」（原原本本）、「應承」（答應）、「老婆」（妻子）、「馬後炮」（象棋術語，借來比喻不及時的舉動）、「派頭」（氣派）、「誰知」（怎知）、「傷風」（感冒）、「甜頭」（好處，利益）、「烏鴉嘴」（喻話多使人討厭的人）、「即刻」

（立刻）、「將就」（勉強遷就不滿意的環境或事物）等，而這批共同吸納的古漢語詞匯，又以雙音節或多音節詞為主，這反映現代漢語接受的古漢語詞匯，多以複音節詞為主，而粵語沿用古漢語的單音節詞，多不為現代漢語所吸納。

粵語吸收古漢語詞匯，除了沿用其詞義外，還有所發展。從詞義方面來看，有詞義擴大、縮小和轉移，上面已舉例詳加說明了。從詞類的轉變來看，也反映出粵語詞匯演變的另一面貌，例如：

耷　　　本義為大耳，今解垂下，如：「耷頭耷腦」（垂頭喪氣）。「耷」由名詞轉為動詞。

戙　　　本義為小木樁，名詞，俗作「棟」。今「戙」發展為量詞，如「一戙書」（一疊書）；又發展為動詞，如「戙高牀板」（把牀板直放着，喻捱夜温習）。

佮　　　本義是合起來，加起來，動詞，俗作「夾」。今「佮」又可用作連詞，相當於「又⋯⋯又⋯⋯」。如：「快佮妥」（又快又妥當）。

墲　　　本義是塵埃，名詞。今轉化為動詞，意思是蒙蓋（灰塵）。如：「個書架墲滿灰塵。」（那個書架蒙上灰塵）。

胼　　　本義為小木片，名詞，俗作「攝」。今轉化為動詞，其中一解為塞入。如：「將封信由門罅胼入去。」（把信從門縫塞進去）。

縶　　　本義為繩索，名詞，俗作「索」。今轉化為動詞，解作用繩或帶子來勒緊，抽緊。如：「用繩縶緊個袋口。」（用繩把袋口勒緊）。

另外，詞本身結構的轉變，也是粵語詞匯演變的另一面貌。如由單音節詞變為複音節詞，上文已舉例說明。今粵方言詞也有與別的詞語連用，形成詞組、成語、俗語、歇後語等，以下試舉二例略加說明：

搇　本義為裂開。今俗作「扯」，有拉扯、抽、喘息等義。與「搇」結合的詞，連結成不同的詞組，如：「搇鼻鼾」（打鼾）、「搇火」（發火）、「搇瘕」（哮喘）、「搇貓尾」（兩人串通一氣，一呼一應地蒙騙別人）、「搇皮條」（撮合不正常的男女關係）、「搇線」（介紹，搭橋）、「搇頭纜」（帶頭，發起）。

黐　本義為黏，後引申有纏住、叨擾義。與「黐」結合的詞，連結成不同的合成詞或詞組，如：「黐纏」（纏綿，形容形影不離）、「黐家」（喜歡待在家中）、「黐筋」（精神不正常，腦筋混亂。多用於罵人）、「黐飲黐食」（蹭喝蹭吃）、「黐脷根」（大舌頭，説話不清楚）、「黐綫」（精神病，腦筋不清楚）。「黐」也與其他詞語結合，構成歇後語，如：「菠蘿雞—靠黐」（「菠蘿雞」以竹枝和紙構成雞的形狀，然後用真雞毛黏上雞身，引申歇後語「靠黐」，諷刺人喜歡佔別人便宜）。

　　在粵語形成的過程中，它既有所承繼，也有所發展，從今天粵語詞匯的孳乳和詞義的靈活變化，可見粵語是充滿活力的。粵語與現代漢語的關係，就好比漢語長河的兩條重要支流，它們從古代漢語吸納了大量的詞匯，其中部分是相同的，多是複音節詞，而粵語更保留較多的古漢語單音節詞。在語音方面，粵語保留了古代四聲，在朗讀古典文學作品時，更能反映出作品音律的神髓，在粵方言區從事古典文學教學，粵語是不可或缺的語言媒介。另外，從粵語發展的歷史中，我們知道它不斷吸收各地的方言詞，匯聚成今天自身的詞匯系統。方言與方言之間的交流，詞匯很多時是互相滲透、互相吸納的，粵語與現代漢語的關係，也是如此。因此，我們不宜因為要維護粵語，而排斥現代漢語；同樣，我們也不宜因為要推廣現代漢語，而把粵語摒除。只要我們好好認識粵語和現代漢語的語言特點，認真學習，各取所長，用於施教、寫作與溝通，兩者是可以並行不悖的。

七

　　本書撰寫的目的，是在古籍中尋找有本字可尋的詞匯。無本字可考的詞匯，則考其在古書中的用例，證明古已有之。從本書所蒐集的詞匯中，我們除了直接認識到粵語本字與今字的關係，為詞匯溯源外，並可利用這些語料，把詞匯按時序先後疏理，進而為粵語的歷史探源。粵語在不同時代的文獻和文學作品中吸納的詞匯，除有助我們了解粵語與古籍的關係外，更可以通過歷時的比較，系統地了解粵語詞匯在語音、詞義、詞類、構詞等方面的特色與演變，全面了解粵語的歷史和發展。我們又可通過粵語與共同語（現代漢語）的比較，了解兩者之間的語言特色，從而有助粵語與現代漢語的認識與學習。粵語詞匯有源可溯的，數目當遠超本書所載，本書的撰作，嘗試拋磚引玉，希望引發學者的注意，共同在粵語溯源的研究領域，開闢出一片新土地來。

粵語標音説明

本書粵語標音，據香港語言學學會粵語拼音方案，略作改動。茲將方案內容逐錄如下：

1. 聲母

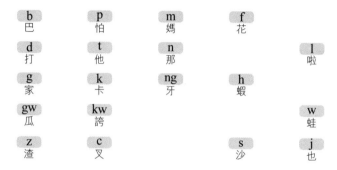

b 巴	p 怕	m 媽	f 花
d 打	t 他	n 那	l 啦
g 家	k 卡	ng 牙	h 蝦
gw 瓜	kw 誇		w 蛙
z 渣	c 叉	s 沙	j 也

零聲母不用字母作標記，如"呀"只拼作"aa"。

2. 韻腹

aa 沙　　i 詩/星/識　　u 夫/風/福　　e 些/四　　o 疏/蘇

yu 書　　oe 鋸

a 新　　eo 詢

3. 韻尾

p 濕　　t 失　　k 塞

m 心　　n 新　　ng 笙

i 西/需　　u 收

4. 鼻音單獨成韻

m 唔　　ng 吳

5. 字調

調號：1(夫／福) 2(虎) 3(副／霍) 4(扶) 5(婦) 6(父／服)

標調位置：放在音節右上角

舉例：fu^1(夫) fu^2(虎) fu^3(副) fu^4(扶) fu^5(婦) fu^6(父)

6. 韻母字例

i 詩	ip 攝	it 洩	ik 識	im 閃	in 先	ing 星		iu 消
yu 書		yut 雪			yun 孫			
u 夫	up 闟	ut 闊	uk 叔	um 寬	un 寬	ung 鬆	ui 灰	
e 些	ep 唥	et	ek 石	em	en	eng 鄭	ei 四	eu 掉
		eot 摔			eon 詢		eoi 需	
oe 鋸		oet	oek 削			oeng 商		
o 疏		ot 喝	ok 索		on 看	ong 桑	oi 開	ou 蘇
	ap 濕	at 失	ak 塞	am 心	an 新	ang 笙	ai 西	au 收
aa 沙	aap 圾	aat 刹	aak 客	aam 三	aan 山	aang 坑	aai 徙	aau 梢

7. 舉例説明

聲母	韻腹	韻尾	聲調	粵拼	字
h	oe	ng	1	hoeng¹	香
g	o	ng	2	gong²	港
j	a	n	4	jan⁴	人
h	o	k	6	hok⁶	學
z	aa	p	6	zaap⁶	習
p	i	ng	3	ping³	拼
j	a	m	1	jam¹	音
d	i	k	1	dik¹	的
g	e	i	1	gei¹	基
b	u	n	2	bun²	本
f	aa	t	3	faat³	法

　　以上是香港語言學學會粵語拼音方案，為本書粵語標音所本。又本書的標音及調號，另有三點補充如下：

(1) 變調的表示法

　　例一　**挨晚** aai¹ maan⁵⁻¹
　　　　以 maan⁵⁻¹ 表示「挨晚」的「晚」由本調 maan⁵ 變調讀 maan¹。

　　例二　**五臟廟** ng⁵ zong⁶ miu⁶⁻²
　　　　以 miu⁶⁻² 表示「五臟廟」的「廟」由本調 miu⁶ 變調讀 miu²。

（2）變音的表示法

例一　**拖油瓶** to^1 jau^4 ping^4-peng^2
ping^4-peng^2 表示「瓶」由 ping^4 音變為 peng^2。

例二　**坐月** zo^6-co^5 jyut$^{6-2}$
zo^6-co^5 表示「坐」由 zo^6 音變為 co^5。

（3）調號與調類的關係

1—陰平、上陰入　　2—陰上　　3—陰去、下陰入
4—陽平　　　　　　5—陽上　　6—陽去、陽入

例字

1(詩 / 必)　　2(史)　　3(試 / 鱉)

4(時)　　　5(市)　　6(士 / 別)

凡 例

(1) 本書以《粵語詞匯溯源》命名，「溯源」有兩重意義，一是指有本字可考的詞匯，則追尋本字的寫法；二是指無本字可考的詞匯，則探其在古書中的用例，證明其來所自。至於既無本字可考，又不見於古籍的粵語詞匯，則不在本書的編纂範圍之內。

(2) 本書正文詞匯編次，據香港語言學學會編訂的「粵語拼音方案」(以下簡稱「粵拼」) 的羅馬字母次序排列。

(3) 蒐集粵語詞匯的參考資料，包括字書、韻書、古典文學作品 (包括詩、詞、曲、雜劇、散文、小說等)、古代文獻、粵語詞典、粵語專著及網上粵語語料等。所得粵語詞匯，包括詞及詞組，而又以詞佔多數。本書共收詞匯 639 個，有本字詞匯佔 300 個，無本字詞匯佔 339 個。凡有本字可考的詞匯，在詞匯詞頭的左下角加「※」號以資識別。如：

- 有本字可考例 ▶ ※**掁** caang4
- 無本字可考例 ▶ **嘈** cou4

(4) 古漢語多單音節詞，如今為粵語沿用的，則直錄其詞。如古單音節詞今雖為粵語所用，但已發展為雙音節或多音節詞的，為便說明起見，則錄今粵語所見詞語，然後分析詞語中所見本字。如：

例一 ▶ ※**白蛇** baak6 zaa3，古漢語只見「蛇」字，則在「白蛇」條下分析「蛇」的讀音和古義，另分析「白蛇」今義。

例二▶ ※**長陙陙** coeng⁴ laai⁴ laai⁴，古漢語只見「陙」字，則在「長陙陙」條下分析「陙」的讀音和古義，另分析「長陙陙」今義。

(5) 本書「有本字詞匯」的釋詞體例如下：

5.1 立「讀音」項，為所考本字的切語定其讀音，這又分三類來說：

5.1.1 一字在《廣韻》或《集韻》等韻書的反切，按照切語，上字取其聲母，下字取其韻母，即可直接拼切今粵語讀音，則正文不作分析。

例一▶ ※**摳** caai¹，《廣韻‧佳韻》音「丑皆切」。反切上字「丑」的粵語聲母是 c-，反切下字「佳」的粵語韻母是 -aai，今粵語直接拼讀 caai¹。

例二▶ ※**搭痕**ce² haa¹，痕，《集韻‧麻韻》音「虛加切」。反切上字「虛」的粵語聲母是 h-，反切下字「加」的粵語韻母是 -aa，今粵直接拼讀 haa¹。

5.1.2 至於不能直接拼切，然可據切語「上字取聲母，下字取韻母；上字辨陰陽，下字辨平仄」的準則切讀字音的，正文也不作分析。如：

例一▶ ※**㷛** luk⁶，《集韻‧屋韻》音「盧谷切」。反切上字「盧」的聲母是 l-，陽平。反切下字「谷」的韻母是 -uk，上陰入。根據「上字取聲母，下字取韻母；上字辨陰陽，下字辨平仄」準則，被切字「㷛」當讀陽入聲，音 luk⁶。

例二▶ ※**椾** zai³，《廣韻‧祭韻》音「征例切」。反切上字「征」的聲母是 z-，陰平。反切下字「例」的韻母是 -ai，陽去。根據「上字取聲母，下字取韻母；上

字辨陰陽，下字辨平仄」的準則，被切字「聊」當讀
陰去聲 zai^3。

5.1.3 至於切語不能按上述兩種方法拼切今讀音的，則分析
切音演變為今粵音的規律。

例一▶ ※**揞** am^2，《廣韻・感韻》音「烏感切」。反切上字
「烏」屬影母。反切下字「感」屬感韻，開口一等。
中古影母開口一等字今粵讀零聲母。「烏感切」讀
am^2。

例二▶ ※**戙** dung^6，《集韻・送韻》音「徒弄切」，與「洞」
字在同一小韻。反切上字「徒」屬定母，全濁。中古
定母仄聲字，今粵語讀不送氣，唸 d- 母。「徒弄切」
讀 dung^6。

本書分析一字讀音由中古至今粵語嬗變之跡，主要根據鄧
少君〈廣州話聲韻調與《廣韻》的比較〉一文（見《語文論叢》，
上海：上海教育出版社，1981 年，頁 34-180）。

5.2 立「本字古義」項（簡稱**古**），分析詞／詞組所含的本
字，另列出該詞／詞組的義項，如有古書用例，則列舉說明。

例一▶ ※**抌** dam^2，深深擊打之意。
《說文・手部》：「抌，深擊也。」

例二▶ ※**鬅鬆** pung^4 sung^1，頭髮散亂。
《廣韻・東韻》：「鬅，鬅鬆，髮亂皃。」唐・陸龜蒙〈自
憐賦〉：「首蓬鬆以半散，支棘癏而枯踈。」

5.3 立「今義」項（簡稱**今**），列舉詞／詞組現今的義項，並
舉例句說明。如詞／詞組所含本字現今有不同的寫法，則附列出
來，以作對照。

例一▶　※**敆** tau²，歇息。

如：「等我敆下先。」（「讓我歇息一會兒。」）「敆氣」（「鬆一口氣」）、「早敆」（「早點休息」）的「敆」，今俗作「唞」。

例二▶　※**攢盒** cyun⁴ hap⁶，捧盒。

如：「聽日過年啦，幫我將啲糖果放入攢盒度。」（「明天新年了，替我把糖果放入捧盒內。」）。「攢盒」，今俗作「全盒」。

5.4　如一詞／詞組在日常口語中常與別的詞語連用，形成詞組、成語、俗語、歇後語等，也會在該詞／詞組下連帶論及，在其前加「∞」號以示，並舉例說明。

例一▶　※**噍** ziu⁶，咀嚼。「噍」可與其他詞語連用，構成歇後語如下：

∞ **牛噍牡丹—唔知花定草** ngau⁴ ziu⁶ maau⁵ daan¹—m⁴ zi¹ faa¹ ding⁶ cou² 歇後語。表面的意思是名花牡丹，牛吃了，也不知它是花還是草，喻人吃東西沒有品味，吃了也不知是好是壞。有時也自謙不懂飲食。如：「你請我食咁貴嘅嘢，但我只係**牛噍牡丹**，攤晒！」（「你宴請我吃那麼貴的食品，但我不懂得品嚐，太浪費了！」）

例二▶　※**雨溦** jyu⁵ mei⁴⁻¹，毛毛細雨。

如：「而家落緊**雨溦**，唔好咁快走。」（「現在正下着毛毛細雨，不要太早離開。」）「**雨溦**」，俗作「雨尾」。

∞ **口水溦** hau² seoi² mei⁴⁻¹ 唾沫星花。也作「口水尾」。

5.5　如一詞／詞組同時也是現代漢語詞語，則在該詞／詞組左上角加「*」號以示。

例一▶　※***拎** ling¹，拿。「拎」也是現代漢語詞，意義相同。

例二▸ *邋遢 laat⁶ taat³，骯髒。「邋遢」也是現代漢語詞語，意義相同。

(6) 本書「無本字詞匯」的釋詞體例如下：

6.1 立「古義」項（簡稱**古**），羅列所考詞／詞組義項，並引古書所見釋義或用例以證。

例一▸ **定** ding⁶，還是，表選擇性連詞。
唐・杜甫〈第五弟豐獨在江左近三四載寂無消息覓使寄此二首〉其二：「聞汝依山寺，杭州定越州？」

例二▸ **快脆** faai³ ceoi³，快速，快當。
宋・陳亮《陳亮集・復樓大防郎中書》：「憔悴病苦，反以求死為快脆，其他尚復何說。」

6.2 立「今義」項（簡稱**今**），列舉詞／詞組現今的義項，並舉例句說明。

例一▸ **孻** naai¹，年紀最幼。
如：「呢個細路係老陳嘅孻仔嚟。」（「這個孩子是陳先生最幼的兒子。」）

例二▸ **做硬** zou⁶ ngaang⁶，肯定做。
如：「佢呢次做硬主席啦。」（「他這次肯定會當主席了。」）

6.3 如一詞／詞組在日常口語中常與別的詞語連用，形成詞組、成語、俗語、歇後語等，也會在該詞／詞組下連帶論及，在其前加「∞」號以示，並舉例說明。

例一▸ **裝** zong¹，裝扮。「裝」可與其他詞語連用，構成俗語如下：

∞ **裝彈弓** zong¹ daan⁶ gung¹ 設圈套使人上當。如：「你畀人**裝彈弓**，上咗當重未知。」（「你給人設圈套，上了當還不知道。」）

∞ **裝假筍** zong¹ gaa² gau² 偽裝。如：「你估佢喺房真係讀書咩？**裝假筍**咋！」（「你以為他在真的房間溫習功課嗎？他假裝罷了！」）

例二▶ **終須** zung¹ seoi¹，終究，終會。「終須」可與其他詞語連用，構成俗語如下：

∞ **命裏有時終須有，命裏無時莫強求** ming⁶ leoi⁵ jau⁵ si⁴ zung¹ seoi¹ jau⁵，ming⁵ leoi⁵ mou⁴ si⁴ mok⁶ koeng⁵ kau⁴ 有或無都是命中注定的，強求只是枉然。《金瓶梅》第十四回：「西門慶這邊正是月娘、金蓮、春梅用梯子接着，牆頭上鋪襯毡條，一個個打發過來，都送到月娘房中去了，正是『富貴自是福來投，利名還有利名憂。**命裏有時終須有，命裏無時莫強求。**』」

∞ **終須有日龍穿鳳，唔通成世褲穿窿** zung¹ seoi¹ jau⁵ jat⁶ lung⁴ cyun¹ fung⁶，m⁴ tung¹ sing⁴ sai³ fu³ cyun¹ lung¹ 俗語。意謂終會有一天出人頭地，飛黃騰達，難道會一生穿破褲子捱窮嗎？

6.4 如一詞 / 詞組同時也是現代漢語詞語，則在該詞 / 詞組左上角加「*」號以示。

例一▶ ***度** dok⁶，忖度。「度」也是現代漢語詞，意義相同。

例二▶ ***田雞** tin⁴ gai¹：各種食用蛙的泛稱，以青蛙為主。因美味如雞而多生長於水田中，故名。「田雞」也是現代漢語詞語，意義相同。

(7) 本書詞匯的排列，按「粵拼」的羅馬字母拼音次序（由

aa^1 至 zyut^6) 編次。具體言之如下：

7.1 按詞／詞語的字頭的「粵拼」羅馬字母拼音次序編次：

例一▸ **白撞** baak^6 zong^6、**齊頭** cai^4 tau^4：根據「粵拼」羅馬字母拼音次序，「白撞」在前，「齊頭」在後。

例二▸ **搭船** daap^3 syun^4、**今朝** gam^1 ziu^1：根據「粵拼」羅馬字母拼音次序，「搭船」在前，「今朝」在後。

7.2 如詞／詞組的字頭拼音相同，則以字頭的調號（由 1 至 6）先後次序排列：

例一▸ ※**黐** ci^1、※**欼** ci^2：二字「粵拼」聲母及韻母相同，但「黐」的調號是 1，「欼」的調號是 2，故「黐」在前，「欼」在後。

例二▸ *****帶挈** daai^3 hit^3、**大班** daai^6 baan^1：二詞的字頭「粵拼」聲母及韻母相同，但「帶」的調號是 3，「大」的調號是 6，故「帶挈」在前，「大班」在後。

7.3 如詞／詞組的第一字拼音及調號全同，則以詞／詞組的第二字拼音先後排序，如此類推。

例一▸ **打底** daa^2 dai^2、*****打攪** daa^2 gaau^2：二詞的第一字拼音及調號全同，比較二詞第二字的「粵拼」次序，則「打底」在前，「打攪」在後。

例二▸ **舊年** gau^6 nin$^{4-2}$、**舊時** gau^6 si^4：二詞的第一字拼音及調號全同，比較二詞第二字的「粵拼」次序，則「舊年」在前，「舊時」在後。

7.4 如表示二詞的文字「粵拼」的聲韻調全同，則按二詞的字形的筆畫排序，筆畫少的在前，多的在後。

例一▶ ﹡**跙** ce²、﹡**撦** ce²：二詞聲韻調全同，「跙」字 12 畫，「撦」字 14 畫，故「跙」在前，「撦」在後。

例二▶ ﹡**扚** dik¹、﹡**芀** dik¹：二詞聲韻調全同，「扚」字 6 畫，「芀」字 12 畫，故「扚」在前，「芀」在後。

7.5 如表示一詞的文字出現變調或變音，則按該字變調或變音的「粵拼」排序。

例一▶ ﹡**穅／糠** hong¹、﹡**㾦** hong¹⁻²：「㾦」的本調是 hong¹，變調讀 hong²，故把「㾦」列在「穅／糠」hong¹ 之後。

例二▶ **學是非** hok⁶ si⁶ fei¹、﹡**涸** hok⁶-kok³：「涸」的本音是 hok⁶，變音是 kok³，故把「涸」列在「學是非」hok⁶ si⁶ fei¹ 之後。

(8) 由於「粵拼」沒有變調及變音的標示法，本書採以下方式來處理：

8.1 變調：

例一▶ ﹡**雨溦** jyu⁵ mei⁴⁻¹：以 mei⁴⁻¹ 表示「雨溦」的「溦」由本調 mei⁴ 變調讀 mei¹。

例二▶ **冷巷** laang⁵ hong⁶⁻²：以 hong⁶⁻² 表示「冷巷」的「巷」由本調 hong⁶ 變調讀 hong²。

8.2 變音：

例一▶ ﹡**鑽** zyun³-gyun¹：表示「鑽」由 zyun³ 音變為 gyun¹。

例二▶ ﹡**涸** hok⁶-kok³：表示「涸」由 hok⁶ 音變為 kok³。

(9) 設粵語音標檢詞索引，編次方法同第 (7) 項。

(10) 設筆畫檢詞索引，辦法如下：

10.1 以詞／詞組的字頭筆畫由少至多排序。

例一▶ ※**向** hoeng³⁻²、**乖** gwaai¹：「向」字 6 畫，「乖」字 8 畫，故「向」排前，「乖」排後。

例二▶ **上畫** soeng⁶ zau³、**今晚** gam¹ maan⁵：「上」字 3 畫，「今」字 4 畫，故「上畫」排前，「今晚」排後。

10.2 筆畫相同的字，則參考其在所屬部首在《康熙字典》部首的位置而編次。

例一▶ ※**忳** tan⁴、※**沒** mei⁶：二字同是 7 畫，「忳」在心部，「沒」在水部，《康熙字典》心部在前，水部在後，故「忳」排在「沒」之前。

例二▶ **係** hai⁶、※**研** ngaan⁴：二字同是 9 畫，「係」在人部，「研」在石部，《康熙字典》人部在前，石部在後，故「係」排在「研」之前。

10.3 筆畫及部首皆同的字，則根據其在《康熙字典》同部首內排字先後而編次。

例一▶ ※**浮** pou⁴、**消夜** siu¹ je⁶⁻²：「浮」與「消」皆 10 畫，同在水部，《康熙字典》水部「浮」在前，「消」在後，故「浮」排在「消夜」之前。

例二▶ ※**緄邊** kwan² bin¹、＊**緊要** gan² jiu³：「緄」與「緊」皆 14 畫，同在糸部，《康熙字典》糸部「緄」在前，「緊」在後，故「緄邊」排在「緊要」之前。

10.4 如某詞／詞組的字有兩個或以上的寫法，則並列之。

例一▶ ※**餲** aat³ 有另一寫法「胺」，則「餲」收錄在 17 畫內，「胺」收錄在 10 畫內。

例二▸　**擔帶** daam¹ daai³ 有另一寫法「耽帶」,「擔」16 畫,「耽」10 畫,則「擔帶」收錄在 16 畫內,「耽帶」收錄在 10 畫內。

粵語音標檢詞索引

筆畫檢詞索引

筆畫檢詞索引

阿貓阿狗 aa³ maau¹ aa³ gau²

古

❶ 舊時人們常用的小名。引申為任何輕賤的、不值得重視的人。魯迅〈我的第一個師父〉：「這和名孩子為**阿貓阿狗**，完全是一樣的意思：容易養大。」

❷ 泛指任何人，類似「張三李四」。《二十年目睹之怪現狀》第三十回：「那裁縫只得換寫一張，胡亂改了個甚麼**阿貓、阿狗**的名字，他才快活了。」

今

泛指任何人，喻不值得重視的人。如：「呢件工程好簡單，**阿貓阿狗**都可以做喇。」（「這個工程很簡單，任何人都可以做得來哩。」）

阿婆 aa³ po⁴

古

老婦。《南史・齊本紀下》：「帝謂豫章王妃庾氏曰：『**阿婆**，佛法言有福生帝王家。』」「庾氏」為帝叔祖母。唐・張鷟《朝野僉載》卷一：「咸亨以後，人皆云：『莫浪語，**阿婆**嗔，三叔聞時笑殺人。』後果則天即位，至孝和嗣之。**阿婆**者，則天也；三叔者，孝和為第三也。」《金瓶梅》第五十九回：「一個白頭的**阿婆**出來，望俺爹拜了一拜。」

今

❶ 外祖母，面稱、背稱均可。如：「我**阿婆**跳舞好叻㗎。」（「我外婆擅長跳舞。」）也可稱「婆婆」。

❷ 泛稱年老婦人。如：「**阿婆**，你係咪蕩失路呀？」（「老婆婆，你是不是迷了路呢？」）

*阿嫂 aa³ sou²

古

❶ 嫂嫂，稱哥哥的妻子。《水滸全傳》第十七回：「**阿嫂**道：『阿叔，你不知道，你哥哥心裏，自過活不得哩！』」《海上花列傳》第六十二回：「我去認俚**阿嫂**。」

❷ 稱年紀與自己差不多的朋友的妻子。《水滸全傳》第七回：「智深提著禪杖道：『**阿嫂**休怪，莫要笑話。阿哥（林沖），明日再得相會。』」《水滸全傳》第三十一回：「孫二娘大笑道：『我說出來，阿叔卻不要嗔怪。』武松道：『**阿嫂**但說的便是。』」

❶ 哥哥的妻子，面稱、背稱均可。如：「阿哥、**阿嫂**今晚要加班，我要幫手睇住兩個姪仔。」(「哥哥、嫂嫂今天晚上要加班工作，我要幫手照顧兩個姪兒。」)

❷ 面稱平輩的妻子。如：「老張，請你今晚同**阿嫂**早啲嚟食飯喇！」(「老張，請你和嫂夫人今晚早點來吃飯啊！」)

挨晚 aai¹ maan⁵⁻¹

傍晚。小說作「**挨晚兒**」。《紅樓夢》第一百零八回：「賈母道：『如今且坐下，大家喝到**挨晚兒**再到各處行禮去。』」

傍晚。如：「佢坐嘅嗰班飛機**挨晚**至到香港。」(「他乘坐的那班飛機要到傍晚才抵達香港。」)

∞ **挨年近晚** aai¹ nin⁴ gan⁶ maan⁵ 歲晚或年尾。如：「**挨年近晚**，好多錢要使。」(「快過年了，要有很多開支。」)

*晏 aan³

遲，晚。《論語‧子路》：「冉子退朝。子曰：『何**晏**也？』」《墨子‧尚賢中》：「蚤（早）朝**晏**退。」《楚辭‧離騷》：「及年歲之未**晏**兮，時亦猶其未央。」王逸注：「**晏**，晚。」《楚辭‧九歌‧山鬼》：「留靈脩兮憺忘歸，歲既**晏**兮孰華予。」王逸注：「**晏**，晚也。」《禮記‧內則》：「孺子蚤（早）寢**晏**起，唯所欲，無食時。」

❶ 遲。粵語童謠〈雞公仔尾彎彎〉：「早早起身都話**晏**。」如：「今早唔使返工，**晏**咗起身。」(「今天不用上班，遲了起牀。」)

❷ 午飯。如「你今日去咗邊度食**晏**呀？」(「你今天去了哪兒吃午飯？」)

∞ **晏覺** aan³ gaau³ 午睡。如：「我習慣每日瞓**晏覺**。」(「我習慣每天午睡。」)

∞ **晏晝** aan³ zau³ 中午，下午。如：「今日**晏晝**好熱。」(「今天下午很炎熱。」)午飯。如：「你食咗**晏晝**未呀？」(「你吃了午飯沒有？」)

罌 aang¹

古

瓦器。《說文・缶部》:「罌,缶也。」或作「甖」。《廣韻・耕韻》:「甖,瓦器。」音「烏莖切」,今讀 ang¹,這是文讀,白讀作 aang¹。《文選・劉伶〈酒德頌〉》:「先生於是方捧甖承槽,銜杯漱醪。」這裏的「甖」指盛水酒的瓦器。

今

❶ 瓦罐,陶製圓罐,略扁,有蓋。如:「錢罌」(「儲錢的罐子」)、「鹽罌」(「盛鹽的罐子」)、「油罌」(「盛油的罐子」)。今用玻璃造的扁身,有蓋的器皿也稱做「罌」。如:「呢罌藥膏好貴㗎!」(「這瓶藥膏價錢很貴的!」)

❷ 量詞。一瓶。如:「一罌蜜糖」(「一瓶蜂蜜」)。

∞ **錢罌** cin⁴ aang¹ 錢罐兒,撲滿。

※餲/胺 aat³

讀音

「餲」與「胺」,《廣韻・曷韻》同音「烏葛切」。反切上字「烏」屬影母。反切下字「葛」屬曷韻,開口一等。中古影母開口一等字今粵讀零聲母,曷韻開口一等字今粵讀 -aat 或 -ot 韻。「烏葛切」切讀 aat³。

古

食物壞臭。《廣韻・曷韻》:「餲,食傷臭。」又:「胺,肉敗臭。《論語》作『餲』,食臭也。」《論語・鄉黨》:「食饐而餲,魚餒而肉敗,不食。」

今

尿臭。如:「個細路啲尿好餲。」(「那小孩的尿液很臭。」)「胺」是餲的異體字,由於筆畫少,餲今寫作「胺」。「餲」、「胺」字音不易辨識,aat³ 又俗作「壓」。

※拗 aau²

讀音

拗,《廣韻・巧韻》音「於絞切」。反切上字「於」屬影母。反切下字屬巧韻,開口二等。中古影母開口二等字今粵讀零聲母。「於絞切」今讀 aau²。

古

❶ 手拉。《說文・手部》新附字:「拗,手拉也。」引申有折斷的意思。《尉繚子》:「拗矢折矛。」唐・溫庭筠〈達摩支曲〉:「擣麝成塵香不滅,拗蓮作寸絲難絕。」

❷ 固執，倔強。《韻會》音「於教切」，音 aau³。《警世通言》卷四：「因他性子執拗，主意一定，佛菩薩也勸他不轉，人皆呼為**拗**相公。」

❸ 不依從，音 aau³。如近體詩中不合常規平仄格律的句子，稱為「**拗**句」(aau³ geoi³)。

<u>今</u>

❶ 折，音 aau²。如「**拗彎**」(「折曲」)、「**拗彎**」(「折曲」)。又如：「佢好大力，將枝棍**拗斷**兩橛。」(「他氣力很大，把這根棍子折開兩半。」)

∞ **拗柴** aau² caai⁴　足踝扭傷。如：「佢踢波唔小心**拗柴**。」(「他踢足球不小心扭傷足踝。」)

∞ **拗開** aau² hoi¹　折斷。如：「將樹枝**拗開**兩截。」(「把樹枝折開兩半。」)又虛指分開。如：「啲錢好辛苦賺番嚟，**拗開**有血有汗。」(「這些錢是很辛苦賺回來，擘開是有血有汗的。」)

∞ **拗手瓜** aau² sau² gwaa¹　掰腕子。比喻與人較量高低。

訆 aau³

<u>讀音</u>

訆，《集韻・效韻》音「於教切」。反切上字「於」屬影母。反切下字「教」屬效韻，開口二等。中古影母開口二等字今粵讀零聲母。「於教切」音 aau³。

<u>古</u>

❶ 爭論。《集韻・效韻》：「**訆**，言逆也。」

❷ 不順。「**訆口**」，不順口，小說寫作「拗口」。如：《紅樓夢》第三十五回：「我的名字本來是兩個字，叫作金鶯。姑娘嫌拗口，就單叫鶯兒。」

<u>今</u>

❶ 爭論，爭辯。如：「咪**訆**喇！」(「不要再爭論了！」)

❷ 不順。如：「呢句讀起上嚟好**訆口**。」(「這句子唸起上來很訆口。」)**訆**，今作「拗」。

∞ **訆頸** aau³ geng²　爭辯。如：「佢份人最鍾意**訆頸**。」(「他這人最愛與人爭辯。」)

∞ **訆數** aau³ sou³　為錢財賬目爭辯。如：「佢兩個恰份做生意，成日為賬目**訆數**。」(「他們兩人合伙做生意，經常為賬目而爭辯。」)

∞ **包訆頸** baau¹ aau³ geng²　甚麼都要爭辯一番。如：「你個人正一**包訆頸**，人話東你就話西。」(「你這個人就是好爭論，人家說東你偏要說西。」)

∞ **口同鼻拗** hau² tung⁴ bei⁶ aau³　嘴巴與鼻子抬槓，喻無謂的爭執。

僾 _{ai¹}

僾，《廣韻·微韻》音「於希切」。反切上字「於」屬影母，喉音，今粵讀零聲母。反切下字「希」屬微韻，開口三等。中古喉音微韻開口三等字今粵讀 -ai 韻。「於希切」今讀 ai¹。

古

哀痛之聲。《說文·心部》：「僾，痛聲也。……《孝經》曰：『哭不僾。』」《孝經》指《孝經·喪親章》，今本「僾」作「偯」。《廣韻·微韻》：「僾，念痛聲也。」清·顧景星《白茅堂集·悔岸汪公家傳》：「癸亥十月，聞公訃，設位哭而僾，父老聞之皆哭。」

今

央求，哀求，懇求。如：「佢唔做就算，我唔會僾佢。」（「他不做便算，我不會央求他的。」）又如：「僾契爺咁僾。」（「像向乾爹懇求似的。」）僾，今俗作「嗌」。

∞ **僾僾誓誓** ai¹ ai¹ sai¹ sai¹　懇求，低聲下氣貌。如：「你唔使僾僾誓誓啦，無論點我都唔會應承你嘅。」（「你不要再苦苦哀求了，無論如何我也不會答應你的。」）

∞ **人怕僾，米怕篩** jan⁴ paa³ ai¹ , mai⁵ paa³ sai¹　熟語。意謂苦苦哀求總能使人心軟。

∞ **又僾又誓** jau⁶ ai¹ jau⁶ sai¹　懇求，低聲下氣貌；囉囉唆唆地求。如：「你唔好喺度又僾又誓啦。」（「你別在這兒囉囉唆唆地求了。」）《廣韻·齊韻》：「誓，悲聲。」音「先稽切」，與「西」在同一小韻，今粵讀 sai¹。

曀 _{ai³}

曀，《廣韻·霽韻》音「於計切」，與「翳」字在同一小韻。今粵讀 ai³。

古

天陰有風。《詩經·邶風·終風》：「終風且曀。」又云：「曀曀其陰。」毛傳：「陰而風曰曀。」

今

❶ 密雲欲雨。如：「個天曀緊雨。」（「天空密雲滿布，快要下雨。」）

❷ 天氣悶熱。如：「今日天氣好曀。」（「今天天氣很悶熱。」）曀，今俗作「翳」。

∞ **噎焗** ai³ guk⁶ 悶熱。如:「呢度一啲風都冇,好**噎焗**。」(「這兒一點風也沒有,很悶熱。」)

∞ **噎熱** ai³ jit⁶ 悶熱。如:「天口**噎熱**。」(「天氣悶熱。」)

※**揞** am²

讀音

揞,《廣韻·感韻》音「烏感切」。反切上字「烏」屬影母。反切下字「感」屬感韻,開口一等。中古影母開口一等字今粵讀零聲母。「烏感切」讀 am²。

古

❶ 掩藏。《方言》卷六:「**揞**、揜、錯、摩,藏也。荊楚曰**揞**。」元·喬吉〈一枝花·私情〉套曲:「風聲兒惹起如何**揞**?」

❷ 用手掩蓋。《廣韻·感韻》:「**揞**,手覆。」唐·盧仝〈月蝕〉:「恐是眶睫間,**揞**塞所化成。」《何典》第一回:「形容鬼忽覺一陣肚腸痛,放出一個熱屁來,連忙**揞**住屁股道……」

❸ 揩拭。元·賈仲名《蕭淑蘭情寄菩薩蠻》第二折:「春衫雙袖漫漫將淚**揞**。」

今

❶ 掩藏。如:「你唔好將件事**揞**喺心度啦!」(「你不要把事件收藏在心裏吧!」)

❷ 以手掩蓋。如:「用手**揞**住雙眼,唔准偷睇。」(「用手掩蓋雙眼,不准偷看。」)又如:「**揞**實個嘴唔出聲。」(「捂住嘴巴不說話。」)

∞ **揞脈** am² mak⁶ 看脈。又稱「把脈」。

∞ **揞住荷包** am² zyu⁶ ho⁴ baau¹ 表面說用手把錢包覆蓋,喻人含嗇,不捨得出錢。如:「一到埋單,佢就**揞住個荷包**喇。」(「到了結賬時,他便捨不得付鈔了。」)

∞ **鬼揞眼** gwai² am² ngaan⁵ 被鬼蒙住眼睛,說人看不見。如:「今日我真係**鬼揞眼**啦,搭錯車都唔知。」(「今天我真的被鬼蒙住眼睛了,上錯公共汽車也不知道。」)

※**罨** ap¹

讀音

罨,《廣韻·合韻》音「烏合切」。反切上字「烏」屬影母。反切下字「合」屬合韻,開口一等。中古影母開口一等字今粵讀零聲母。「烏合切」今讀 ap¹。

覆蓋。《說文・网部》:「罨,覆也。」《廣韻・合韻》:「罨,覆蓋也。」

❶ 敷藥在傷口。如:「用啲草藥罨住個傷口。」(「用草藥把傷口敷好。」)

❷ 漚,長時間地浸泡。如:「踢完波要即刻換衫,唔好罨住晒。」(「踢完足球要馬上更衣,不要讓濕透的衣服黏住身體。」)

❸ 暗中補貼。如:「佢周不時罨啲錢畀個女使。」(「她經常暗中給錢她的女兒用。」)

∞ 生草藥 —— 係又罨(嗑),唔係又罨(嗑) saang¹ cou² joek⁶ — hai⁶ jau⁶ ap¹ , m⁴ hai⁶ jau⁶ ap¹ 歇後語。中藥有生藥和熟藥之分。生藥,又稱生草藥,採於山林草野間,現採現賣,少經炮製。歇後語中的「罨」,是指敷藥於傷口。罨諧音「嗑」(俗作「噏」,音 nap¹),解作亂說話。這歇後語表面意思是治理傷口,所用生草藥,不管合用與否,都用作敷料,實際的意思是喻人胡說八道,也比喻人多嘴多舌。

*毆 au²⁻³

毆,《廣韻・厚韻》音「烏后切」,上聲。反切上字「烏」屬影母。反切下字「后」屬厚韻,開口一等。中古影母開口一等字今粵讀零聲母。「烏后切」今讀 au²,變調讀 au³。

用杖擊打物體。《說文・殳部》:「毆,捶毄物也。」《廣韻・厚韻》:「毆,毆擊也。」《史記・留侯世家》:「(張)良鄂然,欲毆之。為其老,彊忍,下取履。」唐・柳宗元〈邕州刺史李公誌〉:「刺殺郡吏,毆縛農民。」《紅樓夢》第四回:「兩家爭買一婢,各不相讓,以致毆傷人命。」

(用棍或尺子)擊打。如:「你再曳,毆你兩野。」(「如你再頑皮的話,打你兩下。」)又如:「用大棍毆佢。」(「用大棍打他。」)

*漚 au³

漚,《廣韻・候韻》音「烏候切」。反切上字「烏」中古屬影母。反切下字「候」中古屬候韻,開口一等。中古影母開口一等字今粵讀零聲母。「烏候切」讀 au³。

❶ 在水中長時間浸泡。《說文・水部》:「漚,久漬也。」《詩經・陳風・東門之池》:「東門之池,可以漚麻。」

❷ 水泡。唐・白居易〈想東遊五十韻〉:「幻世春來夢,浮生水上漚。」

❶ 長久放在潮濕的地方。如:「件裇衫漚爛咗。」(「這件襯衣因潮濕而壞了。」)

❷ 醞釀。如:「個天又漚雨啦。」(「天又醞釀下雨了。」)

❸ 用水浸來製作。如「漚芽菜」(「發豆芽」)。

∞ **漚仔** au³ zai² 孕婦處於妊娠反應期,像漚東西一般慢慢變化,故稱。如:「佢漚仔好辛苦,成日嘔。」(「她熬妊娠反應很難受,時常嘔吐。」)

*擺酒 baai² zau²

設宴。元・劉唐卿《降桑椹蔡順奉母》第一折:「人家擺酒未邀賓,我仗着村濁性兒魯,走到人家則管嚷。」《金瓶梅》第三十四回:「明日與新平寨坐營須老爺送行,在永福寺擺酒。」《儒林外史》第十七回:「潘保正替他約齊了分子,擇個日子賀學,又借在庵裏擺酒。」

設宴。「擺酒」的目的包括生日、滿月、百日宴、結婚、擺大壽、升職、洗塵、餞行,不一而足。如:「後日老細生日擺酒,大家記住早啲到。」(「後天老闆生日設宴,大家記緊早點兒出席。」)

∞ **擺和頭酒** baai² wo⁴ tau⁴ zau² 通過擺設筵席,冰釋雙方之間的嫌隙,化敵為友,而過往的恩怨亦在酒席上一筆勾銷。

*白濛濛 baak⁶ mung⁴ mung⁴

濛,《廣韻・東韻》音「莫紅切」,與「蒙」字在同一小韻。「莫紅切」今粵讀 mung⁴,也可變調讀 mung¹。

《說文・水部》:「濛,微雨也。」引申為微雨之貌。《詩經・豳風・東山》:「我來自東,零雨其濛。」又引申有籠罩之義。《文選・左思〈魏都賦〉》:「陽靈停曜於其表,陰祇濛霧於其裏。」又「濛濛」一詞,古書屢見,形容水氣綿細密布的樣子。晉・陶淵明〈停雲〉:「靄靄停雲,濛濛時雨。」《三國

演義》第一百回：「三將不能相顧，只管亂撞，但見愁雲漠漠，慘霧濛濛。」又引申為迷茫不清的樣子。唐・岑參〈與高適薛據登慈恩寺浮圖〉：「五陵北原上，萬古青濛濛。」唐・白居易〈江夜舟行〉：「煙澹月濛濛，舟行夜色中。」

❶ 形容白茫茫一片。如：「雨落得好大，馬路只睇到**白濛濛**一片。」（「雨下得很大，道路只看到一片**白濛濛**。」）

❷ 粉白之意。如：「幅牆油到**白濛濛**，唔好睇！」（「這面牆塗得一片粉白，不好看！」）**白濛濛**，今又作「白蒙蒙」。

白雪雪 baak⁶ syut³⁻¹ syut³⁻¹

白淨淨的，非常潔白。元・睢景臣〈哨遍・高祖還鄉〉套曲：「明晃晃馬鐙鎗尖上挑，**白雪雪**鵝毛扇上鋪。」

白淨淨的，非常潔白。如：「個妹妹仔塊面**白雪雪**，好得人中意。」（「那小妹妹的面龐白淨淨的，很討人喜歡。」）「**白雪雪**」的疊音後綴「雪雪」，由本調 syut³ syut³ 變調讀 syut¹ syut¹。

※ 白蛇 baak⁶ zaa³

讀音

蛇，《廣韻・禡韻》音「除駕切」。「除」中古屬澄母字，全濁。中古澄母仄聲字今粵音讀 z- 母，故「除駕切」讀 zaa³。

水母。《玉篇・虫部》：「蛇，形如覆笠，泛泛常浮隨水。」《廣韻・禡韻》：「蛇，水母也。」《文選・郭璞〈江賦〉》：「璊結腹蟹，水母目蝦。」李善注引《南越志》：「海岸間頗有水母，東海謂之蛇。正白，濛濛如沫，生物有智識，無耳目，故不知避人。」唐・劉恂《嶺表錄異》卷下：「水母，廣州謂之水母，閩謂之蛇。其形乃渾然凝結一物。有淡紫色者，有白色者。大如覆帽，小者如碗。腹下有物如懸絮，俗謂之足，而無口眼。」「蛇」，明代又作「鮓」。明・屠本畯《閩中海錯疏》卷中：「水母，一名鮓。」

水母。蛇色白，故又稱「**白蛇**」。它是腔腸動物，身體如傘狀，嘴部在傘蓋下面的中央，傘蓋周圍有很多觸手，觸手上有絲狀的刺，是攻擊敵人和自

衛的武器，也能用來覓食。香港人謔稱交通警察為「**白蛇**」，原因是香港交通警察戴上圓圓的、白色的頭盔，頭部仿如「**白蛇**」；而且他們會向違規駕駛者發出告票，就像「**白蛇**」用觸手刺人一樣。**白蛇**，今俗作「白炸」。

白淨 baak⁶ zing⁶-zeng⁶

古

皮膚白皙。《水滸全傳》第十回：「五短身材，**白淨**面皮，沒有髭鬚。」《金瓶梅》第十三回：「今日對面見了，見他生的甚是**白淨**，五短身材，瓜子面兒，細彎彎兩道眉兒。」《紅樓夢》第十九回：「一面看那丫頭，雖不標致，倒還**白淨**，些微亦有動人處，羞的臉紅耳赤，低首無言。」《文明小史》第三十九回：「果然有這樣一個閨女，皮色呢倒也很**白淨**，只是招牙露齒的。」

今

皮膚白皙。如：「個女仔皮膚**白淨**，生得都幾靚。」（「那少女皮膚白皙，樣子頗漂亮。」）「**白淨**」的「淨」讀 zeng⁶，白讀。文讀唸 zing⁶。

白撞 baak⁶ zong⁶

古

❶ 白日闖入人家作案的竊賊。又作「白日撞」。《古今小說》卷四十：「你莫非是白日撞麼？強裝麼公差名色，掏摸東西的。」《照世杯》卷一：「這定是白日撞，鎖去見官，敲斷他脊樑筋。」明・吳炳《情郵記・見和》：「那個人初說要馬，怎生一進驛中再不出來，敢是**白撞**剪絡的。」

❷ 晴天忽下的驟雨，維時甚短，雨點大而疏。清・屈大均《廣東新語・天語・雨》：「凡天晴暴雨忽作，雨不避日，日不避雨，點大而疏，是曰**白撞**雨，亦曰過雲，亦曰白雨。……諺曰：早禾壯，須**白撞**。」章炳麟《新方言・釋天》：「夏天暴雨，一二里內雨暘各異，故謂之偏。亦曰分龍雨，亦曰白雨，廣東謂之**白撞**雨。」

今

憑空而來曰白撞。又指撞騙者，入人家屋內的竊賊，詐言找錯人家，如無人則拿走財物。如：「嗰個人我唔識佢，一定係**白撞**嚟，快啲趕佢走！」（「那人我不認識，他一定是撞騙者，快點兒趕他離開。」）

∞ **白撞雨** baak⁶ zong⁶ jyu⁵ 晴天忽下的驟雨，維時甚短，雨點大而疏。如：「日光日白行山，突然落咗場**白撞雨**，避唔切，搞到成身濕晒。」（「大白天行山，忽然下了一場驟雨，躲避不及，弄得全身濕透。」）

∞ **白撞雨 —— 瀳（讚）壞人** baak⁶ zong⁶ jyu⁵—zaan³ waai⁶ jan⁴ 歇後語。本指炎日落白撞雨，濺發蒸氣，路人容易中暑。瀳、讚諧音，借喻一讚反而差了。

∞ **過雲雨** gwo³ wan⁴ jyu⁵ 陣雨，時間不長的雨。雨隨着雲到來，雲過了，雨也跟着停了。

※ 掤 baan³

掤，《集韻・諫韻》音「博幻切」，今粵讀 baan³。

纏繞，擊打。《集韻・諫韻》：「掤，絆也，引擊也。」

用棍或棍狀的東西打。如：「要用棍掤佢至得。」（「要用棍子打他才行。」）

※ 爆炛 baau³ caak³

炛，《集韻・陌韻》音「恥格切」，今粵讀 caak³。

「炛」解皮膚皺裂。《玉篇・皮部》：「炛，皺炛也。」《集韻・陌韻》：「炛，皺也。」「皺」是皮膚皺裂之意。清・范寅《越諺》卷中：「膔炛，嚴冬皮炛。」

「爆」有「裂開」之義，「炛」指皮膚皺裂。冬天氣候寒冷乾燥，皮膚容易皺裂，稱「**爆炛**」。如：「呢牌又凍又乾，成塊面都爆炛啦。」（「近來天氣又寒冷，又乾燥，面部皮膚都皺裂了。」）**爆炛**，今俗作「爆拆」。

※ 㧯開 baau⁶ hoi¹

㧯，《集韻・效韻》音「皮教切」。反切上字「皮」中古屬並母。中古並母仄聲字今粵音讀 b- 母，不送氣。「皮教切」讀 baau⁶。

以手撞擊。《集韻・效韻》：「㧯，手擊也。」

用手或身體撞擊。如:「佢排排下隊,忽然界人用手踭**敀開**。」(「他正在排隊時,忽然給人以手肘撞開。」)

*齙牙 baau⁴⁻⁶ ngaa⁴

讀音

齙,《集韻・爻韻》音「蒲交切」。反切上字「蒲」屬並母。中古並母仄聲字今粵讀 b- 母。「蒲交切」今讀 baau⁴,變調讀 baau⁶。

古

「齙」指突出的牙齒。《集韻・爻韻》:「齙,齒露。」

今

突出的牙齒,即是在兩齒之間橫生的牙齒。如:「佢笑起嚟突出隻**齙牙**,鬼咁得意。」(「他笑起來露出一隻**齙牙**,怪有趣的。」)今「齙」須與「牙」結合成**「齙牙」**一詞,才可使用。至於「齙」單用時,作動詞用,有「突出」之意。如:「份禮物包得唔好,有隻角齙咗出嚟。」(「這份禮物包裝得不好,有一個角突出來了。」)

*凭 bang⁶

讀音

凭,《集韻・證韻》音「皮孕切」。反切上字「皮」屬並母。中古並母仄聲字今粵讀 b- 母,「皮孕切」今粵讀 bang⁶。又《廣韻・蒸韻》音「扶冰切」,與「憑」字在同一小韻,今粵讀 pang⁴。

古

依靠,靠在几、欄物體上。《說文・几部》:「凭,依几也。……《周書》:『凭玉几。』」唐・李羣玉〈湖寺清明夜遣懷〉:「柳暗花香愁不眠,獨**凭**危檻思凄然。」宋・王安石〈次韻和張仲通見寄三絕句〉其一:「默默此時誰會得?坐**凭**江閣看飛鴻。」元・王實甫《西廂記》第一本第三折:「夜深香靄散空庭,簾幕東風靜,拜罷也斜將曲欄**凭**。」

今

❶ 可倚靠的東西或伴侶。如:「老來有個伴,有個挨**凭**。」(「老來有個伴侶,有個靠頭兒。」)

❷ 倚,靠。如:「將張梯**凭**喺牆角度。」(「把梯子靠在牆角。」)

∞ **挨挨凭凭** aai¹ aai¹ bang⁶ bang⁶ 倚靠，又隱含無聊之意。如：「你唔好**挨挨凭凭**又一日呀！」(「你不要這兒站一下，那兒靠一下過日子吧！」)

畀 bei³⁻²

讀音

畀，《廣韻・至韻》音「必至切」。反切上字「必」屬幫母，唇音，今粵讀 b- 母。反切下字「至」屬至韻，開口三等。中古唇音開口三等字今粵讀 -ei 韻。「必至切」今讀 bei³，變調讀 bei²。

古

❶ 給予。《說文・丌部》：「**畀**，相付與之約在閣上也。」《廣韻・至韻》：「**畀**，与也。」《尚書・洪範》：「帝乃震怒，不**畀**洪範九疇。」《詩經・小雅・巷伯》：「取彼譖人，投**畀**豺虎。豺虎不食，投**畀**有北。」

❷ 付託，委派。《左傳・隱公三年》：「王崩，周人將**畀**虢公政。」

❸ 通「俾」。使。《新唐書・環王列傳》：「不設刑，有罪者使象踐之；或送不勞山，**畀**自死。」

今

❶ 給予。如：「**畀**本書我。」(「給我一本書。」)

❷ 被。如：「我**畀**隻狗咬咗一啖。」(「我被狗咬了一口。」)

❸ 烹調時放入。如：「煮呢味餸唔好**畀**咁多鹽。」(「烹調這道菜不要放入太多鹽。」)

❹ 投入。如：「你要**畀**心機讀書。」(「你要專心讀書。」)

❺ 讓。如：「居然**畀**佢抽到個大獎。」(「居然讓他抽到了一個大獎。」)

❻ 允許。如：「唔好**畀**佢做班代表。」(「不要讓他做班代表。」)

❼ 介詞。相當於「用」、「以」。如：「唔好**畀**手揦嘢食！」(「不要用手拿東西吃。」) **畀**，今俗作「比」、「被」或「俾」。

∞ **畀鬼笮** bei³⁻² gwai² zaak³ 睡覺時覺得有重物壓在身上。如：「尋晚瞓覺**畀鬼笮**。」(「昨晚睡覺發生夢魘。」)

∞ **畀雷劈** bei³⁻² leoi⁴ pek³ 罵人話。遭雷打的。如：「你咁忤逆，因住**畀雷劈**呀！」(「你這麼忤逆，當心遭雷擊啊！」)

∞ **畀面** bei³⁻² min⁶⁻² 給面子，賞面。如：「佢請你飲，好**畀面**。」(「他請你參加飲宴，很賞面。」)

∞ **畀西瓜皮你踩** bei³⁻² sai¹ gwaa¹ pei⁴ nei⁵ caai² 使人滑倒。比喻暗中設計整治人。如:「佢派你做阿頭,其實係**畀西瓜皮你踩**。」(「他委派你做負責人,其實是設局整治你。」)

∞ **畀心機** bei³⁻² sam¹ gei¹ 專心,用心。如:「就考試啦,好**畀心機**讀書。」(「快考試了,好好用心讀書。」)

髀 bei²

※ 髀 bei²

讀音

髀,《廣韻・旨韻》音「卑履切」,今粵音 bei²。

古

腿。《文選・張協〈七命〉》:「**髀**腥脣。」李善注:「《說文》曰:『**髀**,股外也。』」「股」是大腿。

今

腿。多指人和動物的大腿,如「大**髀**」(「大腿」)、「雞**髀**」(「雞腿」)、「鵝**髀**」(「鵝腿」)等。**髀**,今多誤作「脾」。

∞ **蚊髀同牛髀** man¹ bei² tung⁴ ngau⁴ bei² 喻小巫見大巫,不能相比。如:「你咁叻,我同你比,簡直係**蚊髀同牛髀**啦。」(「你那麼有才幹,我跟你比較,簡直是小巫見大巫了。」)「**蚊髀同牛髀**」現多作「蚊比同牛比」,意義相同,「髀」與「比」粵音亦同。

∞ **膝頭大過髀** sat¹ tau⁴ daai⁶ gwo³ bei² 謂膝骨比腿部還粗壯,指腿部無肉,骨瘦如柴。

鼻塞 bei⁶ sak¹

古

鼻子不暢通。唐・韓愈〈赴江陵途中寄贈王二十補闕、李十一拾遺〉:「因疾鼻又塞。」宋・劉克莊〈菊〉:「莫道先生真**鼻塞**,幽薌常在枕囊邊。」《紅樓夢》第五十一回:「至次日起來,晴雯果覺有些**鼻塞**聲重,懶怠動彈。」

今

鼻子不暢通。如:「佢大傷風,喉沙兼**鼻塞**。」(「他患上重感冒,喉嚨沙啞,兼且鼻子不暢通。」)

※屏 bing²-beng³

讀音

「屏」是個多義多音字，其中有「隱蔽」一義，《廣韻・靜韻》音「必郢切」，與「餅」字在同一小韻。今粵讀 bing²，白讀 beng²，變調讀 beng³。

古

《說文・尸部》：「屏，屏蔽也。」意謂隱蔽的屋室。也作「屏」。引申有隱蔽義。《尚書・金縢》：「爾不許我，我乃屏璧與珪。」孔安國傳：「屏，藏也。」《宋史・趙普列傳》：「六年，帝又幸其第。時錢王俶遣使致書於普，及海物十瓶，置於廡下，會車駕至，倉卒不及屏，帝顧問何物，普以實對。」

今

收藏。如：「你屏埋啲首飾去邊？」（「你把首飾收藏在哪裏？」）

※穮 biu¹

讀音

穮，《集韻・宵韻》音「卑遙切」，與「標」字在同一小韻，今粵讀 biu¹。

古

禾芒。《集韻・宵韻》：「穮，稻田秀出者。」《宋書・律志序》：「秋分而禾穮定，穮定而禾孰。」

今

冒出。如：「嚇到我穮冷汗。」（「嚇得我冷汗直冒。」）穮，今俗作「標」。

∞ 穮青 biu¹ ceng¹ 出類拔萃。如：「佢考試啲成績好穮青。」（「他考試的成績很突出。」）

∞ 穮高 biu¹ gou¹ 長高。如：「冇見個細路一排，穮高咗好多。」（「沒有見那孩子一段時間，他長高了很多。」）

∞ 穮芽 biu¹ ngaa⁴ （植物）出芽。如：「嗰盆花開始穮芽啦。」（「那盆花卉開始發芽了。」）

跛羅蓋 bo²⁻¹ lo⁴ goi³

讀音

跛，《廣韻・果韻》音「布火切」，今粵音讀 bo²，變調讀 bo¹。

膝蓋骨。《醒世姻緣傳》第十回:「高氏正說着這個,忽道:『這話長着哩,隔着層夏布褲子,墊的**跛羅蓋**子慌!我起來說罷。』」

膝蓋骨。如:「頭先唔小心跌親,擦損咗個**跛羅蓋**。」(「剛才不小心滑倒,擦傷了膝蓋。」)「**跛羅蓋**」也說「膝頭蓋」。**跛羅蓋**,今俗作「波羅蓋」或「菠蘿蓋」。

*髆 bok³

讀音

髆,《廣韻・鐸韻》音「補各切」,今粵讀 bok³。

古

❶ 肩。《說文・骨部》:「髆,肩甲也。」唐・無名氏〈嘲崔左丞〉:「髆上全無項,胸前別有頭。」清・許槤《洗冤錄詳義・肩甲骨圖》:「《說文》:『髆,肩甲也。』故肩甲亦稱肩髆。」

❷ 兩肩及膀。唐・慧琳《一切經音義》卷六十:「髆,《集訓》云:『兩肩及臂也。』」《東莞縣志・輿地略十・方言中》:「袒裼謂之赤髆。」章炳麟《新方言・釋形體》:「今謂臂曰臂髆,或曰胳髆,語稍異古,然相引伸也。」髆,後俗作「膊」,然「膊」的本義是曝曬的肉。《說文・肉部》:「膊,薄脯,膊之屋上。」意謂「膊」是薄薄的肉片,把它放在屋上(讓它曝曬乾燥)。後假借為「髆」,解胳膊。

今

肩。如:「起髆」(「上肩」),「換髆」(「換肩」)。

∞ **髆頭** bok³ tau⁴ 肩膀。

∞ **卸髆** se³ bok³ 字面的解釋,是把肩上的東西卸下來,不再扛着。比喻丟下應擔負的工作,甩手不幹。如:「佢份人好冇責任感,工作一有問題,就**卸髆**畀其他同事。」(「他這個人沒有責任感,工作遇上問題,就把責任推到其他同事身上。」)

薄設設 bok⁶ cit³⁻¹ cit³⁻¹

古

形容單薄。元・無名氏《雲夢窗》第三折:「**薄設設**衾寒枕冷,愁易感好夢

難成。」元・石君寶《李亞仙花酒曲江池》第一折：「我將這骨刺刺小車兒碾得蒼苔碎，**薄設設**汗衫兒惹得游絲細。」

形容物很薄。如：「片火腿**薄設設**，一啖就食晒。」（「這片火腿薄乎乎的，一口便把它吃掉。」）「**薄設設**」的疊音後綴「設設」，由本調 cit³ cit³ 變調讀 cit¹ cit¹。**薄設設**，今多作「薄切切」。

*幫補 bong¹ bou²

❶ 幫助，幫忙。明・王守仁《傳習錄》卷上：「蓋顏子是個克己向裏，德上用心的人，孔子恐其外面末節或有疏略，故就他不足處**幫補**說。」

❷ 在經濟上予以資助。《紅樓夢》第一百零六回：「如今丈人抄了家，不但不來瞧看，**幫補**照應，倒趕忙的來要銀子。」

在經濟上幫助。如：「每逢放假，我哋幾兄弟就做兼職，賺錢**幫補**家用。」（「每逢放假，我們兄弟各人找兼職工作做，掙錢補助家庭生活費用。」）

※幫䞋/幫襯 bong¹ can³

䞋，《廣韻・震韻》音「初覲切」，今粵讀 can³。

「䞋」有二義：

❶ 舊時施捨財物給僧人。唐・慧琳《一切經音義》卷九十引《文字集略》云：「䞋，施也，或從口作嚫。」南朝・梁・慧皎《高僧傳・宋京師杯度》：「所得䞋施，迴以施欣。」

❷ 賜，贈送。《集韻・稕韻》：「䞋，貺也。」「襯」本解作近身衣。《廣韻・震韻》：「襯，近身衣。」音「初覲切」。後解作施舍，大概是假借「䞋」義。南朝・梁・吳均《續齊諧記》：「潛後以此蠱上晉武陵王晞，晞薨，以襯眾僧。」《水滸全傳》第七十一回：「平明，齋眾道士，各贈與金帛之物，以充襯資。」

「**幫襯**」一詞，古已有之，有以下諸義：

❶ 幫助，資助。元・曾瑞《王目英元夜留鞋記》第二折：「觀音菩薩……今日一天大事，都在這殿裏，你豈可不**幫襯**著我。」《說岳全傳》第一回：「師

父，虧我說了多少**幫襯**的話，員外方肯請師父到裏邊去。」《儒林外史》第一回：「又虧秦老一力**幫襯**，製備衣衾棺槨。」

❷ 幫腔。《二刻拍案驚奇》卷二十二：「門下客人又肯**幫襯**，道：『公子們出外，寧可使小百姓巴不得來，不可使他怨恨我每來。』」

❸ 體貼。元・高文秀〈啄木兒・朦朧睡巧夢成套〉套曲：「為你，慇懃**幫襯**。雖然夢寐間，風流當盡。堪恨姻緣，兩字欠成。」《初刻拍案驚奇》卷十三：「他只道眾人真心喜歡，且十分**幫襯**，便放開心地大膽呼盧。」

❹ 陪襯，襯托。清・富察敦崇《燕京歲時記》：「評書抵掌而談，別無**幫襯**，而豪俠亡命，躍躍如生。」《老殘遊記》第十回：「你就半嘯半擊磬，**幫襯幫襯**音節罷。」

今

「**幫贐**」一般寫作「**幫襯**」，是光顧之意。「贐」本有施捨、贈與之意。如商店有顧客購物，收銀時店員向顧客說「多謝**幫贐**」，即是謙虛地說「多謝以錢資助我」。

∞ **搞搞震，冇幫贐** gaau² gaau² zan³ , mou⁵ bong¹ can³ 順口溜。意思是光給別人添亂，但又不光顧。也可以用來責怪那些看到身邊的人在忙或者需要幫忙時，只會在旁添煩添亂，而不去幫忙、做點實事的人。

補數 bou² sou³

古

彌補。《西遊記》第四十四回：「虎力大仙道：『徒弟們且散。這陣神風所過，吹滅了燈燭香花。各人歸寢，明朝早起，多念幾卷經文**補數**。』」

今

❶ 彌補。如：「好喇，我再畀埋呢樣嘢過你，當**補數**喇。」（「好吧，我再把這個給你，當作補償。」）

❷ 補上欠的人情。如：「上個月我擺生日酒冇請你飲，今日請你食晚飯**補數**。」（「上月我的生日宴沒有邀請你，今天請你吃晚飯作補償。」）

※菢 bou⁶

讀音

菢，《廣韻・號韻》音「薄報切」，今粵讀 bou⁶。

古

孵。《方言》卷八：「北燕朝鮮洌水之間謂伏雞曰菢。」「抱」即「**菢**」。唐・

玄應《一切經音義》卷五：「今江北謂伏卵為**菢**。」《廣韻‧號韻》：「**菢**，鳥伏卵。」唐‧韓愈〈薦士〉：「鶴翎不天生，變化在啄**菢**。」明‧徐光啟《農政全書‧卷四十一‧牧養‧六畜》：「養雞不**菢**法：母雞下卵時，日逐食內夾以麻子餵之，則常生卵不**菢**。」

孵。如：「雞乸**菢**雞仔。」（「母雞孵小雞。」）

∞ **雞春咁密都會菢出仔** gai¹ cung¹ gam³ mat⁶ dou¹ wui⁵ bou⁶ ceot¹ zai² 諺語。「雞春」是雞卵之意。全句表面意思是雞蛋殼雖然密度高，也可以孵出小雞來，喻若要人不知，除非己莫為，事情總會敗露出來的。

*衩 caa³⁻¹

衩，《集韻‧禡韻》音「楚駕切」。今粵讀 caa³，變調讀 caa¹。

❶ 衣衩，衣裙下側開口的地方。《玉篇‧衣部》：「**衩**，衣衩。」唐‧李商隱〈無題〉（八歲偷照鏡）：「十歲去踏青，芙蓉作裙**衩**。」宋‧史祖遠〈三姝媚〉：「諱道相思，偷理綃裙，自驚腰**衩**。」

❷ 祖衣，露體的便衣。《正字通》卷九：「**衩**，衣祖也。」唐‧王建〈宮詞〉：「每到日中重掠鬢，**衩**衣騎馬繞宮廊。」

衣服旁邊開口的地方。如：「家姐呢條裙個**衩**開得好高。」（「姐姐這條裙子的**衩**開得很高。」）衩，今俗作「叉」。

趶 caa³⁻¹

趶，《集韻‧禡韻》音「楚嫁切」。今粵讀 caa³，變調讀 caa¹。

❶ 踏。《玉篇‧足部》：「**趶**，踏。」宋‧釋普濟《五燈會元‧云居祐禪師法嗣》：「赤腳**趶**泥冷似冰。」《西遊記》第三十八回：「行者先舉步**趶**入，忍不住跳將起來，大呼小叫。」《冷眼觀》第十七回：「仲芳聽了，便隨着那寧波老，三步兩**趶**走去。」

❷ 歧道，岔路。《集韻‧禡韻》：「**趶**，歧道也。」

失足踩入（泥水等）。如：「佢唔小心**跤**入坑渠。」（「他不小心失足踩入溝
渠。」）**跤**，今俗作「叉」。

∞ **跤錯腳** caa³⁻¹ co³ goek³　失足。如：「個伯爺婆**跤錯腳**，跌咗落火車軌。」（「那
個老婆婆失足掉下火車軌。」）

茶鍾 caa⁴ zung¹

有蓋的茶碗，底下有碟子托着。《西遊記》第二十五回：「又提一壺好茶，
兩個**茶鍾**，伺候左右。」《初刻拍案驚奇》卷二十一：「須臾吃罷茶，小廝接
了**茶鍾**進去了。」《紅樓夢》第七十六回：「這媳婦道：『我來問那一個**茶鍾**往
那裏去了，你們倒問我要姑娘。』」

有蓋的茶碗，底下有碟子托着。今寫作「茶盅」，也叫「焗盅」。飲茶時，把
在茶壺已經泡好的茶倒在**茶鍾**內，避免茶葉在茶壺內泡得太久而味道變得
苦澀。如：「沖茶入茶盅飲，茶味唔會咁苦。」（「用蓋碗兒盛茶來飲，茶味
不會太苦澀。」）

※搓 caai¹

搓，《集韻・皆韻》音「初皆切」，今粵讀 caai¹。

推擊。《集韻・皆韻》：「**搓**，推擊也。」

❶ 托，打排球的一種手法，即用手將排球彈起。如：「佢地喺球場度**搓**排球。」
（「她們在球場內托排球。」）

❷ 數人圍着推、摸。如：「得閒一齊**搓**番場麻雀。」（「有空一起打麻將。」）

❸ 踢（球）。幾個人圍着踢（球）。如：「佢哋幾個圍住**搓**波。」（「他們幾個人
圍着踢球。」）

*撳/扱 _{caai¹}

讀音

撳與扱是異體字，《廣韻・佳韻》音「丑佳切」，今粵讀 caai¹。

古

以手用力揉和壓。唐・玄應《一切經音義》卷十五：「**撳**築，又作**扱**，同。《通俗文》：『拳手挃曰**撳**也。』」《集韻・佳韻》：「**扱**，以拳加物，或作**撳**。」

今

用手壓、揉。如：「**撳**勻啲麵粉。」（「把麵粉**撳**好。」）撳，今俗作「搓」。

*劖 _{caam⁴⁻⁵}

讀音

劖，《廣韻・銜韻》音「鋤咸切」，與「巉」在同一小韻，今粵讀 caam⁴，變調讀 caam⁵。

古

❶ 刺。《說文・刀部》：「**劖**，……一曰剽也。」剽是用石針刺病。《廣韻・銜韻》：「**劖**，刺也。」三國・魏・曹丕〈酒誨〉：「設大鍼於杖端，客有醉酒寢地者，輒以**劖**刺之，驗其醉醒。」《新唐書・西域列傳下・大食》：「多象牙及阿末香，波斯賈人欲往市，必數千人納甆**劖**血誓，乃交易。」

❷ 譏刺。明・高濂《玉簪記》第二十三齣：「欲待將言遮掩，怎禁他惡狠狠話兒**劖**。」《西遊記》第四十六回：「平時間**劖**言訕語，鬥他耍子，怎知他有這般真實本事。」

今

❶ 刺入肉中。如：「唔小心**劖**刺。」（「不小心被刺刺傷。」）

❷ 以語言傷人。如：「佢講嘢**劖**心**劖**肺。」（「他說話傷害了別人的感情。」）

*揼 _{caang⁴}

讀音

揼，《廣韻・庚韻》音「直庚切」。反切上字「直」屬澄母，全濁，澄母平聲字今粵音讀 c- 母。反切下字「庚」屬庚韻，平聲，開口二等，庚韻開口二等字今粵音讀 -aang 或 -ang 韻。「揼」今讀平聲，送氣，按切語可讀 caang⁴。

古

碰觸。《玉篇・手部》：「**揼**，牚也。」《廣韻・庚韻》：「**揼**，揼觸。」唐・杜甫〈四松〉其二：「終然**揼**撥損，得愁千葉黃。」通作「棖」。《文選・謝惠

連〈祭古冢文並序〉》:「以物棖撥之，應手灰滅。」李善注:「南人以物觸物為棖也。」

今

光線刺目。今粵語「**棖**」的意義，由物體的接觸義引申為光線接觸人目。如:「你開着盞燈**棖**住晒，搞到我冇得瞓。」(「你亮着燈，光線刺眼，弄得我不能入睡。」)

○○ **棖眼** caang⁴ ngaan⁵ 光線刺目。如:「唔好坐喺呢度，個太陽好**棖眼**。」(「不要坐在這兒，陽光很耀眼。」)

○○ **光棖棖** gwong¹ caang⁴ caang⁴ 光亮耀眼，刺目。如:「呢度啲燈飾**光棖棖**，唔好睇咁耐。」(「這兒的燈飾很刺眼，不要看得太久。」)

※**犞** caau¹

讀音

犞，《集韻・爻韻》音「丑交切」，今粵讀 caau¹。

古

用角來挑。《集韻・爻韻》:「**犞**，角挑也。」

今

牛用角挑人。如:「隻水牛好惡，會用角**犞**人。」(「那頭水牛很兇惡，會用角挑人。」)

*※**抄** caau³

讀音

抄，《廣韻・效韻》音「初教切」，今粵讀 caau³。

古

掠取。《廣韻・效韻》:「**抄**，略取也。」又《廣韻・肴韻》音「楚交切」，音 caau¹，義同。《後漢書・郭伋列傳》:「時匈奴數**抄**郡界，邊境苦之。」

今

唸 caau³，搜，翻。如:「**抄**櫃桶」(「搜查抽屜」)。又如:「成間屋**抄**勻晒，都搵唔到佢。」(「整間屋都搜遍了，也不見到他。」)**抄**，俗作「摷」。

○○ **抄身** caau³ san¹ 搜身。

※齊輯輯 cai⁴ cap¹ cap¹

輯，《廣韻・緝韻》音「秦入切」，本切讀 cap⁶，今粵讀 cap¹。

古

❶ 匯合眾材而成車。《說文・車部》：「輯，車和輯也。」是指匯合眾多器材而成車輿。

❷ 和諧，和悅。《詩經・大雅・板》：「辭之輯矣，民之洽矣。」毛傳：「輯，和。」《莊子・天地》：「必服恭儉，拔出恭忠之屬而无阿私，民孰敢不輯！」成玄英疏：「輯，和也。」

❸ 整修，補合。《漢書・朱雲傳》：「御史將雲下，雲攀殿檻，檻折⋯⋯及後當治檻，上曰：『勿易！因而輯之，以旌直臣。』」顏師古注「輯⋯⋯謂補合之也。」

❹ 搜集。特指編輯、輯錄。《漢書・藝文志》：「門人相與輯而論纂，故謂之《論語》。」顏師古注：「輯與集同。纂與撰同。」按：「輯」有齊整義，大概從匯合、整修等義引申而來。古書又有「齊輯」一詞，有整齊之義，見《列子・湯問》：「推於御也，齊輯乎轡銜之際，而急緩乎脣吻之和。」「齊輯乎轡銜之際」意謂協調駕車的眾馬，使整齊均一。「**齊輯輯**」一詞，殆由「齊輯」演變而來。「**齊輯輯**」唐人有作「齊戢戢」，唐・張籍〈採蓮曲〉：「青房圓實齊戢戢，爭前競折漾微波。」《說文・戈部》：「戢，藏兵也。」「戢」本義是將兵器收而藏之，無齊整義。

今

整整齊齊。如：「佢將書架嘅書排到**齊輯輯**。」（「他把書架的書排得整整齊齊。」）

齊頭 cai⁴ tau⁴

古

凡計數逢十，稱為「齊頭」，即整數。《古今小說》卷十：「父親今年七十九，明年八十**齊頭**了。」《醒世恆言》卷三十八：「其年恰好**齊頭**七十。」《醒世姻緣傳》第五十回：「狄員外道：『八十個**齊頭**罷！』」

今

凡數目調整至整數，沒有零頭，稱為「**齊頭**」。如：「我畀咗**齊頭**五百文過佢。」（「我整整給了他五百元。」）

∞ **齊頭齊尾** cai⁴ tau⁴ cai⁴ mei⁵ 兩端都整齊。如：「將啲木條**齊頭齊尾**放好。」（「把木條兩端整齊地放好。」）

∞ **齊頭數** cai⁴ tau⁴ sou³ 整數，沒有零頭的數。清・李漁《鳳求鳳・倒媒》：「有心是這等了，再加幾方，完了**齊頭數**罷。」《二十年目睹之怪現狀》第六十二回：「接著一聲大吼道：『我四兩，**齊頭數**！』」又如：「呢件冷衫就計你一千文**齊頭數**。」（「這件毛衣就算你一千元整數好了。」）

齊整 cai⁴ zing²

❶ 整齊，井井有條。《三國志・魏書・鄭渾傳》：「入魏郡界，村落**齊整**如一。」《新五代史・梁書・謝彥章傳》：「晉人望其行陣**齊整**，相謂曰：『謝彥章必在此也。』」《紅樓夢》第四十七回：「那花園雖不及大觀園，卻也十分**齊整**寬闊。」《儒林外史》第十二回：「船家見他行李**齊整**，人物雅致，請在中艙裏坐。」

❷ 齊全，完備。宋・朱熹《朱子語類》卷一百一十二：「《唐六典》，明皇時所撰，雖有是書，然其建官卻依此。其書卻是**齊整**。」《喻世明言》卷一：「蔣興哥人才本自**齊整**，又娶得這房美色的渾家，分明是一對玉人，良工琢就，男歡女愛，比別個夫妻更勝十分。」

❸ 端正，漂亮。元・白樸《董秀英花月東牆記》第二折：「據相貌容顏**齊整**，論文學海宇傳名。」《警世通言》卷十五：「這胡美生得**齊整**，多有人戲調他。」

整齊。如：「呢個同學着啲校服好**齊整**。」（「這位同學穿的校服很整齊。」）

尋日 cam⁴ jat⁶

昨日。「尋」有「不久」義，見晉・陶淵〈歸去來兮辭并序〉：「尋程氏妹喪於武昌。」宋・程垓〈蝶戀花〉（晴日溪山春可數）：「**尋日**尋花花不語，舊時春恨還如許。」

昨日。如：「我**尋日**去睇話劇。」（「昨天我去看話劇。」）「**尋日**」今多變音讀作「琴日」（kam⁴ jat⁶），「琴日」或寫作「擒日」、「禽日」。

*親家 can¹⁻³ gaa¹

❶ 指父母。《荀子·非相》:「婦人莫不願得以為夫,處女莫不願得以為士,弃其**親家**而欲奔之者,比肩並起。」

❷ 泛稱親戚之家。漢·王符《潛夫論·思賢》:「自春秋之後,戰國之制,將相權臣,必以**親家**:皇后兄弟,主婿外孫,年雖童妙,未脫桎梏,由籍此官職,功不加民,澤不被下而取侯。」《後漢書·皇后紀上·郭皇后紀》:「帝數幸其第,會公卿諸侯**親家**飲燕,賞賜金錢縑帛,豐盛莫比。」《續漢書志·禮儀志上》:「東都之儀,百官、四姓**親家**婦女、公主、諸王大夫、外國朝者侍子、郡國計吏會陵。」

❸ 男女兩姻家的父母,對彼此的稱呼。《新唐書·蕭瑀列傳》:「子衡,尚新昌公主。嵩妻入謁,帝呼為**親家**。」元·陶宗儀《南村輟耕錄》卷六:「凡男女締姻者,兩家相謂曰**親家**。」以上各義,「**親家**」的「親」均讀平聲。

「**親家**」口語讀 can³ gaa¹。有兒女婚姻關係的雙方互稱。如:「你個仔同我個女結咗婚後,我哋以後就係**親家**嘅啦。」(「你的兒子和我的女兒結婚之後,我們就是**親家**了。」) **親家**,今俗作「**襯家**」,誤。

∞ **親家老爺** can¹⁻³ gaa¹ lou⁵ je⁴ 親家公,稱兒子的丈人或女兒的公公。

∞ **親家奶奶** can¹⁻³ gaa¹ naai⁵⁻⁴ naai⁵⁻² 親家母,稱兒子的岳母或女兒的婆婆。

趁墟/趁虛 can³ heoi¹

❶ 趕集。唐·柳宗元〈柳州峒氓〉:「青箬裹鹽歸峒客,綠荷包飯**趁虛**人。」宋·錢易《南部新書》卷八:「端州已南,三日一市,謂之趁虛。『趂』同『趁』」宋·范成大〈豫章南浦亭泊舟〉其二:「**趁墟**猶市井,收潦再耕桑。」《聊齋志異·卷十二·鴉鳥》:「周村為商賈所集,**趁墟**者車馬輻輳。」

❷ 趁其虛弱或空虛之時。《三俠五義》第四十回:「因為都堂有了年紀,神虛氣喘,咳聲不止,未免是當初操勞太過,如今百病**趁虛**而入。」

趕集。如:「你行咁快做乜?趕住**趁墟**咩!」(「你幹嗎行得那麼快?難道忙着去趕集!」)

∞ **趁風使悝** can³ fung¹ sai² lei⁵ 熟語。見風使舵。

∘∘ **趁高興** can³ gou¹ hing³　湊熱鬧。如:「佢今晚請食飯,我都去**趁高興**喇。」(「他今天請吃晚飯,我也去湊湊熱鬧。」)

∘∘ **趁手** can³ sau²　趁便。如:「既然嚟到呢間時裝店,**趁手**買番兩件恤衫。」(「既然來到這間時裝店,趁便買兩件襯衣。」)

*七七八八 cat¹ cat¹ baat³ baat³

古

差不多。隋樹森《全元散曲・歸來樂》套曲:「眼底事拋卻了萬萬千千,杯中物直飲到**七七八八**,歡百歲誰似咱。」《醒世姻緣傳》第八十七回:「說那寄姐的不賢良處,也就跟的素姐**七七八八**的了。」《何典》第八回:「那消一年半載,便將鬼谷先生周身本事,都學得**七七八八**。」

今

差不多。如:「呢單工程做得**七七八八**,好快會做完。」(「這件工程已做得差不多了,再過不久便會完成。」)

*七零八落 cat¹ ling⁴ baat³ lok⁶

古

零碎,零亂不整,支離破碎。宋・圓極居頂《續傳燈錄》卷五:「無味之談,**七零八落**。」《金瓶梅》第九十二回:「唱的馮金寶躲在牀底下,採出來,也打了個臭死。把門窗戶壁都打得**七零八落**,房中床帳妝奩都還搬的去了。」《二刻拍案驚奇》卷十八:「那甄監生心裏也要煉銀子,也要做神仙,也要女色取樂,無所不好。但是方士所言之事,無所不依,被這些人弄了幾番喧頭,提了幾番罐子,只是不知懷悔,死心塌地在裏頭,把一個好好的家事弄得**七零八落**,田產多賣盡,用度漸漸不足了。」《二十年目睹之怪現狀》第三十六回:「況且測字本是窺測、測度的意思,俗人卻誤了個拆字,取出一個字來,拆得**七零八落**,想起也好笑。」**七零八落**,一作「七菱八落」。清・王端履《重論文齋筆錄》卷一:「曾憶一書『**七零八落**』作『七菱八落』,謂菱角熟時無不自落。」清・梁紹王《兩般秋雨盦隨筆・菱落》:「菱角最易落,故諺曰:『七菱八落』。前人以對十榛九空,工切無比。」

今

零亂不整。如:「間房啲嘢畀你攪到**七零八落**啦。」(「房間的東西給你弄到零亂不堪了。」)

*七老八十 cat¹ lou⁵ baat³ sap⁶

古

年紀很大。《初刻拍案驚奇》卷十：「趁得那**七老八十**的，都起身嫁人去了。」《三刻拍案驚奇》第四回：「李二娘道：『是我家老不死、老現世阿公，**七老八十**還活在這邊。』」《蕩寇志》第七十一回：「你看，便有婦人，也都是**七老八十**。再不然，就是些七八歲的孩子們。」

今

年紀大。如：「我冇做野好耐喇，都**七老八十**咯，要休息啦。」（「我很久已沒有工作了，我年事已高，是時候休息了。」）

※揪 cau¹

讀音

揪，《廣韻・尤韻》音「楚鳩切」，今粵讀 cau¹。

古

❶ 用手提起。《廣韻・尤韻》：「**揪**，手**揪**。」《六書故》：「**揪**，五指搊攬也。」「搊」是持的意思，「攬」是「撮持」，「五指搊攬」是五指屈曲提起東西的意思。《西遊記》第四十回：「行者大驚，走近前，把唐僧**揪**着腳，推下馬來，叫：『兄弟們，不要走了，妖怪來矣。』」《醒世姻緣傳》第四十回：「說着，打發婆子上了騾子，給他**揪**上衣裳。」

❷ 攙扶。《金瓶梅》第二十六回：「纏得西門慶急了，教來安兒**揪**他起來。」

今

❶ 用手提起。如：「你**揪**住袋行李去邊？」（「你提着這袋行李往哪兒去？」）

❷ 量詞單位。如：「一**揪**提子」（「一串葡萄」）、「一**揪**鎖匙」（「一串鑰匙」）、「一**揪**行李」（「一袋行李」）等。**揪**，今俗作「抽」。

∞ **揪掅** cau¹ cing³ 挑剔。如：「佢好鍾意**揪掅**人哋。」（「他很喜歡挑剔別人。」）

∞ **揪後腳** cau¹ hau⁶ goek³ 抓住別人話中把柄，找岔子。如：「唔好亂講嘢，顧住佢**揪**你**後腳**。」（「不要亂說話，小心他在你話中找岔子。」）

∞ **一揪二拎** jat¹ cau¹ ji⁶ lang⁴⁻³ 有二解：(1) 形容東西多，大包小包的。如：「你一**揪**二**拎**嘅，一個人點拎（ling¹）得晒呀？」（「你大包小包的，一個人怎能全拿得起呢？」）(2) 形容孩子多。如：「佢而家一**揪**二**拎**，重邊得閒同我哋飲茶吖！」（「她現在孩子多了，哪有空跟我們上茶樓喝茶吃點心啊！」）

∞ **手揪** sau² cau¹　有挽手的袋子，通常是用紙或塑膠製造。「**手揪**」又可指軟質的提籃或藤籃子。

醜樣 cau² joeng⁶⁻²

不好看，長得難看。《西遊記》第九十一回：「忽的聞唐僧叫『徒弟』，他三人方才轉面。那和尚見了，慌得叫：『爺爺呀！你高徒如何怎般**醜樣**？』」

不好看，長得難看。如：「呢幅畫畫得好**醜樣**。」（「這幅圖畫畫得很難看。」）又如：「佢生得好**醜樣**。」（「他長得很難看。」）「**醜樣**」的「樣」由本調 joeng⁶ 變調讀 joeng²。

∞ **醜怪** cau² gwaai³　（1）難看。如：「佢個樣好**醜怪**。」（「他的樣子很難看。」）（2）難為情。如：「諗起呢件事，我就覺得好**醜怪**。」（「想起這件事情，我便覺得很丟人。」）又粵語「醜死怪」（cau² sei² gwaai³），也有「難為情」之意。

※ 臭罌罌 cau³ hang¹ hang¹

罌，《集韻·耕韻》音「丘耕切」。反切上字「丘」屬溪母。反切下字「耕」屬耕韻，開口二等字。溪母開口字今粵語可轉讀 h- 母，耕韻二等開口字今粵語轉讀 -aang 或 -ang 韻，「罌」切讀得 hang¹ 音。與「罌」同一小韻有「鏗」字，可證。

罌，《集韻·耕韻》：「罌，不可近也。」

臭氣撲鼻貌。如：「架垃圾車**臭罌罌**，快啲行開。」（「那輛垃圾車臭氣熏天，快避開。」）

※ 車大炮 ce¹ daai⁶ paau³

炮，《廣韻·效韻》音「匹皃切」，今粵讀 paau³。

「炮」有三義：

❶ 虛大。《說文・大部》:「奓，大也。」段玉裁注:「此謂虛張之大。」《史記・建元以來侯者年表》:「南奓侯公孫賀。」司馬貞索隱:「張揖:『奓，大也。』《纂文》云:『奓，虛大也。』」

❷ 說大話的人。《正字通・大部》:「以言冒人曰奓。」

❸ 同「礮(砲)」。《廣韻・效韻》:「礮，礮石，軍戰石也。」《正字通・大部》:「奓、砲、礮同。」唐・韓愈、孟郊〈征蜀聯句〉:「投奓鬧碻礐，填隍儳俕僆。」清・朱琦〈大金川〉:「投奓莫碎兮斫莫坼，時出剽兮噭何噭嚌。」

今

粵語「車」有閒扯，說大話之意。如:「車天車地」(「胡說一氣」)。**車大奓**即胡扯，吹牛皮，說謊。如:「你唔好聽佢**車大奓**。」(「你不要聽他說大話。」)

※趾 ce²

讀音

趾，《集韻・馬韻》音「淺野切」，今粵讀 ce²。

古

❶ 行走困難。《玉篇・足部》:「趾，行不進也。」

❷ 善於行走。《集韻・馬韻》:「趾，蹙趾，足利。」又《集韻・虁韻》:「蹙，行皃。」

今

走，離開。由「蹙趾」義引申而來。如:「呢度好嘈，快啲**趾**啦！」(「這兒很嘈吵，快點離開吧！」)又如:「你同我**趾**！」(「你給我走！」)。趾，今俗作「扯」。

※撦 ce²

讀音

撦，《廣韻・馬韻》音「昌者切」，今粵讀 ce²。

古

開，裂開。《玉篇・手部》:「撦，撦開也。」《廣韻・馬韻》:「撦，裂開。」《正字通・手部》:「扯，俗撦字。」引申作拉扯。《敦煌變文集・鷂子賦》:「遂被撮頭拖曳，捉衣撦擘。」元・王實甫《西廂記》第三本第三折:「(旦云):撦到夫人那裏去。」又引申作摭拾。清・蔣湘南〈與田叔子論古文第二書〉:「撦字撦句，以為崔錯，贗鼎之光，空嚇腐鼠。」

❶ 拉扯。如:「你唔好**撦**住佢唔放手。」(「你不要拉着他不放手。」)又如:「我哋玩**撦**大纜。」(「我們玩拔河遊戲。」)

❷ 拉使升起。如:「**撦**旗」(「升旗」)。

❸ 喘息,出氣兒。如:「**撦**氣」(「臨死時喘氣」)。

❹ 抽。如:「開咗個抽氣扇一陣,就可以**撦**晒啲水蒸氣。」(「把抽氣扇開啟一會兒,便可以把水蒸氣抽走。」)

❺ 吸。如:「束花插咗兩日,就將花樽啲水**撦**光。」(「花束插了兩天,便把花瓶的水都吸乾了。」)**撦**,今俗作「扯」。

∞ **撦鼻鼾** ce² bei⁶ hon⁴ 打鼾。

∞ **撦火** ce² fo² 發火。如:「我一見到佢咁懶就**撦火**喇。」(「我一見到他如此懶惰便發火了。」)

∞ **撦貓尾** ce² maau¹ mei⁵ 兩人串通一氣,一呼一應地蒙騙別人。如:「你哋兩個唔好**撦貓尾**喇。」(「你們兩人不要唱雙簧了。」)

∞ **撦皮條** ce² pei⁴ tiu⁴⁻² 撮合不正常的男女關係。

∞ **撦線** ce² sin³ 介紹,搭橋。如:「係我**撦線**撮合佢哋兩個。」(「是我拉線撮合他們二人。」)

∞ **撦頭纜** ce² tau⁴ laam⁶ 帶頭,發起。如:「邊個**撦頭纜**呀?」(「誰人會帶頭呢?」)

撦瘕／撦疨 ce² haa¹

讀音

瘕,《集韻・麻韻》音「虛加切」,今粵讀 haa¹。

古

喉病。《集韻・麻韻》:「瘕,喉病。或从牙。」「瘕」或作「疨」。

今

撦瘕,即哮喘。也稱「牽瘕」。如:「佢**撦瘕**時好辛苦。」(「他哮喘病發時很辛苦。」)**撦瘕**,今俗作「扯蝦」或「扯哈」。

※ 歕 cik³-cek³

歕，《廣韻‧錫韻》音「丑歷切」，今粵讀 cik³，這是文讀，白讀唸 cek³。

古

痛。《廣韻‧錫韻》：「歕，痛也。」

今

痛。如：「頭歕」，指頭疼。又如：「我個頭歕歕痛。」（「我的頭隱隱作痛。」）
歕，今俗作「赤」（cek³）。

∞ **歕手歕腳** cik³-cek³ sau² cik³-cek³ goek³　手腳冷得生疼。如：「天時冷就**歕手歕腳**。」
（「天氣冷，手腳都僵得生疼了。」）

∞ **肉歕** juk⁶ cik³-cek³　心疼。並非身體因損傷而引發的痛楚，而是由於憂慮或不
捨得而引起的心理反應，令身心感受痛楚。如：「今晚請客食飯，食咗萬幾
文，認真**肉歕**。」（「今晚宴請客人，花了一萬多元，可真心疼。」）

出年 ceot¹ nin⁴⁻²

古

「出」有「下一個」之意。古典小說有「出月」一詞，即是下一個月。《金瓶
梅》第一回：「話說西門慶一日在家閒坐，對吳月娘說道：『如今是九月廿五
日了，出月初三日，卻是我兄弟們的會期。』」《儒林外史》第二十五回：「邵
管家道：『就在出月動身。』」《紅樓夢》第三回：「如海乃說：『已擇了出月初
二日小女入都，尊兄即同路而往，豈不兩便？』」《紅樓夢》第十六回：「賈
璉這番進京，若按站走時，本該出月到家。」

今

今粵語無「出月」一詞，卻有「**出年**」一詞，即下一年之意。如：「**出年**我會
去英國讀書。」（「明年我會到英國升學。」）「年」由 nin⁴ 變調讀 nin²。

※ 黐 ci¹

黐，《集韻‧支韻》音「抽知切」，今粵讀 ci¹。

古

❶ 黏。《集韻‧支韻》：「黐，《博雅》：『黏也。』或作粡。」

❷ 叨擾，佔便宜。小說作「雌」，或作「訾」，皆假借字。如《金瓶梅》第

八十六回:「敬濟十分急了,先和西門大姐嚷了兩場,淫婦前淫婦後罵大姐:『我在你家做女婿,不道的雌飯吃,吃傷了!你家收了我許多金銀箱籠,你是我老婆,不顧贍我,反說我雌你家飯吃!我白吃你家飯來?』罵的大姐只是哭涕。」又《紅樓夢》第四十一回:「二人都笑道:『你又趕了來嘗茶吃。這裏並沒你的。』」

今

❶ 黏。如:「呢支膠水好**黐**。」(「這支膠水很黏。」)

❷ 纏住。如:「個細路成日**黐**實佢阿媽。」(「那小孩經常纏住他的母親。」)

❸ 叨擾,佔便宜。如:「今日又要嚟你屋企**黐**餐。」(「今天又要來你家擾一頓飯了。」)**黐**,今或作「痴」,誤。

∞ 菠蘿雞 —— 靠**黐** bo¹ lo⁴ gai¹——kaau³ ci¹ 歇後語。廣州菠蘿廟賣「菠蘿紙雞」,讓善信帶回家,以圖吉利。「菠蘿雞」以竹枝和紙構成雞的形狀,然後用真雞毛黏上雞身,引申歇後語「靠黐」,諷刺人喜歡佔別人便宜。如:「佢份人中意**黐**飲**黐**食,正一菠蘿雞。」(「他這個人喜歡蹭喝蹭吃,真是佔人便宜的無賴。」)

∞ **黐**纏 ci¹ cin⁴ 纏綿,形容形影不離。如:「佢兩個好**黐**纏。」(「他們兩人很纏綿。」)

∞ **黐**家 ci¹ gaa¹ 喜歡待在家中。如:「佢成日唔去街,好**黐**家。」(「他經常足不出戶,喜歡在家中待着。」)

∞ **黐**筋 ci¹ gan¹ 精神不正常,腦筋混亂。多用於罵人。

∞ **黐**飲**黐**食 ci¹ jam² ci¹ sik⁶ 蹭喝蹭吃。

∞ **黐**脷根 ci¹ lei⁶ gan¹ 大舌頭,說話不清楚。

∞ **黐**線 ci¹ sin³ 精神病,腦筋不清楚。如:「你真係**黐**綫。」(「你真的患精神病了。」)

※ **欪** ci²

讀音

欪,《廣韻・止韻》音「初紀切」。反切下字「紀」屬止韻,開口三等。止韻開口三等字今粵讀 -ei 或 -i 韻。「初紀切」切讀 ci²。

古

咬。《廣韻・止韻》:「**欪**,齧也。」

❶ 咬。如:「我畀個蘇蝦仔喺我手臂度**歆**咗一下,好痛呀!」(「我給那嬰兒在我手臂上咬了一口,很痛啊!」)

❷ 用牙齒幫手把東西弄斷。如:「用牙**歆**斷條繩。」(「用牙齒幫手把繩子弄斷。」)

遲幾日 ci⁴ gei² jat⁶

過幾天。《金瓶梅》第一回:「剛待轉身,被吳月娘喚住,叫大丫頭玉簫在食籮裏揀了兩件蒸酥果餡兒與他。因說道:『這是與你當茶的。你到家拜上你家娘,你說西門大娘說,**遲幾日**還要請娘過去坐半日兒哩。』」

過幾天。如:「我而家唔得閒,**遲幾日**再搵你。」(「我現在沒有空,過幾天再找你。」)

∞ **早幾日** zou² gei² jat⁶ 早幾天。

※摛 cim⁴

摛,《集韻・鹽韻》音「慈鹽切」,與「潛」字在同一小韻,今粵讀 cim⁴。

摘。《集韻・鹽韻》:「**摛**,摘也。」

抽,拔。如:「**摛**籌」即抽簽。又如:「你真好彩,**摛**中咗頭獎。」(「你真幸運,抽中了頭獎。」)

∞ **摛中指** cim⁴ zung¹ zi² 一種遊戲,將手指握在一起,令對方找出中指,猜出則勝。

前日 cin⁴ jat⁶

前兩天。《紅樓夢》第三十一回:「林黛玉笑道:『你們瞧瞧他這個人,**前日**一般的打發人給我們送來,你就把他的也帶了來,豈不省事?』」《儒林外史》第一回:「聽見**前日**出京時,皇上親自送出城外。」

前兩天。如：「**前日**你有冇去過圖書館？」(「前天你有沒有到圖書館去？」)

∞ **大前日** daai⁶ cin⁴ jat⁶ 前三天。

前世唔修 cin⁴ sai³ m⁴ sau¹

古

前世不積修善行，今世落得報應。明末清初木魚書《花箋記》：「前世未修今世折，紅顏薄命古人云。」清・招子庸《粵謳・訴恨》：「唉！**前世想必唔修**，至有今日命鄙。注定紅顏係咁孤苦，唔知苦到何時！」

今

指前世不積修善行，今世落得報應。凡遇到災難，碰到倒霉事情或不順利的時候，粵人習慣說「**前世唔修**」。如：「佢屋企人個個都遇到交通意外，真係**前世唔修**囉。」(「他的家人都遇上交通事故，真是前世輩子不積修善行了。」)

*初頭 co¹ tau⁴

古

❶ 一個月開始不久的日子。宋・楊萬里〈初秋戲作山居雜興俳體十二解〉：「七月**初頭**六月闌，老夫日醉早禾酸。」《水滸全傳》第十五回：「如今卻是五月**初頭**。」《初刻拍案驚奇》卷八：「不覺又是二月**初頭**，依先沒有一些影響。」

❷ 當初，初時。宋・柳永〈木蘭花〉(黃金萬縷風牽細)：「黃金萬縷風牽細，寒食**初頭**春有味。」宋・楊萬里〈白頭吟〉：「怨殺相如償底事，**初頭**苦信一張琴。」《朱子語類》卷二十五：「喪，**初頭**只是戚；禮，**初頭**只是儉。」

今

❶ 一年或一月開始不久的日子。如：「2017 年**初頭**」、「五月**初頭**」。

❷ 當初，開始。如：「**初頭**我唔知你會嚟，所以冇幫你買戲飛。」(「起初我不知道你會來的，所以沒有為你買戲票。」)

坐月 zo⁶-co⁵ jyut⁶⁻²

古

坐月子，婦女產後休息一個月。清・李調元《南越筆記・廣東方言》：「廣州謂……免身而未彌月曰**坐月**，亦曰受月。」「免身」是懷孕生子之意。古稱

「**坐月子**」。《西遊記》第五十三回:「哥哥,洗不得澡,**坐月**子的人弄了水漿致病。」

今

婦女在生產過後休息調養身體,維時一個月。「**坐月**」,文讀 zo⁶ jyut⁶,白讀 co⁵ jyut²。如:「佢而家**坐月**,要下個月至返工。」(「她正在**坐月**子,要下月才復工。」)

脆嗶嗶 ※ coei³ bok¹ bok¹

讀 音

嗶,《廣韻・覺韻》音「北角切」,今粵讀 bok¹。

古

「嗶」,象聲詞,象物着落的聲音。《廣韻・覺韻》:「李頤注《莊子》云:『嗶,放杖聲。』」按《莊子・知北遊》:「神龍隱几擁杖而起,嗶然放杖而笑。」

今

形容食物用牙咬時容易弄脆,且發出脆裂的聲音。如:「啲薯片**脆嗶嗶**,好好食。」(「這些洋芋片脆生生的,很可口。」)**脆嗶嗶**,今俗作「脆卜卜」,也可作「嗶嗶脆」。

焯 ※ coek³

讀 音

焯,《廣韻・藥韻》音「之若切」,與「灼」字在同一小韻。反切上字「之」屬章母,今粵讀 z- 母,也有例外讀 c- 母。「之若切」今粵讀 coek³。

古

❶ 明徹。《說文・火部》:「**焯**,明也。……《周書》曰:『**焯**見三有俊心。』」「**焯**見」,指明顯地看到之意。唐・柳宗元〈時令論下〉:「使謂謂者言仁義利害,**焯**乎列於其前而猶不悟,奚暇顧〈月令〉哉?」

❷ 照耀。晉・庾闡〈弔賈生文〉:「煥乎若望舒耀景而**焯**羣星,矯乎若翔鸞拊翼而逸宇宙也。」

❸ 火燒,火灸。《廣雅・釋詁》:「**焯**,爇也。」《廣韻・藥韻》:「**焯**,火氣。」《太玄・童・次二》:「錯于靈著,**焯**于龜資。」司馬光注:「**焯**與灼同。」

❹ 把食物放在開水裏略煮即取出。明・徐光啓《農政全書・卷五十九・荒政・菜部》:「採苗葉煠熟,水浸淘去澀味,油鹽調食,生**焯**過,醃食亦可。」

宋·林洪《山家清供》卷上載有把梔子花造成食物之法,有「以湯煠過」一語。

今

把蔬菜或肉類放在沸水稍微一煮就拿出來。如:「啲薄牛肉片**煠**一下就可以食啦。」(「把薄牛肉片稍微在沸水裏一煮就可以吃了。」)**煠**,今俗作「灼」。

搶眼 coeng² ngaan⁵

古

耀眼,惹人注目。《三寶太監西洋記》第六十九回:「世上只有個紅第一**搶眼**。鹿皮正在打聽寶船轉來,一眼就瞧着,故此先驚動了他。」《十二樓·奪錦樓》第一回:「只因他**搶眼**不過,就使有財有力的人家,多算多謀的子弟,都羣起而圖之。」

今

耀眼,惹人注目。如:「佢着啲衫好**搶眼**。」(「她穿的衣服很惹人注目。」)

※長陝陝 coeng⁴ laai⁴ laai⁴

讀音

陝,《集韻·哈韻》音「郎才切」。反切上字「郎」屬來母,今粵讀 l- 母。反切下字「才」屬哈韻,開口一等。中古哈母開口一等字今粵讀 -oi 韻或 -aai 韻。「郎才切」今讀 laai⁴。

古

陝,《集韻·哈韻》:「陝,……陝隑,長皃。」

今

過長。如:「件冷衫洗完之後變到**長陝陝**,唔着得翻啦。」(「這件毛衣洗完之後變得過長,不能再穿了。」)又如:「你篇文寫到**長陝陝**。」(「你這篇文章寫得過長了。」)

草皮地 cou² pei⁴⁻¹ dei⁶⁻²

古

草地。《二十年目睹之怪現狀》第三十一回:「晚飯過後,便和德泉到黃浦灘邊,**草皮地**上乘了一回涼,方才回來安歇。」

今

草地。如:「我哋坐喺嗰塊**草皮地**野餐。」(「我們坐在那片草地野餐。」)由

於在口語中，「**草皮地**」的「皮」變調讀 pei¹，故「**草皮地**」便寫成「草披地」，久而久之，便不知「披」的本字是「皮」了。「地」由本調 dei⁶ 變調讀 dei²。

∞ **鋪草皮** pou¹ cou² pei⁴ 原指用帶草的泥塊把草地鋪好。香港流行賽馬，賽馬愛好者入馬場投注賽事，輸掉了錢，往往被謔稱為「**鋪草皮**」，意謂把賭本進貢給馬會，助馬會鋪好供賽馬用的草地。

*草紙 cou² zi²

古

❶ 稿子，草稿。宋·黃庭堅〈和邢惇夫秋懷十首〉其七：「謝公蘊風流，詩作鮑照語。絲蟲縈**草紙**，筆力挾風雨。」任淵注：「言遺藁雖為蛛絲所縈，而翰墨英特之氣，終不可掩。」

❷ 用稻草等為原料製成的紙，質地粗糙，多用來做衛生用紙。《金瓶梅》第三十九回：「孟玉樓笑道：『好個吳應元，原來拉屎也有一托盤！』月娘連忙叫小廝拿**草紙**替他抹。」

今

舊時如廁用的衛生紙。如：「細過嗰陣時，去廁所邊有一卷卷嘅廁紙用，只係用**草紙**清潔咋。」（「小時候上廁所，那裏會有滾筒形的衛生紙可用，只是用**草紙**清潔而已。」）

嘈 cou⁴

古

❶ 喧鬧，聲音繁雜。漢·王延壽〈夢賦〉：「於是雞知天曙而奮羽，忽**嘈**然而自鳴。」唐·白居易〈琵琶行〉：「大弦**嘈嘈**如急雨，小弦切切如私語。」

❷ 一起發出聲音。《文選·潘岳〈笙賦〉》：「光歧儼其偕列，雙鳳**嘈**以和鳴。」

❸ 吵。《水滸全傳》第四十五回：「（那婦人）口裏**嘈**道：『師兄，你只顧央我吃酒做甚麼？』」《紅樓夢》第五十八回：「探春因家務冗雜，且不時有趙姨娘與賈環來**嘈**聒，甚不方便。」

今

❶ 吵鬧，喧嘩。如：「你哋講嘢唔好咁**嘈**啦。」（「你們說話不要太吵鬧。」）

❷ 吵架，口角。如：「兩公婆唔好因小小嘢就**嘈**喇。」（「兩夫妻別因小事而吵架。」）

∞ **嘈嘈閉閉** cou⁴ cou⁴ bai³ bai³ 吵吵鬧鬧。如：「先生唔喺班房，班學生就**嘈嘈閉閉**。」（「老師不在課室，學生便吵吵鬧鬧了。」）**「嘈嘈閉閉」**也可說「嘈嘈閉」。

∞ **嘈喧巴閉** cou⁴ hyun¹ baa¹ bai³ 鬧哄哄。如：「行開！唔好喺度**嘈喧巴閉**。」（「快走！別在這兒吵鬧。」）

∞ **嘈生晒** cou⁴ saang¹ saai³ 亂吵亂鬧，吵成一片。如：「你咪喺度**嘈生晒**。」（「你別在這兒吵成一片。」）

穿崩 cyun¹ bang¹

暴露。《文明小史》第二十五回：「他這一去，那活兒就**穿崩**了，如何使得。」

比喻出醜或露出破綻。如：「呢套劇集出現好多**穿崩**鏡頭。」（「這套劇集的鏡頭有很多破綻。」）所謂**「穿崩鏡頭」**，是指道具或場景等出錯的地方。**穿崩**，今也作「穿繃」。

※攢盒 cyun⁴ hap⁶

攢，《康熙字典·手部》：「攢，《韻會》：『徂丸切。』《正韻》：『徂官切。』並音『欑』。」又〈山部〉：「欑，《廣韻》：『在丸切。』《集韻》：『徂丸切。』並音『攢』。」按：「欑」音「在丸切」，見《廣韻·桓韻》；又音「徂丸切」，見《集韻·桓韻》。據《廣韻》及《集韻》反切，上字「在」及「徂」中古屬從母，齒音。反切下字「丸」中古屬桓韻，合口一等，平聲。中古從母平聲字今粵讀 c- 母，齒音桓韻合口一等字今粵讀 -yun 韻。「在丸切」及「徂丸切」，今粵語並切 cyun⁴。

大的糖果餅食盒子，內分很多格。《集韻·換韻》：「攢，聚也。」漢·司馬相如〈上林賦〉：「攢立叢倚。」又〈大人賦〉：「攢羅列聚叢以蘢茸兮。」唐·柳宗元〈始得西山宴遊記〉：「攢蹙累積，莫得遯隱。」《金瓶梅》第三十三回：「春梅也不拿箸，故意甌他，向**攢盒**內取了兩個核桃遞與他。」《紅樓夢》第四十回：「鴛鴦又問婆子們回來吃酒的**攢盒**可裝上了。」

大的糖果餅食盒子，內分很多格，過年時捧出招待客人。北方叫「捧盒」。

如：「聽日過年啦，幫我將啲糖果放入**攢盒**度。」（「明天新年了，替我把糖果放入捧盒內。」）**攢盒**，今俗作「全盒」，「全」喻十全十美之意。「**攢盒**」的「盒」，也可變調讀 hap^2。

※**打甌爐** daa^2 bin^1 lou^4

讀音

甌，《廣韻・先韻》音「布玄切」，與「邊」字在同一小韻，今粵讀 bin^1。

古

甌，小盆。《說文・瓦部》：「甌，似小瓿。大口而卑。用食。」甌是小盆，大口而體形低下，可盛用食物。《淮南子・說林訓》：「狗彘不擇甌甋而食。」漢・劉向・《說苑・反質》：「瓦甌，陋器也；煮食，薄膳也。而先生何喜如此乎？」《番禺縣續志・卷二・輿地志二・方言》：「廣州所謂**打甌爐**，置瓦器於爐上煮生物食之也。俗寫甌作邊。」

今

香港人於天氣寒冷時，在家中桌上放置一爐，爐上擺放一煮食器具，煮生的食物來吃，稱「**打甌爐**」。「甌」是一種瓦器，器身不高，口大，像小盆之形。所謂「**打甌爐**」，是指放瓦器在爐上，器內置水，將生的食物放入器內煮熟來吃。爐的燃料最初是炭，後改用小型的石油氣爐生火，如今更改用電爐取熱。至於爐上所放的煮食器具，不管是不是瓦器，都統稱「**打甌爐**」。近年香港流行四季火鍋，夏日炎炎，人們可以在火鍋店內一面享受冷氣，一面圍爐煮食，別具風味，而「**打甌爐**」也無季節限制了。如：「呢間鋪頭啲牛肉又平又正，今晚一於嚟呢度用牛肉**打甌爐**咯。」（「這間店鋪的牛肉又便宜又新鮮，今晚就來這兒吃牛肉火鍋好了。」）**打甌爐**，今俗作「打邊爐」。

打底 daa^2 dai^2

古

飲酒之前吃少許食物墊底。《金瓶梅》第九十五回：「薛嫂道：『你且拿了點心，與我打個底兒着。』春梅道：『這老媽子單管說謊，你才說在那裏吃了來，這回又說沒**打底**兒。』」

今

❶ 飲酒之前吃少許食物墊底。如：「飲酒前最好食啲花生**打底**。」（「飲酒之前最好吃點花生墊底。」）

❷ 穿內衣墊底。如：「咁凍，出街要着多件羊毛底衫**打底**。」（「這麼冷，外出要多穿一件羊毛內衣墊底。」）

❸ 墊底兒。如：「個設計要白色**打底**，襯啲紅字。」（「這個設計要白色墊底，以一些紅字襯托。」）

*打躉 daa² dan²

古

❶ 總結。《紅樓夢》第五十七回：「我告訴你一句**打躉**兒的話：活着，咱們一處活着；不活着，咱們一處化灰、化煙，如何？」

❷ 成批地，大量地。《紅樓夢》第二十五回：「賈母道：『既是這樣說，你便一日五斤，合準了，每月**打躉**來關了去。』」

今

長時間在某一地方落腳。如：「你近牌喺邊間酒樓**打躉**呀？」（「你近來經常在哪一間酒樓用膳呢？」）

*打地鋪 daa² dei⁶ pou³⁻¹

古

在地下設鋪睡覺。《兒女英雄傳》第二十回：「奴才合宋官兒兩個便在老爺靈旁一邊一個**打地鋪**也就睡下。」

今

在地下設鋪睡覺。如：「間房只有一張牀，唔夠四個人瞓，有兩個要**打地鋪**啦。」（「房間只有一張牀，不夠四人合睡，其中二人要在地下設鋪睡覺了。」）**打地鋪**」的「鋪」由本調 pou³ 變調讀 pou¹。

*打攪 daa² gaau²

古

打擾，麻煩。《喻世明言》卷三：「胖婦人道：『因為在城中被人**打攪**，無奈搬來，指望尋個好處安身，久遠居住，誰想又撞這般的鄰舍！』」《金瓶梅》第二十回：「老虔婆便道：『前者桂姐在宅裏來晚了多有**打攪**。又多謝六娘賞汗巾花翠。』」

今

❶ 打擾。如：「佢有緊要嘢做，我哋唔**打攪**佢喇。」（「他有重要事情處理，我們不好打擾他了。」）

❷ 婉辭，表示接受招待。如：「多謝你嘅邀請，聽日我就嚟**打擾**你啦。」（「謝謝你的邀請，明天我來打擾你了。」）

打饘 daa² hin²⁻³

讀音

饘，《廣韻・獮韻》音「去演切」，今粵讀 hin²，變調讀 hin³。

古

黏。《廣韻・獮韻》：「饘，黏也。」

今

饘是黏稠的，或稱饘汁。**打饘**即「勾芡」，在菜餚中加入用澱粉為主調成的稠汁。**打饘**也稱**打饘汁**。如：「廣東菜最注重**打饘**。」（「粵菜最注重加上勾芡。」）饘，今俗作「獻」。

打雜 daa² zaap⁶⁻²

古

做雜事的人。《警世通言》卷六：「酒保喫了一驚，火急向前推開門，入到裏面，一把抱住俞良道：『解元甚做作！你自死了，須連累我店中！』聲張起來，樓下掌管、師工、酒保、**打雜**人等都上樓來，一時嚷動。」也稱**打雜兒**。《紅樓夢》第八十八回：「我剛纔到後邊去叫**打雜**兒的添煤，只聽得三間空屋子裏嘩喇嘩喇的響，我還道是貓兒耗子。」

今

❶ 做雜事的人。如：「我喺呢間鋪頭做**打雜**咋，聽電話、掃地、抹抬一腳踢。」（「我在這間店鋪當**打雜**兒而已，接聽電話、掃地、擦桌子，都由我一手包攬。」）

❷ 幹雜活。如：「我嘅工作性質係**打雜**，乜都要做。」（「我的工作性質是幹雜活，甚麼也要做。」）**打雜**的「雜」由本調 zaap⁶ 變調讀 zaap²。

打眨 daa² zaap³

讀音

眨，《廣韻・洽韻》音「側洽切」。反切上字「側」屬莊母，今粵讀 z- 母。反切下字「洽」屬洽韻，今粵讀 -aap 韻。「側洽切」今讀 zaap³。

皶，《廣韻·洽韻》:「皶，皺，皮老。」《類篇·皮部》:「皶，皺，老人皮膚兒。」意謂因年老而皮膚出現皺紋。

皮膚上出現皺紋。如:「佢塊面都**打皶**咯。」(「她臉上已現皺紋了。」)**打皶**，今俗作「打褶」。

打櫼 daa² zim¹

櫼，《集韻·鹽韻》音「將廉切」，今粵讀 zim¹。

櫼，意思是楔子。《說文·木部》:「櫼，楔也。」「楔」是插在木器榫子縫中的木片，可以令接榫的地方穩固。「**打櫼**」是把楔子插在榫子縫中，使榫合位置固定。由於「櫼」字難寫難明，故後來以假借字「尖」取代。小說寫作「打尖」，指在旅途中休息進食。清·福格《聽雨叢談·打尖》:「今人行役，於日中投店而飯，謂之打尖。」《紅樓夢》第十五回:「那時秦鐘正騎着馬隨他父親的轎，忽見寶玉的小廝跑來，請他去打尖。」《鏡花緣》第六十三回:「即如路上每逢打尖住宿，那店小二聞是上等過客，必殺雞宰鴨。」

粵語「**打櫼**」(今寫作「打尖」)的意思，是指不守秩序，中途插隊之意。粵語「**打櫼**」之義，雖與小說用義不同，但都有「中途加進一些事兒」的義素。如:「唔該守秩序排隊，唔好**打櫼**。」(「請守秩序輪候，不要插隊。」)

帶挈 daai³ hit³

❶ 提携而使人沾光。元·楊顯之《臨江驛瀟湘秋夜雨》第一折:「侄兒，則願你早早成名，**帶挈**我翠鸞孩兒做個夫人縣君也。」《西遊記》第六十九回:「常言道:『一人有福，**帶挈**一屋。』」《儒林外史》第三回:「如今不知因我積了甚麼德，**帶挈**你中了個相公。」

❷ 幫助，照顧。《京本通俗小說·錯斬崔寧》:「若得哥哥**帶挈**奴家同走一程，可知是好。」《初刻拍案驚奇》卷二十四:「見外邊傳說仇家爹媽祈禱虔誠，又得夜珠力拒妖邪，大呼菩薩致得神明感應，**帶挈**他們重見天日，齊來拜謝。」

❶ 提携，關照。如：「你而家發咗達，**帶挈**下我哋班兄弟都好噃。」（「你如今富有了，請關照一下弟兄們。」）

❷ 連帶。如：「你買咗葡提子返嚟，**帶挈**我都有得食。」（「你買了葡萄回來，連帶我也有口福吃了。」）

大班 daai⁶ baan¹

洋行、外國公司的經理的稱呼。《二十年目睹之怪現狀》第五十五回：「船到了上海，船主便到行裏，見了**大班**，回了這件事。」

❶ 洋行、外國公司的經理的稱呼。如：「佢係呢間洋行啲**大班**。」（「他是這間洋行的經理。」）

❷ 泛指富豪、老闆，或指有一定經濟基礎與社會地位的人。如：「陳**大班**有錢有面，好有江湖地位。」（「陳老闆又有錢，又有面子，社會地位很高。」）

∞ **大班椅** daai⁶ baan¹ ji²　供洋行經理或老闆坐的椅子。

∞ **大班枱** daai⁶ baan¹ toi⁴⁻²　老闆專用的辦公桌。

大模斯樣 daai⁶ mou⁴ si¹ joeng⁶

大模大樣。小說作「大模厮樣兒」。《紅樓夢》第二十回：「我抬舉起你來，這會子我來了，你大模厮樣兒的躺在坑上，見了我也不理一理兒。」

大模大樣，不講禮貌。如：「呢個人入到嚟，唔同人打招呼，就**大模斯樣**坐喺梳化度。」（「這個人一來到，也不跟別人打招呼，便大模大樣坐在沙發上。」）

大穮禾 daai⁶ paau¹ wo⁴

穮，《集韻·爻韻》音「披交切」，今粵讀 paau¹。

禾虛貌。《集韻·爻韻》：「穮，秨，禾虛兒。」形容禾的虛鬆，長勢欠佳。

喻無能，不機伶或不實在的人。如：「叫你看住隻狗，你竟然畀佢走甩，正一**大穗和**！」（「着你看管這隻狗，你竟然讓牠跑掉，你真沒用！」）**大穗禾**，今俗作「大泡和」。

＊大頭頑 daai⁶ tau⁴ gwan¹-gwang¹

讀音

頑，《廣韻·真韻》音「居筠切」，按切語當讀 gwan¹，今讀作 gwang¹。

古

「頑」是大頭之意。《說文·頁部》：「頑，頭頑頑大也。」《廣韻·真韻》：「頑，大頭。」

今

大頭的人。如：「你個仔係**大頭頑**㗎。」（「你的兒子是個大頭孩子。」）

大頭蝦 daai⁶ tau⁴ haa¹

古

明·陳獻章《陳白沙集·**大頭蝦**說》：「蝦有挺鬚瞪目，首大於身，集數百尾烹之而不能供一啜之羹者，名**大頭蝦**。」又曰：「**大頭蝦**，甘美不足，豐乎外，餒乎中，如人之不務實者。然鄉人借是以明譏戒，義取此歟？言雖鄙俗，明理甚當。」

今

❶ 河塘中的一種蝦，頭大。

❷ 比喻粗心大意、不動腦筋、不懂事理的人。如：「佢真係**大頭蝦**，又唔記得帶鎖匙出街。」（「他真冒失，又忘記帶鑰匙外出。」）

＊大陣仗 daai⁶ zan⁶ zoeng⁶

古

喻大場面或大世面。小說作「**大陣仗兒**」。《紅樓夢》第七回：「他生的腼腆，沒見過**大陣仗兒**。」又第八十四回：「只這一個女孩兒，十分嬌養，也識得幾個字，見不得**大陣仗兒**，常在房中不出來的。」

今

排場大。如：「為咗呢位貴賓，主人家在五星級酒店擺一百圍酒歡迎佢，認

真**大陣仗**。」（「為了這位貴賓，主人家在五星級酒店設歡迎宴，筵開一百席，真是大排場。」）

大隻𡠗𡠗 daai⁶ zek³ leoi⁵⁻⁴ leoi⁵⁻⁴

讀音

𡠗，《集韻・賄韻》音「魯猥切」，與「磊」字在同一小韻。反切上字「魯」屬來母，舌音，今粵讀 l- 母。反切下字「猥」屬賄母，合口一等。中古舌音賄韻合口一等字今粵讀 -eoi 韻。「魯猥切」今讀 leoi⁵，變調讀 leoi⁴。

古

𡠗，《集韻・賄韻》：「𡠗，大也。」

今

牛高馬大的。如：「睇你**大隻𡠗𡠗**嗽，點知連個書架都搬唔郁。」（「看你牛高馬大的，怎料你連書架也搬不動。」）**大隻𡠗𡠗**，今俗作「大隻雷雷」。

𥄂 daam¹

讀音

𥄂，《集韻・覃韻》音「都含切」。反切上字「都」屬端母，舌音。反切下字「含」屬覃母，開口一等。中古舌音覃韻字今粵讀 -aam 韻。「都含切」今音 daam¹。

古

抬頭。《集韻・覃韻》：「𥄂，緩頰也。一曰舉首。」

今

仰起頭。如：「你**𥄂**高頭睇下。」（「你抬高頭望望。」）**𥄂**，今俗作「擔」。

∞ **𥄂天望地** daam¹ tin¹ mong⁶ dei⁶ 形容人心不在焉，東張西望。如：「你要畀心機讀書，唔好**𥄂天望地**。」（「你要用心讀書，不要心不在焉。」）

擔帶/耽帶 daam¹ daai³

古

❶ 承擔。明・湯顯祖《紫釵記・凍賣珠釵》：「俺傳消遞息須**擔帶**，把從頭訴與那人來。」《喻世明言》卷二十八：「李英道：『此乃孝順之事。只靈柩不比他件，你一人如何**擔帶**？做哥的相幫你同走，心中也放得下。等你安葬事畢，再同來就是。』」

45

daai⁶ – daam¹

❷ 關照，幫忙。元·柯丹邱《荊釵記·議親》:「要成就小兒姻親，全賴高賢**擔帶**。」《儒林外史》第三十七回:「蕭金鉉三個人欠了店賬和酒飯錢，不得回去，來尋杜少卿**耽帶**。杜少卿替他三人賠了幾両銀子，三人也各自回家去了。」

❸ 關係、牽連。元·無名氏《兩軍師隔江鬥智》第四折:「多虧你決勝成功將相才，與妾身有何**擔帶**，敢勞動這酬勞。」

❹ 寬容、原諒。明·徐畖《殺狗記·吳忠看主》:「出於我無奈，非不用心，非不掛懷，望東人凡百事可憐**擔帶**。」

❺ 耽擱、延長。《儒林外史》第十六回:「(阿叔道):『既是恁說，再**耽帶**些日子罷。』」從承擔、幫忙、關係、寬容諸義看，此詞當寫作「**擔帶**」。從耽擱、延長義看，此詞當寫作「**耽帶**」。

❶ 負責，承擔。如:「唔使怕！天大事有佢**擔帶**。」(「不用擔心！天大事情有他承擔。」)

❷ 責任感。如:「陳先生做嘢好有**擔帶**。」(「陳先生辦事很有責任感。」)

啗／啖 daam⁶

啗，《廣韻·闞韻》音「徒濫切」。反切上字「徒」屬定母。反切下字「濫」屬闞韻，去聲。中古定母仄聲字今粵讀 d- 母。「徒濫切」今讀 daam⁶。啖，《廣韻·闞韻》亦音「徒濫切」，今讀 daam⁶。

「啗」與「啖」同。《集韻·敢韻》:「**啖**，……或作**啗**。」其義有三:

❶ 吃。《說文·口部》:「**啗**，食也。」又曰:「**啖**，噍啖也。」「噍啖」是咀嚼之意。《韓非子·外儲說左下》:「仲尼先飯黍而後**啗**桃，左右皆揜口而笑。」《山海經·海外東經》:「黑齒國在其北，為人黑，食稻**啖**蛇。」清·洪昇《長生殿》:「癩蝦蟆妄想天鵝肉**啖**。」

❷ 給吃。《國語·晉語二》:「主孟**啗**我，我教茲暇豫事君。」韋昭注:「**啗**，**啖**也。」《漢書·王吉列傳》:「吉婦取棗以**啖**吉。」顏師古注:「**啖**謂使食之。」

❸ 利誘。《史記·高祖本紀》:「使酈生、陸賈往說秦將，**啗**以利，因襲攻武關，破之。」《史記·穰侯列傳》:「秦割齊以**啖**晉、楚，晉、楚案之以兵，秦反受敵。」

今粵語用「**啖**」，不用「**啗**」，用作量詞。

❶ 口。如：「食一啖飯。」（「吃一口飯。」），又如：「飲啖茶。」（「喝一口茶。」）

❷ 下。如：「佢惜 (sek³) 咗我一啖。」（「她吻了我一下。」）

※ 譠打 taan¹-daan¹ daa²

讀音

譠，《廣韻・寒韻》音「他干切」，與「灘」字在同一小韻。反切上字「他」屬透母，舌音。反切下字「干」屬寒韻，開口一等。中古舌音寒韻字今粵讀 -aan 韻。「他干切」今當讀 taan¹，轉讀 daan¹。

古

「譠」有欺謾之意。《方言》卷十：「譠謾，……欺謾之語也。」郭璞注：「亦中國相輕易蚩弄之言也。」「譠謾」，《史記・龜策列傳》作「誕謾」：「人或忠信而不如誕謾。」《廣韻・寒韻》：「譠，譠慢，欺慢言也。」「欺謾」或「欺慢」，是欺凌輕慢之意。

今

諷刺，指桑罵槐。如：「你有話直講，唔好喺度譠打我。」（「你有話便直接說出來，不要對我含沙射影。」）「譠打」的重疊式是「譠譠打打」，意義相同。譠打，今俗作「單打」。

※ 蛋饊 daan⁶ saan²

讀音

饊，《廣韻・旱韻》音「蘇旱切」，與「散」在同一小韻，上聲。反切上字「蘇」屬舌音，反切下字「旱」屬旱韻。舌音旱韻今粵讀 -aan 韻。「蘇旱切」讀 saan²。

古

「饊」指「饊飯」。《廣韻・旱韻》：「饊，饊飯。」「饊飯」由糯米煮後煎乾製成。後指饊子。明・李時珍《本草綱目・穀部・寒具》：「寒具，即今饊子也，以糯米和麵，入少鹽，牽索紐捻成環釧之形，油煎食之。」

今

「蛋饊」是廣東省傳統小吃，以麵粉、筋粉、雞蛋和豬油搓扭成環狀或條狀，油炸而成。「蛋饊」炸好後，澆以麥芽糖漿，便可進食。如：「呢間茶樓啲蛋饊爽脆好食。」（「這間茶樓的蛋饊爽脆可口。」）蛋饊，今俗作「蛋散」。

＊嗒 daap³⁻¹

讀音

嗒，《廣韻・合韻》音「都合切」，與「答」字在同一小韻。反切上字「都」屬端母，今粵讀 d- 母。反切下字「合」屬合韻。中古舌音合韻字今粵讀 -aap 韻。「都合切」讀 daap³，變調讀 daap¹。

古

舐嗒。《廣韻・合韻》：「嗒，舐嗒。」「嗒」重疊為「嗒嗒」，有以下二義：

❶ 舔，嚐。《儒林外史》第五十三回：「虔婆伸過一隻手來道：『鄒大爺，榧子兒你**嗒嗒**！』」

❷ 舔舌貌。《西遊補》第二回：「一個醉天子，面上血紅，頭兒搖搖，腳兒斜斜，舌兒**嗒嗒**。」明・王錂《春蕪記》第十三齣：「口裏**嗒嗒**，腰裏撒撒，是一椿好生意來了。」

今

舔，嚐。如：「**嗒**真下啲味。」（「品嚐清楚箇中滋味。」）

∞ **嗒嗒聲** daap³⁻¹ daap³⁻¹ seng¹ 形容吃東西時發出的聲音。如：「佢食嘢食到**嗒嗒聲**，好冇禮貌。」（「他吃東西時發出呷嘴聲，很沒禮貌。」）

∞ **嗒糖** daap³⁻¹ tong⁴ 比喻「心甜」。如：「佢見到你，成個人好似**嗒糖**噉。」（「他見到你，整個人心裏甜滋滋的。」）

搭船 daap³ syun⁴

古

乘船。《醒世恆言》卷二十：「廷秀依着母親，收拾盤纏，來到監中，別過父親，背上行李，逕出閶門來**搭船**。」《初刻拍案驚奇》卷十四：「自此丁戌白白地得了千金，又無人知他來歷，搖搖擺擺，在北京受用了三年。用過七八了，因下了潞河，**搭船**歸家。」《儒林外史》第二十五回：「又過了幾日，在水西門**搭船**。」

今

乘船。如：「我每日都**搭船**返屋企。」（「我每天都乘船回家。」）

∞ **搭車** daap³ ce¹ 乘車。

∞ **搭飛機** daap³ fei¹ gei¹ 乘飛機。

沓 daap⁶

沓，《廣韻·合韻》音「徒合切」。反切上字屬定母，舌音，全濁。反切下字「合」屬合韻，開口一等。中古定母仄聲字今粵讀 d- 母。中古舌音合韻開口一等字今粵讀 -aap 韻。「徒合切」今讀 daap⁶。

古

❶ 話多。《說文·曰部》：「沓，語多沓沓也。」《玉篇·曰部》：「沓，多言也。」《詩經·小雅·十月之交》：「噂沓背憎，職競由人。」鄭玄箋：「噂噂沓沓，相對談語。」

❷ 重疊。《玉篇·曰部》：「沓，重疊也。」《莊子·田子方》：「適矢復沓，方矢復寓。」成玄英疏：「沓，重也。」唐·李白〈廬山謠寄盧侍御虛舟〉：「香爐瀑布遙相望，回崖沓嶂凌蒼蒼。」

❸ 合，會合。《小爾雅·廣言》：「沓，合也。」《楚辭·天問》：「天何所沓？十二焉分？」王逸注：「沓，合也。言天與地會合何所？十二辰誰所分別乎？」

❹ 量詞。《世說新語·任誕》：「（羅友）在益州，語兒云：『我有五百人食器。』家中大驚，其由來清，而忽有此物，定是二百五十沓烏樏。」徐震堮《世說新語校箋》：「樏，食盒也。《玉篇》：『扁榼謂之樏。』《廣韻》：『盤中有隔也。』一具謂之一沓。《太平御覽》引《東宮舊事》曰：『漆三十五子方樏二沓，蓋二枚。』是一蓋一底為一沓也。中有隔，可供二人食，故云五百人食器也。」

今

❶ 層層疊起。如：「將啲書沓好佢。」（「把書本疊好。」）

❷ （鐘錶）的時針和分針對正某個數字。如：「而家係三點沓四。」（「現在是三時二十分。」）

❸ 量詞。疊。如：「一沓紙」（「一疊紙」）、「一沓雜誌」（「一疊雜誌」）、「一沓銀紙」（「一疊鈔票」）。沓，今俗作「叠」、「疊」或「搭」。

∞ **沓元寶** daap⁶ jyun⁴ bou² 將黃紙包着金銀紙摺成元寶形，燒給亡者。

∞ **沓水** daap⁶ seoi² 有錢，富有。如：「佢而家就沓水啦，住豪宅，出入有司機接送。」（「他現在富有了，住在豪華第宅，出入有司機開車接送。」）

∞ **沓正** daap⁶ zeng³ 鐘錶時針走到整點。「家下沓正六點鐘。」（「現在是六時正。」）

第二日 dai⁶ ji⁶ jat⁶

古

次日。《儒林外史》第一回：「**第二日**，母親同他到間壁秦老家。」

今

❶ 第二天。如：「你**第二日**拎番嗰本書俾我。」（「你明天帶回那書本給我。」）

❷ 改天，這是虛指義。如：「佢唔喺屋企，你**第二日**再搵過佢啦。」（「他不在家，你改天再找他吧。」）又，「**第二日**」今多略稱為「第日」（dai⁶ jat⁶），義與「改天」同。論者或謂「第日」本當作「遞日」。《說文・辵部》：「遞，更易也。」《爾雅・釋言》：「遞，迭也。」「迭」有順次更替之意。故「遞日」有改日之意，猶異時稱「遞時」，下年稱「遞年」。姑存此說以待考。

*得閒 dak¹ haan⁴

古

有空，有時間。《楚辭・九歌・山鬼》：「怨公子兮悵忘歸，君思我兮不**得閒**。」《晏子春秋・雜下》：「異日朝，**得閒**而入邑，致車一乘而後止。」唐・韓愈〈東都遇春〉：「**得閒**無所作，貴欲辭視聽。」《紅樓夢》第六回：「你去瞧瞧，要是有人有事就罷，**得閒**呢就回，看怎麼說。」

今

有空，有時間。如：「你**得閒**就嚟搵我啦。」（「你有空便來探我吧！」）

∞ **唔得閒** m⁴ dak¹ haan⁴：沒有空。如：「我而家**唔得閒**，你第日再嚟過。」（「我現在沒空，你改天再來找我。」）

*扰 dam²

讀音

扰，《廣韻・感韻》音「都感切」，今粵讀 dam²。

古

深深擊打。又作「揕」。《說文・手部》：「**扰**，深擊也。」段玉裁注：「〈刺客列傳〉（按：指《史記・刺客列傳》）：『左手把其袖，右手揕其匈（胸）。』揕即**扰**字。」「揕」有刺的意思。《方言》卷十：「**扰**，椎也。」「椎」是擊打之意。《廣韻・感韻》：「**扰**，刺也，擊也。」

今

擊打。如：「**扰**佢一捶。」（「打他一拳。」）**扰**，今俗作「揼」。

∞ **扰心扰肺** dam² sam¹ dam² fai³ 捶打自己的胸部，表示悲痛。

∞ **扰心口** dam² sam¹ hau² 表示悲痛或悔恨之意。

※ 髧 dam²⁻³

讀音

髧，《集韻・感韻》音「都感切。」今粵語本讀 dam²，變調讀 dam³。

古

髮垂貌。《集韻・感韻》：「髧，髮垂兒。」《詩經・鄘風・柏舟》：「髧彼兩髦，實維我儀。」

今

❶ 髮垂。如：「你啲頭髮**髧**晒落嚟，快啲去飛髮啦！」（「你的頭髮全都垂了下來，快點兒去理髮吧！」）

❷ 垂下來。如：「**髧**條繩落嚟。」（「把繩子垂下來。」）

❸ 鬆弛下垂。如：「嗰個伯爺公兩個腮都**髧**晒落嚟。」（「那位老伯兩邊的腮幫子都垂了下來。」）

❹ 垂釣。如：「**髧**泥鯭」（「釣泥鯭魚」）。

∞ **髧胎** dam³ deoi¹ 形容老態龍鍾，肌肉鬆弛，四肢浮腫。如：「佢老豆老得好**髧胎**。」（「他父親肌肉鬆弛，四肢浮腫，老態畢現了。」）

※ 覴 dang¹

讀音

覴，《集韻・登韻》音「都騰切」，與「登」字在同一小韻，今粵讀 dang¹。

古

長久地看。《集韻・登韻》：「覴，久視也。」

今

瞪視。如：「佢頭先**覴**大對眼望實我，好得人驚。」（「剛才他睜大眼睛看着我，很可怕。」）

∞ **覴眉突眼** dang¹ mei⁴ dat⁶ ngaan⁵ 橫眉怒目，相貌兇惡。如：「佢個樣**覴眉突眼**，係人都怕咗佢。」（「他樣貌兇惡，人人都怕了他。」）

∞ **惡死睖覴** ok³ sei² lang⁴ dang¹ 十分兇惡。如：「你做乜咁**惡死睖覴**呀？」（「你這麼兇惡幹嗎？」）

*燈盞 dang¹ zaan²

古

沒有燈罩的油燈。《舊唐書・楊綰列傳》:「綰應聲指鐵燈樹曰:『**燈盞**柄曲。』眾咸異之。」《醒世恆言》卷十四:「你道拖出的是甚物事?原來是一個皮袋,裏面盛着些挑刀斧頭,一個皮**燈盞**,和那盛油的罐兒,又有一領蓑衣。」《儒林外史》第十六回:「他便把省裏帶來的一個大鐵**燈盞**,裝滿了油。」

今

沒有燈罩的油燈。如:「拜祖先前,記得要喺神位前點着**燈盞**。」(「拜祖先之前,記緊要在神位前燃點油燈。」)

∞ **千揀萬揀,揀着個爛燈盞** cin¹ gaan² maan⁶ gaan² , gaan² zoek⁶ go³ laan⁶ dang¹ zaan² 千挑萬選,到最後還是選了個不好的油燈。喻人過於挑剔,反而不好。

等 dang²

古

讓。「等」在句中引進發出動作的人。《初刻拍案驚奇》卷三十九:「其鄰有個范春元,名汝輿,最好戲耍。曉得他是頭番初試,原沒甚本領的,設意要弄他一場笑話。來哄他道:『你初次降神,必須露些靈異出來,人纔信服。我忝為你鄰人,與你商量個計較幫襯著你,**等**別人驚駭方妙。』」《金瓶梅》第六回:「婆子道:『今日他娘潘媽媽在這裏,怕還未去哩。**等**我過去看看,回大官人。』」又第四十六回:「郁大姐道:『不打緊,拿琵琶過來,**等**我唱。』」

今

讓。「等」在句中引進發出動作的人。如:「**等**陳仔幫吓你好唔好?」(「讓小陳幫你忙好不好?」)

等等 dang² dang²

古

等候片刻,等一等。《初刻拍案驚奇》卷二十七:「王公押了行李先去收拾。臨出門,又對夫人道:『你在此**等等**,轎到便來就是。』」

今

等候片刻,等一等。如:「你**等等**,我搵人開門畀你。」(「你稍等一下,我找人給你開門。」)

縢 *dang^6

「縢」的左邊偏旁「月」本是「舟」，故「縢」又作「艡」。《方言》卷七：「艡，儋也。」（按：古「擔荷」字多作「儋」）郭璞注：「今江東呼擔兩頭有物為艡，音鄧。」「縢」，《廣韻·嶝韻》音「徒亙切」，與「鄧」字在同一小韻。反切上字「徒」屬定母，全濁，「縢」為全濁聲母仄聲字，今粵語讀不送氣 d- 母。反切下字「亙」屬嶝韻，開口一等，去聲，今粵讀 -ang 韻。「徒亙切」今讀 dang^6。

囊屬。《說文·巾部》：「縢，囊也。」段玉裁注：「凡囊皆曰縢。」《玉篇·巾部》：「縢，囊也。兩頭有物謂之縢擔。」「縢」本義是囊，可用以盛糧。《宋書·武二王列傳·南郡王義宣傳》：「乃於內戎服，縢囊盛糧。」

❶ 平衡，使平衡。此義大概由「擔兩頭有物」之義引申而來。如：「兩便縢勻啲。」（「使兩端平衡。」）

❷ 趁，助。如：「你個仔考到入大學，真係縢你高興。」（「你的兒子投考大學獲得取錄，真替你高興。」）

❸ 與（別人）有同感。如：「你哋表演得咁好都攞唔到獎，真係縢你哋唔抵！」（「你們表演得那麼精彩也不能獲獎，真為你們不值！」）縢，今為「戥」取代。「戥」本是一種稱貴重物品（如金器）或藥材重量的衡器，也可解作用戥子來量重。「戥」也引申有「平衡」或「使平衡」的意思。

∞ **縢稱** dang^6 cing^3 （1）使平衡。如：「再加啲落去就縢稱啦。」（「再添一些就兩頭相等了。」）（2）相稱，相配。如：「佢哋兩夫婦好縢稱。」（「他們兩夫妻很相配。」）（3）相等，相稱。如：「呢兩隻碗一大一細，都唔縢稱嘅。」（「這兩個碗一大一小，並不相稱。」）

∞ **縢穿石** dang^6 cyun^1 sek^6 或作「戥穿石」，即伴郎。本當作「縢豬石」。「縢豬石」原本是昔日豬農載豬上墟時用的一塊石頭。當時要把小豬或中豬運上墟售賣並不輕易，一頭二三十斤的豬並不好挑，只有臨時拿一塊重量相當的石頭放在擔挑的另一端，平衡擔子兩邊的重量，俾便肩挑，這塊石頭便稱為「縢豬石」。上墟賣豬，縢豬石不可缺少，可是豬隻出售之後，縢豬石便成了累贅之物，遭豬農棄掉。粵語以「縢豬石」喻伴隨新郎迎娶新娘的「兄弟團」，十分諧謔。朋友結婚，眾兄弟鼎力幫忙，多方招架，成為不可或缺的人物。可是任務既成，兄弟們便得靜坐一旁，不宜起哄喧鬧。其後，「縢豬石」發生音變，也不知何時改稱為「縢穿石」了。

∞ **膡腳** dang⁶ goek³ 加入（遊戲或牌局），湊齊人數。如：「佢哋三缺一，搵我膡腳。」（「他們的麻將局缺了一人，找我湊上。」）

耷 dap¹

讀音

耷，《集韻・盍韻》音「都盍切」，今粵讀 dap¹。

古

大耳朵。《玉篇・耳部》：「耷，大耳也。」耳大而垂，引申有垂義。

今

❶ 大。如「肥頭耷耳」即肥頭大耳。

❷ 耷拉，垂下。如：「你唔好耷低頭行路喇。」（「你不要垂下頭走路。」）

∞ **耷頭耷腦** dap¹ tau⁴ dap¹ nou⁵ 垂頭喪氣貌。如：「佢耷頭耷腦，冇晒心機。」（「他垂頭喪氣，情緒低落。」）

∞ **耷頭佬** dap¹ tau⁴ lou² 指詭計多端的人。

∞ **頭耷耷，眼濕濕** tau⁴ dap¹ dap¹ , ngaan⁵ sap¹ sap¹ 熟語。低着腦袋，眼睛濕濕的，形容人沮喪的樣子。如：「睇見你頭耷耷，眼濕濕，係咪有嘢唔妥呀？」（「看你這麼沮喪，是否有甚麼困難呢？」）

搨／搕 daap¹-dap⁶

讀音

搨，《集韻・盍韻》音「德盍切」。反切上字「德」屬端母，舌音。反下字「盍」屬盍韻。中古舌音盍母字今粵讀 -aap 韻，「德盍切」今本讀 daap¹，口語轉讀 dap⁶。「搨」另有一讀 taap³。《集韻・合韻》：「搨，冒也。一曰摹也。」音「託合切」，今粵音 taap³，與「搨」（dap⁶）義別。

古

❶ 打。《玉篇・手部》：「搨，手打也。」《集韻・盍韻》：「搨，打也。或作搕。」宋・曾慥《類說》卷四十引《稽神異苑》：「帝問（裴）聿，曾被幾搨。聿曰：『前後八搨。』遂令進八階。」

❷ 落，壓。明・湯顯祖《邯鄲記・合仙》：「無業障搨了腳，唐家地蔭子遺孫。」明・朱有燉《豹子和尚自還俗》：「大沉枷鎖項上搨，篾麻繩脊背後綁。」

❶ 捶打。如「揌石仔」（「砸石子」）、「揌釘」（「打釘子」）。

❷ 砸。如：「佢畀跌落嚟嘅花盆揌親隻腳。」（「他給掉下來的花盆砸傷了腳。」）

❸ 揙（拳打）。如：「佢畀班壞人揌咗幾拳。」（「他給那伙壞蛋打了數拳。」）

❹ （雨）淋。如：「今早出門冇帶遮，畀雨揌濕身。」（「今晨出外沒帶雨傘，給雨淋濕了身體。」）揌，今俗作「揼」或「揞」。

∞ **揌腳骨** daap¹-dap⁶ goek³ gwat¹ 敲詐勒索。也稱「敲腳骨」haau¹ goek³ gwat¹。

∞ **揌骨** daap¹-dap⁶ gwat¹ 捶打背、腿以舒筋骨。如：「我背脊酸痛，唔該你幫我個背揌骨。」（「我背部疼痛，請你替我捶打背部紓緩痛楚。」）「揌骨」也說「扰骨」dam² gwat¹ 或「鬆骨」sung¹ gwat¹。

兜 dau¹

❶ 籠住，套上。宋・呂渭老〈思佳客〉：「微開笑語兜鞋急，遠有燈火掠鬢遲。」金・董解元《西廂記諸宮調》卷六：「欲別張生臨去也，偎人懶兜羅襪。」

❷ 用手或衣襟等承物。章炳麟《新方言》卷二：「今以手，以裳承接者通謂之兜，兜即受也。」《水滸全傳》第一百零二回：「（王慶）硬捱腰，半揖半拱的，兜了一兜，仰面立着禱告。」《西遊記》第二十四回：「他卻串枝分葉，敲了三個果，兜在襟中。」

❸ 迴轉，繞。清・夏燮《中西紀事》卷六：「如省河打仗時可以出奇由花縣兜其後路。」《文明小史》第四回：「立刻齊集了二三十人，各執鋤頭釘耙，從屋後兜到前面。」

❹ 逗引，招致。宋・朱熹《朱子語類》卷一百二十一：「且如讀此一般書，只就此一般書上窮究，冊子外一箇字且莫兜攬來。」元・無名氏《逞風流王煥百花亭》第二折：「這書詞是親手修，重新把密情兜。」

❺ 迎着，朝着。《水滸全傳》第六十一回：「石秀聽罷，兜頭一杓冰水。」《金瓶梅》第九回：「武二又氣不捨，奔下樓，見那人已跌得半死，直挺挺地，只把眼動，於是兜襠又是兩腳，嗚呼哀哉，斷氣身亡。」《警世通言》卷十一：「皂隸兜臉打一啐。」《官場現形記》第二十七回：「賽如兜頭被人打了一下悶棍一般，一時頭暈眼花。」

❻ 擋住，堵截。清・李伯元《庚子國變彈詞》第二回：「袁統領立刻傳令三軍，攔阻兜殺。」

❶ 捧，撈，掬。如：「搵件衫**兜**住啲花生。」（「用衣服捧着花生。」）又如：「用個殼**兜**條魚上嚟。」（「用瓢把魚撈上來。」）

❷ 炒菜的動作。如：「將菜**兜**勻佢就可以上碟。」（「把菜炒勻了便可以放上碟。」）

❸ 迎着，朝着。如：「**兜**頭打落嚟。」（「衝着頭打下來。」）

❹ 繞。如：「我開車同你去海灘**兜**個圈。」（「我開車載你到海灘繞個圈。」）

❺ 為行為或言語出錯作出補救。如：「頭先我講錯嘢，好彩畀你**兜**番住。」（「剛才我說錯話，幸好給你彌補過去。」）

∞ **兜風耳** dau¹ fung¹ ji⁵ 招風耳朵。

∞ **兜下爬** dau¹ haa⁶ paa⁴ 翹下巴。

∞ **豬兜肉** zyu¹ dau¹ juk⁶ 豬腮部的肉，質量較差。

竇 dau⁶⁻³

❶ 孔穴。《左傳・哀公元年》：「逃出自**竇**。」《韓非子・外儲說右下》：「王子於期為宋君為千里之逐。⋯⋯拊而發之，彘逸出於**竇**中。」《世說新語・排調》：「君口中何為開狗**竇**？」宋・范成大〈晚春田園雜興〉：「雞飛過籬犬吠**竇**，知有行商來買茶。」

❷ 地窖。《禮記・月令》：「（仲秋之月）穿**竇**窖，脩困倉。」鄭玄注：「入地隋曰**竇**，方曰窖。」

窩，巢。如：「雀**竇**」（「雀巢」）、狗**竇**（「狗窩」）、一**竇**雞仔（「一窩小雞」）、一**竇**豬仔（「一窩小豬」）。「**竇**」由本調 dau⁶ 變調讀 dau³。

∞ **竇口** dau⁶⁻³ hau² 做非法活動的巢穴。

∞ **冚竇** kam² dau⁶⁻³ 搗破非法活動的巢穴。如：「差佬嚟**冚竇**，快啲走啦！」（「警察來搗破我們的場地，快點兒離開！」）

∞ **龍牀不如狗竇** lung⁴ cong⁴ bat¹ jyu⁴ gau² dau⁶⁻³ 再好的地方也不如自己家裏舒坦。

∞ **被竇** pei⁵ dau⁶⁻³ 被窩。如：「冬天咁凍，瞓喺**被竇**度，真係唔想起身。」（「冬天天氣這麼冷，睡在被窩內，真不願意起牀。」）

∞ **踢竇** tek³ dau⁶⁻³ 指丈夫與別的女子非法同居或鬼混，妻子到其住處去搗亂。

*鬥氣 dau³ hei³

賭氣，互不相讓。也作「鬭氣」。《初刻拍案驚奇》卷二十：「叵耐媳婦十分不學好，到終日與阿婆**鬥氣**。」又卷三十三：「大嫂休要鬭氣，你果然拿了，與我一看何妨？」《金瓶梅》第一回：「要鬭氣，錢可通神，果然是頤指氣使。」《韓湘子全傳》第十二回：「先生是上界大仙，怎與凡人**鬥氣**？」

賭氣，互不相讓。如：「你哋兩個唔好因啲小事**鬥氣**咯。」（「你們兩人別因小事賭氣了。」）

鬭木 dau³ muk⁶

鬭，《廣韻・候韻》音「都豆切」，與「鬥」字在同一小韻，今粵讀 dau³。

❶ 相遇。《說文・鬥部》：「鬭，遇也。」段玉裁注：「凡今人云鬭接者，是遇之理也。」《國語・周語下》：「穀洛鬭，將毀王宮。」「穀洛鬭」，指穀水、洛水本異道而忽相接合為一。

❷ 接合。唐・李賀〈梁臺古意〉：「臺前鬭玉作蛟龍，綠粉掃天愁露濕。」王琦注：「木石鑲榫合縫之處謂之鬭。」《敦煌變文集・維摩詰經講經文》：「白玉鬭成龍鳳巧，黃金鍍出象牙邊。」

❸ 湊集。《古今小說》卷三：「我們鬭分銀子，與你作賀。」

鬭木，做木工活兒。如：「佢係做**鬭木**嘅，最叻係做枱椅嘅榫合位。」（「他是做木工活兒，最擅長是做枱子和椅子的榫合工藝。」）**鬭木**，今俗作「鬥木」。

∞ **鬭木佬** dau³ muk⁶ lou² 做木器的工匠。

趯 tik¹-dek³

趯，《廣韻・錫韻》音「他歷切」。反切上字「他」屬透母，今粵讀 t- 母。反切下字「歷」屬錫韻，今粵讀 -ik 韻。「他歷切」今粵音本讀 tik¹，轉為 dek³。語音轉化的過程，大概是聲母 t- 口語轉為不送氣，讀 d-；韻母 -ik 轉白讀 -ek，再變調成 dek³ 音。《東莞縣志・輿地略九・方言中》：「疾走日

趯。……今土音讀與笛、糴相近。」清・屈大均《廣東新語・文語・土言》：「走為趯，取《詩》『趯趯阜螽』之義。」

❶ 跳貌。《廣韻・錫韻》：「趯，跳兒。」《詩經・召南・草蟲》：「喓喓草蟲，趯趯阜螽。」毛傳：「趯趯，躍也。」

❷ 踢。唐・呂嚴〈絕句〉：「趯倒葫蘆掉卻琴，倒行直上臥牛嶺。」

❸ 漢字書法「八法」之一，音 tik¹。明・張紳《法書通釋》：「趯者，挑也。而謂之趯者，其法借勢於努蹲，鋒得勢而出，期於倒收，若跳踢然，忌於平出，故不言挑也，直日趯。」

今

❶ 跑，逃。如：「唔知佢趯咗去邊。」（「不知道他跑到哪裏去了。」）

❷ 驅趕。「趯嗰隻貓出去。」（「把那頭貓驅趕出去。」）

∞ 走趯 zau² tik¹-dek³ 奔走。如：「等啲後生仔去送貨，唔駛你走趯喇。」（「讓年青的小伙子去送貨，用不着你奔走了。」）「走趯」又可重疊作「走走趯趯」。

糴米 dik⁶-dek⁶ mai⁵

古

買米。漢・揚雄〈蜀都賦〉：「糴米肥腯。」北朝・北齊・顏之推《顏氏家訓・治家》：「經霖雨絕糧，遣婢糴米，因爾逃竄，三四許日，方復擒之。」宋・蘇軾〈糴米〉：「糴米買束薪，百物資之市。」《儒林外史》第十一回：「楊執中將這些銀子，喚出老嫗，拿個傢伙到鎮上糴米。」

今

買米的舊稱，現在說「買米」。如：「細個嗰陣，成日要幫阿媽去米舖糴米。」（「小時候，經常要替媽媽到米舖買米。」）「糴」有文白二讀，文讀 dik⁶，白讀 dek⁶。

※脂 deoi¹⁻³

讀音

脂，《集韻・灰韻》音「都回切」。反切上字「都」屬端母，舌音。反切下字「回」屬灰母，合口一等。中古舌音灰母合口一等字今粵讀 -eoi 韻。「都回切」今讀 deoi¹，變調讀 deoi³。

古

腫。《集韻・灰韻》：「脂，腫也。」

腫。如：「眼**脜**」，指眼皮浮腫。又如：「尋晚冇瞓覺，今朝眼都**脜**晒。」（「昨晚沒有睡，今天眼睛都腫了。」）眼部浮腫又可叫「眼**脜脜**」。又，面部浮腫叫「面**脜脜**」。如：「睇佢面**脜脜**噉，身體梗係唔妥喇。」（「看他面部浮腫，身體一定是有問題了。」）

扚 dik¹

扚，《廣韻・錫韻》音「都歷切」，今粵讀 dik¹。

本義為快速擊打。《說文・手部》：「**扚**，疾擊也。」後引申為「引」義。《廣韻・錫韻》：「**扚**，引也。」《淮南子・道應訓》：「孔子勁杓國門之關，而不肯以力聞。」高誘注：「杓，引也。」清・王念孫《讀書雜志》以「杓」當為「**扚**」之誤。（見《讀書雜志・淮南內篇第十二》「杓國門之關」條）。《呂氏春秋・慎大覽・慎大》有類似的記載：「孔子之勁，舉國門之關，而不肯以力聞。」高誘注：「孔子以一手捉城門關顯而舉之，不肯以有力聞於天下。」比較《淮南子》與《呂氏春秋》所記，則「**扚**」訓為「引」，當與「舉」義相同，「引」有向上牽引之意。

提起（重物）。如：「將個皮箱**扚**上樓。」（「把皮箱提上樓去。」）

∞ **扚起心肝** dik¹ hei² sam¹ gon¹ 發奮，振作，決心。如：「我要**扚起心肝**寫好篇論文佢。」（「我要發奮把論文完成。」）**扚起心肝**，今俗作「的起心肝」。

菂 dik¹

菂，《集韻・錫韻》音「丁歷切」，今粵讀 dik¹。

蓮花的果實，即蓮子。《集韻・錫韻》：「**菂**，芙蕖中子。」「芙蕖」即蓮花。「**菂**」初作「的」，「**菂**」是後起本字。《爾雅・釋草》：「荷……其實蓮，其根藕，其中的，的中薏。」清・郝懿行《爾雅義疏》：「《釋文》：『的或作**菂**。』按下文『**菂**薂』，郭云：『的，蓮實。』，是『**菂**』即『的』也。攢簇房中，皮青子白，的的然，故曰的也。」《文選・王延壽〈魯靈光殿賦〉》：「綠房紫**菂**，窋咤垂珠。」李善注：「綠房，芙蕖之房。」宋・歐陽修〈祭薛質夫文〉：

「莖華雖敷，不菂而枯。」元・宋無〈妾薄命〉：「不食蓮菂，不知妾心。」清・納蘭性德〈四時無題詩〉：「戲將蓮菂拋池裏，種出蓮花是並頭。」

物品上類似蓮子的東西，供手拿的部分。如：「帽菂」，指瓜皮帽頂；「茶壺菂」，指茶壺蓋的頂子；「錶菂」，指手錶上弦處的小鈕。

∞ **菂息** dik¹ sik¹ 「菂」本義是蓮子，細小而圓，引申為小巧。「**菂息**」是小巧之意，息，義為弱小。明末清初木魚書〈花箋記〉作「的息」：「的息金蓮二寸長。」又如：「呢個紫砂茶壺幾**菂息**喎！」（「這個紫砂茶壺很小巧精緻啊！」）**菂息**，今俗作「的式」、「的骰」。

杓穗 dik¹ seoi⁶⁻²

讀音

杓，《集韻・錫韻》音「丁歷切」，與「的」字在同一小韻，今粵讀 dik¹。

古

「杓」的本義是禾穗垂貌。《說文・禾部》：「杓，禾危穗也。」意謂禾穗下垂，其危欲斷。清・徐灝《說文解字注箋》：「禾孰則穎屈而下垂，其狀欲墮落，故曰危穗。引申為懸物之偁。」「穎」指禾穗的末端。《集韻・錫韻》：「杓，禾穗垂兒。」「杓」義後引申為懸垂之物。《玉篇・禾部》：「杓，禾危穗。亦懸物也。」

今

「**杓穗**」照字面義，本指下垂的禾穗，鬢角的髮長了，仿似禾之下垂，故稱之為「**杓穗**」。如：「你去飛髮留唔留**杓穗**？」（「你去理髮時，會不會保留鬢角的頭髮？」）「**杓穗**」的「穗」由本調 seoi⁶ 變調讀 seoi²。**杓穗**，今俗作「的水」。

定 ding⁶

古

還是，表選擇性連詞。唐・杜甫〈第五弟豐獨在江左近三四載寂無消息覓使寄此二首〉其二：「聞汝依山寺，杭州**定**越州？」宋・敖陶孫〈上鄭參政四十韻〉：「余日知安在，南村**定**北村？」宋・楊萬里〈夏夜玩月〉：「不知我與影，為一**定**為二？」

今

還是。粵語民謠〈雞公仔〉：「下間有個冬瓜仔，問過安人煮**定**蒸。」如：「真**定**假呀？」（「是真還是假呢？」）又如：「你做**定**我做？」（「是你做還是我做？」）「**定**」也可說成「**定係**」（ding⁶ hai⁶），意義相同。「**定**」又有 ding⁶⁻² 一讀，

音「頂」。用作副詞，在動詞之後，表示肯定。如：「你有冇去過探佢？——有**定**喇！」（「你有沒有去探望過他？——當然有啊！」）

定當 ding⁶ dong³

古

❶ 安排妥帖。宋・朱熹〈答謝成之書〉：「此中今年絕無來學者，只邵武一朋友，見編書說未備，近又遭喪，俟其稍**定當**，當招來講究。」

❷ 妥當。《喻世明言》卷二十二：「就用隨身衣服，將草薦捲之，埋於木綿菴之側。埋得**定當**，方將病狀關白太守趙分如。」《金瓶梅》第四十五回：「分付奶子在家看哥兒，都穿戴收拾**定當**，共六頂轎子起身。」《儒林外史》第五十四回：「你看看，恁般時候尚不曾**定當**，可不是越發嬌懶！」

今

❶ 妥當。如：「佢做嘢好**定當**，你放心啦。」（「他做事很妥當，請你放心好了。」）

❷ 鎮定，不慌不忙。如：「佢好**定當**喎，聽日去法國，今日重未執嘢。」（「他做事很鎮定，明天到法國去，今天還未收拾行李。」）

多得 do¹ dak¹

古

多虧，感謝。《水滸全傳》第二回：「史進把這十八般武藝，從新學得十分精熟。**多得**王進盡心指教，點撥得件件都有奧妙。」又第十回：「話說當日林沖正閒走間，忽然背後人叫，回頭看時，卻認得是酒生兒李小二。當初在京時，**多得**林沖看顧。」

今

客氣話。多虧，感謝。如：「我今日坐到經理呢個位，都係**多得**佢幫忙咋！」（「我今天能夠做到經理這個職位，多虧他的幫忙啊！」）「**多得**」也可用作反語。如：「我落得咁嘅下場，真係**多得**你唔少。」（「我落得如此下場，真要『感謝』你了。」）

*多口 do¹ hau²

古

多言，不該說而說。《孟子・盡心下》：「無傷也，士憎茲**多口**。」漢・王符《潛夫論・交際》：「士貴有辭，亦憎**多口**。故曰：『文質彬彬，然後君子。』」

《警世通言》卷九：「秀秀道：『我因為你，吃郡王打死了，埋在後花園裏。卻恨郭排軍**多口**，今日已報了冤仇，郡王已將他打了五十背花棒。』」《水滸全傳》第六回：「林沖聽得說道：『又是甚麼**多口**的報知了。』」《水滸全傳》第九十八回：「將軍來收此賊，與民除害，老僧只是不敢**多口**，恐防賊人知得。今既是天兵處差來的頭目，便**多口**也不防。」《金瓶梅》第三十三回：「旁邊有**多口**的道：『你老人家不知，此是小叔姦嫂子的。』」《古今小說》卷二十：「老夫今年八十餘歲，今晚**多口**，勸官人一句。」《初刻拍案驚奇》卷七：「張果看見皇帝如此，也不放在心上，慢慢的說道：『此兒**多口**過，不謫治他，怕敗壞了天地間事。』」

今

多言，說不該說的話。如：「佢好**多口**㗎，唔應該講嘅嘢佢都講埋出嚟。」（「他很多言，不該說的話他也會說出來。」）

∞ **衰多口** seoi¹ do¹ hau² 因亂說話而招惹是非，或引起不好的事情發生。如：「今次引起你哋兩個誤會，都係我**衰多口**囉。」（「這次引致你們二人發生誤會，都是由於我亂說話了。」）

﹡**多那那／多㖠㖠** do¹ no⁴ no⁴

讀音

那、㖠，《廣韻・歌韻》並音「諾何切」。今粵讀 no⁴。

古

《爾雅・釋詁》：「那，多也。」《經典釋文》：「那，本或作㖠。」《詩經・小雅・桑扈》：「不戢不難，受福不那。」又〈商頌・那〉：「猗與那與，置我鞀鼓。」毛傳並云：「那，多也。」《廣雅・釋詁》：「㖠，多也。」

今

「**多那那／多㖠㖠**」是很多的意思。如：「講起佢嘅趣事，真係**多那那**囉！」（「說起他的趣事，真是多得很了！」）由於一般人多將粵音 n- 聲母讀成 l- 聲母，故「那／㖠」音由 no⁴ 變 lo⁴，而「**多那那／多㖠㖠**」也誤寫作「多籮籮」了。

﹡**多謝** do¹ ze⁶

古

❶ 囑咐，鄭重告訴。漢・辛延年〈羽林郎〉：「**多謝**金吾子，私愛徒區區。」漢樂府〈孔雀東南飛〉：「**多謝**後世人，戒之慎勿忘。」

❷ 殷勤問候。晉・陶潛〈贈羊長史〉：「路若經商山，為我少躊躇，**多謝**綺與角，精爽今何如？」

❸ 謝謝。《紅樓夢》第八回：「已經大好了，倒**多謝**記掛着。」

今

多謝。如：「**多謝**你送我返屋企！」（「謝謝你送我回家！」）

∞ **多謝晒** do¹ ze⁶ saai³ 太感謝了。

*多嘴 do¹ zeoi²

古

多說話。《古今小說》卷一：「是老身**多嘴**了。今夜牛女佳期，只該飲酒作樂，不該說傷情話兒。」

今

多言，說不該說的話。如：「你唔知發生乜嘢事，就唔好咁**多嘴**啦。」（「你不知道發生甚麼事情，就別多說話好了。」）

*度 dok⁶

古

❶ 測量，計算。唐・玄應《一切經音義》卷二十二：「**度**，測量也。」《廣韻・鐸韻》：「**度**，度量也。」《左傳・文公十八年》：「事以**度**功。」杜預注：「**度**，量也。」《楚辭・天問》：「圜則九重，孰營**度**之？」洪興祖補注：「**度**，量度也。」《漢書・文帝紀》：「夫**度**田非益寡。」顏師古注：「**度**謂量計之。」

❷ 忖度，慮謀。《爾雅・釋詁》：「**度**，謀也。」《玉篇・又部》：「**度**，揆也。」《尚書・泰誓上》：「同力**度**德，同德**度**義。」孔傳：「揆**度**優劣，勝負可見。」《詩經・小雅・巧言》：「他人有心，予忖**度**之。」《國語・晉語三》：「謀**度**而行。」《世說新語・雅量》：「可謂以小人之慮，**度**君子之心。」

今

❶ 量（長度）。如：「**度**高」（「量度高度」）又如：「**度**下塊布有幾長。」（「量度一下這塊布有多長。」）

❷ 忖度。如：「你咁樣**度**人，人就咁樣**度**你。」（「你這樣忖**度**別人，別人也這樣忖**度**你。」）

❸ 謀算。如：「呢筆錢你同我**度**掂佢。」（「這筆錢你給我想想辦法。」）

∞ **度橋** dok⁶ kiu⁴⁻² 思索妙計。如：「你同我**度橋**解決呢單嘢喇。」（「你替想辦法解決這事情吧。」）

∞ **度身訂造** dok⁶ san¹ deng⁶ zou⁶ （1）量體定造衣服。如：「我呢套西裝係**度身訂造**喋，幾稱身！」（「我這套西服是量體定做的，多稱身！」）（2）引申指特意為某人安排，能充分發揮其特長的活動。如：「呢套戲係特別為你**度身訂造**喋。」（「這個片子是專門為你編寫、拍攝的。」）

當堂 dong¹ tong⁴

古

❶ 公堂。《醒世恆言》卷八：「喬太守寫畢，叫押司**當堂**朗誦與眾人聽了。」《紅樓夢》第六十九回：「察院便批：『張華借欠賈宅之銀，令其限內按數交還，其所定之親，仍令其有力時娶回。』又傳了他父親來，**當堂**批准。」

❷ 當場。《二十年目睹之怪現狀》第四十八回：「以下站站如此，直等到了站頭，**當堂**開拆，見了個空白，他哪裏想得到是半路掉換的呢，無非是怪部吏粗心罷了。」

今

❶ 當場。如：「個賊喺超級市場偷嘢，**當堂**畀人捉住。」（「那個小偷在超級市場盜竊，當場給人逮捕。」）

❷ 馬上。如：「佢問嘅問題好深，**當堂**畀佢考起。」（「他問的問題很深奧，馬上給他難倒了。」）

當鋪 dong³ pou³⁻²

古

當鋪，初名質庫，也稱當店、典當、押店，是以衣飾等實物作為抵押品，在物主贖回時收取高額利息的機構。中國的**當鋪**，古已有之，最早出現在南齊的寺院，以庫藏錢財供人質借，代替布施，庫藏長盈不減，又名「長生庫」。唐朝以後，質庫由富豪開設。明代，民間經營興起，開始稱典鋪或典當。到了清代，始出現「**當鋪**」名稱。清朝**當鋪**遍布全國城鎮，歷久不衰。《儒林外史》第四十六回：「敝縣別的**當鋪**原也不敢如此，只有仁昌、仁大方家這兩個典鋪。」

今

專門收取抵押品而借款給人的店鋪。如：「呢個月賺到錢，快啲去**當鋪**贖返隻手錶。」（「這個月賺了錢，趕快到**當鋪**把腕錶贖回。」）「**當鋪**」的「鋪」，口語變調讀 pou²。

∞ **二叔公** ji⁶ suk¹ gung¹ 粵語俗稱當鋪為「**二叔公**」。「**二叔公**」的來源，據說是昔日鄉下人家遇事周轉不靈時，便向「隔籬**二叔公**」（鄰居長者）舉貸，二叔

公雖予幫忙，但或多或少也需抵押，久而久之，經營押物貸款的當鋪，便稱為「二叔公」了。

到極 dou³ gik⁶

放在形容詞後，表示達到極點。《二十年目睹之怪現狀》第一回：「唉！繁華**到極**，便容易淪於虛浮。」

放在形容詞後，達到極點。如：「好**到極**」（「極好」）、「衰**到極**」（「極差」）、「壞**到極**」（「極壞」）。又如：「點教你都唔明，你真係蠢**到極**。」（「怎樣教你也不明白，你真是愚蠢極了。」）

∞ **到死** dou³ sei² 放在形容詞後，表示達到極點。如「多**到死**」（「極多」）、「曳**到死**」（「極頑皮」）。又如：「重有咁多文件要睇，煩**到死**！」（「還有那麼多文件要看，麻煩極了！」）

※ 涿 duk¹

讀音

涿，《集韻・屋韻》音「都木切」，與「豚」字在同一小韻，今粵讀 duk¹。

流下的水滴。《說文・水部》：「**涿**，流下滴也。」段玉裁注：「今俗謂一滴曰一**涿**，音如篤。」

量詞。多用作排泄物的量詞。

❶ 泡。如：「一**涿**尿」（「一泡尿」）、「一**涿**牛屎」（「一泡牛冀」）。

❷ 口。如：「一**涿**口水痰」（「一口痰」）。

❸ 行。如：「一**涿**鼻涕」（「一行鼻涕」）。**涿**，今俗作「篤」。

※ 豚／屍 duk¹

讀音

豚，《集韻・屋韻》音「都木切」，今粵讀 duk¹。

是指動物的臀部。《集韻・屋韻》：「**豚**，《博雅》：『臀也。』或作**屍**。」

今

❶ 動物的臀部。如：例如：「食燒肉最好係食沙梨**𥲃**。」（「吃烤豬最好是吃臀部的肉。」）按：粵語「沙梨**𥲃**」是指豬臀部的肉。

❷ 盡頭。如：「佢住嗰間房行到**𥲃**就係啦。」（「他所住的房間行到盡頭就是了。」）

∞ **打爛沙盆璺到𥲃** daa² laan⁶ saa¹ pun⁴ man⁶ dou³ duk¹ 粵語有「打爛沙盆問到篤」一語，意謂人好尋根究柢，找到事實的真相。其實，此語的正確寫法應是「**打爛沙盆璺到𥲃**」。「璺」（man⁶）是指器皿的裂紋。《方言》卷六：「器破而未離謂之璺。」（《集韻・問韻》音「文運切」，今粵讀 man⁶。）「𥲃」引申為器皿的底部。「**打爛沙盆璺到𥲃**」的表面意義是說打破沙盆，裂紋一直伸延到器皿的底部。引申的意義是指人好問（「問」是「璺」字的諧音字），對不明白的地方，一定究詰到底，找出真相為止。由於「璺」、「問」同音，而「𥲃」也由「篤」字代替，故此語後來寫成「打爛沙盆問到篤」，意即北方話所說的「打破沙鍋問到底」。

∞ **大尾𥲃** daai⁶ mei⁵ duk¹ 香港新界大埔有一地方，名「大尾督」，原名當寫作「**大尾𥲃**」，它位於大埔區東部的邊陲，因而有「**大尾𥲃**」之稱，「尾」和「督（𥲃）」在粵語裏都有最後、盡頭之意。後來，據傳當地村民以「尾督（𥲃）」意義不祥，於是把此地改寫成「大美督」。今「大美督」又有人把它寫成「大美篤」，地名原來的含義轉晦。

濩 dung²

讀音

濩，《集韻・董韻》音「覩動切」，上聲，與「董」字在同一小韻，今粵讀 dung²。

古

象聲詞。東西掉進水裏發出的聲響。《集韻・董韻》：「濩，物墮水聲。」

今

象聲詞。東西（如石子）掉進水裏發出的聲響。如：「個五文銀仔『濩』一聲跌咗落水。」（「那個五元硬幣『撲通』一聲掉進水中。」）

㪯 dung⁶

讀音

㪯，《集韻・送韻》音「徒弄切」，與「洞」字在同一小韻。反切上字「徒」屬

定母，全濁。中古定母仄聲字，今粵語讀不送氣，讀 d- 母。「徒弄切」讀 dung⁶。

小木樁。《集韻‧送韻》：「㼐，杖也。」「杖」是小木樁。明‧張岱《陶庵夢憶‧樓船》：「樓船孤危，風逼之幾覆，以木排為㼐，索纜數千條，網網如織，風不能撼。」

❶ 木柱子。如：「搵條㼐撐住門口個天花先。」（「用一根木柱子撐着門口的天花。」）

❷ 量詞。疊，摞。如：「一㼐天九牌」（「一疊天九牌」）、「一㼐磚」（「一疊磚」）、「一㼐書」（「一疊書」）、「一㼐碗」（「一摞碗」）。

❸ 豎起。如：「㼐起支旗。」（「把旗幟豎起來。」）又如：「睇到我毛管㼐。」（「看到我毛管豎起來。」）

❹ 副詞。豎着。「呢封信要打㼐寫。」（「這封信要直着寫。」）

❺ 漢字的筆畫，即豎畫。如：「『見』字要寫咗一㼐先。」（「『見』字的筆順要先寫一豎畫。」）㼐，今俗作「棟」。

∞ **㼐高牀板** dung⁶ gou¹ cong⁴ baan² 上世紀五、六十年代的香港，窮等人家睡覺的牀十分簡陋，只不過是把幾塊長方形木板鋪放在兩張橫放的長木凳上，砌成一張牀睡覺。窮家子弟晚上捱夜溫習，便只好把牀板豎着，待溫習過後才鋪牀睡覺，故「**㼐高牀板**」有捱夜溫習之意。

∞ **一㼐都冇** jat¹ dung⁶ dou¹ mou⁵ 原意指打牌全部輸光，引申為「毫無辦法」之意。如：「我畀個仔搞到一㼐都冇。」（「我給兒子弄到毫無辦法。」）

花碌碌 faa¹ luk¹ luk¹

花裏胡哨。《二刻拍案驚奇》卷一：「嚴都管道：『我只說是怎麼樣金碧輝煌的，原來是這等晦氣色臉，倒不如外邊這包，還**花碌碌**好看，如何說得值多少東西？』」

花裏胡哨。如：「呢件衫**花碌碌**，唔啱你着嘅。」（「這件襯衣花花綠綠的，不合你穿的。」）

∞ **花哩碌** faa¹ li¹ luk¹ 花裏胡哨。如：「幅畫畫到**花哩碌**，一啲都唔靚。」（「這幅圖畫畫得花斑斑的，一點也不好看。」）

花樽 faa¹ zung¹

花瓶。唐・白居易〈寄皇甫七〉:「**花樽**飄落酒,風案展開書。」明・瞿佑《剪燈新話・滕穆醉游聚景園記》:「須臾,携紫氈觝,設白玉碾**花樽**,碧琉璃盞,醪醴馨香,非世所有。」清・施梅樵〈斐亭聽濤〉:「自公退食與周旋,茗碗**花樽**會羣賢。」

花瓶。如:「將啲花插喺**花樽**度。」(「把花插入花瓶內。」)

快脆 faai³ ceoi³

快速,快當。宋・陳亮《陳亮集・復樓大防郎中書》:「憔悴病苦,反以求死為**快脆**,其他尚復何說。」又同書〈復陸伯壽書〉:「望見暮景已自如此,不如早與一死為**快脆**也,自餘皆非所宜言。」

快速,快當。如:「佢行得好**快脆**。」(「他走得很快。」)**快脆**,今又作「快趣」。

∞ **快快脆脆** faai³ faai³ ceoi³ ceoi³ 趕快。如:「你**快快脆脆**做埋學校啲功課啦!」(「你趕快完成學校作業吧!」)

*筷子 faai³ zi²

食具。用竹或木等物製的夾飯菜或其他東西的細長棍兒。古書作「快子」。清・趙翼《陔餘叢考・呼箸為筷》:「俗呼箸為快子。陸容《菽園雜記》謂起於吳中。凡舟行諱住,諱翻,故呼箸為快子。」《紅樓夢》第二十三回:「鳳姐聽了,把頭一梗,把快子一放。」

食具。用竹、木、金屬製的夾飯菜或其他東西的細長棍兒。如:「要用**筷子**夾餸,唔好用手揦。」(「要用**筷子**夾菜,不要用手拿。」)

發爛渣 faat³ laan⁶ zaa¹⁻²

古

古作「發渣」，即發脾氣。清・蒲松齡《聊齋俚曲集・襄妒咒》第十五回：「昨日冒雨，到了他家，旁裏沒人，俺倆閒吧；吧了半日，不敢勾他，勾搭不上，怕他發渣。」

今

今粵語作「**發爛渣**」，有發脾氣，耍無賴之意。如：「佢唔單只唔還錢畀我，重喺度**發爛渣**添！」（「他不但不還錢給我，還在耍無賴哩！」）「**發爛渣**」的「渣」由本調 zaa¹ 變調讀 zaa²。

*費事 fai³ si⁶

古

❶ 花費大，靡費。明・徐復祚《一文錢》第一齣：「只是妻兒奴婢，人口眾多，甚是**費事**。」明・黃東崖《屏居十二課・覓火》：「冬夜惟埋堅炭爐中，蘊火為佳，其餘香篆、香毬，均屬**費事**。」

❷ 費工夫。《儒林外史》第二十二回：「他們在船上收拾飯**費事**，這裏有個大觀樓，素菜甚好，我和你去喫素飯罷。」

❸ 麻煩，為難。《紅樓夢》第二十四回：「那個賈芸早說了幾個『不用**費事**』，去的無影無踪了。」《二十年目睹之怪現狀》第二十回：「雖然不怕他強橫到底，但是不免一番口舌，豈不**費事**？」

今

❶ 費工夫。如：「做呢款裇衫好**費事**嘅。」（「裁剪這款襯衣很費工夫的。」）

❷ 懶得。如：「**費事**同你講！」（「懶得跟你說！」）

❸ 省得。如：「使唔使幫手呀？——**費事**喇。」（「用不用幫忙呢？——不用麻煩了。」）**費事**，今或作「廢事」，誤。

*揼 fang⁴，fang¹⁻⁶

讀音

「**揼**」讀音有二：

❶《集韻・耕韻》音「乎萌切」，今粵讀 fang⁴。

❷《集韻・耕韻》音「呼宏切」，今本音 fang¹，變調讀 fang⁶。

「揈」意義有二：

❶《集韻・耕韻》：「揈，擊也。」音「乎萌切」。

❷《集韻・耕韻》：「揈，揮也。」音「呼宏切」。

❶ 以拳擊人。音 fang⁴。如：「佢無端端**揈**我一拳。」（「他無緣無故出拳打我一下。」）

❷ 揮霍。音 fang⁶。如：「你唔好將啲錢亂咁**揈**。」（「你不要隨便把錢揮霍。」）

∞ **洗腳唔攙腳 —— 亂揈** sai² goek³ m⁴ maat³ goek³ —— lyun⁶ fang¹⁻⁶ 歇後語。洗完腳卻不擦乾，把水任意甩掉，喻無節度任意花錢。（粵語以「水」喻錢財。）

※**帗** fat¹

「帗」在《廣韻》有二讀：一讀在《廣韻・物韻》，音「分勿切」，與「弗」字在同一小韻，今讀 fat¹。另一讀在《廣韻・末韻》，音「北末切」，與「撥」字在同一小韻，今讀 but⁶。今粵語「帗」保留 fat¹ 音。

一幅巾。《說文・巾部》：「**帗**，一幅巾也。」清・王筠《說文句讀》：「帛幅二尺四寸，儘此一幅為之，故曰一幅巾。」《方言》卷二：「**帗**縷，毳也。」郭璞注：「謂物之扞蔽也。」清・錢繹《方言箋疏》：「**帗**，通作袚。」「袚」是繫在衣服前面的大巾。

量詞。塊。如：「一**帗**布」（「一塊布」），「一**帗**肉」（「一塊肉」）。又如：「幅牆崩咗一**帗**。」（「這堵牆崩裂了一塊。」）

※**肥仸仸／肥髧髧** fei⁴ dam⁶⁻³ dam⁶⁻³

髧，《廣韻・感韻》音「徒感切」。反切上字「徒」屬定母，全濁。反切下字「感」屬感韻，開口一等，上聲。中古定母仄聲字今粵讀 d- 母。又「徒感切」，下字上聲，上字全濁，今粵語改切去聲，讀 dam⁶，變調讀 dam³。

「仸」同「髧」，髮垂貌。《玉篇・人部》：「仸，《詩》云：『髧彼兩髦。』或作仸。」

肥胖而肉下垂貌。如:「個老人家**肥优优**,好唔健康。」(「那位老人家肥胖而肉下垂,很不健康。」)

肥腯腯 ※ fei⁴ dat⁶⁻¹ dat⁶⁻¹

讀音

腯,《廣韻・沒韻》音「陀骨切」。反切上字「陀」屬定母。中古定母仄聲字今粵讀 d- 母。「陀骨切」讀 dat⁶,變調讀 dat¹。

古

腯,本義是豕肥,後引申為肥。《說文・肉部》:「腯,牛羊曰肥,豕曰腯。」《詩經・周頌・我將》:「我將我享,維羊維牛。」鄭玄箋:「我享祭之羊牛,皆充盛肥腯。」根據鄭箋,「腯」又兼指羊牛之肥了。《集韻・沒韻》:「腯,肥也。」

今

「**肥腯腯**」是形容詞,它是由形容詞「肥」加疊音後綴「腯腯」構成,意即胖得豐滿、結實。如:「個細路塊面**肥腯腯**,好得意。」(「這小孩臉蛋胖嘟嘟的,很可愛。」)

肥腩腩 ※ fei⁴ nam⁶ nam⁶

讀音

腩,《集韻・勘韻》音「奴紺切」,「紺」今粵讀 gam³。「奴紺切」音 nam⁶。

古

「腩」是肥胖貌。《集韻・勘韻》:「腩,腩膞,肥皃。」

今

形容肌肉肥而鬆軟。如:「你塊面**肥腩腩**,快去做多啲運動喇!」(「你的面部肌肉又肥又鬆軟,趕快多做運動吧!」)

肥豚豚 ※ fei⁴ tan⁴ tan⁴

讀音

豚,《廣韻・魂韻》音「徒渾切」,今粵讀 tan⁴。

古

豚,《說文・豕部》:「豚,小豕也。」《方言》卷八:「豬,……其子或謂之豚。」

豚本義是小豬，引申為肥。「**肥豚豚**」指人胖乎乎的。如：「嗰個人**肥豚豚**，睇落超過二百磅重。」（「那人胖乎乎的，看來體重超過二百磅。」）

火滾 fo² gwan²

惱火，氣憤。元・尚仲賢《尉遲恭三奪槊》第三折：「聽元帥說原因，心頭上一千團火塊滾。氣的肚裏生嗔，愁的似地慘天昏，恰便似心內**火滾**。好教人怎受忍。」

惱火，氣憤。如：「佢對阿媽呼呼喝喝，睇見都**火滾**。」（「他對母親大呼大喝，凡看見的都會惱火。」）

*火候 fo² hau⁶

❶ 烹飪時火力的強弱和時間的長短。唐・段成式《酉陽雜俎・酒食》：「貞元中，有一將軍家出飯食，每說物無不堪喫，惟在**火候**，善均五味。」宋・蘇軾〈豬肉頌〉：「待他自熟莫催他，**火候**足時他自美。」明・沈德符《萬曆野獲編・士人・金華二名士》：「（吳少君）孤介有潔癖……炊飯擇好米，自視**火候**。」

❷ 方士煉丹的功候。唐・白居易〈天壇峰下贈杜錄事〉：「河車九轉宜精鍊，**火候**三年在好看。」元・史九敬先《莊周夢》第二折：「汞鉛丹灶，能平善消，**火候**最難調。」《西遊記》第七回：「真個光陰迅速，不覺七七四十九日，老君的**火候**俱全。」

❸ 比喻道德、學問、技藝等修養工夫的成熟。清・黃宗羲《錢退山詩文・序》：「以才識涵濡蘊蓄，更當俟之以**火候**。」《儒林外史》第三回：「本道看你的文字，**火候**到了，即在此科，一定發達。」

❹ 比喻緊要的時機。《孽海花》第三十回：「三兒暗忖那話兒來了，但是我不可鹵莽，便把心事露出，**火候**還沒有熟呢。」

❶ 烹飪時燒火時間的長短和火力的大小。如：「你炆嘅鴨**火候**好夠。」（「你用微火炖的鴨子**火候**十足。」）

❷ 喻學問、武藝、修養的深淺。如：「佢學問都夠**火候**㗎。」（「他的學問底子頗深。」）

火燭 fo² zuk¹

❶ 用火照明。《呂氏春秋・士容論・士容》:「故**火燭**一隅,則室偏無光。」

❷ 照明的燈燭。宋・文同〈織婦怨〉:「不敢輒下機,連宵停**火燭**。」

❸ 火警。《二十年目睹之怪現象》第六十七回:「有一個聽說**火燭**,連忙把些被褥布衣服之類,歸在一隻箱子裏,扛起來就跑。」

❹ 指可以引起火災的東西。《紅樓夢》第十四回:「這二十個每日輪流各處上夜,照管門戶,監察**火燭**,打掃地方。」《風月夢》第十回:「你點火把送賈老爺回府,你就家去罷。家中門戶**火燭**小心。」

火警。如:「對面座大廈**火燭**,好彩冇人受傷。」(「對面那座大廈發生火警,幸好沒有人受傷。」)

∞ **火燭車** fo² zuk¹ ce¹ 消防車的舊稱。又叫「救火車」gau³ fo² ce¹ 或「滅火車」mit⁶ fo² ce¹。

∞ **火燭鬼** fo² zuk¹ gwai² 消防員的舊稱。又叫「救火員」gau³ fo² jyun⁴。

*晦氣 fui³ hei³

❶ 遇事不順利,倒霉。《京本通俗小說・錯斬崔寧》:「我恁地**晦氣**!沒來由和那小娘子同走一程,卻做了干連人。」《西遊記》第三十四回:「可是**晦氣**!經倒不曾取得,且來替他做皂隸。」《儒林外史》第五十四回:「你賒了豬頭肉的錢不還,也來問我要!終日吵鬧這事,那裏來的**晦氣**!」

❷ 指臉色難看,呈青黃色。《西遊記》第四十三回:「還有一個徒弟,喚做沙和尚,乃是一條黑漢子,**晦氣**色臉,使一根寶杖。」

面帶慍色,不愛理人。如:「問咗你幾次都唔應,你為乜咁**晦氣**㗎?」(「問了你多次也不回應,你為何不高興,不理睬別人呢?」)

∞ **發晦氣** faat³ fui³ hei³ 面露不悅之色,說賭氣話。如:「你唔開心就咪做,唔好喺度**發晦氣**。」(「你不高興便不要做,不要在這兒說賭氣話。」)

∞ **找晦氣** zaau² fui³ hei³ 尋釁,洩私忿。如:「佢今晚嚟**找你晦氣**,你要小心啲呀!」(「他今天晚上會來找你尋釁,你要小心點兒啊!」)

風爐 fung¹ lou⁴⁻²

原是唐代一種專用於煮茶的爐子。唐・陸羽《茶經》卷中「**風爐**灰承」條:「**風爐**以銅鐵鑄之,如古鼎形。厚三分,緣闊九分。」唐・岑參〈晚過磐石寺禮鄭和尚〉:「岸花藏水碓,溪竹映**風爐**。」宋・黃庭堅〈奉同六舅尚書詠茶碾煎烹三首〉其二:「**風爐**小鼎不須催,魚眼長隨蟹眼來。」宋・陸游〈同何元立蔡肩吾至東丁院汲泉煮茶二首〉其二:「旋置**風爐**清樾下,他年奇事記三人。」《紅樓夢》第三十八回:「那邊有兩三個丫頭煽**風爐**煮茶,這邊另有幾個丫頭也煽**風爐**燙酒呢。」

泛指炊事用的爐子,多以泥造,用炭生火。如:「細個嘅時候,我哋係用**風爐**煮飯嘅。」(「小時候,我們是用小泥爐燒飯的。」)「**風爐**」的「爐」由本調 lou⁴ 變調讀 lou² 。

∞ **番薯跌落風爐 —— 該煨(衰)** faan¹ syu⁴⁻² dit³ lok⁶ fung¹ lou⁴⁻² — goi¹ wui¹ 歇後語。表面是說地瓜掉落小泥爐,便該把它烤熟。「煨」諧音「衰」,「該衰」在粵語有倒霉之義,這個歇後語也就是倒霉之意。

∞ **冇牙風爐** mou ngaa⁴ fung¹ lou⁴⁻² 風爐有一個爐口,用以放置炭火。「**冇牙風爐**」喻人脫掉多隻門牙,露出大大的牙洞,好像風爐的缺口一樣。

風騷 fung¹ sou¹

❶ 詩文,泛指文學。唐・高適〈同崔員外、綦毋拾遺九日宴京兆府李士曹〉:「晚晴催翰墨,秋興引**風騷**。」「**風騷**」指詩文。清・趙翼〈論詩〉:「江山代有才人出,各領**風騷**數百年。」

❷ 體面,光彩。《二刻拍案驚奇》卷十九:「寄華此時身子如在雲裏霧裏,好不**風騷**。」

❸ 形容女子外貌俏麗,舉止輕佻。元・鄭光祖《迷青瑣倩女離魂》第一折:「十分的賣**風騷**,顯秀麗,誇才調。」《紅樓夢》第三回:「身量苗條,體格**風騷**。」

❶ 指女子舉指輕佻,行為放蕩。如:「呢個女仔好**風騷**,男仔見到佢暈大浪。」(「這位女士舉指輕佻放蕩,男士見了她都為之着迷。」)

❷ 意氣風發。如:「你睇佢幾**風騷**,成晚滿場飛同人打招呼。」(「你看,他多麼意氣風發,整個晚上在場內四處走動,跟朋友打招呼。」)

闊落 fut³ lok⁶

❶ 寬廓。宋・蘇軾〈次韻子由論書〉:「體勢本**闊落**,結束入細麼。」《儒林外史》第十回:「依弟愚見,這廳事也太**闊落**,意欲借尊齋,只須一席酒,我四人促膝談心,方纔暢快。」

❷ 豁達開朗。《兒女英雄傳》第三十一回:「何玉鳳又是個**闊落**大方不為世態所拘的。」

寬敞。如:「呢個客廳好**闊落**。」(「這個客廳很寬敞。」)

*闊佬 fut³ lou²

財主,有錢人。《二十年目睹之怪現狀》第九十六回:「他那種**闊佬**,知道我動了身,自然去請別人;等別人看熟了,他自然就不請我了。」

❶ 財主,有錢人。如:「佢係大**闊佬**嚟,呢條街起嘅樓都係佢㗎。」(「他是大財主來的,這條街道建成的樓宇都是他的物業。」)

❷ 闊氣。如:「佢好**闊佬**,出錢請晒成班伙計去歐洲旅行。」(「他很闊綽,出錢請所有員工到歐洲旅行。」)

∞ **闊佬懶理** fut³ lou² laan⁵ lei⁵ 漠不關心,懶得去理。如:「呢個議員成日話關心社區嘅治安,到治安出咗問題,佢就**闊佬懶理**。」(「這位議員經常說關心社區治安,及至治安出了問題,他卻懶得去理。」)

家婆 gaa¹ po⁴⁻²

❶ 妻子,主婦。清・李漁《奈何天・狡脫》:「好沒志氣,他只因沒福做**家婆**,所以叫我另娶你,如今是一家之主,為甚麼拜起他來。」

❷ 丈夫的母親,婆婆。太平天國・無名氏《太平天日》:「壞道竟然傳得道,龜婆無怪作**家婆**。」

丈夫的母親，婆婆。「**家婆**」是兒媳對自己丈夫母親的稱呼，但僅限於對外人時使用，當面則不用。如：「我**家婆**雖然九十幾歲，但重行得走得。」（「我的婆婆雖然九十多歲，但仍然行動自如。」）「**家婆**」的「婆」由本調 po⁴ 變調讀 po²。

家私 gaa¹ si¹

❶ 家產。《喻世明言》卷十：「倒是小學生有智，對母親道：『我兄弟兩個，都是老爹爹親生，為何分關上如此偏向？其中必有緣故……自古道：**家私**不論尊卑。母親何不告官申理？』」「**家私**不論尊卑」，指家中財產，無論嫡子庶子，人人有份。《金屋夢》第一回：「難道這些**家私**，地上的沒了，地下的也沒有？」

❷ 家具。《水滸全傳》第九十九回：「莊院田產，**家私**什物，宋太公存日，整置得齊備，亦如舊時。」明・李翊《俗呼小錄・世俗語音》：「器用曰家生，一曰家火，又曰**家私**。」《警世通言》卷十五：「只求老爺再寬十日，容變賣**家私**什物。」

家具。如：「呢戶人家好有錢，屋企所有**家私**都係來路貨。」（「這戶人家很富有，家中所有家具都是外國的進口貨。」）**家私**，今或作「傢私」、「傢俬」。

家姐 gaa¹ ze²⁻¹

姐姐。《水滸全傳》第十四回：「晁蓋道：『原來是我外甥王小三。這廝如何在廟裏歇？乃是**家姐**的孩兒，從小在這裏過活，四五歲時隨**家姐**夫和**家姐**上南京去住，一去了十數年。』」

姐姐。如：「我有兩個**家姐**。」（「我有兩個姐姐。」）

∞ **大家姐** daai⁶ gaa¹ ze²⁻¹　大姐姐。

∞ **二家姐** ji⁶ gaa¹ ze²⁻¹　二姐姐。

架生 gaa³ saang¹

古

古作「家生」。

❶ 家計。《史記‧扁鵲倉公列傳》:「左右不脩家生,出行游國中。」

❷ 家中器物總稱。宋‧吳自牧《夢粱錄‧卷十三‧諸色雜貨》:「家生動事,如桌、櫈、涼牀、交椅、几子。」《古今小說》卷二十六:「二人收了,作別回家,便造房屋,買農具家生。」《醒世姻緣傳》第二十四回:「吃完了酒,收拾了家生,日以為常。」

❸ 武器。《水滸全傳》第二回:「史進又不肯務農,只要尋人使家生,較量鎗棒。」

今

今作「架生」,讀 gaa³ saang¹,又讀 gaa³ caang¹。

❶ 家具、器物的總稱。如:「聽日旅行,記得帶齊燒嘢食啲**架生**呀!」(「明天旅行,記緊帶備燒烤的用具啊!」)

❷ 工人用的工具,演員用的道具。如:「你今晚演話劇,記得預備好啲**架生**至好。」(「今晚你上演話劇,記緊要把道具預備妥當才好。」)

❸ 武器。如:「嗰兩個堂口啲手下帶晒**架生**準備開片。」(「那兩個犯罪組織的手下帶備武器預備火併。」)

*街坊 gaai¹ fong¹

古

❶ 鄰里,鄰居。元‧蕭德祥《楊氏女殺狗勸夫》楔子:「知他是誰好游閒誰不良,誰起風波誰要強,瞞不過鄰里眾**街坊**。」《老殘遊記》第十四回:「俺有個舊**街坊**李五爺,現在也住在這齊河縣,做個小生意。」

❷ 大街小巷。《喻世明言》卷一:「這日**街坊**上好不鬧雜!三巧兒道:『多少東行西走的人,偏沒個賣卦先生在內。』」《儒林外史》第十一回:「到十五日那日,同我這表侄往**街坊**上去看看燈。」

今

鄰里,鄰居。如:「佢同我係老**街坊**嚟嘅。」(「他和我是老鄰居來的。」)

∞ **街坊街里** gaai¹ fong¹ gaai¹ lei⁵ 街巷鄰里,鄰居。如:「大家**街坊街里**,互相幫忙,冇計嘅!」(「大家是鄰里來的,互相幫忙,算甚麼哩!」)

*皆因 _{gaai¹ jan¹}

古

都是，因為，表原因的連詞。元・谷子敬《呂洞賓之度城南柳》第一折：「則你那尊中無綠蟻，**皆因**我囊裏缺青蚨。」元・無名氏《玉清菴錯送鴛鴦被》第一折：「是非只為多開口，煩惱**皆因**強出頭。」《警世通言》卷三：「是非只為多開口，煩惱**皆因**巧弄唇。」清・郭小亭《濟公全傳》第一百九十六回：「你我要不是濟公，咱們也不管閒事，多一事不如少一事，是非**皆因**多開口，煩惱**皆因**強出頭。」《紅樓夢》第三十三回：「未及敘談，那長府官就說道：『下官此來，並非擅造潭府，**皆因**奉命而來，有一件事相求。』」

今

都是因為。如：「**皆因**你成日遲到，所以老細唔同你續約。」（「因為你經常遲到，所以僱主不跟你續約。」）又如：「輸錢**皆因**贏錢起。」（「最後輸錢是因為由贏錢開始。」）

隔籬 _{gaak³ lei⁴}

古

鄰舍。古時鄰居只靠籬笆隔住，故稱「**隔籬**」。唐・杜甫〈客至〉：「肯與鄰翁相對飲，**隔籬**呼取盡餘杯。」宋・蘇軾〈浣溪沙〉（麻葉層層檾葉光）：「麻葉層層檾葉光，誰家煮繭一村香。**隔籬**嬌語絡絲娘。」宋・周弼〈歲除思歸〉：「一別經秋不到，**隔籬**黃犬誰呼。」

今

❶ 旁邊。如：「佢坐喺我**隔籬**。」（「他坐在我旁邊。」）

❷ 隔壁。如：「佢住喺**隔籬**間房。」（「他住在隔壁的房間。」）

∞ **隔籬鄰舍** _{gaak³ lei⁴ leon⁴ se³} 鄰居，街坊。

*間 _{gaan¹}

古

本義為空隙。《說文・門部》：「**間**，隙也。」後發展為量詞，用於房屋。晉・陶潛〈歸園田居五首〉其一：「方宅十餘畝，草屋八九**間**。」唐・杜甫〈茅屋為秋風所破歌〉：「安得廣廈千萬**間**，大庇天下寒士俱歡顏，風雨不動安如山。」唐・韓愈〈題楚昭王廟〉：「猶有國人懷舊德，一**間**茅屋祭昭王。」《初刻拍案驚奇》卷三十四：「庵有淨室十六**間**，各備牀褥衾枕，要留宿的

極便。」《儒林外史》第三十四回:「小廝揀了**一間**房,把行李打開,鋪在炕上,拿茶來喫著。」

量詞。

❶ 用於房屋。如:「**一間**屋」(「一所房子」)、「**兩間**房」(「兩個房**間**」)。

❷ 用於機構、單位。如:「**一間**銀行」(「一家銀行」)、「**一間**醫院」(「一所醫院」)、「**一間**劇院」(「一座劇院」)、「**一間**飯店」(「一家飯店」)等。

∞ **下間** haa⁶ gaan¹ 廚房的舊稱。粵語民謠〈雞公仔〉:「早早起身都話晏,眼淚唔乾入**下間**。**下間**有個冬瓜仔,問過安人煮定蒸。」

佮 gap³-gaap³

佮,《廣韻・合韻》音「古沓切」。反切上字「古」屬見母,牙音。反切下字「沓」屬合韻,開口一等。中古見母開口字今粵讀 g- 母,又中古牙音合韻字今粵讀 -ap 韻。「古沓切」今讀 gap³,口語讀 gaap³。

相合,聚合。《說文・人部》:「**佮**,合也。」清・王筠《說文釋例》:「通力合作,合藥及俗語合夥,皆**佮**之音義也。」《廣韻・合韻》:「**佮**,併**佮**,聚也。」

❶ 合起來,加起來。如:「**佮**份做生意。」(「合伙做生意。」) 又如:「**佮**埋佢去旅行。」(「加上他一起去旅行。」)

❷ 連詞。又……又……。如:「快**佮**妥」(「又快又妥當」),「平**佮**正」(「又便宜又好」),「大聲**佮**惡」(「又高聲又兇惡」)。

❸ 接合。如:「**佮**榫」(「接合榫位」),「三**佮**板」(「三合板」)。**佮**,今俗作「夾」,然「夾」無合義。

∞ **佮八字** gap³-gaap³ baat³ zi⁶ 合八字,算算兩人的生辰八字有無相犯。如:「舊時男女婚嫁前,要先搵睇相佬**佮八字**。」(「以前男女結婚前,先要找相士算算兩人的生辰八字有無相犯。」)

∞ **佮計** gap³-gaap³ gai³⁻² 共同策畫,合謀。如:「我哋**佮計**搞掂呢個問題。」(「我們共同設法解決這個問題。」)

∞ **佮啱** gap³-gaap³ ngaam¹ （1）合適，合得來。如：「我睇佢哋兩個會**佮得啱**嘅。」（「我看他們兩人會合得來的。」）（2）共同定好。如：「佢哋**佮啱**上晝十一點返公司開會。」（「他們約定上午十一時回公司開會。」）

∞ **佮手佮腳** gap³-gaap³ sau² gaap³ goek³ 合作，協力。如：「我哋**佮手佮腳**布置好個禮堂。」（「我們一齊合作把禮堂布置好。」）

交關 gaau¹ gwaan¹

❶ 結交，結識。漢・王褒〈僮約〉：「不得辰出夜入，**交關**俸偶。」晉・葛洪《抱朴子・正郭》：「遨集京邑，**交關**貴遊。」《初刻拍案驚奇》卷六：「他是個秀才娘子，等閒也不出來，你又非親非族，一面不相干，打從那裏**交關**起？」

❷ 往來，交通。《後漢書・西羌列傳》：「初開河西，列置四郡，通道玉門，隔絕羌胡，使南北不得**交關**。」《南史・張敬兒傳》：「敬兒又遣使與蠻中**交關**。」

❸ 串通，勾結。《後漢書・光武帝紀上》：「收文書，得吏人與郎**交關**謗毀者數千章。」《明史・吳執御列傳》：「又劾首輔周延儒攬權，其姻親陳於泰及幕客李元功等**交關**為奸利。」

❹ 相涉，關連。宋・朱熹《朱子語類》卷二十七：「曾子說忠恕，如說小德川流、大德敦化一般，自有**交關**妙處。」《二十年目睹之怪現狀》第五十七回：「這兩個皮包，是我性命**交關**的東西。」

利害（表示程度的加深，多用於貶義），非常。如：「病得好**交關**」（「病得很利害」）、「凍得好**交關**」（「冷得很利害」）。又如：「呢個人衰得好**交關**，唔好睬佢。」（「這個人非常壞，不要理睬他。」）

*絞腸痧 gaau² coeng⁴ saa¹

疾病名稱。清・沈金鰲《雜病源流犀燭・痧脹源流》：「**絞腸痧**，心腹絞切大痛，或如板硬，或如繩轉，或如筋吊，或如錐刺，或如刀刮，痛極難忍。輕者亦微微絞痛，脹悶非常。」《二十年目睹之怪現狀》第二十五回：「近來外面鬧**絞腸痧**鬧得利害呢，你倒是給他點痧藥也罷了。」一作「絞腸沙」。《醒世恆言》卷二十七：「焦榕假驚道：『好端端地，為何痛得恁般利害？』焦氏道：『一定是絞腸沙了。』」**絞腸痧**，今又作「攪腸痧」。

中醫指患者腹中絞痛，吐不出瀉不出的疾病。多由飲食不潔引起胃腸閉塞所造成。也稱為「乾霍亂」。如：「佢成晚個肚絞痛，又疴唔出，梗係**絞腸痧**喇。」（「他整夜肚子絞痛，又瀉不出，一定是**絞腸痧**了。」）

※激 gaau³

激，《集韻・效韻》音「居效切」，與「教」字在同一小韻，今粵讀 gaau³。

水流。《玉篇・水部》：「激，音教，水也。」

河汊，即大河旁出的小河。今多用做地名，如雙滘圩、道滘，均在中國廣東省。**激**，今作「滘」。

∞ **大埔滘** daai⁶ bou³ gaau³ 香港新界地名，在大埔以南。此地有四條小河匯集，流入大埔海。河流的匯集處稱為「滘」，故地名**大埔滘**。最初**大埔滘**有一火車站，位於馬料水站（大學站前稱）與大埔站之間，靠近街渡（「街渡」是香港一種小型渡輪，載客量較少，主要提供短程的水上客運服務）碼頭，有街渡接載乘客到大埔海附近的村落。後來道路交通發達，街渡需求不大，**大埔滘**火車站的重要性減弱，最終此站作廢，並遭拆除。

※鉸剪 gaau²⁻³ zin²

鉸，《廣韻・巧韻》音「古巧切」，與「絞」字在同一小韻。反切上字「古」屬見母。反切下字「巧」屬巧韻，開口二等。中古見母開口字今粵讀 g- 母。「古巧切」今讀 gaau²，變調讀 gaau³。

「鉸」有二義：

❶ 剪刀。《正字通・金部》：「鉸，即今婦功縫人所用者，俗呼翦刀。」

❷ 用剪刀剪東西。元・白樸〈陽春曲・題情〉：「百忙裏鉸甚麼鞋兒樣。」《紅樓夢》第四十六回：「一面說着，一面左手打開頭髮，右手便鉸。」

「鉸」今不單用，改稱「**鉸剪**」，即剪刀。如：「我把**鉸剪**唔利啦。」（「我那把剪刀不鋒利了。」）**鉸剪**，今俗作「較剪」。

金叵羅 gam¹ po²-bo¹ lo⁴⁻¹

讀音

叵,《廣韻・果韻》音「普火切」,今粵語本讀 po²。「金叵羅」按照字面讀法,當讀作「金頗羅」(gam¹ po² lo⁴),今讀作 gam¹ bo¹ lo¹,是變音的讀法。大抵是「叵」先由 po² 轉讀 bo²,再變調讀 bo¹。「羅」則由 lo⁴ 變調讀 lo¹。

古

「金叵羅」相傳是飲酒用的金杯。《北齊書・祖珽列傳》記載神武皇帝宴請羣臣,席間失去一隻金叵羅,遂下令參加宴會的人脫帽搜查,結果在祖珽的髮髻上找回失物。從這件史事中,可知金叵羅是一件珍貴而精緻的飲酒器具,否則便不會惹人貪心,把它偷去,放在髮髻上,戴帽遮蓋。唐・李白〈對酒〉:「蒲萄酒,金叵羅,吳姬十五細馬馱。」又唐・岑參〈酒泉太守席上醉後作〉:「琵琶長笛齊相和,羌兒胡雛齊唱歌。渾炙犁牛烹野駝,交河美酒金叵羅。」從二詩看來,金叵羅似屬由外地傳入中國的飲器,因此,它可能是一個外來詞。藏語有 kham-phor 一詞,解作陶杯。如金叵羅是 kham-phor 的音譯,那麼金叵羅當不是用金來造的。但無論如何,金叵羅是一種珍貴的杯,則毋容置疑。

今

粵語承用「金叵羅」一詞,但只保留「珍貴之物」的意義,更將之引申為極受寵愛的孩子。如:「佢個仔係金叵羅,鬧下都唔得。」(「他的兒子是他的心肝寶貝,罵一下也不行。」)金叵羅或作「金笸籮」、「金菠蘿」,以「金叵羅」出現最早。

今日 gam¹ jat⁶

古

今天。《世說新語・文學》:「丞相自起解帳帶麈尾,語殷(浩)曰:『身今日當與君共談析理。』」《金瓶梅》第七十回:「西門慶使玳安叫了文嫂兒,教他回王三官:『我今日不得來赴席,要上京見朝謝恩去。』」《儒林外史》第六回:「他不知今日應承了幾家,他這個時候怎得來?」

今

❶ 今天。如:「我今日唔使返工。」(「我今天不用上班。」)

❷ 今天的。如:「今日香港」(「今天的香港」)。

今晚 gam¹ maan⁵

古

今夜。《喻世明言》卷一:「婆子道:『你且莫喉急,老身正要相請,來得恰好。事成不成,只在**今晚**,須是依我而行。』」

今

今夜。如:「**今晚**我會好晏返屋企。」(「今天晚上我會很晚回家。」)「**今晚**」也有說「**今晚**黑」(gam¹ maan⁵ hak¹),義同。「**今晚**」也可變調讀 gam¹ maan⁵⁻¹。

今朝 gam¹ ziu¹

古

❶ 今天早上。《詩經・小雅・白駒》:「縶之維之,以永**今朝**。」

❷ 今天,現在。唐・白居易〈井底引銀瓶〉:「瓶沉簪折知奈何?似妾**今朝**與君別。」《二刻拍案驚奇》卷十七:「他年得射如皋雉,珍重**今朝**金僕姑。」《海上花列傳》第五十五回:「就**今朝**起,我一徑實概樣式。」

今

今天早上。如:「我**今朝**一天光就起身咯。」(「我今天大清早便起牀了。」)

∞ 今朝有酒今朝醉 gam¹ ziu¹ jau⁵ zau² gam¹ ziu¹ zeoi³ 喻得過且過,圖眼前快樂。唐・羅隱〈自遣〉:「**今朝有酒今朝醉**,明日愁來明日愁。」宋・晏殊〈秋蕊香〉(向曉雪花呈瑞):「**今朝有酒今朝醉**,遮莫更長無睡。」元・王曄《桃花女破法嫁周公》第一折:「常言道:『**今朝有酒今朝醉**,明日愁來明日當。』」《西遊記》第五回:「一聞此報,公然不理道:『**今朝有酒今朝醉**,莫管門前是與非。』」又如:「我哋應該要為將來打算,唔好剩係用**今朝有酒今朝醉**的態度做人。」(「我們應該要為未來打算,不要抱着只顧眼前,及時行樂的心態過日子。」)

※揿/鈙 gam⁶

讀音

鈙,《廣韻・沁韻》音「巨禁切」,今粵讀 gam⁶。

古

持止。《說文・攴部》:「鈙,持也。」《廣韻・沁韻》:「鈙,《說文》云:『持止也。』……亦作揿。」今多寫作「揿」。

今

❶ 用手往下按。如:「**揿**低佢個頭。」(「把他的頭按下。」)

❷ 按。如：「**撳**咗鐘好耐，都冇人開門。」（「按了門鈴很久，還沒有人開門。」）**撳**，今俗作「撳」。

∞ **撳釘** gam⁶ deng¹ 圖釘，摁釘兒。

∞ **撳掣** gam⁶ zai³ 按電鈕，按動開關。

∞ **撳鷓鴣** gam⁶ ze³ gu¹ 喻乘機敲竹杠，設圈套騙財。如：「佢畀人**撳鷓鴣**，唔見咗幾千蚊。」（「他給人敲竹杠，被騙了數千元。」）

∞ **牛唔飲水點撳得牛頭低** ngau⁴ m⁴ jam² seoi² dim² gam⁶ dak¹ ngau⁴ tau⁴ dai¹ 表面意思是牛不喝水怎能把牛頭按下去，喻做事須自行去做，不能強迫得來。

跟出跟入 gan¹ ceot¹ gan¹ jap⁶

古

隨出隨入。《金瓶梅》第七十二回：「若敬濟要往後樓上尋衣裳，月娘必使春鴻或來安兒**跟出跟入**。」

今

隨出隨入。如：「隻狗好黐主人，成日**跟出跟入**。」（「這隻狗兒很戀主人，終日跟隨出入。」）

*斤兩 gan¹ loeng²

古

喻分量。明・胡應麟《詩藪・古體下》：「李（白）之〈烏栖曲〉、〈楊叛兒〉等，雖甚足情致，終是**斤兩**稍輕，詠嘆不足。」

今

本事，分量。如：「佢有幾多**斤兩**，我一望就知。」（「他有多少本事，我一看便知道了。」）

∞ **半斤八兩** bun³ gan¹ baat³ loeng² 舊制一斤為十六兩，八兩剛好是半斤。半斤與八兩輕重相等，喻彼此不相上下，實力相當。《水滸全傳》第一百零七回：「眾將看他兩個本事，都是**半斤八兩**的，打扮也差不多。」又如：「你同我的實力，都係**半斤八兩**。」（「你與我的實力相當，大家彼此彼此。」）

∞ **二打六 —— 未夠斤兩** ji⁶ daa² luk⁶ —— mei⁶ gau³ gan¹ loeng² 歇後語。「二打六」即「二搭六」，也就是二加六，二加六等如八，未為十足，引申為不稱職，能力不足。如：「呢班人都係二打六啫。」（「這班人都是能力不足的。」）「二打六 —— 未夠斤兩」整句喻人資歷有限，能力不足之意。

*跟手 gan¹ sau²

接着，隨即。《官場現形記》第五回：「**跟手**看見三老爺掀簾子出來，大家接着齊問他：『甚麼事？』」《文明小史》第三十四回：「當下忙着收拾，**跟手**僱了一隻大船，從運河裏開去。」

❶ 接着，跟着。如：「行咗幾聲雷，**跟手**就落雨。」（「打了幾聲電，接着便下雨。」）

❷ 隨手。如：「唔該你瞓覺前，**跟手**幫我鎖門。」（「請你臨睡前，隨手替我把門鎖上。」）

*緊要 gan² jiu³

❶ 要緊，重要。宋・朱熹《朱子語類》卷一百一十五：「道夫曰：『以此見得孟子求放心之說**緊要**。』」元・關漢卿《竇娥冤》第四折：「怎麼賽盧醫是**緊要**人犯不到？」《醒世恆言》卷四：「隨你極**緊要**的事出外，路上逢着人家有樹花兒，不管他家容不容，便陪着笑臉，捱進去求玩。」《紅樓夢》第一百零三回：「王夫人哼道：『糊塗東西！有**緊要**事，你到底說呀！』」

❷ 重要之處。明・唐順之《荊川先生外集・卷三・牌》：「本司因接勅暫至太倉州，仰盧副總兵督同參將劉顯等，整飭官兵固守**緊要**，毋致疏虞，責有所歸。」

❸ 急迫。明・袁宏道〈與龔惟長先生書〉：「若只幽閑無事，挨排度日，此最世間不**緊要**人，不可為訓。」《初刻拍案驚奇》卷三十一：「傅總兵帶領人馬，來到都督府，與楊巡撫一班官軍說，『朝廷**緊要**擒拿唐賽兒』一節。」

❶ 要緊，重要。如：「呢件事好**緊要**，我馬上要做。」（「這件事很重要，我要立刻處理。」）

❷ 利害。如：「佢病得好**緊要**。」（「他病得很利害。」）又如：「今日凍得好**緊要**。」（「今天寒冷得很利害。」）

急急腳 gap¹ gap¹ goek³

古典小說有「**急急腳腳**」一詞，形容急忙奔走的樣子。古時急速傳遞書信

或探送情報的人稱為「急腳」，此疊用。《金瓶梅》第六十回：「一個**急急腳腳**的老小，左手擎着一個黃豆巴斗，右手擎着一條棉花叉口，望前只管跑走。」

今

今粵語轉為「**急急腳**」。急急忙忙，急於走。如：「一到放工時間，佢就**急急腳**走人。」（「下班時間一到，他便急急忙忙離開。」）

九大簋 gau² daai⁶ gwai²

讀音

簋，《廣韻‧旨韻》音「居洧切」，與「軌」字在同一小韻。反切上字「居」屬見母，牙音。反切下字「洧」屬旨韻，合口三等。中古見母合口字今粵讀 gw- 母。又中古牙音旨韻字今粵讀 -ai 韻。「居洧切」今讀 gwai²。

古

古代盛食物的器皿，也用作禮器，或竹木製，或用陶燒製，或以青銅鑄造。形狀不一，一般為圓腹、侈口、圓足。商代的簋多無蓋無耳，或為二耳。西周和春秋的簋多有蓋，有兩耳或四耳。戰國以後主要用作宗廟禮器。《說文‧竹部》：「簋，黍稷方器也。」段玉裁注：「許云簋方簋圜，鄭則云簋圜簋方。不同者，師傳各異也。」《周禮‧地官‧舍人》：「凡祭祀，共簠簋，實之，陳之。」鄭玄注：「方曰簠，圓曰簋，盛黍稷稻粱器。」《韓非子‧十過》：「昔者堯有天下，飯於土簋，飲於土鉶。」

今

簋原指古代放置食物的器皿。其形或方或圓，有木製、竹製、陶製和銅製幾種。原是當時貴族的食器或祭器。後來又漸漸流傳到民間。「**九大簋**」是盛行於廣東省尤其是珠江三角洲地區盛宴的總稱。「九」言數之多，在「九」與「簋」之間還加個「大」字，不但言其多，且含有極其豐盛、隆重之意。如：「老細呢個月賺大錢，今晚慰勞我哋班伙記，請我哋食**九大簋**。」（「老闆這個月賺大錢，今晚設盛宴慰勞我們這班下屬。」）**九大簋**，今俗作「九大鬼」。

夠使 gau³ sai²

古

夠用。《紅樓夢》第三十六回：「王夫人聽了，想了一想道：『依我說，甚麼是例，必定四個五個的，**夠使**就罷了，竟可以免了罷。』」

夠用。如:「佢每個月嘅薪水好少,自己都唔**夠使**。」(「他的月薪微薄,自己也不夠用。」)

※ 朼 gau⁶

朼,《集韻‧有韻》音「巨久切」。反切上字「巨」屬羣母,全濁。反切下字「久」屬有韻,上聲。切語下字上聲,上字全濁,今粵語改切去聲。「巨久切」讀 gau⁶。

《說文‧米部》:「朼,舂糗也。」「糗」是乾飯屑。「舂糗」是用石臼把乾飯屑搗成粉的乾糧。

量詞。塊。如:「一朼飯」,指「一團飯」,又喻人做事不機警。「朼」初作為「飯」的量詞,大概由「舂糗(乾飯屑)」的意義引申過來,後來不少塊狀的東西也以「朼」作為量詞。如「一朼石頭」(「一塊石頭」)、「一朼蛋糕」(「一塊蛋糕」)、「一朼肉」(「一塊肉」)等。**朼**,今俗作「舊」。

∞ **大朼** daai⁶ gau⁶ (1) 大塊。(2) 大塊頭。

∞ **大朼衰** daai⁶ gau⁶ seoi¹ 形容塊頭大卻專愛欺凌弱小的人。

舊年 gau⁶ nin⁴⁻²

❶ 舊的一年。唐‧王灣〈次北固山下〉:「海日生殘夜,江春入**舊年**。」

❷ 去年。《初刻拍案驚奇》卷十:「金朝奉嘆口氣道:『便是呢,我女兒若把與內侄為妻,有甚不甘心處?只為**舊年**點繡女時,心裏慌張,草草的將來許了一個甚麼韓秀才。』」《二刻拍案驚奇》卷一:「都管道:『我無別事,便為你**舊年**所當之經。我家夫人知道了,就發心布施這五十石本米與你寺中。不要你取贖了,白還你原經,去替夫人供養著,故此要尋你來還你。』」《紅樓夢》第三十五回:「這是**舊年**的備膳。」

去年。如:「我**舊年**買咗部新車。」(「去年我買了一輛新車。」)在書面語裏,「**舊年**」的「年」讀本調,音 nin⁴;在口語裏,「年」變調讀 nin²。

*舊時 gau⁶ si⁴

古

從前。《樂府詩集・木蘭詩》:「脫我戰時袍,着我**舊時**裳。」《後漢書・光武十王列傳・東平憲王蒼列傳》:「乃閱陰太后**舊時**器服,愴然動容。」唐・劉禹錫〈烏衣巷〉:「**舊時**王謝堂前燕,飛入尋常百姓家。」唐・元稹《鶯鶯傳》:「還將**舊時**意,憐取眼前人。」宋・姜夔〈暗香〉:「**舊時**月色,算幾番照我。」宋・辛棄疾〈西江月夜行黃沙道中〉:「**舊時**茅店社林邊,路轉溪橋忽見。」

今

從前,過去。如:「**舊時**呢度係一座小山嚟㗎,而家已經鏟平,起咗好多高樓大廈。」(「從前這兒是一座小山,現在已經夷平,建成了不少高樓大廈。」)**舊時**,也可變調讀作 gau⁶ si⁴⁻² 。

幾多 gei² do¹

古

❶ 疑問代詞,多少的意思。《醒世恆言》卷四:「大尹喝道:『你是何處妖人,敢在此地方上將妖術煽惑百姓?有**幾多**黨羽?從實招來!』」《儒林外史》第十八回:「匡超人道:『大約是**幾多**日子批出來方不誤事?』」

❷ 疑問代詞,表示不定的數量。唐・白居易〈花非花〉:「來如春夢**幾多**時,去似朝雲無覓處。」南唐・李煜〈虞美人〉(春花秋月何時了):「問君能有**幾多**愁?恰似一江春水向東流。」《水滸全傳》第十五回:「眾守梁山同聚義,**幾多**金帛盡俘歸。」

今

❶ 疑問代詞,多少的意思。如:「呢個班房可以坐**幾多**人?」(「這個教室可容納多少人?」)「家陣**幾多**點呢?」(「現在是幾點鐘呢?」)

❷ 疑問代詞,表示不定的數量。如:「你知道**幾多**就講**幾多**。」(「你知道多少便說多少。」)

❸ 多麼多(表讚歎語氣)。如:「今日唔知**幾多**人去睇呀!」(「今天太多人去參觀了!」)

幾何 gei² ho⁴

❶ 若干，多少。《史記・白起王翦列傳》：「吾欲攻取荊，於將軍度用**幾何**人而足？」

❷ 有多久，有多長，有多回。三國・魏・曹操〈短歌行〉：「對酒當歌，人生**幾何**？」唐・李白〈前有樽酒行二首〉其一：「青軒桃李能**幾何**？流光欺人忽蹉跎。」

次數少。如：「佢走咗之後，有**幾何**返嚟探我哋吖。」（「自從他離開後，不知多久才會回來探我們一次。」）又如：「佢有**幾何**請人食飯，幾大都食佢一餐。」（「難得他請客，無論如何都要吃他一頓。」）**幾何**又可變調讀 gei² ho⁴⁻²。

*幾時 gei² si⁴

❶ 何時。唐・李白〈奔亡道中五首〉其四：「函谷如玉關，**幾時**可生還？」宋・蘇軾〈水調歌頭〉（明月**幾時**有）：「明月**幾時**有？把酒問青天。」《紅樓夢》第四十九回：「寶玉笑道：『……『是**幾時**孟光接了梁鴻案？』這句最妙。……」

❷ 多少時候。《水滸全傳》第四十四回：「楊林問道：『二位兄弟在此聚義**幾時**了？』」

何時。如：「你**幾時**返咗嚟香港㗎？」（「你甚麼時候回到香港來呢？」）

*記認 gei³ jing⁶

❶ 識別的標記。宋・朱熹《朱子語類》卷二十三：「北辰無星，緣是人要取此為極，不可無箇**記認**，故就其傍取一小星，謂之極星。」元・無名氏《風雨像生貨郎旦》第四折：「〔小末云〕你那小的有甚麼**記認**處？〔副旦唱〕俺孩子福相貌，雙耳過肩墜。」《儒林外史》第十九回：「我不認得你家弟媳婦，你須是說出個**記認**。」

❷ 記憶認識。宋・陳顯微《文始真經言外經旨》卷中：「夫識本無方，雖**記認**千年，而俄頃可去。」明・瞿佑《剪燈新話・金鳳釵記》：「生言其父姓名、爵里及己乳名，方始**記認**。」

❶ 識別的標記。如:「佢着嗰條裙有隻蝴蝶圖案做**記認**。」(「她穿着的裙子有蝴蝶圖案做記號。」)

❷ 辨認。如:「旅行團度只有佢着皮鞋,好易**記認**。」(「旅行團中只有他一個穿着皮鞋,很易辨認。」)

*件頭 gin⁶ tau⁴⁻²

物件的體積。《兒女英雄傳》第四回:「騾夫道:『一個人兒不行,你瞧不得那**件頭**小,分量夠一百多斤呢。』」

指物件或人的體積。如:「佢嘅**件頭**太細,唔適合做呢個角色。」(「他的體形太小,不適宜擔當這角色。」)「**件頭**」的「頭」由本調 tau⁴ 變調讀 tau²。

∞ **一件頭** jat¹ gin⁶ tau⁴⁻² 通常指遮掩着上、下身的連體女裝泳衣。

∞ **兩件頭** loeng⁵ gin⁶ tau⁴⁻² 男仕西裝的稱謂,「**兩件頭**」西裝包括西裝外套和西褲。「**兩件頭**」也可指女裝泳衣,即比基尼("bikini"的中譯)泳衣。

∞ **三件頭** saam¹ gin⁶ tau⁴⁻² 男仕西裝的稱謂,「**三件頭**」西裝包括西裝外套、西褲和背心。

矜貴 ging¹ gwai³

❶ 自矜高貴。《列子・楊朱篇》:「不逆命,何羨壽?不**矜貴**,何羨名?」《隋書・牛弘列傳》:「時楊素恃才**矜貴**,輕侮朝臣,唯見弘,未嘗不改容自肅。」

❷ 珍貴。清・金聖嘆《西廂記・賴簡》總批:「直書寫又嬌稚,又**矜貴**,又多情,又靈慧千金女兒。」《紅樓夢》第一百一十六回:「惟有白石花欄圍着一棵青草,葉頭上略有紅色,但不知是何名草,這樣**矜貴**。」清・周亮工《賴古堂集・題胡元潤畫冊》:「每一落墨,**矜貴**如金,所謂逸品在神品之上者也。」清・招子庸《粵謳・留客》:「人話我地野花好極唔多**矜貴**,做乜貪花人仔偏用個的野花迷。」

貴重,有價值。如:「呢隻鑽石戒指好**矜貴**㗎。」(「這枚鑽石戒指很貴重的。」)又如:「你唔好諞**矜貴**。」(「你不要自以為很有價值。」)

*個個 go³ go³

每一個。《初刻拍案驚奇》卷二十八：「岸上人道：『既到此地，且繫定了船，上岸來見天師。』同舟中膽小，不知上去有何光景，**個個**退避。」

每一個。如：「張老師好受歡迎，**個個**學生都中意佢。」（「張老師很受歡迎，每個學生都喜歡他。」）

腳板 goek³ baan²

腳掌。宋・無名氏《張協狀元》第十六齣：「肥個我不嫌，精個我最忺，從頭至**腳板**，件件味都甜。」元・無名氏《玎玎璫璫盆兒鬼》第二折：「不由我語笑呵呵，蚤將這闊**腳板**把門桯踏破。」《西遊補》第七回：「細細兒看一看，原來他把兩膝當了他的**腳板**，一步一步挨上階來。」

腳掌。如：個細路嘅**腳板**好大，要着大人鞋啦。」（「那孩子的腳掌很大，要穿大人鞋了。」）

∞ **腳板底** goek³ baan² dai² 腳掌。古典小說作「腳底板」。《金瓶梅》第十三回：「這西門慶是頭上打一下腳底板響的人，積年風月中走，甚麼事兒不知道？」今粵語作「腳板底」。如：「佢唔小心界玻璃碎割親**腳板底**。」（「他不小心給玻璃碎片割傷腳掌。」）

腳頭 goek³ tau⁴

兆頭。《廿載繁華夢》第十五回：「（馬氏）生怕香屏鬧出這宗來歷出來，一來損了周家門風，二來又於自己所說好**腳頭**的話不甚方便。」

兆頭，運氣。如：「佢個蘊女**腳頭**好，一出世佢就發大財啦。」（「他的幼女一出生，便帶來好兆頭，他馬上財富暴增了。」）

*乾淨 gon¹ zing⁶-zeng⁶

❶ 清潔。《紅樓夢》第四十四回:「那市賣的胭脂都不**乾淨**,顏色也薄。」《文明小史》第五十二回:「地當中放了一張大餐枱,兩旁幾把大餐椅子,收拾得十分**乾淨**。」

❷ 簡直,完全。《西遊記》第十八回:「若專以相貌取人,**乾淨**錯了。」

❸ 了結,完結。元‧紀君祥《趙氏孤兒》第五折:「這孩子手腳來的不中,我只是走的**乾淨**。」《紅樓夢》第二十回:「要像只管這樣鬧,我還怕死呢?倒不如死了**乾淨**。」

❹ 形容事情處理圓滿。《紅樓夢》第六十一回:「竟不如寶二爺應了,大家無事,且除了這幾個人,皆不得知道,這事何等的**乾淨**。」

❺ 形容人長相清秀。《紅樓夢》第五十六回:「他生的倒也還**乾淨**,嘴兒也倒乖覺。」

❻ 沒有發生事情。《紅樓夢》第二十一回:「這半個月難保**乾淨**,或者有相厚的丟失下的東西。」

❼ 男女關係清白。《紅樓夢》第六十三回:「誰家沒風流事?別討我說出來,連那邊大老爺這麼利害,璉叔還和那小姨娘不**乾淨**呢!」

❽ 原來是。《金瓶梅》第八十一回:「這天殺,原來連我也瞞了!嗔道路上賣了這一千兩銀子,**乾淨**要起毛心!正是人面咫尺,心隔千里!」

❾ 乾脆。宋‧沈端節〈喜遷鶯〉(暮雲千里):「悶酒孤斟,半醺還醒,**乾淨**不如不醉。」

❶ 清潔。如:「佢間房打掃得好**乾淨**。」(「他的房間打掃得很整潔。」)

❷ 比喻一點也不剩。如:「食**乾淨**晒碗啲飯佢!」(「把碗內的米飯吃光!」)

❸ 利落,不拖泥帶水。如:「佢做嘢**乾淨**利落。」(「他做事**乾淨**利索。」)

❹ 不偷不摸,靠得住。如:「個工人嘅手腳好**乾淨**,靠得住㗎。」(「這個工人不偷不摸,靠得住的。」)「**乾淨**」的「淨」,文讀 zing⁶,白讀 zeng⁶。

*告白 gou³ baak⁶

❶ 報告,匯報。《孟子‧梁惠王下》:「有司莫以告。」趙岐注:「有司諸臣無**告白**於君有以賑救之。」《晉書‧儒林列傳‧徐邈》:「(足下)不可縱小吏為耳目也。豈有善人君子而干非其事,多所**告白**者乎!」

❷ 聲明或啟事。清・程趾祥《此中人語・蜜蜂》:「於是該處紳耆,每於二月初旬,出有**告白**,帖於堂上。」

❸ 廣告。《二十年目睹之怪現狀》第九回:「這作題畫詩的人,後幅**告白**上面,總有他的書畫仿單,其實他並不會畫。」又第二十八回:「從此之後,那經武便搬到大馬路去,是個一樓一底房子,胡亂弄了幾種丸藥,掛上一個京都同仁堂的招牌,又在報上登了京都同仁堂的**告白**。」

<u>今</u>

廣告。如:「呢隻奶粉成日喺報紙賣**告白**,好賣得。」(「這款奶粉不斷在報章上登廣告,銷路很好。」)

孤寒 gu¹ hon¹

<u>古</u>

❶ 出身低微。《晉書・陳頵列傳》:「頵以**孤寒**,數有奏議,朝士多惡之,出除譙郡太守。」

❷ 出身低微的貧寒之士。五代・王定保《唐摭言・好放**孤寒**》:「李太尉德裕頗為寒進開路,及謫官南去,或有詩曰:『八百**孤寒**齊下淚,一時南望李崖州。』」

❸ 家境貧寒。元・關漢卿《劉夫人慶賞五侯宴》楔子:「則俺這**孤寒**子母每誰俫問。」《初刻拍案驚奇》卷十:「子文分明曉得沒有此事,他心中正要妻子,卻不說破。慌忙一把攙起道:『小生囊中只有四五十金,就是不嫌**孤寒**,聘下令愛時,也不能夠就完姻事。』」

❹ 孤立,孤單。宋・楊萬里〈東園探桃李〉:「有花無葉也**孤寒**,有葉無花草一般。」

<u>今</u>

吝嗇。如:「佢好**孤寒**,從來都唔出錢做善事。」(「他很吝嗇,從不捐款做善事。」)

∞ **孤寒財主** gu¹ hon¹ coi⁴ zyu² 吝嗇的富翁。

∞ **孤寒種** gu¹ hon¹ zung³⁻² 吝嗇的人。

*古板 gu² baan²

<u>古</u>

性格板滯、執拗。《水滸後傳》第七回:「只是科道中有幾個**古板**的官兒,定然上疏阻撓。」《官場現形記》第五十四回:「前任制台是個老**古板**,見面

之後，問了幾句話。」《二十年目睹之怪現狀》第四十一回：「他琴棋書畫，件件可以來得，不過就是脾氣**古板**些。」

形容人性格板滯、執拗。如：「佢份人好**古板**，人哋講笑話佢都唔笑。」（「他這個人性情呆板，別人說笑時，他也不笑一下。」）

∞ **古老石山** gu² lou⁵ sek⁶ saan¹ 喻不愛說話，古板的人。如：「佢正一係**古老石山**嚟。」（「他真是個古板、固執的人。」）「**古老石山**」又演變成為一歇後語：「**古老石山 —— 唔化**」（gu² lou⁵ sek⁶ saan¹ —— m⁴ faa³），表面意思是一座古老的石山很難風化，喻古板固執的人不會變通。

局住 guk⁶ zyu⁶

被迫。「局」有拘束的意思。《儒林外史》第五十回：「高翰林**局住**不好意思，只得應允。」

被迫，沒有其他選擇。如：「隻股票係咁跌，**局住**要斬倉。」（「這隻股票的股價不停下跌，被逼要把它賣掉。」）**局住**，今或作「焗住」。

*掛單 gwaa³ daan¹

佛教語。本指行腳僧到寺院投宿。單，指僧堂裏的名單；行腳僧把自己的衣服掛在名單之下，故稱**掛單**。宋‧劉克莊〈真隱寺〉：「奴敲小店牢扃戶，僧借虛堂徑**掛單**。」《儒林外史》第三十八回：「禪林裏來了一個**掛單**的和尚。」《二十年目睹之怪現狀》第四十一回：「那些僧伴，一個個都和我不對。只得別了師傅，到別處去**掛單**，終日流離浪蕩，身邊的盤費，弄的一文也沒了，真是苦不勝言！」

到別人家寄食。如：「我喺佢處**掛單**兩個禮拜。」（「我在他的家寄食兩個星期。」）

∞ **掛單和尚** gwaa³ daan¹ wo⁴ soeng² （1）到別處寺廟寄食的和尚。（2）在別人家寄食者。如：「我喺朋友處做**掛單和尚**。」（「我在朋友家居寄食。」）

乖 gwaai¹

古

❶ 機靈。《水滸全傳》第二十一回：「唐牛兒是個**乖**的人，便瞧科。」

❷ 靈巧。《紅樓夢》第五十四回：「叫我們託生為人，怎麼單單給那小蹄子兒一張**乖**嘴，我們都入了夯嘴裏頭。」

❷ 順服，不淘氣。《西遊記》第四十二回：「好**乖**兒女，也罷，也罷，向前開路，我和你去來。」

❸ 討人喜歡。《金瓶梅》第八回：「奴家又不曾愛你錢財，只愛你可意的冤家，知重知輕性兒**乖**。」

今

❶ 聽話，機靈。如：「**乖仔**」（「聽話的兒子」，「聽話的男孩子」）、「**乖女**」（「聽話的女兒」，「聽話的女孩子」）。又如：「你個仔真係精**乖**伶俐。」（「你的兒子真是很機靈。」）

❷ 靈巧。如：「佢把口好**乖**。」（「他張嘴很好說話。」）

∞ **賣口乖** maai⁶ hau² gwaai¹ 油嘴滑舌，說好聽的話。如：「你唔使喺度**賣口乖**，做啲實際嘅嘢畀我睇至得。」（「你不要油腔滑調，做點實際的事兒給我看才行。」）

關人 gwaan¹ jan⁴

古

❶ 古代守關的官吏。《儀禮・聘禮》：「及竟，張旃誓，乃謁**關人**。」《逸周書・大聚解》：「遠旅來至，**關人**易資，舍有委。」

❷ 動人，感人。唐・李白〈楊叛兒〉：「何許最**關人**？烏啼白門柳。」唐・皇甫松〈摘得新〉（摘得新）：「管絃兼美酒，最**關人**。」

❸ 關心人事。唐・李白〈留別廣陵諸公〉：「臥海不**關人**，租稅遼東田。」

❹ 提取人犯。《醒世姻緣傳》第八十八回：「我奉淮安軍捕衙門來揚州府關子**關人**，你敢鎖我。」

今

表示事情與己無關或不願過問時的用語。如：「佢嘅事我唔理，**關人**乜事！」（「他的事情我不會理，關我何事！」）又如：「呢啲係佢嘅嘢，**關人**喇！」（「這是他的事，管它呢！」）

*摜 gwaan³

古

❶ 摔。《儒林外史》第三回：「鄰居見他不信，劈手把雞奪了，摜在地下，一把拉了回來。」

❷ 擲。《二十年目睹之怪現狀》第五十九回：「此時在香港買東西，講好了價錢，便取出一元光板銀元給他。那店伙拿在手裏，看了又看，摜了又摜，說道：『換一元罷。』」

今

❶ 跌倒。如：「地下濕滑，佢唔小心摜親。」（「地面濕滑，他不小心跌倒了。」）

❷ 擲。如：「佢哋喺度摜仙賭錢。」（「他們在擲錢賭博。」）

∞ **摜低** gwaan³ dai¹ （1）摔倒。如：「阿婆唔小心摜低。」（「老婆婆不小心摔倒了。」）（2）去世。如：「佢年紀咁大，分分鐘會摜低。」（「他年紀那麼大，隨時會去世的。」）

*歸一 gwai¹ jat¹

古

❶ 統一，一致。《史記・儒林列傳》：「然其歸一也。」漢・司馬遷〈悲士不遇賦〉：「無造福先，無觸禍始，委之自然，終歸一矣。」南朝・梁・劉勰《文心雕龍・宗經》：「致化歸一，分教斯五。」宋・蘇軾〈申省乞罷詳定役法狀〉：「所貴議論歸一。」

❷ 規矩。元・李壽卿《月明和尚度柳翠》第一折：「我怎生不歸一？我是第一個歸一的人。」

今

整齊。如：「呢間屋啲睡房喺晒樓上，好歸一。」（「這間屋的睡房全在樓上，很齊整。」）

※鬼脈/鬼馬 gwai² mak⁶ / gwai² maa⁵

讀音

脈，《廣韻・麥韻》音「莫獲切」，與「麥」字在同一小韻。反切下字「獲」屬麥韻，今粵讀 -ak 韻，「莫獲切」讀 mak⁶。音轉而為「馬」（maa⁵）。《番禺縣續志・卷二・輿地志二・方言》：「廣州謂點慧者曰鬼馬，蓋脈之音轉也。」

古

脈，同「脈」。《說文・𠂢部》：「脈，血理分衺行體者。」意謂「脈」是在軀

體中分流的血的紋理。「**鬼䫄**」一詞，原有「黠慧」之意。《方言》卷一：「虔、儇，慧也。……自關而東趙魏之間謂之黠，或謂之鬼。」郭璞注「鬼」字云：「言**鬼䫄**也。」又《方言》卷十：「䫄，又慧也。」郭璞注：「今名黠為**鬼䫄**。」

「**鬼䫄**」今轉為「**鬼馬**」，有二義：

❶ 滑頭，狡猾。如：「呢個人好**鬼馬**，因住佢。」（「這個人很滑頭，當心他。」）

❷ 機靈，有趣。如：「嗰個演員嘅演技好**鬼馬**，好搞笑。」（「那個演員的演技非常生動有趣，很惹笑。」）

*鱖魚 gwai³ jyu⁴

鱖，《廣韻·祭韻》音「居衛切」，今粵讀 gwai³。

鱖，魚名。《廣韻·祭韻》：「鱖，魚名。大口細鱗，有班文。」明·李時珍《本草綱目·鱗部·**鱖魚**》：「**鱖魚**，石桂魚。時珍曰：鱖生江湖中，扁形闊腹，大口細鱗，有黑斑，其斑紋尤鮮明者為雄，稍晦者為雌，皆有鬐鬣刺人。厚皮緊肉，肉中無細刺。有肚能嚼，亦啖小魚。夏月居石穴，冬月偎泥罧，魚之沉下者也。小者味佳，至三、五斤者不美。」唐·張志和〈漁父歌〉第一首：「西塞山前白鷺飛，桃花流水**鱖魚**肥。」元·周德清〈沉醉東風·有所感〉：「流水桃花鱖美，秋風蓴菜鱸肥。」清·王士禎〈為門人王令詒題松南柳磯圖〉：「楊柳依依水四圍，垂竿不為**鱖魚**肥。」

鱖魚，又名「桂魚」、「鯚花魚」、「桂花魚」。扁形闊腹，背隆起，大口細鱗，青黃色，雜以黑色斑紋，生長於河流湖泊中，肉肥美。**鱖魚**本是中國名貴的淡水魚，後因人工飼養，大量繁殖，肉質反不如野生的鮮美。**鱖魚**，今多作「桂魚」。

滾水 gwan² seoi²

開水。元·馬致遠〈壽陽曲·春將暮〉：「一鍋**滾水**冷定也，再攛紅幾時得熱？」《紅樓夢》第五十二回：「寶玉在旁，一時又問：『吃些**滾水**不吃？』」

開水。如：「要用**滾水**沖茶。」（「要用開水泡茶。」）

∞ **滾水淥腳** gwan² seoi² luk⁶ goek³ 形容急急忙忙，不稍作停留。如：「佢嚟咗一陣，**滾水淥腳**又走咗。」（「他來了一會兒，匆匆忙忙又走了。」）

∞ **滾水淥豬腸 —— 兩頭縮** gwan² seoi² luk⁶ zyu¹ coeng² —— loeng⁵ tau⁴ suk¹ 歇後語。豬腸的脂肪水分很多，遇熱即會收縮。此語用來形容錢財收入的減少。如：「我哋呢班打工仔又要減人工，又要減年尾花紅，慘過滾水淥豬腸。」（「我們這班僱員，又要減工資，又要減年終花紅，收入兩方面都縮減了，真淒慘！」）

滾湯 gwan² tong¹

<u>古</u>

❶ 燒沸的水。《水滸全傳》第九回：「夜間聽得那廝兩個做神做鬼，把**滾湯**賺了你腳。」

❷ 熱的菜湯。《紅樓夢》第五十四回：「也給他們些**滾湯**熱菜的吃了再唱。」

<u>今</u>

熱的菜湯或肉湯。如：「啲**滾湯**好熱，要慢慢飲。」（「這些菜湯很燙口，要慢慢喝。」）

※ 詢騙 gwan³ pin³

<u>讀音</u>

詢，《廣韻・震韻》音「九峻切」。是偽言欺騙之意。「詢」的切語上字「九」屬見母。切語下字「峻」屬稕韻（不屬震韻），合口三等，換言之，「詢」中古屬見母稕韻合口三等字。中古見母合口字今粵讀 gw- 母，稕韻合口三等今粵讀 -eon 或 -an 韻。「九峻切」今讀 gwan³。

<u>古</u>

詢，《廣韻・震韻》：「詢，欺言。」「**詢騙**」古書寫作「棍騙」，有二義：

❶ 哄騙，詐騙。《九命奇冤》第十六回：「我就知道受了這塊銀子，人家就要疑心我棍騙，不信我話的了。」《二十年目睹之怪現狀》第八回：「如果辦得好，只作為欠債辦法，不過還了錢就沒事了；但是原告呈子上是告他棍騙呢。」

❷ 進行詐騙的人。梁啟超《中國專制政治進化史》第三章：「吾欲為盜賊，政府不問也；吾欲為棍騙，政府不問也。」

<u>今</u>

詐騙。如：「佢個人不務正業，一味靠**詢騙**過日。」（「他為人不務正業，總

是以詐騙度日。」)「詡」字也變調讀 gwan²，如：「佢份人一味靠詡。」（「他為人一直是欺騙人的。」）詡（gwan²），今俗作「滾」。

※屈 gwat⁶

讀音

屈，《集韻・迄韻》「屈」音「渠勿切」。「渠」屬羣母，全濁，今粵音讀不送氣聲母 gw- ，故「渠勿切」得 gwat⁶ 音。

古

❶ 短尾，短。「屈」本寫作「屈」，本義為無尾，引申為短尾，再引申為短。《說文・尾部》：「屈，無尾也。从尾，出聲。」段玉裁注：「凡短尾曰屈。……引申為凡短之偁。山短高曰崛，其類也。……鈍筆曰掘筆，短頭船曰撅頭，皆字之假借也。」《玉篇・尾部》：「屈，短尾也。」後「屈」省作「屈」。《淮南子・詮言訓》：「聖人無奇屈之服。」高誘注：「屈，短。奇，長也。」清・王念孫《廣雅疏證・釋詁》「短也」條下云：「今江淮間猶呼鳥獸之短尾者為屈尾。」古書短頭船用「掘頭」示之，「掘」即「屈」的假借。唐・張志和〈漁父歌〉：「釣車子、掘頭船，樂在風波不用仙。」宋・陸游〈初寒〉：「拾薪椎髻僕，賣菜掘頭船。」

❷ 鈍。鈍筆稱「掘筆」，亦假「掘」為「屈」。宋・黃伯思《東觀餘論・跋瘞鶴銘後》：「字無鋒穎，若掘筆書。」《南齊書・王僧虔列傳》：「孝武欲擅書名，僧虔不敢顯跡。大明世，常用掘筆書，以此見容。」

今

❶ 短。如：「屈尾狗」（「短尾狗」）、「屈尾雞」（「短尾雞」）。

❷ 沒有尖兒，禿。如：「枝鉛筆屈晒。」（「鉛筆芯沒有尖兒。」）又如：「把刀屈咗。」（「這把刀鈍了。」）

❸ 不通。如：「屈頭路」指「死胡同」，不通的路。又如「屈頭巷」，也指「死胡同」。屈，今俗作「掘」或「倔」。

∞ **屈情** gwat⁶ cing⁴ 絕情。如：「你唔好咁屈情喇！」（「你別這麼絕情吧！」）

∞ **屈擂槌** gwat⁶ leoi⁴ ceoi⁴ 比喻措辭不委婉。如：「佢講嘢屈擂槌嘅。」（「他說話語氣硬撅撅的，令人難受。」）

∞ **屈尾龍拜山 —— 攪風攪雨** gwat⁶ mei⁵ lung⁴⁻² baai³ saan¹ —— gaau² fung¹ gaau² jyu⁵ 歇後語。「屈尾龍」是龍捲風的俗稱，「拜山」是掃墓祭祖之意。民間有一傳說，屈尾龍原本是一條蛇，長大後化而成龍，後來因為誤殺了養大牠的主人，尾巴給砍掉，變成短尾。屈尾龍誤殺主人後，疚悔萬分，每年清明節，便從上天下凡拜祭主人。牠現身時，每每烏天黑地，雷電交加，大風大雨，

因此民間有「**屈尾龍拜山 —— 攪風攪雨**」之說。現在「屈尾龍」多用以比喻散播是非，好生事的人。如：「佢正一係屈尾龍嚟㗎！」（「他真是個好鬧事的人！」）

過身 gwo³ san¹

古

❶ 身子過得去。《後漢書‧西羌列傳》：「今三郡未復，園陵單外，而公卿選懦，容頭**過身**。」「容頭**過身**」表面說只要頭容得下，身子就過得去。比喻得過且過。

❷ 去世。《二十年目睹之怪現狀》第十回：「自從你祖老太爺**過身**之後，你母親就跟着你老人家運靈柩回家鄉去，從此我們妯娌就沒有見過了。」

今

去世。如：「自從佢老公**過身**之後，佢成日以眼淚洗面，落晒形。」（「自從她丈夫去世後，她終日淚流滿面，人也消瘦了。」）

*過頭 gwo³ tau⁴

古

❶ 超過，出頭。明‧馮夢龍《風流夢‧二友言懷》：「所恨我自小孤單，生事微渺，喜得成人長大，二十**過頭**。」《初刻拍案驚奇》卷二十：「再表公子劉天祐自從生育，日往月來，又早周歲**過頭**。」

❷ 過分，超過限度。《二刻拍案驚奇》卷三：「此時桂娘子在旁，逐句逐句聽着。口雖不說出來，纔曉得昨夜許他五花官誥做夫人，是有來歷的，不是**過頭**說話。」清‧李漁《奈何天‧夥醋》：「我心上氣不過，要走過去與他爭論一番，只是當初的話，太說**過頭**了。」

今

超出一定的限度。如「大**過頭**」（「太大了」）、「貴**過頭**」（「太貴了」）、「熱**過頭**」（「太熱了」）。又如：「呢間屋細**過頭**，唔夠我哋五個人住。」（「這間屋子的面積太小了，不夠我們五人居住。」）

∞ **過頭笠** gwo³ tau⁴ lap¹ 套頭的衣服。如：「我買咗一件**過頭笠**冷衫。」（「我買了一件套頭的毛綫衣。」）

光棍 gwong¹ gwan³

古

❶ 地痞，流氓。元・蕭德祥《楊氏女殺狗勸夫》楔子：「卻信着這兩個**光棍**，搬壞了俺一家兒也。」《金瓶梅》第十九回：「平昔在三街兩巷行走，搗子們都認的——宋時謂之搗子，今時俗呼為**光棍**。」

❷ 騙子。《初刻拍案驚奇》卷二十七：「元來臨安的**光棍**，欺王公遠方人。」《儒林外史》第四十六回：「恐怕是外方的甚麼**光棍**，打着太尊的旗號，到處來騙人的錢。」

今

騙子。如：「佢係**光棍**嚟㗎，唔好上佢當！」（「他是騙子來的，不要上當！」）

∞ **財到光棍手，一去冇回頭** coi⁴ dou³ gwong¹ gwan³ sau² , jat¹ heoi³ mou⁵ wui⁴ tau⁴ 俗語，意謂錢財到了騙子手上，便一去不回了。

∞ **光棍佬遇着冇皮柴** gwong¹ gwan³ lou² jyu⁶ zoek⁶ mou⁵ pei⁴ caai⁴ 「冇皮柴」，指柴枝沒有外皮，也就是一根光棍，換言之，「**光棍佬遇着冇皮柴**」是指光棍遇上光棍，也就是說騙子遇上騙子之意。

*光鮮 gwong¹ sin¹

古

光潔鮮明。《爾雅・釋鳥》：「雉絕有力，奮。伊洛而南，素質、五采皆備成章曰翬。」郭璞注：「翬亦雉屬，言其毛色**光鮮**。」北朝・北周・庾信〈齊王進白兔表〉：「**光鮮**越雉，色麗秦狐。」《金瓶梅》第一回：「婦人在家，別無事幹，一日三餐吃了飯，打扮**光鮮**，只在門前簾兒下站着。」又第三十七回：「婦人洗手剔甲，又烙了一斤麵餅，明間內揩抹桌椅**光鮮**。」

今

光潔鮮明，整潔漂亮。如：「佢返工着啲衫好**光鮮**。」（「他上班穿的衣服很整潔漂亮。」）

※鑽 zyun³-gyun¹

讀音

鑽，《集韻・換韻》音「祖筭切」，今粵讀 zyun³，口語讀 gyun¹。

古

❶ 用來穿透物體的金屬工具。《說文・金部》：「**鑽**，所以穿也。」

❷ 鑽孔。《荀子‧王制》:「鑽龜陳卦。」《韓非子‧五蠹》:「有聖人作,鑽燧取火以化腥臊,而民說之,使王天下,號之曰燧人氏。」

❸ 鑽研。《論語‧子罕》:「仰之彌高,鑽之彌堅。」

「鑽」今口語有 gyun¹ 一音,解穿過,是由「鑽孔」一義虛化而來。如:「鑽山窿」(「穿過山洞」)。又如:「個細蚊仔好中意喺枱底鑽嚟鑽去。」(「那小孩子很喜歡在枱底鑽來鑽去。」)鑽,今俗作「捐」。

∞ **鑽窿鑽罅** zyun³-gyun¹ lung⁵⁻¹ zyun³-gyun¹ laa³ 表面意思是指到處走動,如:「個細路好鬼死曳,唔停咁四圍鑽窿鑽罅。」(「那個小孩子非常淘氣,不停四處走來走去。」)也用以形容會鑽空子,無孔不入。

下晝 haa⁶ zau³

下午。《初刻拍案驚奇》卷十一:「周四道:『下晝時節,是有一個湖州姓呂的客人,叫我的船過渡,到得船中,痰火病大發。將次危了,告訴我道被相公打壞了。……』」《西遊補》第十一回:「今日下晝,陳先生在我飲虹臺上搬戲飲酒,為你這樣細事,要我戲文也不看得。」

下午。如:「今日下晝好熱。」(「今天下午天氣很熱。」)

※ 蟹弶 haai⁵ gong⁶

弶,《廣韻‧漾韻》音「其亮切」。反切上字「其」屬羣母,全濁。中古羣母仄聲字今粵讀 g- 母。反切下字「亮」屬漾韻,開口三等,中古漾母開口三等字今粵語多讀 -oeng 韻,部分字則讀 -ong 韻。「其亮切」今讀 gong⁶。

「弶」是捕捉鳥獸的工具。唐‧玄應《一切經音義》卷十八:「弶,今畋獵家施弶以取鳥獸者,其形似弓也。」

蟹鉗。「弶」本指一種捕捉鳥獸的工具,至於蟹的鉗,也是用來捕捉獵物,故稱「蟹弶」。如:「蟹弶最多肉食。」(「蟹鉗最多肉吃。」)

∞ **嚼牙鬆弶** ji¹ ngaa⁴ sung¹ gong⁶ 意謂插嘴插手,喻多加議論。如:「佢哋捉棋時,唔中意旁觀者嚼牙鬆弶。」(「他們下棋時,不喜歡圍觀的人在旁邊議論。」)

※ 蟹厴 haai⁵ jim²

厴，《五音集韻》音「於琰切」。反切上字「於」屬影母。反切下字「琰」開口三等。中古影母開口三等字今粵語讀 j- 母。「於琰切」音 jim²。

古

厴，《廣韻・琰韻》：「厴，蟹腹下厴。」

今

螃蟹腹下的薄殼。通常螃蟹以其厴的形狀辨別雌雄，**蟹厴**的一端呈尖狀的是雄，呈圓狀的是雌。如：「食蟹唔好食**蟹厴**，冇肉食。」（「吃蟹不要吃蟹腹下的薄殼，沒有肉可吃的。」）

∞ **倒瀉籮蟹** dou² se² lo⁴ haai⁵ 形容場面十分混亂，難以收拾。又喻手忙腳亂。如：「佢哋唔識得維持秩序，簡直**倒瀉籮蟹**嘅。」（「他們不懂維持秩序，場面簡直十分混亂。」）

限時限刻 haan⁶ si⁴ haan⁶ hak¹

古

確定期限。《二十年目睹之怪現象》第六十五回：「繼之道：『隨便幾時，這不是**限時限刻**的事。』」

今

確定期限。如：「搭船**限時限刻**，唔夠坐隧道巴士過海方便。」（「乘船受班次時間限制，不及乘過海隧道公共汽車方便。」）

慳 haang¹

古

❶ 儉吝。《南史・王玄謨列傳》：「孝武（南朝・宋孝武帝劉駿）狎侮羣臣，各有稱目，多鬚者謂之羊，短、長、肥、瘦皆有比擬，顏師伯缺齒，號之齴。劉秀之儉吝，常呼為老**慳**。」唐・元稹〈臺中鞫獄憶開元觀舊事呈之兼贈周兄四十韻〉：「漸大官漸貴，漸富心漸**慳**。」宋・蘇軾〈洞庭春色賦〉：「分帝觴之餘瀝，幸公子之破**慳**。」

❷ 欠缺。元・貫雲石〈一枝花・離悶〉套曲：「常言道好事多**慳**，陡恁的千難萬難。」又如成語「緣**慳**一面」，「**慳**」也有欠缺之意。

❸ 阻滯。明・湯顯祖《紫釵記》第四十二齣：「這恩愛前**慳**後**慳**，這姻緣左難右難。」

❹ 節省。元‧關漢卿〈沉醉東風‧伴夜月銀箏鳳閑〉：「伴夜月銀箏鳳閑，暖東風鄉被常慳。」

今

❶ 節省（金錢）。如：「而家樣樣嘢都貴，份人工要**慳**啲使。」（「現在所有物資都漲價，薪水要節省使用。」）

❷ 省，節省。如：「佢唔會聽你勸㗎，**慳**番啖氣啦！」（「他不會聽你勸告的，你還是少發聲吧！」）又如：「呢款車好**慳**油。」（「這款汽車很省汽油。」）

∞ **慳啲啦** haang¹ di¹ laa¹ 省點吧（帶有諷刺作用）。如：「你害到人家破人亡，重想假惺惺慰問，貓哭老鼠，你**慳啲啦**！」（「你害得人家破人亡，還想假惺惺慰問，貓哭老鼠假慈悲，你省點吧！」）

∞ **慳家** haang¹ gaa¹ 幫家裏省錢。如：「佢好**慳家**㗎，出咗糧就將大半份人工畀咗老母，從嚟唔問屋企攞錢。」（「她很能幫家庭省錢，支了月薪便把大部分的交給母親，從來不向父母要錢。」）

∞ **慳儉** haang¹ gim⁶ 省儉，節儉。如：「一個月先得咁少人工，唔**慳儉**啲點夠使呀！」（「一個月才多這麼少薪水，不省儉點怎夠花啊！」）

∞ **慳皮** haang¹ pei⁴⁻² 節約。如：「你對鞋都爛咯，買過對新㗎啦，唔好咁**慳皮**啦。」（「你這對鞋子已穿破了，買一雙新鞋子穿吧，不要太節儉了。」）

∞ **慳水** haang¹ seoi² （1）節省用水。如：「連續幾個月冇雨落，大家都要**慳水**。」（「連續幾個月沒有下雨，大家要節約用水。」）（2）省錢。如：「呢個工程比先頭所恁嘅簡單，做起嚟真係**慳水**又慳力。」（「這項工程比原先預計的簡單，做起來既省金錢，又省氣力。」）

※**桁腩** hang⁴⁻haang¹ naam⁵

讀音

桁，《廣韻‧庚韻》音「戶庚切」。反切上字「戶」屬匣母字。反切下字「庚」屬庚韻，開口二等。中古匣母開口字今粵音多讀 h- 母，故「桁」切讀 hang⁴，這是文讀，白讀轉為 haang⁴（如「行」字會由文讀 hang⁴ 轉白讀 haang⁴），再變調讀為 haang¹。

古

桁，屋梁上橫木。《玉篇‧木部》：「桁，屋桁也。」《文選‧何晏〈景福殿賦〉》：「桁梧複疊，勢合形離。」李善注：「桁，梁上所施也。桁與衡同。」

今

「桁」，今讀 haang¹。「**桁腩**」指近肋條部位的牛肉。肋條狀似屋頂上直接承

瓦的木條（桁桷），故稱近肋條部位的牛肉為「**桁腩**」。如：「呢間鋪頭賣嘅**桁腩**好靚。」（「這間店鋪出售的近肋骨的牛肉肉質很好。」）**桁腩**，今俗作「坑腩」。

行路 hang⁴-haang⁴ lou⁶

走路。南朝・宋・顏延之《秋胡行》：「驅車出郊郭，**行路**正威遲。」南朝・宋・鮑照〈擬**行路**難十八首〉其一：「願君裁悲且減思，聽我抵節**行路**吟。」唐・李白〈**行路**難三首〉其一：「**行路**難，**行路**難。多岐路，今安在？」宋・謝翱〈效孟郊體〉其三：「閒庭生柏影，荇藻交**行路**。」

今

「行」，今粵語文讀 hang⁴，白讀 haang⁴，解作行走。「**行路**」解作走路或步行。如：「我每日都係**行路**返學。」（「我每天都是步行回學校。」）

∞ **行得埋** hang⁴-haang⁴ dak¹ maai⁴ （1）合得來。（2）常來往。如：「佢哋兩個**行得好埋**。」（「他們兩人很合得來。」）

∞ **行街** hang⁴-haang⁴ gaai¹ 逛街。

∞ **行開行埋** hang⁴-haang⁴ hoi¹ hang⁴-haang⁴ maai⁴ 來來去去，走來走去。如：「佢成日**行開行埋**，唔知幾時返嚟。」（「他整天來來去去，不知他甚麼時候回來。」）

∞ **行衰運** hang⁴-haang⁴ seoi¹ wan⁶ 倒霉，走惡運。

∞ **行運** hang⁴-haang⁴ wan⁶ 走運。

∞ **運路行** wan⁶ lou⁶ hang⁴-haang⁴ 繞道兒走。

※姣 haau⁴

讀音

姣，《廣韻・巧韻》音「古巧切」。反切上字「古」屬見母。反切下字「巧」屬巧韻，開口二等。中古見母開口字今粵讀 g- 母。「古巧切」今讀 gaau²。「**姣**」（gaau²）有好義。又《廣韻・餚韻》：「**姣**，**姣婬**。」音「胡茅切」。反切上字「胡」屬匣母。反切下字「茅」屬巧韻，開口二等。中古匣母開口字今粵讀 h-母。「胡茅切」讀 haau⁴。

古

❶ 美好，容體壯大之意。《說文・女部》：「**姣**，好也。」段玉裁注：「**姣**謂容

體壯大之好也。」《荀子・非相》：「古者桀紂長巨**姣**美，天下之傑也。」《風俗通義・窮通》：「淮陰少年有侮（韓）信者，曰：『君雖**姣**麗，好帶長劍。』」

❷ 泛指美好。《楚辭・九歌・東皇太一》：「靈偃蹇兮**姣**服。」王逸注：「**姣**，好也。」

❸ 女子美貌。《方言》卷一：「娥……好也。……秦晉之間，凡好而輕者謂之娥。自關而東河濟之間謂之媌，或謂之**姣**。」郭璞注：「言**姣**潔也。」《史記・蘇秦列傳》：「後有長**姣**美人。」

❹ 淫邪。《左傳・襄公九年》：「棄位而**姣**，不可謂貞。」杜預注：「**姣**，淫之別名。」

今

妖媚。如：「嗰個女人好**姣**。」（「那個女子很妖媚。」）

∞ **發姣** faat³ haau⁴　指女性向男士賣弄風騷的意思。

∞ **姣婆** haau⁴ po⁴　指風騷或淫蕩的女人。

係 hai⁶

古

是。宋・蘇軾〈相度準備賑濟第三狀〉：「訪聞蘇、秀最**係**出米地方。」元・關漢卿《竇娥冤》第四折：「若**係**冤枉，刀過頭落，一腔熱血休滴在地下，都飛在白練上。」《紅樓夢》第五回：「也不看**係**何人所畫，心中便有些不快。」《喻世明言》卷二十六：「這畜生只除天上有，果**係**世間無。」

今

❶ 是。如：「我**係**中國人。」（「我是中國人。」）又如：「**係**咩？」（「是嗎？」）

❷ 就是（加重語氣）。如：「佢**係**都要嚟。」（「他硬是要來。」）

❸ 應諾之詞。如上司吩咐員工把貨物搬上貨車，員工回應說：「**係**！**係**！」（「是！是！」）

∞ **係噉** hai⁶ gam²　就這樣。如：「佢**係噉**喺度坐咗成日。」（「他就這樣坐了一整天。」）

∞ **係噉先** hai⁶ gam² sin¹　暫且這樣。如：「**係噉**先喇，我要去食飯。」（「暫且這樣，我要去吃飯了。」）

∞ **係咁大** hai⁶ gam³ daai⁶⁻²　完蛋了。如：「呢匀**係咁大**。」（「這回完蛋了。」）

∞ **係路** hai⁶ lou⁶　對勁兒，對頭。如：「佢做嘢直頭唔**係路**。」（「他做起事來簡直不對勁兒。」）

∞ **係唔係** hai⁶ m⁴ hai⁶ 對與否,不管如何。如:「**係唔係**都畀佢鬧。」(「對與否都給他罵。」)又如:「**係唔係**都叫我去做。」(「不管如何也着我去做。」)

∞ **係威係勢** hai⁶ wai¹ hai⁶ sai³ (1)夠氣派。如:「佢着起套衫睇嚟**係威係勢**。」(「他穿起這套服裝,看來真夠氣派。」)(2)像煞有介事的。如:「佢**係威係勢**噉介紹,我哋都以為係真嘅。」(「他煞有介事地介紹,我們都以為是真的。」)

※ **黑矊矊** hak¹ mang⁶⁻¹ mang⁶⁻¹

讀音

矊,《廣韻・耿韻》音「武幸切」,上聲。反切上字「武」屬明母,唇音,今粵讀 m- 母。反切下字「幸」屬耿韻,開口二等。中古唇音耿韻開口二等字今粵讀 -ang 韻,「武幸切」今粵讀 mang⁶,變調讀 mang¹。「**黑矊矊**」今讀 hak¹ mang⁶⁻¹ mang⁶⁻¹。另一讀法是第一個「矊」變調讀 mang⁴,第二個「矊」變調讀 mang¹,則「**黑矊矊**」唸成 hak¹ mang⁶⁻⁴ mang⁶⁻¹。

古

「矊」是幽暗之意。《說文・冥部》:「矊,冥也。」

今

黑暗,黑漆漆。用以形容環境的黑暗或物體色黑。如:「間房**黑矊矊**,要開燈搵嘢。」(「房間黑漆漆的,要亮燈找東西。」)又如:「佢今日去郊外旅行,曬到成身**黑矊矊**。」(「他今天到郊外旅行,曬得全身的皮膚黑黝黝的。」)

黑炭頭 hak¹ taan³ tau⁴

古

指皮膚很黑的人。《紅樓夢》第一百一十一回:「婆子道:『你是那裏來的個**黑炭頭**?』」

今

指皮膚很黑的人。如:「佢畀太陽曬到成個**黑炭頭**咁。」(「他給太陽曬得黑黝黝的。」)

※ **扻** ham²

讀音

扻,《集韻・感韻》音「苦感切」。反切上字「苦」屬溪母,今粵讀 h- 母。「苦感切」今讀 ham²。

碰撞。《集韻‧感韻》:「扻,擊也。」

碰撞。如:「佢唔小心**扻**親個頭。」(「他不小心撞傷了頭部。」)

∞ **扻頭埋牆** ham² tau⁴⁻² maai⁴ coeng⁴ 把頭往牆上撞。熟語,喻愚不可及的表現。如:「你唔會蠢到**扻頭埋牆**吖嘛!」(「你不會不理智地做愚不可及的事情吧!」)也喻自作賤。如:「邊個叫你**扻頭埋牆**吖!」(「誰叫你自己作賤哩!」)

摼 hang¹

摼,《廣韻‧耕韻》音「口莖切」,與「鏗」字在同一小韻,今粵讀 hang¹。

❶ 擊頭。《說文‧手部》:「摼,擣頭也。」

❷ 撞擊。《廣韻‧耕韻》:「摼,撞也。」

❶ 用手或硬物敲打頭部。如:「你再曳,我就用棍**摼**你個頭殼。」(「若你再頑皮的話,我便用棍打你的頭蓋。」)

❷ 用硬物敲擊。如:「用個槌仔**摼**開啲合桃個殼,然後攞啲合桃嚟食。」(「用槌子把胡桃的外殼敲破,然後取胡桃肉來吃。」)

瞌 hap¹

瞌,《集韻‧盍韻》音「克盍切」。反切上字「克」屬溪母。反切下字「盍」屬盍母,開口一等。中古溪母開口字如「克」字今粵讀 h- 母。「克盍切」今讀 hap¹。

困倦欲睡。《玉篇‧目部》:「瞌,眼瞌也。」《集韻‧盍韻》:「瞌,欲睡兒。」《正字通‧目部》:「瞌,人勞倦合眼坐睡曰瞌睡。」唐‧白居易〈自望秦赴五松驛馬上偶睡睡覺成吟〉:「體倦目已昏,**瞌**然遂成睡。」

眯(眼)。如:「**瞌**埋雙眼」(「眯着雙目,打盹睡」)。又如:「等我**瞌**一陣。」(「讓我睡一會兒。」)

∞ **瞌眼瞓** hap¹ ngaan⁵ fan³ 打瞌睡。

乞食 hat¹ sik⁶

古

討飯，向人求食。《左傳·僖公二十三年》：「**乞食**於野人，野人與之塊。」晉陶淵明有〈**乞食**〉詩。《初刻拍案驚奇》卷四：「幼年撞著**乞食**老婆攝去，教成異術。」

今

討飯，向人求食。如：「而家嘅乞兒只係乞錢，唔會**乞食**。」（「現在的乞丐只向人討錢，不會討食。」）

※ 睺 hau¹

讀音

睺，《集韻·侯韻》音「呼侯切」。反切上字「呼」屬曉母。反切下字「侯」屬侯韻。開口一等。中古曉母開口字今粵讀 h- 母，「呼侯切」今讀 hau¹。

古

「睺」解作「半盲」。《方言》卷十二：「半盲為睺。」《集韻·侯韻》：「**睺**，半盲也，一曰深目。」

今

❶ 看上，想要。如：「佢脾氣咁差，女仔實唔**睺**佢。」（「他脾氣那麼差，女孩子一定不會看上他。」）

❷ 留意。如：「嗰個人賊眉賊眼，**睺**實佢至得。」（「那個人看起來像賊，一定要留意他。」）

❸ 等候。如：「**睺**住呢個機會，千祈唔好放過。」（「等候這個機會，千萬不要放過。」）睺，今俗作「吼」。

∞ **睺路** hau¹ lou⁶ 看虛實或找破綻。如：「我去睇下對手練拳，**睺**下**路**至得。」（「讓我去看看對手如何練拳，好窺探其虛實。」）

※ 口�‍�‍䐃 hau² laap⁶ sap¹

讀音

�‍䐃，《集韻·合韻》音「落合切」。反切上字「落」屬來母，今粵讀 l- 母。反

切下字「合」屬合韻，開口一等。中古來母合韻開口一等字今粵讀 -aap 韻。「落合切」今讀 laap⁶。腤，《集韻・盍韻》音「悉盍切」，今粵讀 sap¹。

古

胉腤，肉雜。《集韻・合韻》：「胉，胉腤，肉雜也。」《集韻・盍韻》：「腤，胉腤，肉雜也。」

今

零食。如：「家姐食飽飯冇幾耐，又攞啲**口胉腤**嘢嚟食。」（「姐姐吃完飯不久，又找零食來吃。」）**口胉腤**，今俗作「口垃濕」。

口爽 hau² song²

古

❶ 口舌失去辨味的能力。《老子》第十二章：「五色令人目盲，五音令人耳聾，五味令人**口爽**。」王弼注：「爽，差失也。失口之用，故謂之爽。」三國・魏・嵇康〈答難養生論〉：「聘享嘉會，則唯餚饌旨酒……饕淫所階，百疾所附，味之者**口爽**，服之者短祚。」

❷ 順口，逞口舌之快。清・孔尚任《桃花扇》第五回：「**口爽**舌辯滑稽士，壓卻壯膽並雄心。」

今

順口。如：「你唔好信佢講嘅嘢，佢都係貪**口爽**咋。」（「你不要相信他所說的話，他只是說着玩，不會實踐的。」）

∞ **口爽荷包勒** hau² song² ho⁴ baau¹ lak⁶ 表面意思是口頭上講得大方，要掏錢包時總是磨磨蹭蹭。喻說話流於表面，並無做實事的誠意。

∞ **口爽爽，大隻講** hau² song² song² , daai⁶ zek³ gong² 順口溜。意謂口頭說得漂亮，但只是說說而已，並無做實事之意。

※ 口諲諲 hau² zat¹⁻⁶ zat¹⁻⁶

讀音

諲，《集韻・質韻》音「陟栗切」。反切下字「栗」屬質韻，中古質韻字今粵讀 -at 韻。「陟栗切」今讀 zat¹，變調讀 zat⁶。

古

「諲」是說話無條理之意。《集韻・質韻》：「諲，諲諲，言無倫脊也。」「無倫脊」，即無條理。

欲言又止，結結巴巴。如：「佢講嘢**口諲諲**，冇乜條理。」（「他說話欲言又止，沒有甚麼條理。」）**口諲諲**，今俗作「口窒窒」。

∞ **諲口諲舌** zat⁶ hau² zat⁶ sit⁶ 結結巴巴，語無倫次。如：「你講慢啲，就唔會**諲口諲舌**啦。」（「你說話慢一點，便不會結結巴巴了。」）

喉急 hau⁴ gap¹

❶ 着急、焦急。《水滸全傳》第二十一回：「我正沒錢使，**喉急**了，胡亂到那裏尋幾貫錢使。」《初刻拍案驚奇》卷十八：「我原許下你晚間的，你自**喉急**等不得。」《二刻拍案驚奇》卷二：「小道人道：『你是婦家道，對女人講話有甚害羞？這是她**喉急**之事，便依我說了，料不怪你。』」《負曝閒談》第三回：「原來如此，怪不得你這樣的**喉急**。你別嚷，一到明兒，就有錢了。」又作「猴急」。《警世通言》卷二十四：「王定在旁猴急，又說：『他不出來就罷了，莫又去喚！』」

❷ 怒氣。《醒世恆言》卷四：「倘有不達時務的，捉空摘了一花一蕊，那老兒便要面紅頸赤，大發**喉急**。」

心急。如：「你咪咁**喉急**，等多一陣，好快就有蛋糕食。」（「你別着急，多等一會兒，很快便有蛋糕吃。」）

喉唫 hau⁴ kam¹⁻⁴

唫，《集韻・侵韻》音「祛音切」。反切上字「祛」屬溪母。反切下字「音」屬侵韻，開口三等。中古溪母開口字今粵讀 k- 母。「祛音切」今讀 kam¹，變調讀 kam⁴。

❶ 口急而不能暢言。《說文・口部》：「唫，口急也。」

❷ 閉塞。《太玄・唫》：「萬物各唫。」司馬光注：「萬物各閉塞之時也。」

❶ 吃東西狼吞虎嚥。如：「你食嘢唔好咁**喉唫**啦！」（「你吃東西不要太急！」）

❷ 性子急。如：「佢做嘢好**喉唫**。」（「他做事太性急了。」）**喉唫**，今俗作「喉擒」或「猴擒」。

後日 hau⁶ jat⁶

古

後天。《生經》卷二:「舅甥盜者,謂王多事,不能覺察;至於**後日**,遂當懵怵,必復重來。」《紅樓夢》第八回:「**後日**一早請秦相公先到我這裏會齊了,一同前去。」《三俠五義》第一百零七回:「徐慶道:『大哥不曉得,我二哥與四弟定於**後日**起身。』」

今

後天,即後兩天。如:「**後日**我去北京。」(「後天我到北京去。」)

∞ **大後日** daai⁶ hau⁶ jat⁶ 大後天,即後三天。「大」有「過」義。《戰國策・秦策二》:「張儀南見楚王,曰:『弊邑之王所說甚者,無大大王;唯儀之所甚願為臣者,亦無大大王。弊邑之王所甚憎者,亦無先齊王;唯儀之甚憎者,亦無大齊王。』」「無大」,即無過。「**大後日**」即「過後日」,也就是後三天之意。

∞ **大大後日** daai⁶ daai⁶ hau⁶ jat⁶ 後四天。

後生 hau⁶ sang¹-saang¹

古

❶ 年輕人。《論語・子罕》:「**後生**可畏,焉知來者之不如今也?」《水滸全傳》第二回:「只見空地上一個**後生**脫膊着,刺着一身青龍,銀盤也似一個面皮,約有十八、九歲,拿條棒在那裏使。」

❷ 年輕。《喻世明言》卷一:「原有兩房家人,只帶一個**後生**些的去。」

今

❶ 店鋪中的小伙計。如:「叫嗰個**後生**幫你搬啲貨出鋪面。」(「着那個小伙計替你把貨物搬出店鋪。」)

❷ 公司的工作人員,做雜役的工作,類似現今的辦公室助理。如:「等我叫個**後生**斟杯茶畀你。」(「待我着個做雜役的盛杯茶給你。」)

❸ 年輕。如:「佢個樣生得好**後生**。」(「他的樣子長得很年輕。」)「**後生**」的「生」,文讀 sang¹,白讀 saang¹。

∞ **後生細仔** hau⁶ sang¹-saang¹ sai³ zai² 青年人。也解作年紀輕輕。

∞ **後生女** hau⁶ sang¹-saang¹ neoi⁵⁻² 少女。

∞ **後生仔** hau⁶ sang¹-saang¹ zai² 年青人,多指男性。

∞ **後生仔女** hau⁶ sang¹-saang¹ zai² neoi⁵⁻² 年青人的統稱。

後顖 hau⁶ zam²

讀音

顖，《廣韻・寢韻》音「章荏切」，今粵讀 zam²。

古

頭骨後。顖，《廣韻・寢韻》：「顖，頭骨後。」

今

後腦勺兒。也叫「後尾顖」。後尾顖，今作「後尾枕」。

∞ **鬼拍後尾顖** gwai² paak³ hau⁶ mei⁵ zam² 失言，自己隱瞞的事，卻又無意中說了出來。如：「佢明明話唔清楚件事係點，結果又將成件事真相講出嚟，真係**鬼拍後尾顖**咯。」（「他明明說不清楚此事，結果又把事情的真相說出來，真是不打自招了。」）

起 hei²

古

❶ 興建。《漢書・郊祀志下》：「**起**步壽宮。」《新唐書・突厥列傳上》：「趙簡子**起**長城備胡。」《水滸全傳》第九十一回：「田虎就汾陽**起**造宮殿。」

❷ 建立，設置。《孫子兵法・軍爭篇》曹操注：「聚國人，結行伍，選部曲，**起**營為軍陳。」《宋史・王安石列傳》：「市易之**起**，自為細民久困，以抑兼并爾，於官何利焉。」《醒世恆言》卷十九：「又**起**七晝夜道場，追薦白氏一門老小。」

今

建造。如：「**起**高樓。」（「建造高樓房。」）粵語童謠〈月光光〉：「馬鞭長，**起**屋樑。」

∞ **起屋** hei² uk¹ 建造房子。《漢書・郊祀志下》：「粵俗，有火災，復**起屋**，必以大，用勝服之。」《晉書・虞溥列傳》：「時祭酒求更**起屋**行禮。溥曰：『君子行禮，無常處也，故孔子射於矍相之圃，而行禮於大樹之下。況今學庭庠序，高堂顯敞乎！』」明・朱國楨《湧幢小品・番族》：「在境上，建寺**起屋**，納妻妾，酗淫賭博，靡所不至。」今粵語「**起屋**」也解作建造房子。如：「而家政府要考慮填海**起屋**啦。」（「現在政府要考慮填海蓋房子了。」）

*起身 hei² san¹

古

❶ 站起。《喻世明言》卷三:「說罷,**起身**看時,箱籠家火已自都搬下船了。」《紅樓夢》第六十七回:「襲人知他們有事,又說了兩句話,便**起身**要走。」

❷ 起牀。《醒世恆言》卷十六:「這一日睡醒了,守到巳牌時分,還不見父母下樓,心中奇怪。曉得門上有封記,又不敢自開,只在房中聲喚道:『爹媽**起身**罷!天色晏了,如何還睡?』」

今

❶ 站起。如:「坐得耐要**起身**行下。」(「坐得太久了,要站起來活動一下。」)

❷ 起牀。粵語民謠〈雞公仔〉:「早早**起身**都話晏。」如:「而家上晝十一點了,重唔快啲**起身**!」(「現在是上午十一時了,還不趕快起牀!」)

*起首 hei² sau²

古

❶ 抬頭。《聊齋志異・瑞雲》:「瑞雲又荏弱,不任驅使,日益憔悴。賀聞而過之,見蓬首廚下,醜狀類鬼。**起首**見生,面壁自隱。」

❷ 開創,創立。《儒林外史》第二十四回:「還有洪武年間**起首**的班子,一班十幾個人,每班立一座石碑在老郎庵裏,十幾個人共刻在一座碑上。」

❸ 打頭,領先。柴萼《梵天廬叢錄・庚辛紀事》:「鼓樂**起首**,行李三千輛,馬卒護之。」

❹ 指詩文的開頭部分。《二十年目睹之怪現狀》第四十八回:「那折稿**起首**的帽子是:『奏為自行檢舉事。』」

❺ 開始。《紅樓夢》第五十回:「**起首**恰是李氏,然後按次各各開出。」《儒林外史》第五十三回:「陳木南**起首**還不覺的,到了半盤,四處受敵,待要喫他幾子,又被他佔了外勢。」

今

開始。如:「而家由你**起首**做先。」(「現在由你開始先做。」)

*起腱 hei² zin²

讀音

腱,《廣韻・元韻》音「居言切」,讀如「堅」。又《廣韻・願韻》音「渠建切」,讀如「健」。粵語「腱」有一訓讀音 zin²,讀如「剪」。

「腱」有二義：

❶ 筋腱。《廣韻・元韻》：「腱，筋也。一日筋頭。」又《廣韻・願韻》：「腱，筋本也。」

❷ 特指供食用的蹄筋。《楚辭・招魂》：「肥牛之腱，臑若芳些。」王逸注：「腱，筋頭也。」

今

「腱」是連接肌肉與骨骼的結構組織，白色，質地堅韌。「起腱」是長出腱子肉。如：「佢好大隻，手瓜**起腱**。」（「他很健碩，胳膊粗壯有力。」）腱，今俗作「展」、「脹」。

∞ **牛腱** ngau⁴ zin² 牛腱子，牛腿部的筋腱肉。

輕僄僄 hing¹-heng¹ piu¹ piu¹

讀音

「輕」今粵語有文、白二讀，文讀 hing¹，白讀 heng¹，「輕僄僄」之「輕」唸白讀。僄，《廣韻・宵韻》音「撫招切」。反切上字「撫」屬滂母。反切下字「招」屬宵韻，開口三等。中古滂母字今粵讀 p- 母。「撫招切」今讀 piu¹。

古

「僄」有輕義。《說文・人部》：「僄，輕也。」《方言》卷十：「僄，輕也。」《說文》、《方言》所說的「輕」，指的是輕薄義。《荀子・議兵篇》：「輕利僄遬，卒如飄風。」楊倞注：「言楚人之趫捷也。僄，亦輕也⋯⋯遬，與速同。」楊倞所說的「輕」，是輕捷義。又「僄輕」一詞，有輕浮之意。《漢書・谷永列傳》：「崇聚僄輕無義小人以為私客。」唐・元稹〈齊煚饒州刺史王堪澧州刺史制〉：「而鄱陽有鎔銀擷茗之利，俗用僄輕，政無刑威，盜賊多有。」又清・吳偉業〈宣宗御用戲金蟋蟀盆歌〉：「性不近人須耿介，才堪卻敵在僄輕。」此「僄輕」有輕捷之意。

今

形容很輕的意思。如：「你嘅身形**輕僄僄**，風都吹得起。」（「你的身形很輕，風也可以把你吹得起來。」）**輕僄僄**又作「輕飄飄」，形容輕得要飄起來的樣子。

獻世 hin³ sai³

古

古書有「**獻世寶**」、「**獻世包**」二詞,意義相同,表示出醜、丟臉的人。明・佘翹《量江記》第二十七折:「你豈不知,一代起一代倒,好爺養出**獻世寶**也罷,我一人計策有限,扯起招賢旗來,但有獻計的着他進來。」明・湯顯祖《牡丹亭・謁遇》:「〔生〕不欺,小生到是箇真正**獻世寶**。……〔淨〕則怕朝廷之上,這樣的**獻世寶**也多着。」《金瓶梅》第七十八回:「料他也沒少你這個窮親戚,休要做打嘴的**獻世包**。」又有「現世寶」一詞,指不成器的人。《儒林外史》第三回:「我自倒運,把個女兒嫁與你這現世寶窮鬼。」

今

粵語「**獻世**」一詞,源於「**獻世寶**」和「**獻世包**」。「**獻世**」即現世,丟人現眼。如:「佢做出咁嘅醜事,真係**獻世**咯。」(「他做了這些醜事,真是丟人現眼了。」)

※熒 hing²⁻³

讀音

熒,《集韻・迥韻》音「棄挺切」,與「罄」在同一小韻。今粵讀 hing²,變調讀 hing³。

古

火乾出。《集韻・迥韻》:「**熒**,火乾出也。」

今

❶ 發熱。如:「佢頭暈身**熒**,要睇醫生。」(「他頭部暈眩,身體發熱,要去看醫生了。」)

❷ 炙熱。如:「**熒** 返熱碗湯畀佢飲。」(「把湯水再燙熱給他喝。」)

❸ 憤怒。如:「佢講嘢咁冇禮貌,我好**熒**。」(「他說話如此無禮,令我很憤怒。」)

∞ **熒過烙雞** hing²⁻³ gwo³ naat³ gai¹ 「烙雞」是電烙鐵或烙鐵,是焊接的工具,把銲錫燒熔,與金屬焊接在一起。焊接時,烙雞處於高溫狀態。「**熒過烙雞**」喻非常憤怒之意。烙雞,今俗作「辣雞」。

∞ **熒焪焪** hing²⁻³ hap⁶ hap⁶ 「焪」,《廣韻・狎韻》:「焪,火皃。」音「胡甲切」,與「匣」在同一小韻,今音 hap⁶。「**熒焪焪**」有炙熱,熱烘烘之意,引申為體溫上升。如:「佢個頭**熒焪焪**,一定係病喇。」(「他的頭發熱,一定是生病了。」)**熒焪焪**,一作「**熒炝炝**」。

*荷包 ho⁴ baau¹

古

❶ 錢包。《喻世明言》卷二十六：「張公接過銀子看一看，將來放在**荷包**裏，將畫眉與了客人，別了便走。」《儒林外史》第四十三回：「大爺又悄悄送了他一個**荷包**，裝着四兩銀子，相別去了。」

❷ 隨身佩帶的小囊袋，用來裝錢幣或零星的小東西。《紅樓夢》第八回：「賈母與了一個**荷包**並一個金魁星，取『文星和合』之意。」《儒林外史》第二十七回：「倪廷珠**荷包**裏拿出四兩銀子來，送與弟婦做拜見禮。」

今

錢包。又稱「銀包」。如：「出咗糧，**荷包**脹。」（「領了薪水，錢包鼓脹了。」）

∞ **揞實個荷包** am² sat⁶ go³ ho⁴ baau¹ 掗住錢包，喻捨不得出錢。

∞ **打荷包** daa² ho⁴ baau¹ 扒竊錢包。

∞ **口爽荷包勒** hau² song² ho⁴ baau¹ lak⁶ 表面意思是口頭上講得大方，要掏錢包時總是磨磨蹭蹭。喻說話流於表面，並無做實事的誠意。

∞ **荷包蛋** ho⁴ baau¹ daan⁶⁻² 整個兒煎的蛋，形狀像小錢包，故云。

∞ **老公荷包 —— 夫錢（膚淺）** lou⁵ gung¹ ho⁴ baau¹ —— fu¹ cin⁴⁻² 歇後語。「老公荷包」表面意思是丈夫的錢，「膚淺」是「夫錢」的諧音，此借「老公荷包」喻人見識膚淺。

※香笄 hoeng¹ gai¹

讀音

笄，《廣韻·齊韻》音「古奚切」，與「雞」字在同一小韻。反切上字「古」屬見母。反切下字「奚」屬齊韻，開口四等。中古見母開口字今粵讀 g- 母。「古奚切」今讀 gai¹。

古

「笄」是髮簪。《說文·竹部》：「笄，簪也。」《禮記·內則》：「女子……十有五年而笄，二十而嫁。」古代女子十五歲成年，可以盤髮插笄，笄就是用來插住盤起頭髮的簪子。

今

「香」是用木屑摻香料製成的幼幼的長條，燃燒時發出香味，在祭祀祖先和拜神時用。「笄」本是竹造的幼長髮簪，燒香後剩下幼長的竹籤，因形狀似髮簪，故稱**香笄**。如：「點香拜完神後，啲**香笄**留番喺香爐就得啦。」

（「燒香拜神後，讓香剩下的棒子留在香爐便可以了。」）**香笄**，今俗作「香雞」。

∞ **香笄腳** hoeng¹ gai¹ goek³ 喻又瘦又長的腿。

※ **向** hoeng³⁻²

向，《廣韻・漾韻》音「許亮切」，今粵讀 hoeng³。「**向**」可用作介詞，表動作的地點，相當於「在」，變調讀作 hoeng²。

「**向**」的本義是窗戶。《說文・宀部》：「**向**，北出牖也。」意謂朝北的窗戶。《詩經・豳風・七月》：「塞**向**墐戶。」用的正是「**向**」的本義。引申為朝着，方向等義。古書中，「**向**」也用作介詞，有兩種用法：

❶ 表動作的地點，用法相當於「在」。《敦煌變文集・維摩詰經講經文》：「也似機關傀儡，皆因繩索抽牽，或舞或歌，或行或走，曲罷事畢，拋**向**一邊。」唐・杜甫〈北征〉：「都人望翠華，佳氣**向**金闕。」唐・李嘉佑〈新興〉：「花間昔日黃鸝囀，妾**向**青樓已生怨。」唐・韓愈〈贈賈島〉：「天恐文章聲斷絕，再生賈島**向**人間。」唐・曹鄴〈放歌行〉：「三閭有何罪，不**向**枕上死。」南唐・馮延巳〈憶江南〉（今日相逢花未發）：「別離若**向**百花時，東風彈淚有誰知。」宋・歐陽修〈畫眉鳥〉：「始知鎖**向**金籠聽，不及人間自在啼。」元・鄭廷玉《看錢買冤家債主》第一折：「為甚麼桃花**向**三月奮發，菊花**向**九秋開罷，也則為這天公開放一時花。」《水滸全傳》第十二回：「那時看的人雖然不敢近前，**向**遠遠地圍住了望。」

❷ 表示動作的起點，相當於「從」、「由」。唐・白居易〈孔戡〉：「拂衣**向**西來，其道直如絃。」《西遊記》第七十一回：「日期滿足才開鼎，我**向**當中跳出來。」

今粵語「**向**」（hoeng²）有三義：

❶ 由，從。如：「啲貨**向**好遠運嚟。」（「這些貨物從很遠的地方運來。」）

❷ 介詞，表動作的地點，相當於「在」。如：「我**向**辦公室等咗你好耐。」（「我在辦公室等了你很久。」）。

❸ 動詞。在。如：「我**向**屋企。」（「我在家裏。」）**向**，今俗作「響」。

開襱褲 hoi¹ nong⁶ fu³

讀音

襱，《集韻・宕韻》音「乃浪切」，今粵讀 nong⁶。

古

襱，寬緩，同儾。《集韻・宕韻》:「儾、纕、襱，寬緩也。或从糸从衣。」
明・佚名《飛丸記・權門狼狽》:「看我面上，再儾他一儾。」

今

「襱」今解作褲襠。「**開襱褲**」指小孩子穿着的開襠褲。「襱」今讀 nong⁶，另
可變調讀 nong²。說人穿着「**開襱褲**」，是指對方尚在孩童的時候。如:「我出
嚟行走江湖嗰陣時，你先至着緊**開襱褲**咋!」(「我出來行走江湖時，你還是
個小孩子哩!」)「**開襱褲**」的「襱」，今俗作「浪」(long⁶)。粵人慣讀懶音，
每將 n- 聲母字改讀為 l- 聲母，「襱」由 nong⁶ 改讀為 long⁶，是其中一例。後來
「襱」改為「浪」，更把讀音進一步肯定為 long⁶。讀音習非勝是，可見一斑。

開張 hoi¹ zoeng¹

古

店鋪新開業。《水滸全傳》第三十回:「自此，重整店面，**開張**酒肆。」《二十
年目睹之怪現狀》第五十七回:「一天，走到上環大街，看見一家洋貨店新
開張，十分熱鬧。」

今

店鋪新開業。如:「呢間鋪頭**開張**之後，生意好旺。」(「這間店鋪開始營業
後，生意很興旺。」)

熇 hok³

讀音

熇，《廣韻・鐸韻》音「呵各切」，今粵讀 hok³。

古

❶ 火熱，熾盛。《說文・火部》:「**熇**，火熱也。」《廣韻・鐸韻》:「**熇**，熱皃。」
《詩經・大雅・板》:「多將**熇熇**，不可救藥。」毛傳:「**熇熇**然熾盛也。」《文
選・左思〈魏都賦〉》:「宅土**熇**暑，封疆障癘。」李善注引《埤蒼》曰:「**熇**，
熱貌。」唐・柳宗元〈解崇賦〉:「胡赫炎薰**熇**之烈火兮，而生夫人之齒牙。」

乾炒，不放油，為的是去掉水分。如：「**焗**花生」（「乾炒土豆」）。又如：「將啲羊肉**焗**乾佢。」（「把羊肉乾炒。」）

學是非 hok⁶ si⁶ fei¹

「學」，說，講述。唐・陸龜蒙〈漁具・背蓬〉：「見說萬山潭，漁童盡能學。」宋・沈端節〈醉落魄〉（紅嬌翠弱）：「些兒心事誰能學，深院無人時有燕穿幕。」元・王修甫〈八聲甘州〉（春閨夢好）：「春閨夢好，奈覺來心情，向人難學。」《金瓶梅》第八十六回：「你還不趁早去哩！只怕他一時使將小廝來看見，到家學了，又是一場兒。」《古今小說》卷十：「倪善述聽到那裏，便回家學與母親知道。」

❶ 小兒學舌（將聽來的話轉告別人）。如：「咁細個人仔就會**學是非**喇。」（「那麼年紀小的孩子便懂得學舌了。」）

❷ 講閒話，挑撥是非。如：「佢最中意就係**學是非**。」（「他最喜歡講別人閒話。」）**「學是非」**又可說「學是學非」（hok⁶ si⁶ hok⁶ fei¹）。

穅/糠 hong¹

穅，《廣韻・唐韻》音「苦岡切」，與「康」字在同一小韻。反切上字「苦」屬溪母。反切下字「岡」屬唐韻，開口一等。中古溪母開口字今粵讀 k- 母或 h- 母。「苦岡切」今讀 hong¹。

❶ 穀皮。《說文・禾部》：「**穅**，穀皮也。」指稻、麥、穀子脫下的皮或殼。「**穅**」後多寫作「**糠**」。《後漢書・安帝紀》：「雖有糜粥，**糠**秕相半。」「**糠**秕」是指穀皮和癟穀。唐・韓愈〈馬厭穀〉：「馬厭穀兮，士不厭**糠**籺。」「**糠**籺」指穀**糠**和米麥中的粗屑，喻粗劣的食物。宋・蘇軾〈吳中田婦歎〉：「汗流肩頳載入市，價賤乞與如**糠**粞。」「**糠**粞」指穀皮碎米，亦喻粗劣的食物。

❶ 米皮。如：「米**糠**」（「米皮」）、「豬**糠**」（「餵豬的**糠**皮」）。

❷ 碎屑。如：「木**糠**」（「木的碎屑」）、「麵包**糠**」（「麵包碎屑」）。

濂 ※ hong[1-2]

濂,《廣韻・唐韻》音「苦岡切」,與「康」字在同一小韻。反切上字「苦」屬溪母。反切下字「岡」屬唐韻,開口一等。中古溪母開口字今粵讀 k- 母或 h- 母。「苦岡切」今讀 hong[1],變調讀 hong[2]。

古

水的中心有空虛處。《說文・水部》:「濂,水虛也。」《詩經・小雅・賓之初筵》:「酌彼康爵,以奏爾時。」鄭玄箋:「康,虛也。」「康」與「濂」通。「酌彼康爵」是斟酒裝滿那空杯之意。

今

「濂」,口語變調讀 hong[2]。

❶ 缺油水。如:「口濂濂」(「口腔缺乏油水,想吃點東西」)。今俗作「口糠糠」。

❷ 糧食類失去油性而變質,有異味。如:「啲米濂嘅,唔好食啦。」(「這些米粒有異味,不要吃了。」)

∞ **乾濂** gon[1] hong[1-2] (應該有油的東西) 沒油水。如:「啲月餅好乾濂,唔好食。」(「這些月餅沒有油水,不好吃。」)

好彩 hou[2] coi[2]

古

也作「好采」。

❶ 賭博手氣好。唐・李白〈送外甥鄭灌從軍三首〉其一:「六博爭雄好彩來,全盤一擲萬人開。」明・劉績〈放歌行〉:「也知六博無高手,時至君看好彩來。」

❷ 幸運。宋・許棐〈選官圖〉:「縱有黃金無好采,也難平白到公卿。」

今

幸運。如:「呢排股市唔停咁跌,好彩我冇買股票,唔係就蝕得慘咯!」(「近來股市連連向下,幸好我沒有買股票,不然便損失慘重了。」)

∞ **彩數** coi[2] sou[3] 本指彩票號碼,比喻運氣。如:「佢最近真係好彩數,次次打牌都贏錢。」(「他最近真是運氣好,每次打麻將都獲利。」)

∞ **攞彩** lo[2] coi[2] 原義是領取了中了彩的彩票獎金,比喻炫耀、表現自己。如:「今日佢打牌贏錢,畀佢攞晒彩。」(「今天他打麻將贏錢,給他出盡風頭。」)

∞ **執番身彩** zap¹ faan¹ san¹ coi² 喻事情失敗之餘，撿回少許幸運。如：「佢輸清光咁滯，最後贏番一場，都算**執番身彩**喇。」（「他差不多全輸了，最後贏回一場，也算撿回點幸運了。」）

好在 hou² zoi⁶

❶ 安好。多用於問候。唐・張鷟《朝野僉載》卷六：「子恭蘇，問家中日：『許侍郎**好在**否？』」唐・杜甫〈送蔡希魯都尉還隴右因寄高三十五書記〉：「因君問消息，**好在**阮元瑜。」唐・白居易〈代人贈王員外〉：「**好在**王員外，平生記得不。」

❷ 表示讚賞之意。宋・趙彥端〈蕊珠閒〉（浦雲融）：「片帆無恙，**好在**一篙新雨。」元・白樸〈摸魚子〉（敞青冥風露乘鸞女）：「**好在**吳兒越女，扁舟幾度來去。」

❸ 依舊，如故。唐・常建〈落第長安〉：「家園**好在**尚留秦，恥作明時失路人。」宋・陸游〈湖上〉：「猶憐不負湖山處，**好在**平生舊釣磯。」元・姚遂〈黑漆弩〉（青冥風露乘鸞女）：「問姮娥不嫁空留，**好在**朱顏千古。」

❹ 還好，幸虧。《兒女英雄傳》第十一回：「有了，**好在**咱們帶著件作呢！」《官場現形記》第四十一回：「王柏臣無可說得，只好收拾收拾行李，預備交代起程。**好在**囊橐充盈，倒也無所顧戀。」《二十年目睹之怪現狀》第三回：「桂花道：『那麼咱們就到南京去，**好在**我都有預備的。』」

還好，幸虧。如：「**好在**你走得快，唔係就趕唔到尾班船啦。」（「幸好你跑得快，不然便趕不及乘搭最後一班船了。」）

毫子 hou⁴ zi²

錢幣單位。毛，角。《二十年目睹之怪現象》第五十七回：「碼頭上送到這裏，約莫是兩**毫子**左右。」

錢幣單位。毛，角。以香港貨幣為例，價值最小的輔幣分別是一角（一**毫子**）、二角（兩**毫子**）和五角（五**毫子**）。在口語中，一**毫子**、兩**毫子**和五**毫子**又分別簡稱為一毫、兩毫和五毫。例：「而家銀紙唔值錢，五**毫子**根本買唔到嘢。」（「現在貨幣貶值，五角根本買不到東西。」）

空寥寥 hung¹ liu⁴⁻¹ liu⁴⁻¹

讀音

寥,《廣韻・蕭韻》音「落蕭切」,與「聊」字在同一小韻。「落蕭切」今粵讀 liu⁴,變調讀 liu¹。

古

「寥」是空虛之意。《玉篇・宀部》:「寥,空也。」《老子》第二十五章:「寂兮寥兮,獨立而不改。」河上公注:「寥者空無形。」「空寥」有稀疏、冷落之意。清・錢謙益〈六月二十三日元符萬寧宮為亡兒設醮〉:「星月空寥便闔開,拜章親上步罡臺。」

今

空空如也,空落落的。如:「呢間屋空寥寥,連枱都冇張。」(「這間屋空落落的,連枱也沒有一張。」)

陰功 jam¹ gung¹

古

陰德。《紅樓夢》第五回:「幸娘親,積得陰功。」

今

❶ 造孽,活受罪。如:「佢哋間屋火燭,成家人燒死晒,陰功咯!」(「他們的房屋發生火災,全家人都被燒死,真造孽啊!」)

❷ 可憐。此義當由「造孽、活受罪」義引申而來。如:「個細路仔跌親個頭,陰功咯!」(「那小孩跌倒,撞傷了頭部,真可憐啊!」)陰功,今俗作「陰公」。

∞ 老婆擔遮 —— 陰公 lou⁵ po⁴ daam¹ ze¹—jam¹ gung¹ 歇後語。「陰公」另有含義,「陰」解遮蔭,「公」是「老公」,即丈夫。「老婆擔遮 —— 陰公」的意思是說妻子打傘,為丈夫遮蔭。

∞ 冇陰功 mou⁵ jam¹ gung¹ (1)沒有陰德。如:「佢個人乜嘢衰嘢都做,咁冇陰功嘅!」(「他這個人甚麼壞事都做,真缺德!」)(2)可憐,悲慘。如:「佢無端端仆親流血,真係冇陰功咯!」(「他無緣無故跌倒,受傷流血,真可憐啊!」)

諳聲細氣 jam¹ sing¹-seng¹ sai³ hei³

讀音

諳,《廣韻・侵韻》音「於今切」,與「音」字在同一小韻,今粵讀 jam¹。

聲音微小低沉。《說文・音部》:「𩐎,下徹聲。」南唐・徐鍇《說文解字繫
傳》:「謂聲不能越揚也。」《周禮・春官・典同》:「微聲𩐎。」鄭玄注:「𩐎
聲小不成也。」《廣韻・侵韻》:「𩐎,小聲。」明・劉基〈大熱遣懷〉:「樹木
首咸俯,鳥獸聲盡𩐎。」清・厲鶚《樊榭山房集・焦山古鼎》:「腹深八寸唇
尺四,叩之清越微聲𩐎。」

𩐎聲細氣,即細聲細氣,低聲細語。如:「佢講嘢**𩐎聲細氣**,好斯文。」(「她
說話細聲細氣,很斯文的。」)「**𩐎聲細氣**」的「聲」,文讀 sing¹,白讀 seng¹。
𩐎聲細氣,今俗作「陰聲細氣」,然「陰」沒有小聲之意。

*陰騭 jam¹ zat¹

❶ 默定。《尚書・洪範》:「惟天**陰騭**下民,相協厥居。」

❷ 默默行善的德行。亦作「陰德」、「陰功」。《紅樓夢》第五回:「雖說是人生
莫受老來貧,也須要**陰騭**積兒孫。」

❶ 陰德。如:「佢點解咁冇**陰騭**㗎?」(「他為何如此沒有陰德呢?」)

❷ 缺德。如:「佢做埋咁多**陰騭**嘅嘢,遲早會有報應。」(「他做了那麼多缺德
的事情,早晚會有報應。」)**陰騭**,今又俗作「陰質」。

∞ **陰騭事** jam¹ zat¹ si⁶ 虧心事。如:「做得**陰騭事**多,因住有報應呀!」(「做太
多虧心事,小心有報應啊!」)

人客 jan⁴ haak³

❶ 特指攻入他國者。他國為主,侵犯者為客,故稱**人客**。《國語・越語下》:
「天時不作,弗為**人客**。」韋昭注:「作,起也。攻者為客。」

❷ 客人,賓客。唐・杜甫〈遣興〉:「問知**人客**姓,誦得老夫詩。」《紅樓夢》第
十四回:「每日在裏頭單管**人客**來往倒茶,別的事不用他們管。」

❸ 佃客。《三國志・吳志・周瑜傳》:「(孫權)後著令曰:『故將軍周瑜、程普,
其有**人客**,皆不得問。』」

❹ 旅客。清・王韜《弢園文錄外編・興利》:「令民間自立公司,購置輪船,用
以往來內河,轉輸貨物,裝載**人客**。」

客人。如:「今日會有兩個**人客**嚟探我。」(「今天會有兩個客人來探訪我。」)

※ 一埞 jat¹ daap³

讀音

埞,《集韻・盍韻》:「埞,地之區處。」音「德盍切」。反切上字「德」屬端母,舌音,今粵讀 d- 母。反切下字「盍」屬盍韻。中古舌音盍韻字今粵讀 -aap 韻,「德盍切」今讀 daap³。「**一埞**」在古典小說《醒世恆言》分別寫作「一搭」及「一笪」。「搭」《廣韻・盍韻》音「吐盍切」,今粵讀 daap³,與「埞」讀音同;「笪」《廣韻・曷韻》音「當割切」,今粵讀 daat³。按《廣韻》反切,「搭」中古收 -p,「笪」中古收 -t。「**一埞**」的「埞」,其讀音的韻尾可能經歷由 -p 轉為 -t 的過程,這是由於「一」的韻尾影響使然。「一」,《廣韻・質韻》音「於悉切」,中古收 -t。在《醒世恆言》中,「一搭」二字韻尾,分別是 -t 和 -p,但「一笪」二字韻尾,則變成 -t 和 -t,這是因為前字「一」收 -t 尾,於是便產生順同化,影響後字也收 -t 了。由此看來,這個同化現象,至遲在明朝已出現了。今「**一埞**」寫作「一笪」,粵讀 jat¹ daat³。

古

一塊印記或一塊地。也寫作「一搭」(jat¹ daap³)。如《警世通言》卷三十六:「趙再理摔着娘不肯『生那兒時,脊背下有一搭紅記。』脫下衣裳,果然有一搭紅記。」《醒世恆言》卷十:「住了月餘,這三兩銀子盤費將盡,心下着忙:『若用完了這銀子,就難行動了。不如原往河西務去求恩人一搭空地,埋了骨殖,倚傍在彼處,還是個長策。』算還店錢,上了牲口,星夜趕來。」也寫作「一笪」。《醒世恆言》卷二十一:「卻說那元禮脫身之後,黑地裏走來走去,原只在一笪地方,氣力都盡,只得蹲在一個破廟堂裏頭。」

今

一塊。如:「呢一笪空地面積好大,好值錢。」(「這塊空地面積很大,很值錢的。」)又如:「你嘅右手點解有一笪紅咗嘅?」(「你的右手為何有一塊皮膚紅了呢?」)

∞ **大笪地** daai⁶ daat³ dei⁶⁻² 一大塊露天空地。又專指開闊、簡陋、專賣平價貨品的地方。以前,香港在上環和油麻地各有一「**大笪地**」,晚上營業,有賣小食的、有賣平價貨的、有賣唱的、有看相的,不一而足,現只餘下油麻地大笪地,這地方又稱為「平民夜總會」。

*一五一十 jat¹ ng⁵ jat¹ sap⁶

比喻敍述從頭到尾，原原本本，沒有遺漏。也形容查點數目。《金瓶梅》第五回：「這婦人聽了，也不回言，卻踅過王婆家來，一**五**一**十**都對王婆和西門慶說了。」《紅樓夢》第二十六回：「(佳蕙) 便把手絹子打開，把錢倒出來交給小紅。小紅就替他一**五**一**十**的數了收起。」

比喻敍述從頭到尾，原原本本，沒有遺漏。也形容查點數目。如：「件事到底係點，你要一**五**一**十**話畀我知。」（「事情的始末是怎樣的，你要原原本本向我說清楚。」）

日日 jat⁶ jat⁶

每一天。唐·李白〈贈內〉：「三百六十日，**日日**醉如泥。」唐·杜甫〈客至〉：「舍南舍北皆春水，但見羣鷗**日日**來。」宋·李之儀〈卜算子〉（我住長江頭）：「**日日**思君不見君，共飲長江水。」

每一天。如：「佢**日日**都係六點鐘起身。」（「他每天都是上午六時起牀。」）

*日頭 jat⁶ tau⁴⁻²

❶ 日子。元·關漢卿《竇娥冤》第一折：「避凶神要擇好**日頭**，拜家堂要將香火修。」《新編五代史平話·梁史平話》卷上：「過了七十個**日頭**，有苗歸服。」

❷ 太陽。《水滸全傳》第十七回：「楊志戴了遮**日頭**涼笠兒。」《紅樓夢》第三十一回：「我今兒可明白了。怪道人都管着**日頭**叫『太陽』呢。」《儒林外史》第十四回：「手持黑紗團香扇替他遮着**日頭**，緩步上岸。」

❶ 太陽，太陽光。如：「個**日頭**好猛。」（「陽光很猛烈。」）

❷ 白天。如：「我**日頭**唔得閒，你夜晚再嚟。」（「我白天沒空，你晚上再來。」）
「日頭」的「頭」由本調 tau⁴ 變調讀 tau²。

*由得 _{jau⁴ dak¹}

古

任由。《儒林外史》第五十五回:「要彈琴,要寫字,諸事都**由得**我。」

今

任由。如:「乜嘢都**由得**個細路去做,唔得㗎!」(「甚麼都任由小孩子去做是不可以的!」)

∞ **由得佢** jau⁴ dak¹ keoi⁵ (1)任由他吧。如:「佢想點就點,**由得佢**喇!」(「他想怎樣都好,任由他吧!」)(2)隨便它吧。如:「呢件事**由得佢**喇,使乜咁勞氣啫!」(「這件事隨便它吧,何必這麼動氣!」)

猶自可 _{jau⁴ ji⁶ ho²}

古

尚且可以,本來可以。唐·李賢〈黃台瓜辭〉:「種瓜黃台下,瓜熟子離離。一摘使瓜好,再摘使瓜稀。三摘**猶自可**,摘絕抱蔓歸。」金·董解元《西廂記諸宮調》卷五:「白日且**猶自可**,黃昏後是甚活?」《警世通言》卷二十四:「哄誘良家子弟**猶自可**,圖財殺命罪非輕!」《醒世恆言》卷五:「他人分離**猶自可**,骨肉分離苦殺我。」

今

尚且可以,本來可以。如:「呢件事佢唔知**猶自可**,知道梗係唔開心喇!」(「這事兒他不知道尚且可以,知道了一定是不高興了!」)

*油水 _{jau⁴ seoi²}

古

喻利益,好處。元·無名氏《玎玎璫璫盆兒鬼》第一折:「倘有甚麼客人到我店中投宿,你只推先要房錢,看他秤銀子時,若是有些**油水**,你便來叫我下手。」《水滸全傳》第三十六回:「那人立在側邊偷眼睃着,見他包裹沉重,有些**油水**,心內自有八分歡喜。」《文明小史》第二十九回:「莫非西村裏那樁官司,你瞞了我得些**油水**,銀子多了,所以要闊起來,也想頑頑了。」

今

喻額外的好處或不正當的收入。如:「做呢單工程冇乜**油水**嘅,我唔接嚟做喇。」(「這項工程沒有甚麼利益可圖,我不會承接來做了。」)

油炸鬼 jau⁴ zaa³ gwai²

古

油條。「**油炸鬼**」據說原稱「油炸檜」。它是南宋時臨安（今杭州）百姓製作的油炸早點。傳說南宋抗金名將岳飛被賣國賊秦檜陷害至死後，臨安百姓痛恨秦氏，爭相以麵團捏成人狀，油炸而食，稱之「油炸檜」，後又寫作「油炸膾」。《二十年目睹之怪現狀》第四十一回：「一個破落戶，拾了一個鬥死了的鵪鶉，拿回家去，開了膛，拔了毛，要炸來吃，又嫌費事，家裏又沒有那些油。因拿了鵪鶉，假意去買油炸膾，故意把鵪鶉掉在油鍋裏面，還做成大驚小怪的樣子。」「油炸膾」流傳至今天，許多地區已改稱「油條」，粵語則變音稱為「**油炸鬼**」。

今

油條。如：「今日的早餐係白粥同**油炸鬼**。」（「今天的早餐是白粥和油條。」）

有得 jau⁵ dak¹

古

有……的。《古今小說》卷二十一：「錢婆留今日**有得**吃，不勞王婆費心。」《韓湘子全傳》第十六回：「你如今**有得**吃，**有得**穿。」

今

有……的。如：「迎新會**有得**食，**有得**玩。（「迎新會有吃的、有玩的。」）又如：「價錢**有得**傾。」（「價錢有商量的餘地。」）

*有喜 jau⁵ hei²

古

❶ 有喜悅的事情。《周易・无妄・九五》：「无妄之疾，勿藥**有喜**。」這裏**有喜**的事情，指病癒。

❷ 懷孕。明・孫仁孺《東郭記・將有遠行》：「且大姐姐近日身兒覺粗，敢是有了喜也，更須十分將息。」

今

有孕，較斯文的說法。如：「姐夫知道家姐**有喜**，開心到不得了。」（「姐夫知道姐姐懷孕，非常高興。」）

∞ **有咗** jau⁵ zo² 有了，婉辭，指懷了孕。如：「佢又**有咗**啦。」（「她又懷孕了。」）

爺 je⁴

父親。北朝・無名氏〈木蘭辭〉:「軍書十二卷,卷卷有**爺**名。」唐・杜甫〈兵車行〉:「**爺**娘妻子走相送,塵埃不見咸陽橋。」

❶ 父親。如:「兩仔**爺**」(「兩父子」)、契**爺** (「乾爹」)。

❷ 祖父。如:「**爺爺** (je⁴ je⁴⁻²)」(「祖父」〔面稱〕),也叫「阿**爺**」。

*夜晚 je⁶ maan⁵

晚上。《紅樓夢》第七十五回:「只是園裏恐,**夜晚**風涼。」

晚上。如:「你**夜晚**喺屋企做啲乜?」(「你晚上在家裏幹甚麼?」)

※嚘 ji¹

嚘,《集韻・之韻》音「於其切」。反切上字「於」屬影母。反切下字「其」屬之韻,開口三等,今粵音讀 -ei 或 -i 韻。中古影母三等字今粵語讀 j- 母。「於其切」讀 ji¹。

咧嘴而笑。《集韻・之韻》:「**嚘**,**嚘**嘘,開口笑也。」

咧嘴,露出牙齒。如:「佢笑到**嚘**起棚牙。」(「他咧嘴而笑,露出一口牙齒。」)**嚘**,今俗作「衣」、「咿」。

∞ **嚘開棚牙** ji¹ hoi¹ paang⁴ ngaa⁴ 咧嘴,露出牙齒,同「**嚘**起棚牙」。

*耳性 ji⁵ sing³

記性。《醒世姻緣傳》第六十六回:「小素姐的家法,只是狄希陳沒有**耳性**,好了創口,忘了疼的。」《紅樓夢》第二十八回:「眾人都道:『再多說的,罰酒十杯!』薛蟠連忙自己打了一個嘴巴子,說道:『沒**耳性**,再不許說了。』」

記性。多指小孩子受了告誡之後，沒有記在心上，重複之前所犯的錯誤。如：「你有冇**耳性**㗎？成日唔記得帶功課返學校。」（「你經常忘記帶作業回校，到底有沒有記性呢？」）

饐 jik⁶⁻¹

讀音

饐，《集韻·昔韻》音「夷益切」，今粵讀 jik⁶，變調讀 jik¹。

古

飯壞。《集韻·昔韻》：「飯壞曰饐。」引申泛指食物變壞。

今

食物（尤其是油膩食品）由於放置時間長而變質，因而產生的一種不好的味道。如：「啲臘腸**饐**咗。」（「那些臘腸變味了。」）**饐**，今俗作「腌」。

∞ **油饐** jau⁴ jik⁶⁻¹ 油類變壞的氣味。

亦 jik⁶

古

副詞。也。《論語·學而》：「學而時習之，不**亦**說乎！」「不**亦**說乎」意謂「不也感到喜悅嗎！」「說」通「悅」。《墨子·尚同中》：「上之所是，必**亦**是之；上之所非，必**亦**非之。」《莊子·田子方》：「夫子步，**亦**步；夫子趨，**亦**趨。」《史記·廉頗藺相如列傳》：「秦**亦**不以城予趙，趙**亦**終不予秦璧。」《三國志·蜀書·鄧芝傳》：「臣今來**亦**欲為吳，非但為蜀也。」

今

副詞。也。如：「**亦**啱」（也對）、「**亦**係」（「也是」）。又如：「我**亦**都唔去。」（「我也不去。」）

翼 jik⁶

古

❶ 翅膀。《周易·明夷·初九》：「明夷于飛，垂其**翼**。」《戰國策·楚策四》：「王獨不見夫蜻蛉乎，六足四**翼**，飛翔乎天地之間。」

❷ 輔助。《尚書·益稷謨》：「予欲左右有民，汝**翼**。」《禮記·文王世子》：「保也者，慎其身以輔**翼**之而歸諸道者也。」

❸ 保護。《詩經・大雅・生民》：「誕寘之寒冰，鳥覆**翼**之。」《漢書・高帝紀上》：「項伯亦起舞，常以身**翼**蔽沛公。」

今

翅膀。如：「我最中意食燒雞**翼**。」（「我最喜歡吃烤雞翅膀。」）

※ 俺憸 jim¹ cim¹-zim¹

讀音

俺，《集韻・鹽韻》音「於鹽切」。反切上字「於」屬影母。反切下字「鹽」屬鹽韻，開口三等。中古影母開口三等字今粵讀 j- 母。「於鹽切」讀 jim¹。憸，《集韻・鹽韻》「憸」音「千廉切」，今粵讀 cim¹，轉讀為 zim¹。

古

❶ 多意氣貌。《集韻・鹽韻》：「俺，**俺憸**，多意氣兒。」《韻略》卷二：「**俺憸**，詖也，利口也。」「詖」是說話偏頗，「利口」即能言善辯。

❷ 在古書中，「**俺憸**」又作「淹尖」、「淹煎」，疾病纏綿之意。隋樹森《全元散曲・賞花時》套曲：「覷了這淹尖病體，比東陽無異。」「東陽」即南朝的沈約，因出守東陽而得名「東陽」。沈約因操勞過度而日漸消瘦。「淹尖」指疾病纏綿貌。明・賈仲明《蕭淑蘭》第三折：「病淹煎苦被東風禁，淚連綿惟把春衫滲。」明・湯顯祖《牡丹亭・鬧殤》：「也愁他軟苗條忒恁嬌，誰料他病淹煎真不好。」以上「淹煎」二例，也指疾病纏綿。

❸ 遭受煎熬、折磨。明・阮大鋮《燕子箋・寫箋》：「烏絲一幅金粉箋，春心委的淹煎。」

今

愛挑剔。如：「佢去咗五間鞋舖，都揀唔到合心水嘅波鞋，真係**俺憸**喇。」（「他逛了五間鞋店，仍選不到合心意的運動鞋，真是太挑剔了。」）**俺憸**，今多作「奄尖」。

∞ **俺悶** jim¹ mun⁶ 愛挑剔，愛刁難人，「**俺憸腥悶**」的簡稱。如：「佢份人好**俺悶**，好難同佢合作。」（「他為人愛挑剔，很難跟他合作。」）

∞ **俺憸腥悶** jim¹ cim¹-zim¹ seng¹ mun⁶ 諸多挑剔，難侍候。如：「份報告改咗十次，老細依然鬼咁多意見，認真**俺憸腥悶**。」（「這份報告修改了十次，上司依然意見多多，認真難侍候。」）

※靨 jim²

靨，《集韻・琰韻》音「於琰切」。反切上字「於」屬影母。反切下字「琰」屬琰韻，開口三等。中古影母開口三等字今粵讀 j- 母。「於琰切」今讀 jim²。

古

痂，皮膚傷愈所結的硬皮。《集韻・琰韻》：「靨，瘍痂也。」

今

痂，皮膚傷愈所結的硬皮。如「痘靨」（「天花、水痘結的痂」）、「結靨」（「結痂」）。

*應承 jing¹ sing⁴

古

❶ 答應。《醒世恆言》卷七：「高贊道：『人品生得如何？老漢有言在前，定要當面看過，方敢應承。』」《初刻拍案驚奇》卷三：「東山如醉如夢，呆了一晌，怕又是取笑，一時不敢應承。」

❷ 照應。明・高明《琵琶記・蔡公逼試》：「老漢既忝在鄰居，你但放心前去，若是宅上有些小欠缺，老漢自當應承。」

今

答應。如：「我應承你做好呢件事。」（「我答應你做好這件事。」）

熱辣辣 jit⁶ laat⁶ laat⁶

古

炎熱。小說作「熱剌剌」。《金瓶梅》第五十一回：「進來見大姐正在燈下納鞋，說道：『這咱晚，熱剌剌的，還納鞋？』」

今

❶ 很熱。如：「周身熱辣辣，沖個涼先。」（「全身很熱，還是先洗個澡。」）

❷ 滾燙，熱騰騰。如：「呢碗雞湯熱辣辣，等陣先至飲。」（「這碗雞湯熱騰騰的，待會兒才喝。」）

※惝 juk¹

惝，《集韻・屋韻》音「乙六切」，今粵讀 juk¹。

心動。《集韻・屋韻》:「㤢，心動。」

❶ 心動。如:「架車嘅款式好靚，睇見就心㤢，想買咗佢。」(「這輛車的款式很漂亮，看見便心動，立刻想買下它。」)

❷ 動。如:「你企喺度，唔好㤢。」(「你站着，不要動！」) 㤢，今俗作「郁」或「喐」。

∞ 㤢身㤢勢 juk¹ san¹ juk¹ sai³ 指身體動來動去，儀態不斯文。如:「你唔好㤢身㤢勢咁唔斯文。」(「你身體不要動來動去，這是很沒禮貌的。」)

∞ 㤢手㤢腳 juk¹ sau² juk¹ goek³ 指動手動腳。如:「你唔好㤢手㤢腳搞亂晒啲嘢。」(「你不要動手動腳把東西搞亂。」)

∞ 心㤢㤢 sam¹ juk¹ juk¹ 心動。如:「近牌股市大升，連師奶都心㤢㤢想入市。」(「近日股市興旺，連大媽也心動，想入市炒作一番。」)

肉痛 juk⁶ tung³

❶ 肉體感覺疼痛。《南史・孝義列傳上・余齊人》:「少有孝行，為邑書吏，宋大明二年，父殖在家病亡，信未至。 齊人謂人曰:『比肉痛心煩，有如割截。居常惶駭，必有異故。』信尋至，以父病報之。」

❷ 心疼。《初刻拍案驚奇》卷十三:「嚴公原是積攢上頭起家的，見了這般情況，未免有些肉痛。」《醒世姻緣傳》第八回:「晁老不肉痛去了許多東西，倒還像拾了許多東西的一般歡喜。」

心疼，捨不得。如:「佢唔見咗個新銀包，好肉痛。」(「他遺失了新錢包，很心疼。」)

※茸 jung⁴

茸，《廣韻・鍾韻》音「而容切」，今粵讀 jung⁴。

❶ 草初生的樣子。《說文・艸部》:「茸，艸茸茸皃。」指草初生纖細柔軟的樣子。這是「茸」的本義。唐・韓愈、孟郊〈有所思聯句〉:「臺鏡晦舊暉，庭草滋深茸。」

❷ 細軟的絨毛。唐‧杜牧〈揚州三首〉其一：「喧闐醉年少，半脫紫茸裘。」宋‧蘇軾〈正月一日雪中過淮謁客回作二首〉其一：「冰崖落屐齒，風葉亂裘茸。」

❸ 柔細的獸毛。《太平御覽》卷八百八十九引《東觀漢記》：「師（獅）子……尾端茸毛大如斗。」宋‧黃庭堅〈夏日夢伯兄寄江南〉：「河天月暈魚分子，槲葉風微鹿養茸。」鹿茸指雄鹿的未骨化密生絨毛的幼角。

今

❶ 柔細的獸毛。如「鹿茸」。

❷ 泥狀餡類。如：「蓮茸」（「由蓮子壓成泥狀的餡料」）、「豆茸」（「把紅豆、綠豆等豆類磨成泥狀的餡料」）、「薯茸」（「由馬鈴薯壓成泥狀的食材」）等。如：「我中意飲雞茸栗米湯。」（「我喜歡喝由攪碎的雞肉拌玉米粒煮成的湯。」）

❸ 碎末。如：「薑茸」（「薑末兒」）、「蒜茸」（「蒜末兒」）。用以表示「泥狀餡類」和「碎末」意義的「茸」，今俗寫作「蓉」。

∞ **茸茸爛爛** jung⁴ jung⁴ laan⁶ laan⁶（衣物）破爛不堪。如：「件恤衫着到**茸茸爛爛**，唔好着啦！」（「這件襯衣穿得破爛不堪，不要再着了。」）

∞ **爛茸茸** laan⁶ jung⁴ jung⁴（衣物）破爛不堪。如：「件恤衫**爛茸茸**，掉咗去啦！」（「這件襯衣破爛不堪，扔掉它吧！」）

於是乎 jyu¹ si⁶ fu⁴

古

連詞。於是，於是就。《國語‧晉語一》：「申人、鄫人召西戎以伐周，周**於是乎**亡。」《莊子‧在宥》：「昔者黃帝始以仁義攖人之心，堯舜**於是乎**股無胈，脛無毛，以養天下之形，愁其五藏以為仁義，矜其血氣以規法度。」《文選‧司馬相如〈上林賦〉》：「庖廚不徙，後宮不移，百官備具，**於是乎**背秋涉冬，天子校獵。」《文選‧張衡〈西京賦〉》：「日月**於是乎**出入，象扶桑與濛汜。」唐‧柳宗元〈始得西山宴遊記〉：「然後知吾嚮之未始遊，遊**於是乎**始。」《文明小史》第六十回：「少不得請教那些明白時事的維新黨，**於是乎**就有外洋留學回國考中翰林進士的那班朋友，做了手摺，請他們酌奪。」

今

連詞。於是，於是就。如：「佢今朝起身頭暈，**於是乎**打電話返公司請假休息。」（「他今早起牀後頭暈，於是致電辦公室告假休息。」）

※ 雨溦 jyu⁵ mei⁴⁻¹

讀音

溦，《廣韻‧微韻》作「溦」，音「無非切」，今粵讀 mei⁴，口語變調讀 mei¹。

古

小雨。《說文‧水部》：「溦，小雨也。」

今

毛毛細雨。如：「而家落緊**雨溦**，唔好咁快走。」（「現在正下着毛毛細雨，不要太早離開。」）「**雨溦**」，俗作「雨尾」。

∞ **口水溦** hau² seoi² mei⁴⁻¹ 唾沫星花。也作「口水尾」。

∞ **執人口水溦** zap¹ jan⁴ hau² seoi² mei⁴⁻¹ 拾人牙慧。別人怎麼說，自己也怎麼說，沒有主見。

※ 痟 jyun¹

讀音

痟，《廣韻‧先韻》音「烏玄切」。反切上字「烏」屬影母。反切下字「玄」屬先韻，合口四等。中古影母合口四等字今粵讀 j- 母，先韻合口四等字今粵讀 -yun 韻。「烏玄切」今讀 jyun¹。

古

❶ 疲倦，骨節酸痛。《說文‧疒部》：「**痟**，疲也。」（按：「**痟**」字《說文》各本無，此據段玉裁《說文解字注》補。）《廣韻‧先韻》：「**痟**，骨節疼也。」。《集韻‧先韻》：「**痟**，骨酸也。」

❷ 煩鬱。《列子‧楊朱》：「薦以梁肉蘭橘，心**痟**體煩，內熱生病矣。」

今

❶ 骨節酸痛。如：「搬完嘢，手腳都**痟**晒。」（「搬完東西後，手和腳都覺酸痛。」）

❷ 痛，累。如：「去完旅行返屋企，成身**痟**晒。」（「去完旅行回家，全身都累極了。」）**痟**，今或作「冤」。

∞ **痟痟痹痹** jyun¹ jyun¹ bei³ bei³ 酸麻的感覺。如：「坐得太耐，雙腳**痟痟痹痹**。」（「坐得太久，雙腳都酸麻了。」）

∞ **痟痛** jyun¹ tung³ 酸痛。如：「成日冇郁，周身都覺得**痟痛**。」（「整天沒有活動，全身都覺酸痛。」）

∞ **眼瘨** ngaan⁵ jyun¹ 看了心中不舒服，心疼。如：「睇見佢咁唔生性，真係**眼瘨**咯。」（「看見他如此不懂事，真是心疼了。」）**眼瘨**，今俗作「眼冤」。

蒬 jyun¹

讀音

蒬，《廣韻・元韻》音「於袁切」，今粵讀 jyun¹。

古

枯萎，凋謝。《廣韻・元韻》：「**蒬**，敗也。」

今

魚肉敗壞。如：「呢條魚喺魚缸度死咗好多日，又**蒬**又臭，唔好食啦！」（「這條魚在魚缸內死了多天，又腐又臭，不要吃了！」）。**蒬**，今俗或作「蔫」、「冤」。

∞ **蒬崩爛臭** jyun¹ bang¹ laan⁶ cau³ 臭氣薰天。如：「魚塘啲死魚幾日都冇人清理，搞到**蒬崩爛臭**。」（「魚塘死去的魚幾天也沒有人清理，弄得臭氣薰天。」）

∞ **蒬豬頭遇着盲鼻菩薩** jyun¹ zyu¹ tau⁴ jyu⁶ zoek⁶ mang⁴ bei⁶ pou⁴ saat³ 表面意思是拿因變壞而發臭的豬頭供奉菩薩，理應是過不了關的，恰巧遇上了患鼻塞的菩薩，聞不到那股奇臭異味，故此得以瞞天過海。這句熟語有以下幾個喻意：(1) 別以為你不喜歡的便沒有人喜歡，喜歡的大有人在。語帶安慰，多用於指男女關係。(2) 壞東西也有人會要。喻人不識貨，語帶譏諷。(3) 條件很差的人只要遇上條件同樣差的人，就會被接受了。盲（《正韻・庚韻》音「眉庚切」），俗或作「萌」、「盟」。

蒝荽 jyun⁴ seoi¹-sai¹

讀音

蒝，《廣韻・元韻》音「愚袁切」，與「元」字在同一小韻，今粵讀 jyun⁴。荽，《廣韻・脂韻》音「息遺切」。反切上字「息」屬心母，齒音，今粵讀 s- 母。反切下字「遺」屬脂韻，合口三等。中古脂韻合口三等字今粵讀 -eoi 韻。「息遺切」今讀 seoi¹ 音，然 seoi¹ 諧音「衰」，故改讀為 sai¹。後又把「荽」改寫為「茜」（茜，《廣韻・霰韻》音「倉甸切」，今粵讀 sin³，一般人誤讀為「西」）。

古

蒝，《說文・艸部》：「蒝，艸木形。」《玉篇・艸部》：「蒝，莖葉布也。」明・李時珍《本草綱目・菜部・胡荽》：「（胡荽）其莖柔葉細，而根多鬚，綏綏然也。張騫使西域始得種歸，故名胡荽。今俗呼為**蒝荽**。蒝乃莖葉布散之

貌，俗作芫花之芫，非矣。」清・徐珂《清稗類鈔・植物類上》：「**蒝荽**，本作胡荽，蔬類植物。……俗作芫荽。」**蒝荽**一詞的寫法，初寫作「**蒝荽**」，其後寫為「芫荽」，最後寫成「芫茜」。

蒝荽，又名胡荽。一年生草本植物，葉互生，羽狀複葉，全株有強烈香氣，花小，白色。果實圓形，用做香料，也可入藥。嫩莖和葉可做來調味，通稱香菜。如：「蒸魚時鋪啲**蒝荽**喺上面，會關走啲腥味。」（「蒸魚時，放少許**蒝荽**在魚的上面，會驅除魚的腥味。」）**蒝荽**，今俗作「芫荽」或「芫茜」。

※軟䋦䋦 jyun⁵ nap⁶ nap⁶

䋦，《廣韻・合韻》音「奴荅切」。「荅」屬合韻，開口一等。中古合韻開口一等字今粵讀 -aap 或 -ap 韻。「奴荅切」今讀 nap⁶。

「䋦」有軟弱之義。《廣雅・釋詁》：「䋦，弱也。」《廣韻・合韻》：「䋦，腬兒。」

❶ 指物件的柔軟。如：「呢張被**軟䋦䋦**。」（「這條被子軟綿綿的。」）

❷ 性格的軟弱。如：「佢個人**軟䋦䋦**，一啲火氣都冇。」（「他這個人性格軟弱，一點脾氣也沒有。」）

軟熟 jyun⁵ suk⁶

亦作「輭熟」。

❶ 調性情柔和圓熟。《新唐書・忠義列傳・序》：「彼委靡輭熟，偷生自私者，真畏人也哉！」《宋史・孔文仲列傳》：「蘇軾拊其柩曰：『世方嘉**軟熟**而惡崢嶸，求勁直如吾經父者，今無有矣！』」

❷ 軟和美好。宋・范成大〈藻姪比課五言詩，已有意趣，老懷甚喜，因吟病中十二首示之，可率昆季賡和，勝終日飽閒也〉其五：「**軟熟**羞盤饌，芳辛實枕幃。」元・劉因〈醉梨〉：「快人風味依然在，莫作尋常**軟熟**看。」

❷ 柔軟。《西遊記》第七十五回：「（行者）正此悽愴，忽想起：『菩薩當年在蛇盤山曾賜我三根救命毫毛，不知有無，且等我尋一尋看。』即伸手渾身摸了

一把，只見腦後有三根毫毛，十分挺硬。忽喜道：『身上毛都如彼**軟熟**，只此三根如此硬槍，必然是救我命的。』」

今

柔軟。如：「呢張羊皮墊褥好**軟熟**，坐落去好舒服。」（「這張羊皮墊褥很柔軟，坐下來很舒服。」）

禁 ※ gam¹- kam¹

讀音

禁，《廣韻》有二讀：

❶《廣韻・沁韻》：「**禁**，制也，謹也，止也。」音「居蔭切」，今粵讀 gam³。

❷《廣韻・侵韻》：「**禁**，力所加也，勝也。」音「居吟切」。反切上字「居」屬見母。反切下字「吟」屬侵韻，開口三等。中古見母開口字今粵讀 g- 母，「居吟切」今當讀 gam¹。然見母開口字今也有例外讀作粵音 k- 母，如與「**禁**」（「居吟切」）在同一小韻的「襟」字今粵讀 kam¹。「**禁**」（「居吟切」）口語讀作 kam¹。

古

禁（「居吟切」），有以下諸義：

❶ 勝過。《廣韻・侵韻》：「**禁**，勝也。」唐・杜甫〈楊監又出畫鷹十二扇〉：「疾**禁**千里馬，氣敵萬人將。」

❷ 更加。蓋由《廣韻・侵韻》「**禁**，力所加也」一義引申而來。宋・陸游〈馬上作〉：「衰老更**禁**新臥病，塵埃時拂舊題名。」

❸ 禁受，受得住。唐・杜甫〈舍弟觀赴藍田取妻子到江陵喜寄三首〉其二：「巡簷索共梅花笑，冷蕊疏枝半不**禁**。」唐・杜牧〈邊上聞笳〉：「遊人一聽頭堪白，蘇武爭**禁**十九年。」宋・晁補之〈一叢花〉（東君密意在花心）：「西城未有花堪採，醉狂興、冷落難**禁**。」宋・賀鑄〈思越人〉：「幾行書尾情何限，一尺裙腰瘦不**禁**。」元・無名氏《鄭月蓮秋夜雲窗夢》第三折：「這期間戴月披星，**禁**寒受冷。」清・鄭板橋〈除夕前一日上中尊汪夫子〉：「瑣事貧家日萬端，破裘雖補不**禁**寒。」《紅樓夢》第五十一回：「小姑娘們受了冷氣，別人還可，第一林妹妹如何**禁**得住？連寶玉兄弟也**禁**不住。」

今

❶ 耐久，指物。如「**禁**着」（「耐穿」）、「**禁**洗」（「耐洗」）、「**禁**睇」（「耐看」）。又如：「呢部電腦好**禁**用。」（「這台電腦很耐用。」）

❷ 受得住，指人。如「唔好睇小佢咁瘦，佢幾**禁**捱。」（「別小看他瘦弱，他很吃得苦。」）**禁**，今俗作「襟」。

∞ **禁計** gam¹-kam¹ gai³（因數量多），難以計算。如：「過年開支多，條數都好**禁計**。」（「過春節開支多，那數字可真難計算。」）

∞ **禁老** gam¹-kam¹ lou⁵ 不易老。如：「佢已經六十幾歲，但睇起嚟好似四十噉，好**禁老**。」（「他已經六十多歲了，但看起來像四十歲上下，沒有老態。」）

∞ **禁做** gam¹-kam¹ zou⁶ 不易做完，一時做不完。如：「呢一沓文件都幾**禁你做**。」（「這一疊文件真夠你做的。」）

※ **魽/穎** kam²

讀音

魽，《廣韻・感韻》音「古禫切」。一作「穎」，大概是後起的異體字。《集韻・感韻》音「古禫切」。魽、穎與「感」字在同一小韻。反切上字「古」屬見母。反切下字「禫」屬感母，開口一等。中古見母開口字今粵讀 g- 母，也有例外讀作 k- 母。又中古牙音感韻今粵讀 -am 韻。「古禫切」今讀 kam²。

古

❶ 箱類。一曰覆頭。《廣韻・感韻》：「魽，《方言》云：『箱類』。又云：『覆頭』也。」

❷ 覆蓋，籠罩。此由第一義引申而來。《集韻・感韻》：「穎，蓋也。」宋・葛長庚〈水調歌頭〉（草漲一湖綠）：「草漲一湖綠，天魽四山青。」

❸ 器蓋。《字彙・匚部》：「魽，器蓋。」宋・耐得翁《都城紀勝・酒肆》：「門首紅梔子鐙上，不以晴雨，必用箬**魽**蓋之。」

今

❶ 以物遮蓋。如：「瞓覺記得要**魽**好被。」（「睡覺時記緊要蓋好被子。」）

❷ 蓋過。如：「佢把聲**魽**過人哋把聲」（「他的聲量把其他人的聲量蓋過了。」）

❸ 剿滅。如：「尋日警方**魽**咗個賊竇。」（「昨天警方把匪窩剿平了。」）**魽**，今俗作「冚」。

∞ **大被魽過頭** daai⁶ pei⁵ kam² gwo³ tau⁴ 以被蒙着頭睡覺。

∞ **魽竇** kam² dau³ 剿滅匪窩。

∞ **魽檔** kam² dong³ 指警方搗破非法的營業。

∞ **禾稈魽珍珠** wo⁴ gon² kam² zan¹ zyu¹ 喻美好的東西不外露。

妗 gam⁶-kam⁵

妗，《集韻・沁韻》音「巨禁切」。反切上字「巨」屬羣母，全濁。反切下字「禁」屬沁韻，開口三等。中古羣母仄聲開口字今多讀 g- 母，讀 k- 母是例外的讀法。（如「舅」，《廣韻・有韻》音「其九切」，上字「其」屬羣母，下字「九」屬有韻，開口三等，今「舅」亦讀 k- 母。）「巨禁切」今粵語本讀 gam⁶，口語轉讀 kam⁵。

古

舅母。《集韻・沁韻》：「俗謂舅女母曰妗。」宋・張耒《明道雜志》：「經傳中無嬸與妗字，……妗字乃舅母二字合呼也。」《醒世姻緣傳》第四十四回：「你妗母說：『你不家去罷了，好似我不放娘來的一般。』」《聊齋誌異・賈兒》：「妗詰母疾，答云：『連朝稍可。』」《聊齋誌異・公孫九娘》：「兒少受舅妗撫育，尚無寸報。」

今

舅母。今口語稱「妗母」（gam⁶-kam⁵ mou⁵）。如：「妗母好錫啲仔女。」（「舅母很疼愛她的子女。」）

∞ **大妗** daai⁶ gam⁶-kam⁵　大舅母。

∞ **妗婆** gam⁶-kam⁵ po⁴　父親或母親的舅母，即舅婆。

宕 kap¹

宕，《集韻・合韻》音「渴合切」。「渴」在中古屬溪母字，溪母今粵音讀 k-，故「宕」今讀 kap¹。

古

合。《玉篇・宀部》：「宕，合宕也。」《集韻・合韻》：「宕，合也。」

今

（用器皿）覆蓋，扣住。如：「搵隻碟宕住啲餸。」（「用碟子把菜餚蓋好。」）又如：「茶葉罐要宕好個蓋，唔係啲茶葉會冇味。」（「茶葉罐子要蓋好，否則茶葉的味道便會消失。」）宕，今俗作「扱」。

㩒 kap¹⁻⁶

㩒，《集韻・合韻》音「渴合切」。反切上字「渴」屬溪母字，反切下字「合」

屬合韻，開口一等。中古溪母開口字今粵讀 k- 母。「渴合切」今讀 kap¹，變調讀 kap⁶。

咬齧。《集韻・合韻》：「嗑，齧也。」

❶ 上下牙咬合。如：「隻狗嗑實佢隻手唔放。」（「那隻狗咬着他的手不放口。」）

❷ 盯緊不放。如：「嗑實嗰個人，唔好畀佢偷嘢。」（「盯緊那人，不要讓他偷東西。」）嗑，今作「嗑」、「扱」或「及」。

∞ **倒嗑牙** dou³ kap¹⁻⁶ ngaa⁴ 下牙包住上牙。如：「個女仔有**倒嗑牙**，唔敢開口笑。」（「那女孩的下牙包住上牙，她不敢露齒而笑。」）

∞ **開口嗑着脷** hoi¹ hau² kap¹⁻⁶ zoek⁶ lei⁶ 熟語。表面意思是一開口便咬着舌頭，比喻說錯話或說了不適當的話，又比喻說話互相矛盾。如：「你講嘢小心啲，咪一**開口就嗑着脷**。」（「你說話要小心點，不要一開口便說錯話。」）

勼 kau¹

勼，《廣韻・尤韻》音「居求切」，與「鳩」字在同一小韻。反切上字「居」屬見母，見母字今粵語多讀 g- 母，也有讀 k- 母的，是例外的讀法。「居求切」今粵讀 kau¹。

聚集。《說文・勹部》：「勼，聚也。……讀若鳩。」今經典統借用「鳩」字來表達聚集之義。《尚書・堯典》：「共工方鳩僝功。」孔安國傳：「鳩，聚。」《左傳・襄公二十五年》：「鳩藪澤。」杜預注：「鳩，聚也。」「鳩」是「勼」的借字，解聚集。

今「勼」由聚集義引申為「混和」義。如：「黑色**勼**白色變成灰色。」（「把黑色和白色混和成灰色。」）又如：「加水**勼**稀啲蜜糖啦！」（「加些水把蜂蜜的濃度稀釋吧！」）勼，今俗作「溝」或「媾」。

∞ **好就糖黐豆，唔好就水勼油** hou² jau⁶ tong⁴ ci¹ dau⁶⁻² , m⁴ hou² jau⁶ seoi² kau¹ jau⁴ 俗語。形容兩人之間的關係走向極端。「糖黐豆」謂兩人相好的時候，就像糖黐在豆上一樣，形影不離；「水勼油」謂兩人不好的時候，就像水和油相混，卻不能融和，喻兩人合不來。

∞ **勾亂** kau¹ lyun⁶ 攪雜。如:「唔該你唔好**勾亂**我哋嘅行李嚟放。」(「請你不要把我們的行李攪雜擺放。」)

※ 渠 keoi⁴

讀音

渠,《廣韻·魚韻》音「強魚切」,與「璩」字在同一小韻。反切上字「強」屬羣母,牙音,今粵讀 k- 母。反切下字「魚」屬遇韻,開口三等,「魚」韻字今粵語多讀 -eoi 韻。「強魚切」今讀 keoi⁴。

古

渠的本義是人工開鑿的水道。《說文·水部》:「渠,水所居。」清·王筠《說文句讀》:「河者,天生之;渠者,人鑿之。」「渠」後來假借為代詞,表示第三人稱,相當於「他」。也作「佢」。《集韻·魚韻》:「佢,吳人呼彼稱。通作渠。」〈古詩為焦仲卿妻作〉:「雖與府吏要,渠會永無緣。」《三國志·吳志·趙達傳》:「(公孫)滕如期往,至乃陽求索書,驚言失之,云:『女壻昨來,必是渠所竊。』」南朝·齊·謝朓〈金谷聚〉:「渠碗送佳人,玉杯邀上客。」唐·杜甫〈遭田父泥飲美嚴中丞〉:「迴頭指大男,渠是弓弩手。」唐·白居易〈嘉慶李〉:「把得欲嘗先悵望,與渠同別故鄉來。」宋·楊萬里〈過瘦牛嶺〉:「夜來尚有餘樽在,急喚渠儂破客愁。」。「渠」又解作他們。唐·杜甫〈江上值水如海勢聊短述〉:「焉得思如陶謝手,令渠述作與同遊。」「渠」又解作牠。唐·寒山〈詩三百三首〉其六十三:「蚊子叮鐵牛,無渠下觜處。」「渠」又可解作它。如宋·朱熹〈觀書有感〉:「問渠那得清如許,為有源頭活水來。」

今

「渠」解作他,古已有之。粵語沿用其意,解作他或她,字改寫作「佢」,今讀 keoi⁵,陽上聲。「佢」本字為「渠」,變讀上聲,有說是受人稱代詞「我」、「你」之影響(「我」、「你」粵語皆讀陽上聲)而類推。如:「佢今日病咗,冇返工。」(他今天生病了,沒有上班。)又如:「你知唔知佢喺邊度?」(「你知不知道她在哪裏?」)「佢」只用於單數,如表眾數,則用「佢哋」(「他們」)一詞。

※ 搴 gin²-kin²

讀音

搴,《廣韻·獮韻》音「九輦切」。反切上字「九」屬見母。反切下字屬獮韻,上聲,開口三等。中古見母開口字今粵讀 g- 母,獮韻開口三等字今粵讀 -in 韻。「九輦切」讀 gin²,這是文讀,白讀 kin²。

❶ 拔取，採取。《廣雅·釋詁》：「搴，拔也。」又云：「搴，取也。」《晏子春秋·內篇諫下九》：「公不說，曰：『寡人不席而坐地，二三子莫席，而子獨搴草而坐之，何也？』」「搴」有拔義。《楚辭·離騷》：「朝搴阰之木蘭兮，夕攬洲之宿莽。」王逸注：「搴，取也。」又《楚辭·九歌·湘君》：「采薜荔兮水中，搴芙蓉兮木末。」王逸注：「搴，手取也。」

❷ 撩起，揭起。也作「攘」。《廣雅·釋言》：「攘，摳也。」清·王念孫《廣雅疏證·釋言》：「搴與攘同。」五代·馮延巳〈虞美人〉（玉鉤鸞柱調鸚鵡）：「搴簾燕子低飛去，拂鏡塵鸞舞。」

掀，揭。如：「你對手襪會唔會喺鋪牀度？搴開張被睇下。」（「你的手套會不會放在牀上，掀開被子看看。」）又如：「佢好懶，得閒都唔搴開本書睇。」（「他很懶惰，有空也不翻開書本閱讀。」）

※ 湆 ging⁶-king⁴

湆，《集韻·映韻》音「渠映切」，與「競」字在同一小韻。反切上字「渠」屬羣母，全濁。反切下字「映」屬映母，開口三等，去聲。中古羣母仄聲開口字今粵讀 g- 母。「渠映切」本讀 ging⁶，口語讀 king⁴。

控（去水分）。《說文·水部》：「湆，浚乾漬米也。……《孟子》曰：『夫子去齊，湆淅而行。』」「淅」是淘米，「湆」是把浸泡的米漉取出來並使它乾燥。《說文》所引《孟子》，見〈萬章下〉篇。《集韻·映韻》：「湆，盝也。」「盝」同「漉」，濾過之意。

❶ 控（去水分）。如：「洗菜要湆乾水然後落鑊煮。」（「洗菜後要把水濾過了好下鍋煮。」）

❷ 澄清（水，液體）。如：「今日嘅水喉水有啲黃泥，要湆清啲水至好洗米煮飯。」（「今天的自來水夾雜了些黃泥，要過濾清了才好淘米燒飯。」）

※ 蹺 kiu⁴⁻², kiu⁴⁻⁵

蹺，《集韻·宵韻》音「渠嬌切」，今粵讀 kiu⁴，變調讀 kiu²。

❶ 舉足行高。《說文・足部》:「蹻,舉足行高也。」意謂舉足行走在高空之中,即「踩高蹻」。

❷ 舉足。《漢書・高帝紀》:「大臣內畔,諸將外反,亡可蹻足待也。」漢・揚雄〈長楊賦〉:「莫不蹻足抗首。」

舉高足部,讀作 kiu⁵。如:「唔好蹻起腳坐。」(「不要坐着把一條腿放在另一條腿上。」)蹻,今多作「蹺」,「蹺」是蹻的異體字。

∞ 踩高蹻 caai² gou¹ kiu⁴⁻² 是我國傳統民俗活動之一。俗稱「縛柴腳」,也稱「高蹺」、「踏高蹺」、「扎高腳」、「走高腿」等。由表演者腳上綁着長木蹺走動、舞蹈和表演,形式活潑多樣。

繑 kiu⁴⁻⁵

繑,《廣韻・宵韻》音「去遙切」。反切上字「去」屬溪母。反切下字「遙」屬宵韻,開口三等。中古溪母開口字今讀 k- 母。「去遙切」今讀 kiu⁴,變調讀 kiu⁵。

褲子上的帶子。《說文・系部》:「繑,綺紐也。」「綺紐」是套在褲子上的帶子。《管子・輕重戊》:「紌繑而踵相隨。」

❶ 纏,繞。如:「幫我繑起啲冷。」(「替我把毛綫繞起來。」)

❷ 交叉,挽。如:「你咪繑起雙手唔做嘢。」(「請不要袖手旁觀不做事。」)又如:「繑住佢隻手。」(「挽着他的手。」)

∞ 繑絲邊 kiu⁴⁻⁵ si¹ bin¹ 漢字偏旁,絞絲旁,即「糸」部。如:「『纏』字係繑絲邊。」(「『纏』字屬『糸』字偏旁。」)

殼 kok³⁻¹

殼,《廣韻・覺韻》音「苦角切」,與「確」字在同一小韻。反切上字「苦」屬溪母,今粵音讀 k-。「苦角切」讀 kok³,變調讀 kok¹。

擊頭。《說文・殳部》:「殼,擊頭也。」《廣韻・覺韻》:「殼,殼打頭。」《呂

氏春秋・仲冬紀・當務》：「故（跖）死而操金椎以葬，日『下見六王、五伯，將**敲**其頭』矣。」高誘注：「**敲**，……擊也。」（按：「**敲**」，原文作「轂」，今據清・畢沅校改為「**敲**」。）

今

用手指節打頭。如：「個細路界佢老豆**敲**咗兩下頭殼。」（「那小孩給他的父親敲了兩下頭骨。」）

涸 hok⁶-kok³

讀音

涸，《集韻・鐸韻》音「曷各切」，與「鶴」字在同一小韻，今粵讀 hok⁶，口語讀 kok³。

古

❶ 水乾枯。《說文・水部》：「**涸**，渴也。」「渴」是水枯竭之意。《廣韻・鐸韻》：「**涸**，水竭也。」《莊子・大宗師》：「泉**涸**，魚相與處於陸，相呴以濕，相濡以沫，不如相忘於江湖。」唐・王建〈織綿曲〉：「錦江水**涸**貢轉多，宮中盡著單絲羅。」《紅樓夢》第五回：「下面有一方池沼，其中水**涸**泥乾，蓮枯藕敗。」

❷ 竭，盡。《爾雅・釋詁》：「**涸**，竭也。」《管子・牧民》：「積於不**涸**之倉者，務五穀也。」

❸ 堵塞。《楚辭・東方朔〈七諫・謬諫〉》：「悲太山之為隍兮，孰江河之可**涸**。」王逸注：「**涸**，塞也。」

今

❶ 乾渴。如：「我喉嚨好**涸**。」（「我的嗓子很乾渴。」）

❷ 乾燥。如：「近排天氣好**涸**，要飲多啲水。」（「近來天氣乾燥，要多喝開水。」）

∞ **乾涸** gon¹ hok⁶-kok³ 缺少水分。如：「今日天氣好**乾涸**。」（「今天天氣很乾燥。」）

緄邊 gwan²-kwan² bin¹

讀音

緄，《廣韻・混韻》音「古本切」，與「袞」字在同一小韻。反切上字「古」屬見母，牙音。反切下字「本」屬混韻，合口一等。中古牙音合口字今粵

讀 gw- 母，又中古牙音混韻字今粵讀 -an 韻，「古本切」今讀 gwan²，口語讀 kwan²。

「緄」有二義：

❶ 編織的帶子。《說文・糸部》：「緄，織帶也。」《廣雅・釋器》：「緄，帶也。」《文選・曹植〈七啟〉》：「緄佩綢繆，或彫或錯。」李善注引《說文》云：「緄，織成帶也。」《後漢書・南匈奴列傳》：「童子佩刀，緄帶各一。」

❷ 繩。《玉篇・糸部》：「緄，繩也。」《詩經・秦風・小戎》：「交韔二弓，竹閉緄縢。」毛傳：「緄，繩。」**緄邊**，即鑲邊。章炳麟《新方言・釋器》：「凡織帶皆可以為衣服緣邊，故今稱緣邊曰**緄邊**，俗誤書滾。」

鑲邊，在衣服上包邊。如：「你要唔要件恤衫衫袖**緄邊**呢？」（「你要不要這件襯衣的衣袖鑲邊呢？」）又如：「呢條裙**緄**咗花**邊**靚好多。」（「這條裙子鑲了花邊之後好看多了。」）**緄邊**，今俗作「滾邊」。

※攦 laai⁵⁻⁶

攦，《集韻・駭韻》音「洛駭切」，上聲。反切下字「駭」屬駭韻，開口二等。中古駭韻開口二等字今粵讀 -aai 韻。「洛駭切」今讀 laai⁵，變調讀 laai⁶。

「**攦**」有遺棄之意。《集韻・駭韻》：「**攦**，把攦，弃。」《類篇・手部》：「**攦**，把攦，弃去也。」

❶ 遺棄，棄去。如：「個細路成晚**攦**尿。」（「那小孩子整晚尿牀。」）

❷ 遺下。如：「我**攦**低咗個銀包喺架車度。」（「我把錢包遺留在汽車內。」）**攦**今俗作「瀨」、「賴」，並誤。「瀨」本義是從沙石上流過的水（《說文・水部》：「瀨，水流沙上也。」），後引申解作急流（《廣韻・泰韻》：「瀨，湍瀨。」）。「賴」有「抵賴」、「依賴」等義。「瀨」、「賴」並無遺棄義。

∞ **攦尿** laai⁵⁻⁶ liu⁶ 失控而遺尿。

∞ **攦尿蝦** laai⁵⁻⁶ liu⁶ haa¹ (1) 戲指愛遺尿的小孩。粵語有一童謠云：「**攦尿蝦**，煮冬瓜；煮唔熟，賴阿媽。」(2) 琵琶蝦的俗名，是一種淺海蝦。

∞ **臨天光攦尿** lam⁴ tin¹ gwong¹ laai⁵⁻⁶ liu⁶ 俗語，形容最後一刻出錯，或喻晚節不保。

攬上身 laam⁵⁻² soeng⁵ san¹

古

包攬身上。《二十年目睹之怪現象》第六十九回：「不期遇了他開門出來，我便攬了這件事上身，直到此刻才辦妥了。」

今

把事情包攬在自己身上，通常指把不太相干的事都由自己承擔。如：「唔關你嘅事，你就唔好**攬上身**啦。」（「與你不相干的事情，不要把它包攬在自己身上。」）「**攬上身**」的「攬」，口語變調唸 laam²。

∞ **攬身攬勢** laam⁵⁻² san¹ laam⁵⁻² sai³　攬攬抱抱，攬着腰身（有不莊重之意）。如：「咁多人睇住，你哋咪喺度**攬身攬勢**啦！」（「眾目睽睽，你們不要攬攬抱抱啊！」）

※躝 laan⁴⁻¹

讀音

躝，《廣韻・寒韻》音「落干切」，與「欄」在同一小韻。反切上字「落」屬來母。反切下字「干」屬寒韻，開口一等。中古來母、寒韻開口一等字今粵讀 -aan 韻。「落干切」讀 laan⁴，變調讀 laan¹。

古

❶ 越過。《廣韻・寒韻》：「躝，踰也。」明・夏完淳〈三國論〉：「斜谷東**躝**，威震河華之北。」

❷ 踐踏。宋・陸游〈舍北搖落景物殊佳偶作〉：「窮塗作藉**躝**，老境易悲傷。」

今

❶ 爬。如：「乜你行得咁慢，好似蟻**躝**噉！」（「你為何走得像螞蟻爬行那麼慢！」）又如：「個細蚊仔喺地下**躝**嚟**躝**去。」（「那個小孩在地上爬來爬去。」）

❷ 滾蛋。如：「你同我**躝**！」（「你給我滾！」）

∞ **躝街** laan⁴⁻¹ gaai¹　逛街。如：「佢成日**躝街**，唔返屋企食飯。」（「他經常逛街，不回家吃飯。」）

∞ **躝開** laan⁴⁻¹ hoi¹　罵人話，意即滾蛋。如：「你即刻**躝開**！」（「你馬上給我滾！」）

∞ **躝屍** laan⁴⁻¹ si¹　罵人話，意謂快滾蛋。如：「**躝屍**啦你！」（「你快滾開！」）

∞ **躝屍趷路** laan⁴⁻¹ si¹ gat⁶ lou⁶　罵人話，意謂快滾蛋。意同「**躝屍**」。

∞ **蹦癱** laan⁴⁻¹ taan² 流氓，犯罪作惡的人。亦作咒罵別人用語。如：「呢度成日有賊入屋偷嘢，希望差人將班**蹦癱**捉晒。」（「這兒經常有賊入屋偷竊，希望警察把這幫壞蛋緝捕歸案。」）又如：「你條**蹦癱**吖！重好意思嚟搵我！」（「你這個混蛋，虧你還好意思來找我！」）

糷飯／糷飯 laan⁶ faan⁶

讀音

糷，《廣韻・翰韻》音「郎旰切」，與「爛」字在同一小韻。反切上字「郎」屬來母，今粵讀 l- 母。反切下字「旰」屬翰韻，開口一等，去聲。中古來母翰韻開口一等字今粵讀 -aan 韻。「郎旰切」今讀 laan⁶。

古

飯相粘着。《爾雅・釋器》：「摶者謂之糷。」郭璞注：「飯相着。」《經典釋文》引李巡云：「糷，飯淖糜相着也。」《廣韻・翰韻》：「糷，飯相著。」又作「糷」。《玉篇・米部》：「糷，……亦作糷。」

今

糷飯，軟飯，飯相粘着，比稀粥要稠一些。如：「個細蚊仔出咗牙喇，可以畀**糷飯**佢食。」（「那小孩子已長出牙來了，可以給他吃糜爛的飯。」）**糷飯**，今寫作「爛飯」。

爛仔 laan⁶ zai²

古

流氓。《宦海》第十九回：「這個楊鳳昌，本來是個廣東的**爛仔**出身，因為窮的不得了，方才吃那耶穌教的。」

今

流氓。如：「佢係**爛仔**嚟㗎，你千祈唔好同佢喺埋一齊。」（「他是流氓來的，你千萬不要和他在一起。」）

*爛賤 laan⁶ zin⁶

古

極為便宜。小說寫成「瀾賤」。《醒世恆言》卷三十七：「子春又道：『我祖上遺下海邊上鹽場若干所，城裏城外衝要去處，居房若干間，長江上下蘆洲若干里，良田若干頃，極是有利息的。我當初要銀錢用，都瀾賤的典賣與人了。』」

極為便宜。如:「今年冬天唔凍,啲大褸價錢**爛賤**都冇人買。」(「今年冬天不冷,大衣價格極便宜也無人購買。」)

冷巷 laang⁵ hong⁶⁻²

古

僻靜的小巷。唐・白居易〈題新居寄元八〉:「**冷巷**閉門無客到,暖簷移榻向陽眠。」《醒世恆言》卷三十四:「就中單表一人,叫做邱乙大,是個窰戶一個做手,渾家楊氏,善能描畫。乙大做就磁胚,就是渾家描畫花草、人物,兩口俱不吃空。住在一個**冷巷**裏,儘可度日有餘。」

今

兩排屋之間的狹窄夾道。如:「呢條**冷巷**又黑又窄。」(「這條小巷又黑暗,又狹窄。」)「冷巷」的「巷」由本調 hong⁶ 變調讀 hong²。

∞ **冷巷擔竹竿 —— 直出直入** laang⁵ hong⁶⁻² daam¹ zuk¹ gon¹ — zik⁶ cuk¹ zik⁶ jap⁶ 歇後語。由於冷巷通道狹窄,拿着竹竿經過,必須要把竹竿垂直,才能出入。

※燖燖令 laap⁶⁻³ laap⁶⁻³ ling⁶⁻³

讀音

燖,《集韻・盍韻》音「力盍切」,與「臘」字在同一小韻。反切上字「力」屬來母。反切下字「盍」屬盍韻,開口一等。中古來母盍韻開口一等字,今粵讀 -aap 韻。「力盍切」今讀 laap⁶,變調讀 laap³。

古

火的樣子。《集韻・盍韻》:「燖,火皃。」

今

光閃閃,光亮耀目。如:「個工人將啲酒杯攃到**燖燖令**。」(「傭人把那些酒杯抹得光閃閃。」)又如:「我將架車揩到**燖燖令**。」(「我把那部汽車洗刷得閃閃生亮。」)「揩」粵語解作洗刷,音 saan²。「揩到**燖燖令**」,東西要花時間洗抹,才會光亮耀目。「揩」又引申作訓斥,如此,「揩到**燖燖令**」又可理解為被訓斥了一段長時間。如:「今朝我畀老闆揩到**燖燖令**。」(「今早我給上司訓斥了一頓。」)**燖燖令**,今俗作「立立令」。

※擸撍 laap6 saap3

讀音

擸，《廣韻・盍韻》音「盧盍切」，與「臘」字在同一小韻。反切上字「盧」屬來母，舌音，今粵讀 l- 母。反切下字「盍」屬盍韻，開口一等。中古舌音盍韻開口一等字今粵讀 -aap 韻。「盧盍切」今讀 laap6。撍，《集韻・盍韻》音「悉盍切」。反切上字「悉」屬心母，齒音，今粵讀 s- 母。反切下字「盍」屬盍韻，開口一等。中古齒音盍韻開口一等字今粵讀 -aap 韻。「悉盍切」今讀 saap3。

古

《廣韻・盍韻》:「擸，折也。又『**擸撍**』，破壞也。」又〈盍韻〉:「撍，**擸撍**，和雜。」則「**擸撍**」一詞，有「破壞」和「和雜」兩義。「和雜」是混雜之意，後「**擸撍**」由和雜義引申為骯髒。清・顧祿《吳趨風土錄・十一月》:「諺云:『乾淨冬至**擸撍**年。』《中國歌謠資料・焚燒劣貨歌》第一集:「想我地中華土布多無限，何須重着佢個的**擸撍**冷衫。」

今

❶ 扔掉的破爛東西。如:「快啲將嗰堆**擸撍**倒咗去。」(「快把那堆垃圾倒掉。」)

❷ 沒用的東西。如:「你講嘅嘢通通都係**擸撍**！」(「你說的全都是廢話！」) **擸撍**，今寫作「垃圾」。

∞ **擸撍鏟** laap6 saap3 caan1 用於掃地之後把垃圾撮起來的鐵皮或塑料製的器具。

∞ **擸撍車** laap6 saap3 ce1 盛載垃圾的車輛。

∞ **擸撍佬** laap6 saap3 lou2 清潔垃圾的工人。

∞ **擸撍桶** laap6 saap3 tung2 裝盛垃圾的的金屬或塑料容器。又作「擸撍筒」。

*※拉雜 laap6 zaap6

讀音

拉，《廣韻・合韻》音「盧合切」。反切上字「盧」屬來母，今粵讀 l- 母。反切下字「合」屬合韻，開口一等。中古來母合韻開口一等字今粵讀 -aap 韻。「盧合切」今讀 laap6。

古

《說文・手部》:「拉，摧也。」《廣韻・合韻》:「拉，折也，敗也，摧也。」「**拉雜**」，形容雜亂無條理。漢樂府〈有所思〉:「何用問遺君？雙珠瑇瑁簪，用玉紹繚之。聞君有他心，**拉雜**摧燒之。」「**拉雜**」可重疊成「拉**拉雜**雜」，意指雜亂無章。《儒林外史》第五十二回:「只見他兩手扳着看牆門，把身

子往後一掙，那垛看牆就拉**拉雜**雜卸下半堵。」《海上花列傳》第十一回：「但耳朵邊已拉**拉雜**雜爆得怪響，倒像放幾千萬炮章一般，頭上火星亂打下來。」

今

❶ 雜亂。如：「呢間房啲嘢擺到好**拉雜**。」（「這間房的東西擺放得很雜亂。」）

❷ （進食）雜七雜八。如：「佢食嘢食得好**拉雜**。」（「他不揀飲食，吃得很雜亂。」）**拉雜**今讀 laai¹ zaap⁶，人多不知「拉」原讀 laap⁶，故把**拉雜**寫成「垃雜」。

∞ **拉拉雜雜** laap⁶ laap⁶ zaap⁶ zaap⁶ 雜七雜八。如：「佢鍾意影相，乜嘢**拉拉雜雜**啲器材都有。」（「他喜歡攝影，甚麼雜七雜八的器材也有。」）

※**瘌痢** laat⁶⁻³ lei⁶⁻¹

讀音

瘌，《集韻·曷韻》音「郎達切」，今粵讀 laat⁶，變調讀 laat³。痢，《集韻·至韻》音「力至切」。反切上字「力」屬來母。反切下字「至」屬至韻，開口三等。中古來母開口三等字今粵讀 -ei 韻。「力至切」今讀 lei⁶，變調讀 lei¹。

古

《集韻·曷韻》：「瘌，……疥也。」**瘌痢**，即黃癬，是一種皮膚病，導致部分頭髮脫落，造成頭皮裸露。《喻世明言》卷十八：「官軍只要殺得一顆首級，便好領賞。平昔百姓中禿髮**瘌痢**，尚然被他割頭請功；況且見在戰陣上拿住，那管真假，定然不饒的。」

今

頭癬。根據《廣韻》反切，「**瘌痢**」本音 laat⁶ lei⁶，口語變調讀 laat³ lei¹。如：「你唔洗頭，好容易生**瘌痢**。」（「你不洗頭，很容易生頭癬。」）「**瘌痢**」又稱「**瘌痢頭**」（laat⁶⁻³ lei⁶⁻¹ tau⁴）。

∞ **有頭髮邊個想做瘌痢** jau⁵ tau⁴ faat³ bin¹ go³ soeng² zou⁶ laat⁶⁻³ lei⁶⁻¹ 諺語。「邊個」，意思是誰。「瘌痢」在這裏表示沒有頭髮的人。全句意謂有好的條件，沒人會選擇對自己不好的，也就是說，自己沒有選擇。

※**邋遢** laap⁶ taap³-laat⁶ taat³

讀音

邋，《廣韻·盍韻》音「盧盍切」，與「臘」字在同一小韻。反切上字「盧」屬來母。反切下字「盍」屬盍韻。中古來母盍韻字今粵讀 -aap 韻。「盧盍切」讀 laap⁶。遢，《廣韻·盍韻》音「吐盍切」，與「榻」字在同一小韻。反切上字

「吐」中古屬透母，舌音。反切下字「盍」中古屬盍韻。中古舌音盍母字今粵讀 -aap 韻。「吐盍切」讀 taap³。至於「**邋遢**」由 laap⁶ taap³ 轉讀成 laat⁶ taat³，可能是由於前後字連讀而出現音變。首先是後字「遢」的聲母 t- 影響前字「邋」的韻尾 -p，產生逆同化，前字「邋」的讀音由 laap⁶ 變成 laat⁶。音變後「邋」字的韻尾 -t 又影響後字「遢」的韻尾 -p，產生順同化，使「遢」的讀音由 taap³ 變成 taat³ 了。

古

邋，《廣韻·盍韻》：「邋，**邋遢**，行皃。」遢，《廣韻·盍韻》：「遢，**邋遢**，不謹事。」根據《廣韻》，「**邋遢**」一詞有二義：一是「行貌」，一是「不謹事」。「不謹事」是行事不拘檢，引申有不重儀表、不潔等義。在古書中，「**邋遢**」有以下四義：

❶ 行路貌。元·王子一《劉晨阮肇誤入桃源》第一折：「眼見得路迢遙、芒鞋**邋遢**，抵多少古道西風瘦馬。」明·屠隆《曇花記·從師學道》：「我兩人**邋遢**雲游，止求衣食，豈能度人？」

❷ 骯髒。《明史·張三丰列傳》：「張三丰，……以其不飾邊幅，又號張**邋遢**。」《醒世姻緣傳》第二十七回：「若只論他皮相，必然是個**邋遢**歪人。」

❸ 鄙陋糊塗。明·郎瑛《七修類稿·辯證五·諺語解》：「**邋遢**，《海篇》云：『行歪貌。』借為人鄙猥糊涂意也。」明·梁辰魚《紅線女》第三折：「好笑那田家翁做人來真**邋遢**，困騰騰像半死的蝦蟆。」

❹ 極為疲累、渾身無力。《兒女英雄傳》第二十二回：「你們瞧着罷，回來到了這裏，橫豎也**邋遢**了！」

今

骯髒。可指身體或衣物的不潔淨。如：「你周身**邋遢**，快啲去沖涼喇！」（「你全身那麼髒，快點兒去洗澡吧！」）也可指環境的不整潔。如：「地板好**邋遢**，你去掃下佢喇！」（「地板很不整潔，你去打掃一下吧！」）**邋遢**，今俗作「辣撻」。「**邋遢**」可重言「**邋邋遢遢**」，有強化「**邋遢**」意義的作用。

∞ **年廿八，洗邋遢** nin⁴ jaa⁶ baat³，sai² laap⁶ taap³-laat⁶ taat³ 傳統習俗，在農曆十二月廿八日當天，為家居大掃除，迎接新的一年來臨。「洗邋遢」有清洗不潔的東西之意。

戾 lai⁶⁻²

讀音

戾，《廣韻·霽韻》音「郎計切」，與「麗」字在同一小韻。「郎計切」今粵讀 lai⁶，變調讀 lai²。

戾,《說文‧犬部》:「戾,曲也,从犬出戶下。戾者,身曲戾也。」「戾」以犬從門戶之下曲身而出會意,本義是屈曲,引申表示違背、暴虐等義。以下分別言之:

❶ 屈曲。《呂氏春秋‧季春紀‧盡數》:「飲必小咽,端直無戾。」北魏‧賈思勰《齊民要術‧種榆白楊》:「既非叢林,率多曲戾。」

❷ 凶惡、暴虐。《荀子‧儒效》:「(周公)殺管叔,虛殷國,而天下不稱戾焉。」楊倞注:「戾,暴也。」《史記‧秦始皇本紀》:「始皇為人,天性剛戾自用,起諸侯,并天下,意得欲從,以為自古莫及己。」

❸ 通作「捩」,表示扭轉,如《文選‧潘岳〈射雉賦〉》:「戾翳旋把,縈隨所歷。」李善注引《漢書》釋「戾」為「轉」。

❹ 折斷。如《文選‧左思〈蜀都賦〉》:「拔象齒,戾犀角。」

「戾」由 lai⁶ 變調讀 lai²,有二義:

❶ 扭轉義。如:「我尋晚瞓戾頸,而家條頸又梗又痛。」(「我昨晚睡覺落枕,現在頸部僵硬疼痛。」)「瞓戾頸」指睡覺時枕枕頭的姿勢不合適,以致脖子扭傷疼痛,轉動不便。

❷ 歪曲。如:「佢講嘢戾橫折曲,唔啱道理。」(「他說話歪曲事實,無中生有,不合道理。」)

※觀 lai⁶

觀,《廣韻‧霽韻》音「郎計切」,今粵讀 lai⁶。

觀,《說文‧見部》:「觀,求視也。」(按:「視」字按段玉裁《說文解字注》本補。)《文選‧左思〈吳都賦〉》:「觀海陵之倉,則紅粟流衍。」李善引《蒼頡篇》曰:「觀,索視之貌。」《廣韻‧霽韻》:「觀,求視。」

以目示意,用眼角看人。如:「先生觀咗個學生一下,個學生即刻唔敢再出聲。」(「老師向那說話的學生瞟了一眼,那學生再不敢說話了。」)觀,今俗作「麗」或「厲」。

∞ 眼觀觀 ngaan⁵ lai⁶ lai⁶ 用眼角盯着人。如:「佢眼觀觀望住你,好冇禮貌。」(「他用眼角盯着你,很沒禮貌。」)

※啉 lam⁴⁻¹

啉，《集韻・覃韻》音「盧含切」，今粵音 lam⁴，變調讀 lam¹。

古

❶ 同「婪」，貪。唐・玄應《一切經音義》卷一引《字書》曰：「惏，或作啉，今亦作婪，同。」《玉篇・口部》：「啉，貪也。」

❷ 古稱行酒一巡為啉。《廣韻・覃韻》：「酒巡匝曰啉。」

❸ 喧嘩，嘈雜。《集韻・覃韻》：「啉，聑也。」「聑」是聑噪之意。

今

❶ 用言語使人聽從。此義從「啉」的聑噪義引申而來。如：「佢本嚟唔想去聽演講，係我啉到佢去。」（「他本來不願意去聽演講，是我說服他去的。」）

❷ 用好說話討別人喜歡。如：「佢最叻啉女仔。」（「他最善於哄女子高興。」）

❸ 被別人哄得心裏很高興。如：「佢收到男朋友送嘅玫瑰花，成個人啉晒。」（「她收到男友送的玫瑰花，整個人陶醉極了。」）啉，今俗作「冧」。

※䫻 long⁴-lang¹

䫻，《廣韻・唐韻》音「魯當切」，今粵讀 long⁴，口語讀 lang¹。

古

䫻鐺，鐵鎖。南唐・徐鍇《說文解字繫傳・金部》：「䫻，䫻鐺，瑣也。」《廣韻・唐韻》：「䫻，䫻鐺，鎖頭。一曰鍾聲。」「䫻鐺」又形容鐐銬鐵鍊碰撞的聲音。《後漢書・崔駰列傳》：「董卓以是收烈付郿獄，錮之，䫻鐺鐵鎖。」

今

❶ 形容電鐘聲響。如：「個電鐘䫻䫻（lang¹ lang¹）聲咁響。」（「電鐘鈴鈴地響起來。」）

❷ 鈴響。如：「個鬧鐘䫻（lang¹）咗好耐，佢都唔醒。」（「那個鬧鐘響了很久，他還沒醒。」）

∞ **電䫻鐘** din⁶ long⁴-lang¹ zung¹ 電鈴，電鐘。或作「䫻鐘」。如：「打䫻鐘啦，快啲入禮堂集合。」（「上課鈴聲響了，快點進禮堂集合。」）

∞ **䫻䫻** long⁴⁻¹ long⁴⁻¹ 小銅鈴，小孩的玩具，「䫻䫻」以聲得名。如：「畀䫻䫻個細路玩，佢就唔會喊啦。」（「給孩子玩小銅鈴，他便不會哭了。」）

掕 lang⁴⁻³

掕，《集韻‧登韻》音「盧登切」，今粵讀 lang⁴，變調讀 lang³。

古

勒，止。《說文‧手部》：「掕，止馬也。」《廣雅‧釋詁》：「掕，止也。」

今

❶ 相連，牽，拴。如：「掕埋一堆」（「連在一起」）。又如：「搵條繩掕住隻狗仔。」（「拿繩子繫住狗兒。」）

❷ 拖，帶。如：「掕埋個細路出街。」（「帶着小孩子上街。」）

∞ 一搊二掕 jat¹ cau¹ ji⁶ lang⁴⁻³ （1）大包小包的。如：「你一搊二掕趕住去邊？」（「你拿着大包小包的，趕着往哪兒去？」）（2）形容孩子多。如：「你而家一搊二掕，邊有時間同我哋去旅行吖！」（「你現在孩子多了，哪有空和我們一起去旅行哩！」）

∞ 藤掕瓜，瓜掕藤 tang⁴ lang⁴⁻³ gwaa¹ , gwaa¹ lang⁴⁻³ tang⁴ 藤兒連着瓜，瓜兒連着藤，彼此連在一起，喻唇齒相依，關係密切。又喻糾纏不清。

∞ 佗手掕腳 to⁴ sau² lang⁴⁻³ goek³ 拖住手腳，累贅。如：「湊住個細路去街，真係佗手掕腳。」（「要帶着小孩上街，真累贅。」）

流 lau⁴

古

水的流動。《說文‧水部》：「流，水行也。」「流」引申出來的意義很多，其中一個義項是沒有根據的意思。《尚書‧金滕》：「武王既喪，管叔及其羣弟，乃流言於國，曰：『公將不利於孺子。』」「流言」指沒有根據的謠言。《荀子‧致士篇》：「凡流言、流說、流事、流謀、流譽、流愬，不官而衡至者，君子慎之。」楊倞注：「流者，無根源之謂。」

今

粵語保留「流」解作沒有根據的意義。如：「流料」（lau⁴ liu⁶⁻²）指沒有根據的消息或假消息，「流電」（lau⁴ din⁶）也是指不可靠的消息。「流嘢」（lau⁴ je⁵）是假貨或劣質貨的俗稱。

流離浪蕩 lau⁴ lei⁴ long⁶⁻⁵ dong⁶

古

流浪，到處游蕩。「流離」與「浪蕩」是同義複合詞，合成「**流離浪蕩**」詞組。古時，「流離」與「浪蕩」是分開來用的。「流離」指離散、流落。《詩經・邶風・旄丘》：「瑣兮尾兮，流離之子。」「浪蕩」指游蕩無定。宋・蕭德藻〈登岳陽樓〉：「不作蒼茫去，真成浪蕩游。」「浪蕩」又作「浪宕」。明・馮夢龍《掛枝兒・花》：「好似水面上的楊花也，浪宕沒些定準。」「**流離浪蕩**」見古小說。《二十年目睹之怪現狀》第十回：「那把總沒了差事，**流離浪蕩**的沒處投奔。」又第四十五回：「那些僧伴，一個個都和我不對。只得別了師傅，到別處去掛單，終日**流離浪蕩**，身邊的盤費，弄的一文也沒了，真是苦不勝言！」

今

游蕩無定居。如：「佢畀後母趕走，四圍**流離浪蕩**。」（「他給後母趕出來，到處流浪。」）「**流離浪蕩**」的「浪」，口語中變調讀 long⁵。

鐓 leoi⁴⁻¹

讀音

鐓，《集韻・灰韻》音「盧回切」，與「雷」字在同一小韻。反切上字「盧」屬來母，舌音。反切下字「回」屬灰韻，合口一等。中古舌音灰韻字今粵讀 -eoi 韻。「盧回切」今讀 leoi⁴，口語變調讀 leoi¹。

古

鑽。《集韻・灰韻》：「鐓，鑽也。」

今

❶ 鑽。如：「你咪**鐓**個頭入被竇。」（「你不要把頭鑽入被窩內。」）

❷ 鍥而不捨，埋頭苦幹。如：「佢成日**鐓**個身落啲功課度，都唔出去玩。」（「他終日埋頭埋腦做功課，也不外出玩耍。」）

❸ 盲目跟從。如：「呢個男人唔係好人，你千祈唔好**鐓**個頭埋去同佢喺一齊。」（「這個男子不是好人，你千萬不要盲目地和他在一起。」）

擂 leoi⁴

讀音

擂，《集韻・灰韻》音「盧回切」，與「雷」字在同一小韻。反切上字「盧」屬

來母，舌音。反切下字「回」屬灰韻，合口一等。中古舌音灰韻字今粵讀 -eoi 韻。「盧回切」今讀 leoi⁴。

研磨。《集韻·灰韻》：「攄，研物也。」《正字通·手部》：「攄，擂本字。」

研磨。用特製的木棒在沙盆中研碎某些食物。如：豆類、花生、芝麻等。如：「攄爛啲芝麻。」（「把芝麻磨碎。」）攄，今俗作「擂」。

∞ **屈攄槌** gwat⁶ leoi⁴ ceoi⁴ 「攄槌」本是「攄漿棍」的別稱。引申大而笨重的木棍。「**屈攄槌**」喻人性格戇直，說話笨鈍。如：「佢講嘢真係**屈攄槌**，唔曉轉彎。」（「他說話笨拙戇直，不懂拐彎。」）

∞ **攄漿棍** leoi⁴ zoeng¹ gwan³ 在沙盆中研碎豆類、花生、芝麻等用的木棍，多用番石榴木製成。

*裏頭 leoi⁵ tau⁴

❶ 內部。《初刻拍案驚奇》卷三十六：「還有個強盜，落在**裏頭**。」《儒林外史》第四十七回：「**裏頭**換梁柱，釘椽子，木工還不知要多少？」

❷ 宮內。《紅樓夢》第一百零七回：「他家怎麼能敗？聽見說**裏頭**有位娘娘是他家的姑娘。」

❸ 裏面。《紅樓夢》第七回：「忽聽王夫人問：『誰在**裏頭**？』」

裏邊兒。如：「我住喺城**裏頭**。」（「我住在城市內。」）又如：「公園**裏頭**有表演節目睇，免費㗎。」（「公園裏面有表演節目看，是免費的。」）**裏頭**也可說「裏便」，用法相同。

*拎 ling⁴⁻¹

拎，《廣韻·青韻》音「郎丁切」，與「靈」字在同一小韻，今粵讀 ling⁴，變調讀 ling¹。

拿，提。《廣韻·青韻》：「**拎**，手懸捻物。」明·路惠期《鴛鴦縧》第三十二齣：「老身只用一隻手**拎**着他眼札毛，就順手牽羊一般牽將來了。」《儒林外史》第四回：「渾家**拎**着酒，放在桌子上擺下。」又第二十七回：「太

太忍氣吞聲……把魚接在手內，拿刀刮了三四刮，**拎着**尾巴，望滾湯鍋裏一摜。」

❶ 拿。如：「幫我**拎**嗰本書過嚟。」（「替我拿那本書過來。」）

❷ 提。如：「你**拎**住咁大袋行李去邊？」（「你提着偌大的一袋行李上哪兒去？」）

∞ **拎得起，放得低** ling⁴⁻¹ dak¹ hei² , fong³ dak¹ dai¹ 拿得起，放得下。如：「我哋做人要**拎得起，放得低**，唔好咁執着。」（「我們做人要拿得起，放得下，不要太執着。」）

※ 擸 lip⁶⁻³

擸，《廣韻・葉韻》音「良涉切」，與「獵」字在同一小韻。「良涉切」今讀 lip⁶，變調讀 lip³。

❶ 分理而握持。《說文・手部》：「**擸**，理持也。」章炳麟《新方言・釋言》：「今謂理鬢髮為**擸**。」

❷ 持，攬。《廣雅・釋詁》：「**擸**，持也。」《儀禮・聘禮》：「尚**擸**，坐啐醴。」《後漢書・裴駰列傳》：「當其無事，則躡縷整襟，規矩其步。」李賢注：「躡，踐也。此字宜從手。《廣雅》云：『**擸**，持。』言持縷整襟，修其容止。」《水滸全傳》第一百零一回：「(王春) 是東京大富戶，專一打點衙門，**擸**唆結訟，放刁把濫，排陷良善。」

輕輕撫摸（毛髮類）。如：「阿爺好中意**擸**自己啲鬍鬚。」（「祖父很喜歡撫摸自己的鬍子。」）

∞ **貓兒毛 —— 順擸** maau¹ ji⁴⁻¹ mou⁴⁻¹ — sung⁶ lip⁶⁻³ 歇後語。表面意思是貓兒的毛要順着來摸，喻順着對方的脾氣辦事。

※ 緷 lit³

緷，《廣韻・屑韻》音「練結切」，今粵讀 lit³。

❶ 結。《廣韻・屑韻》：「**緷**，麻**緷**。」麻**緷**就是用麻類的植物纖維打成的結。

❷ 打結。《集韻‧屑韻》：「綹，綏謂之綹。」《玉篇‧糸部》：「綏，組也。」「組」是編結之意。

今

　結。如：「條繩個綹好難解開。」（「這條繩子的結很難解開。」）

∞ **打綹** daa² lit³ 打結。如：「個袋口**打**個**綹**就實啦。」（「把袋口打一個結便可縛緊了。」）

∞ **生綹** saang¹ lit³ 活結。

∞ **死綹** sei² lit³（1）死結（和「生綹」相對）。（2）喻難辦的事。如：「呢個**死綹**好難解。」（「這件事很難辦。」）

嫽 liu⁴⁻¹

讀音

　嫽，《集韻‧蕭韻》音「憐蕭切」，今粵讀 liu⁴，變調讀 liu¹。

古

　細長。《集韻‧蕭韻》：「嫽，《埤蒼》：『細長也。』」

今

　瘦長。如：「呢個女仔生得好**嫽**瘦。」（「這女孩長得很瘦長。」）

∞ **夭嫽嫽** ngan¹ liu⁴⁻¹ liu⁴⁻¹ 形容矮小瘦弱。如：「佢個樣**夭嫽嫽**，好似營養不良噉。」（「她個子矮小瘦弱，像營養不良似的。」）

撩 liu⁴

古

❶ 理亂。《說文‧手部》：「撩，理也。」段玉裁注引《通俗文》云：「理亂謂之**撩**理。」

❷ 挑弄，逗引。《三國志‧魏書‧典韋傳》：「但持長矛**撩**戟。」宋‧陸游〈二月三日春色粲然步至湖上〉：「梅花隔水香**撩**客，野鳥穿林語喚人。」《水滸全傳》第二十六回：「何九叔見他不做聲，倒捏兩把汗。卻把些話來**撩**他。」

❸ 掀，揭。元‧石君寶《魯大夫秋胡戲妻》第四折：「我這裏便破步**撩**衣，走向前來。」金‧董解元《西廂記諸宮調》卷一〈繡鞋兒〉曲詞：「手**撩**着衣袂，大踏步走至根前。」

今

　挑逗，譏笑。如：「嗰幾個飛仔周圍**撩**女仔。」（「那幾個流氓到處挑逗少

159　　　　　　　　　　　　　　liu⁴⁻¹ – liu⁴

女。」)。又如:「佢已經唔開心,唔好再**撩**佢啦。」(「他已經不高興了,不要再譏笑他。」)

∞ **撩交** liu⁴ gaau¹ 挑起打架,惹起口角。「交」在粵語中可解作打架或口角。如:「你咁唔講道理,係咪想**撩交**嗱呀!」(「你這麼不講道理,是否想惹起口角啊!」)

∞ **撩是鬥非** liu⁴ si⁶ dau³ fei¹ 挑撥是非。如:「隔籬嗰個後生仔好中意**撩是鬥非**。」(「隔壁那個小伙子很愛挑撥是非。」)

掠水 loek⁶⁻¹ seoi²

讀音

掠,《廣韻・藥韻》音「離灼切」,與「略」字在同一小韻,今粵讀 loek⁶。「**掠水**」之「掠」,口語變調讀 loek¹。

古

❶ 奪取,搶奪。《說文・手部》新附字:「掠,奪取也。」《玉篇・手部》:「掠,掠劫財物。」《廣韻・藥韻》:「掠,抄掠,劫人財物。」《左傳・昭公二十年》:「輸掠其聚。」杜預注:「掠,奪取也。」《世說新語・雅量》:「亂兵相剝掠。」《三國演義》第一百回:「(司馬懿)指揮三軍,奮死掠陣。」

❷ 取,竊取。《左傳・昭公十四年》:「己惡而掠美為昏。」杜預注:「掠,取也。」

❸ 笞擊,拷問。《廣韻・漾韻》:「掠,笞也,……治也。」音「力讓切」,今粵讀 loeng⁶。《禮記・月令》:「毋肆掠。」鄭玄注:「掠,謂捶治人。」《世說新語・方正》:「考掠初無一言,臨刑東市,顏色不異。」

今

「掠水」的「掠」,本身有奪取或劫人財物之意。在「**掠水**」一詞中,「掠」變調讀成 loek¹。「水」在粵語裏有一特殊意義——錢財,如:付款稱「磅水」(bong⁶ seoi²),向人借錢稱「度水」(dok⁶ seoi²),退款稱「回水」(wui⁴ seoi²),抽取佣金稱「抽水」(cau¹ seoi²),收入豐厚稱「豬籠入水」(zyu¹ lung⁴ jap⁶ seoi²)等。「**掠水**」有搶錢、撈錢的意思,引申解為騙取別人的錢財。如:「呢間補習社一味**掠水**,連派一張講義畀學生都要收錢。」(「這間補習社只管撈錢,連派發一頁講義給學生也要收錢。」)

*涼爽 loeng⁴ song²

古

涼快。《紅樓夢》第十一回：「但是這個時候，天氣正**涼爽**。」

今

涼快。如：「夜晚喺海邊散步，啲海風吹埋嚟，好**涼爽**。」（「晚上在海傍散步，海風吹來，很涼快。」）

※刐 lok⁶⁻¹

讀音

刐，《廣韻・鐸韻》音「盧各切」，與「落」字在同一小韻。今粵語本讀 lok⁶，變調讀 lok¹。

古

剔去。《廣雅・釋詁》：「**刐**，剔也。」清・王念孫《廣雅疏證・釋詁》：「**刐**者，……《眾經音義》卷十一引《通俗文》云：『去骨曰剔，去節曰**刐**。』……凡剔去毛髮爪牙，亦謂之**刐**。」

今

剔去。如：「佢咁牙鷬，一於**刐**佢棚牙至得。」（「他這麼囂張，乾脆就令他無詞以對，威風掃盡。」）**刐**，今俗作「落」。

∞ **刐牙骹** lok³⁻¹ ngaa⁴ gaau³ 喻使之無言可答，掃盡威風。也說「刐棚牙」（lok³⁻¹ paang⁴ ngaa⁴）。

落船 lok⁶ syun⁴

古

登船，上船。《警世通言》卷二十八：「復身出寺來看，只見眾人都在那裏等風浪靜了**落船**。」

今

❶ 登船，上船。如：「隻船就快開啦，快啲**落船**！」（「船快要開了，快點兒上船！」）

❷ 由船登岸。如：「隻船泊好碼頭啦，預備**落船**。」（「船隻已停泊在碼頭了，要預備離開船隻了。」）在粵語裏，「**落船**」既可解登船，又可解由船上岸。原因是，以前的船多屬小船，船隻停泊在碼頭或岸邊時，往往低於碼頭或岸邊，人們由岸邊到船，自然是由高處到低處，所以說「**落船**」。 後來船的體積大了，又發展成不同的船種，如渡輪、貨船、郵輪等，這些船隻的船

身多高於碼頭或岸邊，乘客由船上岸，又是由高處往低處去，故又稱為「**落船**」了。

落雪 lok⁶ syut³

下雪。《金瓶梅》第四十六回：「吳大妗子同二妗子、鄭三姐都還要送月娘眾人，因見天氣**落雪**，月娘阻回去了。」

下雪。如：「北京冬天會**落雪**。」（「北京冬天會下雪。」）

∞ **落雨** lok⁶ jyu⁵ 下雨。

狼戾 long⁴⁻¹ lai⁶⁻²

狼，《廣韻・唐韻》音「魯當切」，今粵讀 long⁴，變調讀 long¹。戾，《廣韻・霽韻》音「郎計切」，與「麗」字在同一小韻。「郎計切」今粵讀 lai⁶，變調讀 lai²。

❶ 野蠻殘暴。《戰國策・燕策一》：「夫趙王之**狼戾**無親，大王之所明見知也。」《漢書・嚴助列傳》：「今閩越王**狼戾**不仁，殺其骨肉。」顏師古注：「狼性貪戾，凡言**狼戾**者，謂貪而戾。」唐・李白〈幽州胡馬客歌〉：「天驕五單于，**狼戾**好凶殘。」《三國演義》第五回：「(董卓) **狼戾**不仁，罪惡充積！」

❷ 散亂堆積。《孟子・滕文公上》：「樂歲粒米**狼戾**。」趙岐注：「樂歲，豐年；**狼戾**，猶狼藉也。……饒多狼藉，棄捐於地。」宋・蘇軾〈司馬溫公行狀〉：「東南錢荒而米**狼戾**，今不糴米而漕錢，棄其有餘，取其所無，農末皆病矣。」

❸ 縱橫交錯。《淮南子・覽冥訓》：「昔雍門子以哭見於孟嘗君 …… 孟嘗君為之增欷歔唈，流涕**狼戾**不可止。」高誘注：「**狼戾**，猶交橫也。」

「**狼戾**」變調讀 long¹ lai²，指脾氣暴躁，蠻橫無理。如：「佢個人好**狼戾**，有佢講，冇你講。」（「他脾氣暴躁，蠻橫無理，只有他說，沒有你說話的餘地。」）

∞ **發狼戾** faat³ long⁴⁻¹ lai⁶⁻² 蠻橫無理地發脾氣。如：「佢**發**起**狼戾**嚟，唔係人咁品。」（「他發脾氣時，不是一般人的品性。」）

∞ **狼胎** long⁴ toi¹ (1) 凶狠。如:「佢打起交上嚟好**狼胎**,冇人敢惹佢。」(「他打架夠狠的,沒有人敢招惹他。」)(2) 魯莽,狠命。如:「食嘢唔好咁**狼胎**,因住會鯁親。」(「不要狠命地吃東西,小心會噎住。」)

※ **喇嘈** lou⁴ cou⁴

喇,《廣韻·豪韻》音「魯刀切」,與「勞」字在同一小韻,今粵讀 lou⁴。

古

大而雜的聲音。《廣韻·豪韻》:「喇,**喇嘈**,聲也。」《集韻·豪韻》:「喇,**喇嘈**,大聲也。」漢·王延壽〈夢賦〉:「耳**喇嘈**而外朗,忽屈申而覺寤。」《文選·成公綏〈嘯賦〉》:「眾聲繁奏,若笳若簫,磞硠震隱,訇礚**喇嘈**。」張銑注:「謂嘯之眾聲繁奏也。」呂向注:「皆聲也。」

今

❶ 牢騷。如:「發**喇嘈**」(「發牢騷」)。又如:「你唔好嘅**喇嘈**先。」(「你別先發牢騷。」)

❷ 說話急躁而無條理,話多而不斯文。如:「佢講嘢好**喇嘈**。」(「他說話急躁,很不斯文。」)**喇嘈**,今俗作「嘮嘈」。

* **老哥** lou⁵ go¹

古

成年男性間的尊稱。《醒世恆言》卷十八:「那後生道:『難得**老哥**這樣好心,在此等候還人。若落在他人手裏,安肯如此!如今倒是我拾得的了。情願與**老哥**各分一半。』」《儒林外史》第四十六回:「他下縣來,不先到他們家去,倒有個先來拜你**老哥**的?」《二十年目睹之怪現狀》第八回:「但是兄弟想來,除了**老哥**,沒有第二個肯做的。」

今

成年男性間的尊稱。如:「難得你**老哥**咁睇得起我,咁我就畀心機做好呢單工程去。」(「難得老兄如此看重我,那我就用心做好這項工程。」)

老公 lou⁵ gung¹

古

丈夫。元·無名氏《玉清菴錯送鴛鴦被》第二折:「我今日成就了你兩個,久後你也與我尋一個好**老公**。」元·楊顯之《臨江驛瀟湘秋夜雨》第四折:

「我老實說，梅香便做梅香，也須是個通房，要獨佔**老公**，這個不許你的。」《水滸全傳》第二十四回：「他**老公**便是每日在縣前賣熟食的。」《古今小說》卷一：「偏是醜婦極會管**老公**。」《喻世明言》卷三：「(胖婦人)說罷嘆了口氣。一面教**老公**去尋房子，一面看鄰舍動靜計較。」

今

丈夫。如：「我**老公**唔想我今晚出街。」(「我丈夫不願意我今天晚上外出。」)

* 老婆 lou⁵ po⁴

古

妻子。元・關漢卿《竇娥冤》第一折：「不知他怎生知道，我家裏有個媳婦兒，道我婆媳又沒老公，他爺兒兩個又沒**老婆**，正是天緣天對。」清・錢彩《說岳全傳》第三十二回：「我家**老婆**，昨日嫌我不買些葷腥與他下口。」

今

妻子。如：「佢**老婆**好中意細蚊仔。」(「他的妻子很喜歡小孩子。」)

老土 lou⁵ tou²

古

沒有見過世面的人。《老殘遊記》第十九回：「許亮輸了四五百銀子給吳二浪子，都是現銀。吳二浪子直拿許亮當做個**老土**。」

今

土氣，過時。如：「件衫咁**老土**，佢都敢着出嚟。」(「這件衣服這麼土氣，他還膽敢穿上身。」)

* 老早 lou⁵ zou²

古

很早，早已。《紅樓夢》第三十三回：「有什麼不了的事，**老早**的完了。」《儒林外史》第二回：「那梅玖戴著新方巾，**老早**到了。」《兒女英雄傳》第三十四回：「誰知爺已經**老早**的出來，倒先打發人請安去了。」

今

很早，早已。如：「呢個消息，佢**老早**就知道啦。」(「這個消息，他一早便知道了。」)

*露出馬腳 lou⁶ ceot¹ maa⁵ goek³

古

成語。古時有一種遊戲，把馬披上偽裝的外皮，裝扮成其他動物，但馬腳沒有掩飾好而露了出來。比喻隱蔽的真相泄露出來，或指露出破綻。元・無名氏《包待制陳州糶米》第三折：「兄弟，這老兒不好惹，動不動先斬後聞，這一來，則怕我們**露出馬腳**來了。」《初刻拍案驚奇》卷三十九：「夏巫只道是糖糕，一口接了，誰知不是糖糕滋味，又臭又硬，甚不好吃，欲待吐出，先前猜錯了，恐怕**露出馬腳**，只得攢眉忍苦咽了下去。」《二刻拍案驚奇》卷十七：「俊卿看見，心裏有些突兀起來。想道：『平日與他們同學，不過是日間相與，會文會酒，並不看見我的臥起，所以不得看破。而今弄在一間房內了，須閃避不得。**露出馬腳**來怎麼處？』」

今

暴露了事實的真相，無意中泄露事實的內情，露出破綻。如：「再假扮落去，遲早會**露出馬腳**。」（「再假裝下去，早晚會**露出馬腳**。」）

*睩 luk⁶⁻¹

讀音

睩，《廣韻・屋韻》音「盧谷切」，與「祿」字在同一小韻，今粵讀 luk⁶，口語變調讀 luk¹。

古

謹慎注視。《說文・目部》：「睩，目睞謹也。」段玉裁注：「言注視而又謹畏也。」《楚辭・王逸〈九思・憫上〉》：「哀世兮**睩睩**，諓諓兮嗌喔。」洪興祖補注：「睩，目睞謹也。」引申為注視。《廣韻・屋韻》：「睩，視兒。」《楚辭・招魂》：「蛾眉曼**睩**，目騰光些。」明・湯顯祖《紫釵記・凍賣珠釵》：「愁凝**睩**，秦雲黯待成飛絮，誰說與玉肌生粟？」

今

瞪。如：「你**睩**大雙眼睇真啲。」（「你瞪着眼睛看清楚點兒吧！」）**睩**，今俗作「碌」。

∞ **吹鬚睩眼** ceoi¹ sou¹ luk⁶⁻¹ ngaan⁵ 氣得吹鬍子，瞪眼睛，極生氣的樣子。如：「個細路今日又唔肯返學，激到佢老豆**吹鬚睩眼**。」（「那孩子今天又不肯上學，氣得他父親吹鬍子，瞪眼睛。」）

∞ **眼睩睩** ngaan⁵ luk⁶⁻¹ luk⁶⁻¹ （1）因憤怒而圓瞪雙眼。如：「你唔好**眼睩睩**睖住我。」（「你不要圓瞪眼睛望着我。」）（2）眼珠兒轉來轉去。如：「個細路女**眼仔睩睩**，好精靈。」（「那小女孩眼珠兒骨碌碌轉，很機靈。」）

※熝 luk⁶

熝，《集韻・屋韻》音「盧谷切」，今粵讀 luk⁶。

古

《集韻・屋韻》：「熝，煉也。」「熝」是一種烹調法，余，時間較長。《太平廣記》卷二百五十引《大唐傳載》：「有士人平生好吃熝牛頭。」《水滸全傳》第三十九回：「戴宗道：『我卻不吃葷腥，有甚麼素湯下飯？』酒保道：『加料麻辣熝豆腐如何？』」後把食物放到沸水裏稍微一煮也叫做「熝」。《儒林外史》第十三回：「一碗熝青菜，兩個小菜碟。」

今

❶ 余，時間略長。如「熝豬肉丸」（「余豬肉丸子」）。

❷ 把食物放到沸水裏稍微一煮。如：「熝魚生」（「余生魚片」）、「熝生菜」（「余生菜」）。

❸ 給液體燙傷。如：「畀滾水熝親手。」（「給沸水燙傷了手。」）熝，今俗作「淥」。

∞ **滾水熝腳** gwan² seoi² luk⁶ goek³ 喻跑得快，不停留。如：「佢嚟咗一陣，又**滾水熝腳**咁走咗。」（「他來了一會兒，又匆忙地走了。」）

※窿 lung⁵⁻¹

窿，《廣韻・董韻》音「力董切」，今粵讀 lung⁵，變調讀 lung¹。

古

孔穴，洞。《廣韻・董韻》：「窿，孔窿。」

今

孔穴，洞。如：「鼻哥窿」（「鼻孔」）、耳窿（「耳孔」）、「山窿」（「山洞」）。又如：「你件冷衫穿咗個窿。」（「你的毛衣破了一個洞。」）窿，今俗作「窿」。

∞ **擘大個口得個窿** maak³ daai⁶ go³ hau² dak¹ go³ lung⁵⁻¹ 啞口無言，瞠目結舌。

∞ **窿罅** lung⁵⁻¹ laa³ 喻很偏的門路。如：「佢實搵到啲**窿罅**嘅。」（「他定會找到門路的。」）

∞ **窿路** lung⁵⁻¹ lou⁶ 門路。如：「你有冇**窿路**搵兩張演唱會入場券畀我呀？」（「你有沒有門路為我取得兩張演唱會的入場券呢？」）

∞ **竉竉罅罅** lung⁵⁻¹ lung⁵⁻¹ laa³ laa³ 不平整的角落。如：「佢將間屋連**竉竉罅罅**都掃得乾乾淨淨。」（「他把屋子任何一個角落都打掃得很乾淨。」）

*龔龔 lung⁴ lung⁴

讀音

龔，《集韻·東韻》音「盧東切」，今粵讀 lung⁴。

古

《集韻·東韻》：「龔，**龔龔**，雷聲。」「龔」是一個形聲字，「雨」是形符，「龍」是聲符，雷聲作而雨下。

今

龔龔，即「隆隆」，象聲詞。雷聲。如：「行雷**龔龔**聲，就快落雨啦。」（「雷聲隆隆，快下雨了。」）

*唔瞅唔睬 m⁴ cau¹ m⁴ coi²

古

❶ 不理睬。小說作「不偢不睬」、「不揪不採」。《儒林外史》第六回：「姑奶奶平日只敬重的王家哥兒兩個，把我們不偢不睬。」《金瓶梅》第二十一回：「金蓮道：『賊囚根子，他不揪不採，也是你爹的婊子，許你罵他！』」

❷ 不留心事情。《古今小說》卷一：「興哥上路，心中只想着渾家，整日的不偢不睬。」

今

不理睬。如：「你唔好對人**唔瞅唔睬**咁冇禮貌。」（「你不要對人不瞅不睬如此無禮。」）

唔睬人 m⁴ coi² jan⁴

古

不理睬別人。小說作「不采人」。《喻世明言》卷二十四：「老兒稟性躁暴，舉止粗俗，全不采人。二人再四問他，只推不知。」

今

不理睬別人。如：「佢好冇禮貌，同佢打招呼都**唔睬人**。」（「他很沒禮貌，跟他打招呼，他也不理睬。」）

唔憤氣 m⁴ fan⁵⁻⁶ hei³

古

不甘心，不願意。古典小說作「不憤氣」。《金瓶梅》第九十四回：「（春梅）罵道：『你對那奴才說去，他不憤氣做與我吃，這遭做的不好，教他討分曉哩。』」

今

不甘心，不願意。如：「呢場波我哋打得咁好都要輸，認真**唔憤氣**！」（「這場球賽我們表現得出色，但仍然敗陣，真是不甘心！」）**唔憤氣**」的「憤」由本調 fan⁵ 變調讀 fan⁶。**唔憤氣**，今又作「唔忿氣」。

*唔修邊幅 m⁴ sau¹ bin¹ fuk¹

古

「邊幅」是衣帛的邊緣，比喻人的儀表、衣着。「**唔修邊幅**」由「不修邊幅」轉來，形容不講究衣飾儀容或不拘形式小節。「修邊幅」典出《後漢書·馬援列傳》：「天下雄雌未定，公孫不吐哺走迎國士，與圖成敗，反修飾邊幅，如偶人形。此子何足久稽天下士乎？」北朝·北齊·顏之推《顏氏家訓·序致》：「肆欲輕言，不修邊幅。」《儒林外史》第五十五回：「他又不修邊幅，穿着一件稀爛的直裰，趿着一雙破不過的蒲鞋。」

今

形容不講究衣飾儀容。如：「佢份人**唔修邊幅**，出嚟見工好蝕底。」（「他這個人不注重衣飾儀容，應徵面見很吃虧。」）

*唔上唔落 m⁴ soeng⁵ m⁴ lok⁶

古

形容事情無着落，處境為難。小說作「不上不落」。《二刻拍案驚奇》卷九：「姐姐……何苦把這個書生哄得他不上不落的，呆呆地百事皆廢了。」

今

形容事情無着落，處境為難。如：「成件事搞到**唔上唔落**，唔知點算。」（「整件事情弄到不上不下，不知如何是好。」）

∞ **龜過門檻 ── 唔上唔落** gwai¹ gwo³ mun⁴ laam⁶ ── m⁴ soeng⁵ m⁴ lok⁶ 歇後語。字面說烏龜想爬過門檻，弄到不上不下，喻事情不能解決，處境尷尬。

孖 maa¹

孖，《廣韻・之韻》：「孖，雙生子也。」音「子之切」，今本讀 zi¹。然今粵語「孖」讀 maa¹，它是一個訓讀字，這就是說，粵語只借用「孖」的意義，而不借其音，粵語 maa¹ 音表示「雙生子」的意思，而借「孖」字以示其意。「孖」其後引申為雙生。明・謝肇淛《五雜組・人部一》：「孖生者疑於弟，或云：『後生者兄，以其居上也。』」又引申為相連成對。清・徐珂《清稗類鈔・舟車類・廣州之船》：「又有低艙艇、孖舲艇、沙艇等。」

❶ 雙生的。如：「嗰對孖仔好似樣。」（「那對雙生兒子樣貌很相似。」）又如：「佢哋兩個係孖生嘅。」（「他們兩人是雙生的。」）

❷ 量詞。相連的一對。如：「一孖臘腸」（「一雙臘腸」）。

❸ 跟，同。如：「我孖你去。」（「我同你去。」）

❹ 共，合。如：「我同你孖鋪。」（「我與你同牀睡覺。」）

∞ 孖辮 maa¹ bin¹ 梳成兩根的辮子。如：「紮住孖辮嗰個女仔係邊個？」（「紮着雙辮的女孩子是誰？」）

∞ 孖份 maa¹ fan⁶⁻² 合伙。如：「佢哋兩個孖份做生意。」（「他們兩人合伙做生意。」）

∞ 孖公仔 maa¹ gung¹ zai² 原指並排在一起的兩個玩具娃娃，亦用以比喻非常要好，形影不離的人。如：「佢哋兩個見親都喺一齊，好似孖公仔噉。」（「每次看見她們，總是在一起的，活像是一對玩具娃娃。」）

∞ 孖煙通 maa¹ jin¹ tung¹ 借指褲腿較長的男裝內褲。

∞ 孖鋪 maa¹ pou¹ 兩人共睡一牀。

∞ 孖女 maa¹ neoi⁵⁻² 孿生姊妹，孿生女兒。

∞ 孖仔 maa¹ zai² 孿生子。如：「呢對孖仔一齊考入同一間大學。」（「這對孿生兄弟一起考進同一所大學。」）

麻鷹 maa⁴ jing¹

鷹的一種。又稱老鷹、黑鳶、老鳶。《西遊記》第七十二回：「好大聖，拔了一把毫毛，嚼得粉碎，噴將出去，即變做些黃、麻、䩄、白、鵰、魚、鶻。

八戒道：「師兄，又打甚麼市語，黃啊、麻啊哩？」行者道：「你不知。黃是黃鷹，麻是**麻鷹**，鷒是鷒鷹，白是白鷹，鵰是鵰鷹，魚是魚鷹，鷂是鷂鷹。那妖精的兒子是七樣蟲，我的毫毛是七樣鷹。」

今

鷹的一種。又稱老鷹、黑鳶、老鳶。

∞ **有雞仔唔管，管麻鷹** jau⁵ gai¹ zai² m⁴ gwun² , gwun² maa⁴ jing¹ 喻該管的不管，不該管的倒去管。或諷刺人小事不去管，反過來管大事。

∞ **麻鷹捉雞仔** maa⁴ jing¹ zuk¹ gai¹ zai² 一種兒童遊戲，參加人數是三人或以上。先由猜拳決定一人當麻鷹，一人當母雞，餘下的就當小雞。麻鷹面向母雞，小雞列隊站在母雞身後，後面的要用雙手扶着前面的身體，不可獨自離羣。麻鷹要捉小雞，而母雞要將自己擋在麻鷹之前保護小雞，麻鷹不可以越過母雞捕捉小雞。麻鷹以捕捉到小雞為勝。被捕的小雞成為麻鷹，原本的麻鷹變成小雞，再開始遊戲。

麻茶 maa⁴⁻⁵ caa⁴⁻⁵

古

視線模糊。唐・李涉〈題宇文秀才櫻桃〉：「今日顛狂任君笑，趁愁得醉眼**麻茶**。」

今

不清楚。如：「呢張試卷嘅字好**麻茶**。」（「這份試卷的字很模糊。」）「**麻茶**」由本調變調 maa⁴ caa⁴ 變調讀 maa⁵ caa⁵。

∞ **污哩麻茶** wu¹ lei¹ maa⁴⁻⁵ caa⁴⁻⁵ 亂七八糟。如：「呢個學生啲功課做到**污哩麻茶**。」（「這學生的作業寫得亂七八糟。」）

*馬後炮 maa⁵ hau⁶ paau³

古

象棋術語，借來比喻不及時的舉動。元・無名氏《兩軍師隔江鬥智》第二折：「(周瑜) 如今在柴桑口安營紮寨，其意非小。今日軍師升帳，大哥須要計較此事，不要做了**馬後炮**，弄的遲了。」《野叟曝言》第二十九回：「人已死了，在這裏放**馬後炮**，可是遲了。」

今

象棋術語，借來比喻不及時的舉動。如：「成件事已經做完咗，你先至話幫

忙，分明係放**馬後炮**。」（「整件事已完成了，你才說要幫忙，這分明是放**馬後炮**了。」）「**馬後炮**」又比喻事情已過去才發議論。

馬留 maa⁵ lau⁴⁻¹

古

猴子。又稱「馬流」。宋・張師正《倦遊雜錄》：「京師優人以雜物布地，遣沐猴認之，即曰：『著也**馬留**』。」宋・趙彥衛《雲麓漫鈔》：「北人諺語，曰胡孫為馬流。」這是民間藝人耍猴表演的一種，通過讓猴子辨認東西來取悅觀眾，「著也**馬留**」意謂「猜中了，猴子。」明・李時珍《本草綱目・獸部・獼猴》稱獼猴別名「胡孫」、「**馬留**」。又曰：「猴形似胡人，故曰胡孫。《莊子》謂之狙，養馬者廄中畜之，能辟馬病，胡俗稱**馬留**云。」《西遊記》第五十六回：「你說馬不怕八戒，只怕行者何也？行者五百年前曾受玉帝封在大羅天御馬監養馬，官名弼馬溫，故此傳留至今，是馬皆懼猴子。」「弼馬溫」就是「辟馬瘟」之意。

今

猴子。今又作「馬騮」，讀作 maa⁵ lau⁴⁻¹，又讀作 maa⁵⁻¹ lau⁴⁻¹。

∞ **馬留乾** maa⁵ lau⁴⁻¹ gon¹ 瘦猴兒，比喻瘦人。

∞ **馬留仔** maa⁵ lau⁴⁻¹ zai² 小猴子。喻頑皮的小孩。

∞ **馬留精** maa⁵ lau⁴⁻¹ zing¹ 喻特別好動、調皮、活潑的小孩。

賣豬仔 maai⁶ zyu¹ zai²

古

清末年間，被拐販到國外當苦工的人；或指貧苦人賣身為奴，到海外去做苦工。《二十年目睹之怪現象》第五十九回：「那個乾兒子呢，被他幽禁了兩個月，便把他『**賣豬仔**（讀若崽）』到吉冷去了。」

今

❶ 指一般的出賣勞力。如：「去**賣豬仔**」，意謂出賣勞力。

❷ 出賣。如：「我畀佢**賣咗豬仔**。」（「我給他出賣了。」）

擘 maak³

讀音

擘，《廣韻‧麥韻》音「博厄切」。反切上字「博」屬幫母。中古幫母字今粵讀 b- 母，例外的變化讀 p- 母及 m- 母，「擘」今粵讀 maak³，屬例外的變讀。

古

❶ 分開，剖裂。《說文‧手部》：「擘，撝也。」又云：「撝，裂也。」段玉裁《說文解字注》於「擘」下云：「今俗語謂裂之曰擘開。」《廣韻‧麥韻》：「擘，分擘。」《史記‧刺客列傳》：「既至王前，專諸擘魚，因以匕首刺王僚。」《文選‧張衡〈西京賦〉》：「剖析毫釐，擘肌分理。」唐‧李白〈西嶽雲臺歌送丹丘子〉：「巨靈咆哮擘兩山，洪波噴流射東海。」

❷ 大拇指。《孟子‧滕文公下》：「於齊國之士，吾必以仲子為巨擘焉。」趙岐注：「巨擘，大指也。」

今

❶ 分裂，撕開。如：「將個月餅擘開兩邊。」（「把月餅分成兩份。」）又如：「擘爛張報紙。」（「把那張報紙撕破。」）

❷ 張開。如：「擘大口」（「張開口」）、「擘大眼」（「張開眼睛」）等。

∞ **擘大個口得個窿** maak³ daai⁶ go³ hau² dak¹ go³ lung²⁻¹ 熟語。啞口無言，回答不出。

∞ **擘大眼講大話** maak³ daai⁶ ngaan⁵ gwong² daai⁶ waa⁶ 睜眼說瞎話。

∞ **擘面** maak³ min⁶⁻² 撕破面子，翻臉。如：「佢再係噉，我遲早同佢擘面。」（「如果他再這樣下去，我早晚跟他翻臉。」）

摱 maan⁴⁻¹

讀音

摱，《集韻‧元韻》音「模元切」。反切上字「模」屬明母，唇音，今粵讀 m-母。反切下字「元」屬元韻，合口三等。中古唇音元韻合口三等字今粵讀 -aan韻。「模元切」今讀 maan⁴，變調讀 maan¹。

古

引。《集韻‧元韻》：「摱，引也。」

今

❶ 拉引。如：「摱住樹枝落嚟。」（「拉着樹枝下來。」）

❷ 補救，挽回。如：「到咗咁嘅地步，冇得摱啦。」（「到了這個地步，難再有補救的餘地了。」）

❸ 扳。如:「**搣雞**」(「扣扳機」),「**搣返轉頭**」(「扳回來」)。**搣**,今俗作「攣」。

∞ **搣車邊** maan⁴⁻¹ ce¹ bin¹ 原意搭順路車,引申為趁方便而沾光。如:「你今晚請客,我可唔可以**搣車邊**嚟呀?」(「今晚你宴客,我可不可以順便來沾光呢?」)

※ 擽 maat⁶⁻³

擽,《集韻・點韻》音「莫八切」,今粵讀 maat⁶,變調讀 maat³。

抹。《集韻・點韻》:「**擽**,拭也。」

擦拭,抹掉。如:「**擽枱**」(「抹桌子」)、「**擽汗**」(「抹汗」)、「**擽手**」(「抹手」)、「**擽乾淨**」(「抹乾淨」)等。又如:「你塊面好多汗,攞毛巾**擽**下佢喇!」(「你面上有很多汗水,拿毛巾抹乾淨吧!」)**擽**,今通作「抹」。

∞ **粉牌字 —— 唔啱就擽咗佢** fan² paai² zi⁶ — m⁴ ngaam¹ zau⁶ maat³ zo² keoi⁵ 歇後語。粉牌是舊式小店鋪用來記賬的白牌。粉牌上記的賬經常更動,所以寫了又抹,抹了又寫;如果寫錯了字,抹去了就是。後來以「粉牌字」謙稱個人的意見,如果對方認為不合適,可以棄而不用。

※ 罙/罧 mai⁴⁻¹

罙,《集韻・齊韻》音「綿批切」,今粵讀 mai⁴,變調讀 mai¹。

深入。《集韻・齊韻》:「**罙**,深入也。或作**罧**。」《說文・网部》:「**罧**,周行也。从网、米聲。《詩》曰:『**罧**入其阻。』」按:《說文》引《詩》出〈商頌・殷武〉,「**罧**入」即「深入」。

鑽,啃(書本)。如:「佢好勤力,成日喺屋企**罙**書。」(「他很用功,整天在家裏啃書本。」)**罙**,今俗作「咪」。

∞ **罙家** mai⁴⁻¹ gaa¹ 非常用功讀書的人。如:「佢真喺**罙家**嚟㗎,放假都唔出街玩。」(「他真是用功讀書的人,放假也不外出活動。」)

∞ **死冧** sei² mai⁴⁻¹ 非常用功。如：「臨考試先至**死冧**，太遲啦！」（「臨近考試才用功讀書，太晚了！」）

※ **餡/餡** mam⁵⁻¹

讀音

餡，《廣韻・敢韻》音「謨敢切」，今粵讀 mam⁵，變調讀 mam¹。

古

餵小兒。《廣韻・敢韻》：「**餡**，吳人呼哺兒也。」《集韻・敢韻》作「**餡**」，云：「吳人謂哺子曰**餡**。」

今

又軟又爛的飯。如對孩子說：「食**餡餡**。」（「吃飯飯。」）

※ **炆** man⁴⁻¹

讀音

炆，《集韻・文韻》音「無分切」今粵讀 man⁴，變調讀 man¹。

古

微火。《集韻・文韻》：「**炆**，煴也。」「**炆**」與「衮」有語源關係，「衮」字出現較「**炆**」早。《說文・火部》：「衮，炮肉，以微火温肉也。」《集韻・痕韻》「衮」音「烏痕切」，今讀「恩」。「**炆**」後引申為以微火煮物之意。

今

烹調法，用微火把食物烹熟。如：「栗子**炆**雞」、「蘿蔔**炆**牛腩」等。又如：「**炆**鴨要用慢火，**炆**耐啲。」（「紅燒鴨要用慢火，時間要長一點。」）**炆**，今或作「燜」。

※ **抆** man⁵⁻²

讀音

抆，《廣韻・吻韻》音「武粉切」，與「刎」字在同一小韻，今粵讀 man⁵，變調讀 man²。

古

擦拭。《廣雅・釋詁》：「**抆**，拭也。」《楚辭・九章・悲回風》：「孤子唫而**抆**淚兮，放子出而不還。」洪興祖補注：「**抆**，拭也。」三國・魏・曹丕〈又與吳質書〉：「間者歷覽諸子之文，對之**抆**淚，既痛逝者，行自念也。」《文

選・江淹〈別賦〉》:「瀝泣共訣，**抆**血相視。」《新唐書・李勉列傳》:「居官久，未嘗**抆**飾器用車服。」

今

擦拭。今粵語「**抆**」的用法只局限於與「屎」結合。如:「細路仔大便唔識得**抆**屎。」(「小孩子大便後不懂得擦屁股。」)

捪 man⁴⁻²

讀 音

捪，《集韻・真韻》音「眉貧切」，今粵讀 man⁴，變調讀 man²。

古

❶ 撫，摹。《集韻・真韻》:「**捪**，《說文》:『撫也。一日摹也。』」(按:今《說文》無「捪」字。)

❷ 同抆，拭。《呂氏春秋・仲冬紀・長見》:「吳起**捪**泣而應之。」畢沅校:「**捪**與抆同。」

❸ 用小刷子沾水或油抹(頭髮等)。《紅樓夢》第四十二回:「(黛玉)忙開了李紈的妝奩，拿出**捪**子來，對鏡**捪**了兩**捪**。」

❹ 合攏雙唇。《紅樓夢》第八回:「黛玉磕着瓜子兒，只**捪**着嘴笑。」《兒女英雄傳》第二十七回:「惹得大家**捪**嘴而笑。」

❺ 稍張嘴唇啜飲。兒女英雄傳《第三十七回》:「拿起酒來，唇邊**捪**了**捪**，卻又放下了。」

今

抹(石灰等)。如:「幅牆有一條罅，揾啲紅毛泥**捪**返佢啦。」(「這堵牆有一道裂縫，用混凝土把它抹平吧。」)「**捪**」口語變調讀 man²。

璺 man⁶⁻³

讀 音

璺，《集韻・問韻》音「文運切」，今粵讀 man⁶，變調讀 man³。

古

❶ 裂縫，裂痕。《集韻・問韻》:「**璺**，罅坼也。」《周禮・春官・大卜》:「大卜掌三兆之灋(法)，一日玉兆，二日瓦兆，三日原兆。」鄭玄注:「兆者，灼龜發於火，其形可占者。其象似玉、瓦、原之**璺**銶，是用名之焉。」據鄭注，因兆紋分別像玉、瓦、原田的裂紋，故分此三類。「**璺**銶」即裂紋之意。

❷ 器皿的裂紋。《方言》卷六:「器破而未離謂之**璺**。」

❸ 仇隙，爭端。通「釁」。《韓非子・五蠹》：「既畜王資而承敵國之**釁**，超五帝，侔三王者，必此法也。」

❹ 間隙，空子。《後漢書・鄧禹列傳》：「光武籌赤眉必破長安，欲乘**釁**并關中。」

❶（空間、時間的）邊緣，盡頭。此義大概由「**釁**」的「裂縫」義和「間隙」義引申而來。如：「唔好企喺山邊咁**釁**，好危險㗎！」（「不要靠近山邊站立，很危險啊！」）又如：「佢嚟得咁**釁**，爭啲搭唔到班船。」（「他來得這麼遲，差點兒趕不上這班船。」）

❷ 緊（不富裕）。如：「錢帶得好**釁**，幾乎唔夠買嘢。」（「錢帶得不足，幾乎不夠買東西。」）

❸ 極限。如：「佢個人叻到**釁**。」（「他這人聰明極了。」）

*聞 man⁴

❶ 用鼻子嗅。《韓非子・十過》：「共王駕而自往，入其幄中，**聞**酒臭而還。」《水滸全傳》第二十九回：「那酒保去櫃上，叫那婦人舀兩角酒下來。傾放在桶裏，盪一碗過來，道：『客人嘗酒。』武松拿起來，**聞一聞**，搖着頭道：『不好，不好，換將來！』」

❷ 嗅（香氣味）。《紅樓夢》第八回：「寶玉笑道：『甚麼丸藥這麼好**聞**？』」

嗅。如：「你**聞**吓呢朵花香唔香？」（「你**聞聞**這朵花香不香？」）

∞ **好聞** hou² man⁴ 氣味宜人。如：「呢樽香水啲味好**聞**。」（「這瓶香水的氣味很香。」）

※甏甏 mang⁴⁻² zang¹⁻²

甏，《廣韻・登韻》音「武登切」，今粵讀 mang⁴，變調讀 mang²。甏，《廣韻・登韻》音「蘇增切」，與「僧」字在同一小韻。反切上字「蘇」屬心母，今粵讀 s- 母。反切下字「增」屬登韻，開口一等，今粵讀 -ang 韻。「蘇登切」今本讀 sang¹，然「僧」今讀 zang¹，屬例外讀法，「甏」與「僧」在同一小韻，並音「蘇增切」，「甏」今亦讀 zang¹，變調讀 zang²。

《廣韻・登韻》:「艋,**艋艋**,神不爽也。」《集韻・登韻》:「艋,**艋艋**,神亂也。」《集韻・嶝韻》:「艋,**艋艋**,色惡。」

暴躁,煩躁。如:「佢唔見咗個銀包,而家好**艋艋**。」(「他遺失了錢包,現在很煩躁。」)「**艋艋**」又可單言「**艋**」,意義和用法與「**艋艋**」相同。**艋艋**,今俗作「忟憎」、「憫憎」、「瘟瘤」、「悗憎」等。

※洣 mei^{5-1}

洣,《廣韻・紙韻》音「綿婢切」,今粵讀 mei^5,變調讀 mei^1。

❶ 飲。《說文・水部》:「**洣**,飲也。」楊樹達《積微居小學金石論叢・卷四・長沙方言續考・洣》:「今長沙謂以口飲酒少許為**洣**。」

❷ 去汁。《玉篇・水部》:「**洣**,去汁也。」

❸ 水貌。《廣韻・紙韻》:「**洣**,水皃。」

用唇及舌尖小口地飲。如:「**洣**一**洣**」(「略飲一下」)。又如:「杯咖啡好熱,要慢慢**洣**。」(「杯中的咖啡很熱,要慢慢的,小口地喝。」)又小口地飲酒也叫做「**洣**」。

※沒 mei^6

沒,《廣韻・沒韻》音「莫勃切」,今粵讀 mut^6。又《韻補》卷四去聲音「明秘切」,今粵讀 mei^6。

沈沒,潛入水中。《說文・水部》:「**沒**,沈也。」《廣韻・沒韻》:「**沒**,沈也。」《莊子・列禦寇》:「其子**沒**於淵,得千金之珠。」《文選・曹植〈七啟〉》:「翔爾鴻翥,濈然鳧**沒**。縱輕體以迅赴,景追形而不逮。」「濈然鳧**沒**」形容舞伎俯身下伏之舞姿,如鳧潛入水中。《世說新語・自新》:「(周)處即刺殺虎,又入水擊蛟,蛟或浮或**沒**,行數十里,處與之俱。」宋・蘇軾〈日喻〉:「南方多**沒**人,日與水居也。七歲而能涉,十歲而能浮,十五而能**沒**矣。」

潛水。粵音 mei⁶。如:「我**沒**落水底執番隻手錶。」(「我潛入水底把腕錶拾回。」)

∞ **沒水** mei⁶ seoi² 潛水。《史記・秦始皇本紀》:「使千人**沒水**求之。」如:「佢可以**沒水**好耐。」(「他可以長時間潛水。」)

∞ **沒水舂牆** mei⁶ seoi² zung¹ coeng⁴ 表面意思是潛入水中,撞向牆壁,喻受人委託,能夠不避艱險,徹底負責。如:「就算係**沒水舂牆**,我都會同你做嘅。」(「即使是赴湯蹈火,我也願意為你效勞。」)

搣 mit⁶⁻¹

讀音

搣,《廣韻・薛韻》音「亡列切」,與「滅」字在同一小韻,今粵讀 mit⁶,變調讀 mit¹。

古

❶ 以手擊取。《說文・手部》:「**搣**,批也。」

❷ 揪,拔。漢・史游《急就篇》卷三:「沐浴揃**搣**寡合同。」顏師古注:「揃**搣**,謂鬢拔眉髮也,蓋去其不齊整者。」《廣韻・薛韻》:「**搣**,手拔。」清・龔自珍〈題盆中蘭花四首〉之二:「小屏風下是何人?剪**搣**雲鬟換新綠。」

今

❶ 用力捏皮肉使疼痛;擰。如:「你**搣**到我鬼死咁痛。」(「你把我擰得疼死了。」)

❷ 撕。如:「唔該**搣**張紙畀我。」(「請撕一張紙給我。」)

❸ 撙節,節儉使用。如:「我的退休金唔係好多,以後要慢慢**搣**。」(「我的退休金不是很多,日後要節省使用。」)

摸門釘 mo² mun⁴ deng¹

古

清・徐釚《詞苑叢談》卷九:「京師舊俗:婦女多以元宵一夜出遊,名『走橋』;**摸正陽門釘**以被除不祥,亦名『走百病』。」清・蕭智漢《月日紀古》卷一:「燕城正月十六夜,婦女羣遊,其前一人持香辟人,名辟人香。凡有橋處,相率以過,名走百病。又暗**摸前門釘**,中者兆吉宜子。」清・陸又嘉〈燕九竹枝詞〉:「閨夢入春多吉兆,正陽門外相嘲笑。摸釘月下盡宜男,

輪他夫婿年尤少。」清‧李孚青〈都門竹枝詞〉：「女伴金籤燕尾肥，手提長袖走橋遲。前門釘子爭來摸，今年宜男定是誰。」

廣州昔日也有婦女相邀乘夜去**摸門釘**，希望得子的習俗。由於害羞，怕讓人看見，故匆忙摸了便急急離去。後來粵語「**摸門釘**」便引申成為上門找人不着，便掉頭而去。如：「我前日去揾你，點知**摸門釘**。」（「我前天去找你，誰知撲了個空。」）

望 mong⁶

❶ 向高處、遠處看。《釋名‧釋姿容》：「望，茫也，遠視茫茫也。」《廣雅‧釋詁》：「望，視也。」《玉篇‧亡部》：「望，遠視也。」《詩經‧衛風‧河廣》：「誰謂宋遠，跂予望之。」鄭玄箋：「我跂足則可以望見之。」《莊子‧胠篋》：「昔者齊國鄰邑相望，雞狗之音相聞。」《荀子‧勸學》：「吾嘗跂而望矣，不如登高之博見也。」唐‧李白〈靜夜思〉：「舉頭望山月，低頭思故鄉。」

❷ 仰望，景仰。《詩經‧小雅‧都人士》：「行歸于周，萬民所望。」鄭玄箋：「咸瞻望。」《漢書‧晁錯傳》：「是以天下樂其政，歸其德，望之若父母，從之若流水。」

❸ 盼望，期待。《說文‧亡部》：「望，出亡在外，望其還也。」《楚辭‧九歌‧湘君》：「望夫君兮未來，吹參差兮誰思！」《史記‧項羽本紀》：「日夜望將軍至，豈敢反乎！」宋‧陸游〈秋夜將曉出籬門迎涼有感〉：「遺民淚盡胡塵裏，南望王師又一年。」

❹ 希圖，企圖。《玉篇‧亡部》：「望，覬也。」《韓非子‧主道》：「絕其能望，破其意，毋使人欲之。」《後漢書‧岑彭傳》：「人苦不知足，既平隴，復望蜀。」

❺ 察看。《廣雅‧釋詁》：「望，覗也。」《玉篇‧亡部》：「望，伺也。」《周禮‧考工記‧輪人》：「望其輻，欲其掣爾而纖也。」明‧湯顯祖《牡丹亭‧診祟》：「小姐，望、聞、問、切，我且問你病症因何？」

❻ 看望。《廣韻‧陽韻》：「望，看望。」元‧孟漢卿《魔合羅》第一折：「嫂嫂，自從哥哥去後，不曾來望得你。」

❼ 名望，威望。《詩經‧大雅‧卷阿》：「令聞令望。」《三國演義》第八十三回：「陸遜年幼望輕，恐諸公不服。」

❶ 看。如:「佢企得咁遠,你梗係**望**唔到佢啦。」(「他站得那麼遠,你當然看不到他了。」

❷ 盼望。如:「佢入咗醫院成個禮拜,**望**嚟**望**去都唔見個仔嚟探佢。」(「她入住醫院一星期了,怎樣盼**望**也不見到兒子來探**望**她。」)

❸ 指望,企盼。如:「個個做生意都係**望**賺錢啫。」(「人人做生意都是指**望**賺錢的。」)

∞ **望到頸都長** mong⁶ dou³ geng² dou¹ coeng⁴ 脖子都盼得長了,指殷切盼望。

∞ **望天打卦** mong⁶ tin¹ daa² gwaa³ 聽天由命。

*無賴 mou⁴ laai⁶⁻²

❶ 沒有才幹,不中用。《史記・高祖本紀》:「高祖奉玉卮,起為太上皇壽,曰:『始大人常以臣**無賴**,不能治產業,不如仲力。今某之業所就孰與仲多?』」

❷ 品性不良,放蕩撒野的人。《晉書・卞壼列傳》:「峻擁強兵,多藏**無賴**。」《女仙外史》第五十一回:「向着曼尼道:『怎麼大驚小怪!那樣的傘當不得法術,就像**無賴**潑皮,敵不過人,自己遍身塗了臭糞,不怕人不讓他。』」《文明小史》第二十九回:「他族中有幾個**無賴**,要想他法子,誣他偷漢。」

❸ 指撒潑放刁等惡劣行為。《宋書・始安王休仁傳》:「休祐平生,狼抗**無賴**。」

❹ 無聊。南朝・陳・徐陵・〈烏棲曲〉其二:「唯憎**無賴**汝南雞,天河未落猶爭啼。」

❶ 遊手好閒,品行不端的人。如:「佢係**無賴**嚟㗎,千祈唔好惹佢。」(「他是**無賴**來的,千萬不要招惹他。」)

❷ 放刁撒潑,蠻不講理。如:「咁多人睇住你打爛呢隻杯,你都唔認,你唔好咁**無賴**㗎!」(「那麼多人看見你把杯子摔破,你還否認,你不要這麼蠻不講理!」)

※毛氄氄 mou⁴ sang¹⁻⁴ sang¹⁻⁴

氄,《集韻・登韻》音「思登切」,今粵讀 sang¹,變調讀 sang⁴。

鬙，髮長。《集韻·登韻》：「鬙，髼鬙，髮長。」

形容毛多，又長又密。如：「個大隻佬心口**毛鬙鬙**，好得人驚。」（「那個體格魁梧的男子胸口的毛又長又密，很嚇人。」）

毛手毛腳 mou⁴ sau² mou⁴ goek³

❶ 做事粗率慌張，不仔細。《三俠五義》第七十六回：「大老爺只管放心，就是跟隨小人們當差之人，俱是小人們訓練出來的。但凡有點**毛手毛腳**的，小人決不用他。」

❷ 男女間舉止輕佻，不莊重。《花月痕》第九回：「中一席卜長俊、夏旐、胡考三個，每人身邊坐一個，**毛手毛腳**的，醜態百出，穢語難聞。」

動手動腳，多指男女間輕佻，不莊重的行為。如：「呢個男人好鹹濕，見到女仔就會**毛手毛腳**。」（「這個男士很好色，見到女子便會動手動腳，很不莊重。」）

*無他 mou⁴ ta¹

❶ 沒有別的。《孟子·梁惠王上》：「古之人所以大過人者，**無他**焉，善推其所為而已矣。」又〈告子上〉：「學問之道**無他**，求其放心而已矣。」

❷ 無恙。宋·王讜《唐語林·德行》：「儻窀窆不為盜所發，珠必**無他**。」

❸ 無二心，專一。《國語·晉語三》：「必事秦，有死**無他**。」清·李漁《閒情偶寄·卷一·詞曲部·結構》：「非憫其才，非憫其德，憫其方寸之**無他**也。」

沒有別的。如：「佢哋兩個又做番朋友，**無他**，都係為咗利啫。」（「他們又再做朋友，沒有別的，是為了利益吧了。」）

舞 mou⁵

❶ 嘲弄。《列子・仲尼篇》：「鄧析顧其徒而笑曰：『為若**舞**，彼來者奚若？』」張湛注：「世或謂相嘲調為**舞**弄也。」

❷ 玩弄。《三國演義》第四十三回：「豈亦效書生，區區於筆硯之間，數黑論黃，**舞**文弄墨而已乎？」

❸ 做，弄。《儒林外史》第三回：「眾鄰居一齊上前，替他抹胸口，捶背心，**舞**了半日，漸漸喘息過來。」

❶ 要弄，捉弄。如：「佢畀人**舞**到陀螺擰。」（「他被人捉弄得團團轉。」）

❷ 做，弄。如：「由朝**舞**到晚，都未攪掂份報告。」（「由早幹到晚，報告還是未做好。」）

∞ **舞龍** mou⁵ lung⁴ 耍龍。**舞龍**是一種中國民族傳統民俗文化活動。每逢喜慶節日，人們都會**舞龍**。**舞龍**時，由一個表演者持着用竹竿撐起的繡球在前領導，其他表演者托着龍身，跟著舞動的繡球做各種動作，不斷地展示扭、揮、仰、跪、跳、搖等多種姿勢。人們以**舞龍**的方式來祈求平安和豐收，成為全國各地傳統的一種民俗文化。

∞ **舞馬留** mou⁵ maa⁵ lau⁴⁻¹ 耍猴子。

冇搭煞 mou⁵ daap³ saat³

荒唐，糊塗，不振作。古小說作「沒搭煞」、「沒搭撒」。《金瓶梅》第五十七回：「月娘說道：『哥，你天大的造化，生下孩兒。……哥，你日後那沒來回沒正經養婆娘、沒搭煞貪財好色的事體少幹幾椿兒。』」《初刻拍案驚奇》卷十六：「又過了兩日，那老兒沒搭煞，黑暗裏已自和那婆娘摸上了。」《西遊記》第五十六回：「師父，你好沒搭撒，你供我怎的。」

不謹慎，糊塗。如：「佢份人好**冇搭煞**，做親嘢都有甩漏。」（「他這個人很糊塗，做事總有遺漏。」）**冇搭煞**今又寫成「冇搭颯」或「冇搭霎」（mou⁵ daap³ saap³），這是因為「煞」（saat³）的韻尾 -t 受前面「搭」（daap³）的韻尾 -p 的影響，因而改為讀「颯」/「霎」（saap³）了。

∞ **冇厘搭煞** mou⁵ lei⁴ daap³ saat³ 處事沒有交代。

冇尾飛墮/冇尾飛砣 mou⁵ mei⁵ fei¹ to⁴

讀音

墮，《集韻・戈韻》音「徒禾切」，今粵讀 to⁴。

古

飛博。《玉篇・土部》：「墮，飛博也。」《集韻・戈韻》：「墮，飛甋戲也。或作砣。」明・楊慎《俗言・卷一・拋墮》：「宋世寒食有拋墮之戲，兒童飛瓦石之戲，若今之打瓦也。」「墮」是古代拋擲遊戲用的博瓦。宋・梅堯臣〈依韻和禁煙近事之什〉：「窈窕踏歌相把袂，輕浮賭勝各飛墮。」

今

冇尾飛墮指沒有繩子繫住的飛墮，一經擲出，便會一去無蹤，喻一去不回的人或物。「**冇尾飛墮**」又是歇後語的上句，下句是「一去無蹤」(jat¹ heoi³ mou⁴ zung¹) 或「有去冇回」(jau⁵ heoi³ mou⁵ wui⁴)。「**冇尾飛墮**」現在比喻那些好動，坐不住，行蹤不定的人，或比喻做事散漫，或不夠穩重，或行蹤難測的人。如：「佢走咗成個月都冇返嚟，正一**冇尾飛墮**。」（他離開了一個月也不回來，真是一去無蹤。）墮，今或作「砣」。俗又作「鉈」。

脢 mui⁴

讀音

脢，《廣韻・灰韻》音「莫杯切」，今粵讀 mui⁴。

古

背脊肉。《說文・肉部》：「**脢**，背肉也。」《周易・咸卦》：「九五，咸其**脢**，无悔。」「咸其**脢**」是指交感相應在背脊肉上。《廣韻・灰韻》：「**脢**，脊側之肉。」或作「脄」

今

指豬或牛的背脊肉。今多說成「**脢頭豬肉**」(mui⁴ tou⁴⁻² zyu¹ juk⁶) 和「**脢頭牛肉**」(mui⁴ tou⁴⁻² ngau⁴ juk⁶)，「**脢頭**」的「頭」是詞的後綴，變調讀 tou²。**脢**，今俗作「梅」或「枚」。

每日 mui⁵ jat⁶

古

每天。《儒林外史》第一回：「**每日**點心錢，他也不買了吃。」

今

每天。如：「我**每日**都飲牛奶。」（我每天都喝牛奶。）

*懵 mung5-2

古

無知。《集韻・東韻》：「**懵**，**懵懵**，無知貌。」《廣韻・腫韻》「**懵**」音「莫孔切」，今粵讀 mung5，變調讀 mung2。唐・白居易〈與元九書〉：「然僕又自思，關東一男子耳，除讀書屬文外，其他**懵**然無知。」《明史・蔣欽列傳》：「愁嘆之聲動徹天地，陛下顧**懵**然不聞。」

今

無知，糊塗。如：「你都**懵**嘅。」（「你真是糊塗了。」）

∞ **懵董、懵懂、懞懂** mung5-2 dung2 糊塗。

宋・許月卿〈上程丞相元鳳書〉：「人望頓輕，明主增喟，**懵董**之號，道傍揶揄。」元・喬吉《杜牧之詩酒揚州夢》第二折：「又不是痴呆**懵懂**，不辨個南北西東。」《喻世明言》卷二十八：「秀卿聽說，駭了半晌。自思：『五六年和他同行同臥，竟不曉得他是女子，好生**懵懂**！』」《醒世恆言》卷二十七：「我李承祖好十分**懞懂**。」「**懵懂**」今指頭腦不清，不能明辨事物。如：「你真是老**懵懂**！」（「你真是糊塗無知！」）「**懵懂**」又可說成「懵**懵懂**懂」mung5-2 mung5-2 dung2 dung2，義同。

※拏掕/拏掕 naa4-1 lang4-3

讀音

拏，《集韻・麻韻》音「女加切」，今粵讀 naa4，變調讀 naa1。掕，《集韻・登韻》音「盧登切」，今粵讀 lang4，變調讀 lang3。

古

拏是牽引之意。《說文・手部》：「拏，牽引也。」《集韻・麻韻》：「拏，……或作拏。」掕，《集韻・登韻》：「掕，《博雅》：『止也。』」

今

瓜葛，關連。如：「佢同你有乜**拏掕**？」（「他跟你有甚麼關係？」）

∞ **冇拏掕** mou5 naa4-1 lang3 沒有瓜葛，沒有關連。如：「我同你已經**冇拏掕**啦，唔好再搵我。」（「我跟你已沒有任何瓜葛了，不要再找我。」）「**冇拏掕**」又可說「冇拏冇掕」（mou5 naa4-1 mou5 lang4-3），意義相同。

∞ **無拏拏** mou4 naa4-1 naa4-1 沒有緣由，沒有關係。如：「我**無拏拏**畀佢鬧一餐，都唔知點解。」（「我沒有緣由給他罵了一頓，也不知為甚麼。」）**無拏拏**，今俗作「無啦啦」，讀作 mou4 laa1 laa1。

孻 naai¹

老年所生幼子，或最小的兒子、女兒。明‧陸容《菽園雜記》卷十二：「廣東有**孻**字，音奈，平聲，老年所生幼子。」清‧鈕琇《觚賸續編‧亞**孻**成神》：「**孻**字不見於書，唯粵閩之俗有之，謂末子為**孻**。」

❶ 年紀最幼。如：「呢個細路係老陳嘅**孻**仔嚟。」（「這個孩子是陳先生最幼的兒子。」）

❷ 排在最後位置，與「尾」連結為合成詞「**孻**尾」（naai¹ mei⁵⁻¹）。如：「佢啲成績全班排**孻**尾。」（「他的成績排在全班的最後位置。」）「**孻**尾」又可解作「後來」或「最後」。如：「**孻**尾我喺睡房搵返個手袋。」（「後來我在睡房找到了那個手袋。」）「**孻**」今多讀成「拉」（laai¹）。

∞ **孻仔拉心肝，孻女拉五臟** naai¹ zai² laai¹ sam¹ gon¹，naai¹ neoi⁵⁻² laai¹ ng⁵ zong⁶ 俗語，意謂年紀最小的兒子或女兒最得父母寵愛。「**孻**」諧音「拉」，「拉心肝」、「拉五臟」喻最幼的兒子或女兒最令父母牽腸掛肚，最受寵愛。

∞ **孻叔** naai¹ suk¹ 排序最幼的叔父。

※ 暴 naan⁶⁻³

暴，《集韻‧諫韻》音「乃諫切」，今粵讀 naan⁶，變調讀 naan³。

溫濕。《說文‧日部》：「**暴**，溫溼也。」段玉裁注：「溫溼生黴，亦有色赤者。」「黴」是指食品、衣物等受了潮熱而生長的霉菌。《集韻‧諫韻》：「**暴**，曩**暴**，溫溼。一曰小赤。」

皮膚上被昆蟲叮咬或因病出現的紅腫包塊。如：「蚊**暴**」（「被蚊子叮咬後皮膚出現的紅塊」）。又如：「佢出風**暴**，呢個禮拜要告病假。」（「他出疹，這星期要告病假了。」）

※ 囡 naap⁶⁻³

囡，《廣韻‧洽韻》音「女洽切」。反切上字「女」屬泥母，今粵讀 n- 母。

反切下字「洽」屬洽韻，今粵讀 -aap 韻。「女洽切」本讀 naap⁶，再變調讀成 naap³。今口語誤讀 laap³。

攝取。《說文・口部》：「囡，下取物縮藏之。」意謂向下攝取物體，緊縮而收藏起來。《廣韻・洽韻》：「囡，手取物。」又《廣韻・緝韻》：「囡，囡囡，私取皃。」

❶ 被拿走，偷走。如：「佢囡晒我啲錢走咗。」（「他把我的錢取走了。」）

❷ 聚，斂。如：「落雨啦，快啲同我出去囡啲衫入嚟。」（「下雨了，快點替我出外把衣服收回來。」）囡，今俗作「撳」。

鬧 naau⁶

❶ 爭吵，喧鬧。唐・韓愈〈答柳柳州食蝦蟆〉：「鳴聲相呼和，無理只取鬧。」

❷ 熱鬧。唐・張籍〈奇元員外〉：「門巷不教當鬧市，詩篇轉覺足工夫。」

❸ 責罵。《紅樓夢》第四十五回：「只把我的事完了，我好歇着去，省了這些姑娘們鬧我。」

罵。如：「無端端界佢鬧一餐。」（「無緣無故給他罵了一頓。」）

∞ 鬧交 naau⁶ gaau¹ 吵架。如：「有事慢慢傾，唔好鬧交。」（「有事慢慢商量，別爭吵。」）鬧交也可稱「嗌交」（aai³ gaau¹）。

∞ 鬧鐘 naau⁶ zung¹ 能按時打響的時鐘。如：「今晚記得校好鬧鐘先瞓呀。」（「今晚記緊調校好鬧鐘響鬧的時間才睡。」）

※泥涎/泥埿 nai⁴ baan⁶

涎，《廣韻・鑑韻》音「蒲鑑切」。反切上字「蒲」中古屬並母。並母仄聲字今粵讀 b- 母。「蒲鑑切」讀 baan⁶。又作「埿」。

涎，《廣韻・鑑韻》：「涎，深泥也。」

爛泥。如:「落咗場大雨,成條街都係**泥淰**。」(「下了一場大雨,街道處處都是泥濘。」)淰,今俗作「淰」。

∞ **爛泥扶唔上壁** laan⁶ nai⁴ fu⁴ m⁴ soeng⁵ bik¹-bek³ 諺語。即「爛泥塗不上牆」,形容人低能或不求上進,別人再幫忙也不管用。「壁」本音 bik¹,這裏唸白讀 bek³。

淰 nam⁴⁻²

淰,《集韻・侵韻》音「尼心切」,今粵讀 nam⁴,變調讀 nam²。

❶ 志氣低下。《說文・心部》:「**淰**,下齎也。」南唐・徐鍇《說文解字繫傳・心部》:「心所齎卑下也。」《廣雅・釋詁》:「齎,持也。」「心所齎卑下」即心所持者卑下,意謂志氣低下。

❷ 思念。《廣雅・釋詁》:「**淰**,思也。」《後漢書・班固列傳》:「若然受之,宜亦勤**淰**旅力,以充厥道。」李賢注引《說文》:「**淰**,念也。」

❸ 此,這。元・關漢卿《趙盼兒風月救風塵》第一折:「**淰**時節船到江心補漏遲。」

❹ 怎麼。《水滸全傳》第三回:「你也須認的酒家,卻**淰**地教甚麼人在間壁吱吱的哭,攪俺弟兄們吃酒。」

❺ 何,甚麼。《初刻拍案驚奇》卷二十一:「林善甫出房來問店主人,前夕**淰**人在此房內宿?」

考慮,想。此由「思念」義引申而來。如:「我喺度**淰**緊嘢。」(「我在這兒思考問題。」)又如:「**淰**掂未呀?」(「想好了嗎?」)淰,今俗作「諗」。

∞ **淰計** nam⁴⁻² gai³⁻² 想辦法。如:「唔該你幫手**淰**下**計**。」(「請你幫忙想想辦法。」)

∞ **淰掂** nam⁴⁻² dim⁶ 想通。如:「呢個問題你**淰掂**未呀?」(「這道問題你想通了沒有?」)

∞ **淰落** nam⁴⁻² lok⁶ 細想一下。如:「**淰落**又係噃。」(「仔細想想也對。」)

∞ **淰縮數** nam⁴⁻² suk¹ sou³ 打小算盤。如:「佢最中意**淰縮數**,搵小便宜。」(「他最喜歡打小算盤,想討便宜。」)

∞ **淰頭** nam⁴⁻² tau⁴ 念頭,想法。如:「你有乜**淰頭**呀?」(「你有甚麼想法呢?」)

∞ **恁真** nam⁴⁻² zan¹ 想清楚。如:「你**恁真**啲,唔使咁快應承佢。」(「你再想清楚,不要這麼快便答應他。」)

∞ **恁住** nam⁴⁻² zyu⁶ 準備,惦記着。如:「我**恁住**聽日到醫院探佢。」(「我準備明天到醫院探望他。」)

※糑 nap⁶

讀音

糑,《集韻・洽韻》音「昵洽切」,今粵讀 nap⁶。

古

粘。《集韻・洽韻》:「糑,粘也。」

今

❶ 黏糊糊。如:「你對手好**糑**,快啲去洗喇!」(「你雙手黏糊糊的,快點兒去清洗!」)

❷ 性子慢,做事慢。如:「佢個人做嘢好**糑**嘅。」(「他做事慢吞吞的。」)

∞ **油糑糑** jau⁴ nap⁶ nap⁶ 油膩。

∞ **糑黐黐** nap⁶ ci¹ ci¹ 黏糊糊的。也作「黐糑糑」ci¹ nap⁶ nap⁶。

∞ **糑油** nap⁶ jau⁴⁻² (1) 機器因油泥太多而停止運轉。 (2) 指人做事慢吞吞,不爽快。

∞ **糑糯** nap⁶ no⁶ 慢吞吞,不爽快。如:「點解你做嘢咁**糑糯**㗎?」(「你為甚麼做事這麼不爽利呢?」)

※腬 nau⁶

讀音

腬,《廣韻・宥韻》音「女救切」,今粵讀 nau⁶。

古

《說文・肉部》:「腬,嘉善肉也。」後引申為「肥美」。《玉篇・肉部》:「腬,肥美也。」

今

油膩。如:「呢味餸整得好**腬**。」(「這道菜做得太油膩了。」)

∞ **腬喉** nau⁶ hau⁴ 與「腬」同義,油膩、膩嗓子。如:「啲糖水落得太多糖,好**腬喉**。」(「這甜湯下的糖太多了,嗓子挺粘膩的。」)

五臟廟 ng⁵ zong⁶ miu⁶⁻²

古

「五臟」指指人體的五個器官：心、肝、脾、肺和腎。廟就是給人崇拜、進奉的地方。「**五臟廟**」是指身體。《金瓶梅》第十二回：「珍羞百味片時休，果然都送入**五臟廟**。」

今

身體。如：「幾忙都要祭下個**五臟廟**。」（「無論怎樣忙也要吃飽才行。」）

∞ **祭五臟廟** zai³ ng⁵ zong⁶ miu⁶⁻² 拜祭自己的身體，即是填飽肚子。

牙齤/牙齤 ngaa⁴ caat³

讀音

齤，《集韻·黠韻》音「初戛切」，與「察」字在同一小韻，今粵讀 caat³。

古

齒利。《集韻·黠韻》：「齤，齒利。」引申為鋒利。唐·韓愈、孟郊〈征蜀聯句〉：「竹兵彼羧脆，鐵刃我槍齤。」「齤」，又作「齤」。《玉篇·齒部》：「齤，齒利也。」《字彙補·齒部》：「齤，同齤。」

今

牙尖嘴利，自命不凡。如：「佢呢個人好**牙齤**，睇唔起人。」（「他這人自命不凡，瞧不起別人。」）**牙齤**，今俗作「牙擦」。「**牙齤**」又稱「牙齤齤」，意義不變。

牙掗仔 ngaa⁴ aa¹-ngaa¹ zai²

讀音

牙，《集韻·麻韻》音「牛加切」，與「牙」字在同一小韻，今粵讀 ngaa⁴。掗，《集韻·麻韻》音「於加切」，與「鴉」在同一小韻。反切上字「於」屬影母。反切下字「加」屬麻韻，開口二等。中古影母開口二等字今粵讀零聲母，又麻韻開口二等字今粵讀 -aa 韻。「於加切」今讀 aa¹。

古

牙，《集韻·麻韻》：「牙，吳人謂赤子曰掗牙。」又《集韻·麻韻》：「掗，掗牙，赤子。」「赤子」就是初生的嬰兒。「掗牙」是狀寫嬰兒的啼哭聲，因此以喻初生的嬰兒。粵語把「掗牙」倒過來讀成「牙掗」，「掗」也受「牙」的聲母 ng- 順同化，由 aa¹ 讀作 ngaa¹。

「犴孲仔」是指初生的男嬰，也叫「孲仔」。如：「呢個 **犴孲仔**眼仔大大，好精靈。」（「這個男嬰眼睛大大的，很伶俐。」）

∞ **犴孲女**ngaa⁴ ngaa¹ neoi⁵⁻² 初生的女嬰，又稱「孲女」。

牙詀詀 ※ ngaa⁴ zaam¹⁻² zaam¹⁻²

詀，《廣韻·咸韻》音「竹咸切」，今粵語本讀 zaam¹，變調讀 zaam²。

《方言》卷十：「譀譨，拏也。……南楚……或謂之詀諵。」譀譨、詀諵都是絮絮不休之意。《廣韻·咸韻》：「詀，詀諵，語聲。」《玉篇·言部》：「詀，多言也。」《集韻·鹽韻》：「詀，多言。」

爭辯不休。如：「佢份人**牙詀詀**，唔認輸。」（「他為人嘴巴要強，不肯服輸。」）**牙詀詀**，今俗作「牙斬斬」。「**牙詀詀**」與「牙譫譫」二語，「詀」與「譫」聲義相近，屬同源詞。

牙譫譫 ※ ngaa⁴ zaap³ zaap³

譫，《廣韻·盍韻》音「章盍切」。反切上字「章」屬章母，齒音，今粵讀 z-母。反切下字「盍」屬盍韻，開口一等。中古齒音盍韻開口一等字今粵讀 -aap 韻。「章盍切」今讀 zaap³。

「譫」有二義：

❶ 話多。《廣韻·盍韻》：「譫，多言也。」宋·陸游〈霜晴〉：「耄喜譫諄語，衰常蹠踔行。」「譫諄」是嘮叨之意。

❷ 病中胡言亂語。《素問·熱論》：「腹滿身熱，不欲食，譫言。」王冰注：「譫言，謂妄謬而不次也。」《紅樓夢》第一百零二回：「夜裏身熱異常，便譫語綿綿。」

「**牙譫譫**」是喋喋不休，胡亂說話之意。如：「你咪喺度**牙譫譫**。」（「你不要在這兒胡亂說話。」）

瓦鐺 ※ ngaa⁵ caang¹

讀音

鐺，《集韻・庚韻》音「楚耕切」，今粵讀 caang¹。

古

❶ 溫器，似鍋，三足。如：酒鐺、茶鐺、藥鐺。《集韻・庚韻》：「鐺，金屬。」宋・高似孫《緯略・古鐺》：「古銅鐺者，龍首三足，挹注以口。……《述異記》有謂『卿無溫鐺，安得飲酒』，當是溫酒器也。」《世說新語・德行》：「(陳遺) 母好食鐺底焦飯。」清・吳嘉紀〈哭王水心〉：「榻下無兒孫，鐺中無藥餌。」

❷ 烙餅或做菜用的平底淺鍋。明・馮夢龍《古今譚概・儇弄部・石動筩》：「答曰：『是煎餅也。』高祖曰：『我始作之，何因更作？』動筩曰：『乘大家熱鐺子頭，更作一筩。』」

今

「**瓦鐺**」，沙鍋，底部呈平扁狀。今流行「電子**瓦鐺**」。電子**瓦鐺**就是利用電力來煮食的沙鍋。如：「用**瓦鐺**煲飯特別好食。」(「用瓦鍋煮飯特別好吃。」)鐺，今俗作「罉」。

瓦桁 * ※ ngaa⁵ hang⁴-haang¹

讀音

桁，《廣韻・庚韻》音「戶庚切」。反切上字「戶」屬匣母。反切下字「庚」屬庚韻，開口二等。中古匣母開口字今粵語多讀 h- 母，故「桁」切讀 hang⁴，這是文讀，白讀轉為 haang⁴ (如「行」字由文讀 hang⁴ 轉白讀 haang⁴)，再變調讀為 haang¹。

古

桁，屋梁上橫木。《玉篇・木部》：「桁，屋桁也。」《文選・何晏〈景福殿賦〉》：「桁梧複疊，勢合形離。」李善注：「桁，梁上所施也。桁與衡同。」

今

「**瓦桁**」是屋頂上的瓦壟溝，有排水作用。「桁」是房屋的架空的骨架式承重結構。由於「桁」字不常見，今「**瓦桁**」俗作「瓦坑」。

∞ **狗上瓦桁 —— 有條路** gau² soeng⁵ ngaa⁵ hang⁴-haang¹ —— jau⁵ tiu⁴ lou⁶ 歇後語。狗不善攀高，能夠爬上屋頂，肯定有路可循，喻事出有因。而「有條路」又喻男女有不正常的曖昧關係。

※碞磛／巖巉 ngaam⁴ caam⁴

讀音

碞，《集韻・咸韻》音「魚咸切」。反切上字「魚」屬疑母。反切下字「咸」屬咸韻，開口二等。中古疑母二等字今粵讀 ng- 母。「魚咸切」今音 ngaam⁴。磛，《集韻・銜韻》音「鋤銜切」，今粵讀 caam⁴。

古

參差不齊。碞，《說文・石部》：「碞，磛碞也。……《周書》曰：『畏于民碞。』」「磛碞」指積石高峻之貌，「民碞」指民心之險，大概由山石險峻之義引申而來。山石險峻則高低不平，因而又引申出參差不齊之義。磛，《說文・石部》：「磛，礹石也。」「磛碞」，古書多作「巉巖」。唐・李白〈蜀道難〉：「問君西遊何時還，畏途巉巖不可攀。」宋・蘇軾〈後赤壁賦〉：「予乃攝衣而上，履巉巖，披蒙茸。」「巉巖」即「磛碞」，粵語倒言之曰**碞磛**。

今

❶ 高低不平。如：「條山路好**碞磛**。」（「這條山路高低不平。」）

❷ 參差不齊。如：「剪到啲頭髮好**碞磛**。」（「頭髮剪得很參差。」）**碞磛**，今多作「岩巉」。

∞ **碞碞磛磛** ngaam⁴ ngaam⁴ caam⁴ caam⁴ 義與「碞磛」同。

※研 ngaan⁴

讀音

研，《廣韻・先韻》音「五堅切」，與「妍」字在同一小韻，今粵讀 jin⁴。《韻補》記「研」有「磨」義，音「魚巾切」。反切上字「魚」屬疑母，今粵語可轉讀 ng- 母。「魚巾切」可切讀 ngan⁴，這是「研」的文讀，白讀轉為 ngaan⁴。

古

❶ 細磨。這是「研」的本義。《說文・石部》：「研，䃺也。」段玉裁注：「亦謂以石䃺物曰研也。」「䃺」是磨之意。《廣韻・先韻》：「研，磨也。」《呂氏春秋・季秋紀・精通》：「用刀十九年，刃若新䃺研。」北魏・賈思勰《齊民要術・煮杏酪粥法》：「打取杏仁，以湯脫去黃皮，熟研，以水和之，絹濾取汁。」唐・賈島〈原東居喜ލ溫琪頻至〉：「墨研秋日雨，茶試老僧鐺。」《紅樓夢》第三十四回：「晚上把這藥用酒研開，替他敷上。」

❷ 研究。《字彙・石部》：「研，究也。」《易・繫辭下》：「能說諸心，能研諸侯之慮。」《文選・張衡〈東京賦〉》：「如之何其以溫故知新，研覈是非，近於此惑。」

❸ 精細，詳盡。《後漢書・荀彧列傳》：「常以為中賢以下，道無求備，智筭有所**研**疎，原始未必要末，斯理之不可全詰者也。」

今

❶ 用棍棒碾軋。如：「**研**餃子皮」（「擀餃子皮」）、「**研**雲吞皮」（「擀餛飩皮」）。

❷ 碾磨，軋。如：「**研**碎啲花生。」（「把花生軋碎。」）又如：「將啲藥**研**碎沖水飲。」（「把藥磨碎和水服食。」）

眼火㶼 ngaan⁵ fo² biu¹

讀音

㶼，《廣韻・宵韻》音「甫遙切」，與「標」在同一小韻。反切上字「甫」屬幫母，今粵讀 b- 母。「甫遙切」今音 biu¹。

古

「㶼」古義有二：

❶ 火星迸飛。《說文・火部》：「㶼，火飛也。」《廣韻・宵韻》「㶼，飛火。」《史記・淮陰侯列傳》：「天下之士雲合霧集，魚鱗襍遝，熛至風起。」《文選・左思〈吳賦〉》：「鉦鼓疊山，火烈㶼林。」李善注：「㶼，火爓也。」

❷ 來勢迅疾。《史記・司馬相如列傳》：「靁動㶼至，星流霆擊。」《漢書・敍傳下》：「勝、廣㶼起，梁、籍扇烈。」

今

氣得火往上躥，氣憤。如：「嗰班人喺度搞亂，睇到我**眼火㶼**。」（「看見那伙人在這兒搞亂，氣得我火往上躥。」）**眼火㶼**，今作「眼火標」。

∞ **眼火爆** ngaan⁵ fo² baau³　氣得火冒三丈。如：「佢嬲到**眼火爆**。」（「他憤怒得火冒三丈。」）

眼睘睘 ngaan⁵ king⁴ king⁴

讀音

睘，《廣韻・清韻》音「渠營切」，與「瓊」字在同一小韻，今粵讀 king⁴。

古

睘，驚訝地看。《說文・目部》：「睘，目驚視也。」「睘睘」，無所依貌。《詩經》作「煢煢」。〈唐風・杕杜〉：「獨行睘睘，豈無他人？」毛傳：「睘睘，無所依也。」

今

「**眼翼翼**」是目瞪口呆之意。如：「雜技團嘅高難度表演，睇到啲觀眾**眼翼翼**」（「雜技團的高難度表演，觀眾看到目瞪口呆。」）**眼翼翼**，今俗作「眼擎擎」。

※硬掤掤 ngaang⁶ bang⁴⁻¹ bang⁴⁻¹

讀音

掤，《廣韻・耕韻》音「薄萌切」，今粵讀 bang⁴，變調讀 bang¹。

古

強硬，堅硬。《說文・弓部》：「掤，弓彊皃。」「掤」本訓「弓彊」之貌，引申為「滿」義。漢・揚雄《法言・君子》：「或問：『君子言則成文，動則成德，何以也？』曰：『以其掤中而彪外也。』」「掤中而彪外」意謂內涵豐富，表現出來文采優美。「**硬掤掤**」，古書又作「硬綳磞」。明・黃溥《閑中古今錄摘抄》：「奉化應方伯履平……題詩部門之前云：『為官不用好文章，只要胡鬚及胖長。更有一般堪笑處，衣裳糨得硬綳綳。』」《官場現形記》第四十二回：「怎麼？他這個知州腰把子可是比別人硬綳些？就把我本府不放在眼裏？」「綳」的本義是纏束。《說文・糸部》：「綳，束也。」無堅強義。故「硬綳綳」似非 ngaang⁶ bang¹ bang¹ 的本來寫法。

今

❶ 東西、物質堅硬。如：「呢款麵包**硬掤掤**，好難食。」（「這款麵包硬梆梆，很難吃。」）

❷ 硬來。如：「你要同屋企人商量下，唔好**硬掤掤**去做。」（「你要跟家人商量一下，不要硬着去做。」）

❸ 態度生硬，脾氣倔強。如：「佢份人脾氣**硬掤掤**，唔識禮貌。」（「他這人脾氣倔強，不懂禮貌。」）

硬掙 ngaang⁶ caang¹⁻³

古

❶ 身子骨硬，硬朗。《醒世恆言》卷二十七：「那時李承祖病體全愈，身子**硬掙**，遂要別了老嫗，去尋父親骸骨。」

❷ 強硬有力。《二刻拍案驚奇》卷十：「眾人道：『有見識，不枉叫你做鐵裏蟲，真是見識**硬掙**！』」

今

身子骨硬，硬朗。如：「呢個老人家雖然八十幾歲，重好**硬掙**喎。」（「這個

老人家雖然八十多歲，還這麼硬朗。」)「**硬掙**」的「掙」由本調 caang¹ 變調讀 caang³。**硬掙**，今又作「硬掌」。

硬觵觵 ngaang⁶ gwang¹ gwang¹

讀音

觵，《廣韻・庚韻》音「古橫切」。反切上字「古」屬見母。反切下字「橫」屬庚韻，合口二等。中古見母合口字今粵讀 gw- 母，庚韻合口二等字今粵讀 -aang 韻或 -ong 韻。「古橫切」今切 gwang¹ 音。

古

「觵」是兕牛角，可以作杯盛酒喝。《說文・角部》：「觵，兕牛角可以飲者也。……其狀觵觵，故謂之觥。」段玉裁注：「觵觵，壯皃。」「觵」古同「觥」。《詩經・周南・卷耳》：「我姑酌彼兕觥，維以不永傷。」「兕觥」是以犀牛角製的大酒杯。「觵」以兕角為之，故引申有硬義。

今

形容物件堅硬貌。如：「啲栗子煮唔熟，**硬觵觵**嘅，好難咬。」(「這些未熟透的栗子很硬，很難咬碎。」)

熬 ngou⁴-ngaau⁴

讀音

熬，《廣韻・豪韻》音「五勞切」。「**熬**」有文白二讀，文讀 ngou⁴，「五勞切」正切 ngou⁴ 音。白讀 ngaau⁴，即今口語讀音。

古

❶ 用小火慢煮，乾煎。《說文・火部》：「**熬**，乾煎也。」《方言》卷七：「凡以火而乾五穀之類，自山而東，齊、楚以往，謂之**熬**。」《周禮・地官・舍人》：「喪紀，共飯米，**熬**穀。」《後漢書・邊讓列傳》：「少汁則**熬**而不可熟。」

❷ 煎熬。《史記・淮南衡山列傳》：「政苛刑峻，天下**熬**然若焦。」

❸ 忍耐。元・無名氏《鴛鴦被》第一折：「**熬**永夜閒描那花樣子，捱長日頻拈我這繡針兒。」《三國演義》第十六回：「虧得那馬是大宛良馬，**熬**得痛，跑得快。」

今

「**熬**」是烹調法，久煮之意。如：**熬**粥、**熬**藥等。又如：「用烏雞**熬**湯會好熱氣。」(「用烏雞**熬**湯很容易讓人上火。」)

㓷 aau³-ngaau⁴

讀音

㓷，《集韻・效韻》音「於教切」。反切上字「於」屬影母。反切下字「教」屬效韻，開口二等。中古影母開口二等字今粵讀零聲母。「於教切」今音 aau³，變調讀陽平聲，聲母轉為 ng- 母，「㓷」今粵讀 ngaau⁴。

古

器物不平整。《集韻・效韻》：「㓷，器中不平。」

今

器物不平整，走樣，變形。如：「塊膠板曬得太耐，**㓷**咗。」（「這塊膠板曝曬的時間太長，變形了。」）

撢 jam⁴-ngam⁴

讀音

撢，《廣韻・侵韻》音「夷針切」。反切上字「夷」屬喻 (以) 母，今粵語讀 j- 母。「餘針切」今粵音讀 jam⁴，這是文讀，白讀則轉讀為 ngam⁴。

古

❶ 探求。《說文・手部》：「撢，探也。」《周禮・夏官・撢人》：「撢人掌誦王志，道國之政事。」賈公彥疏：「撢取王之此志，又道國之政事。」三國・魏・張揖〈上《廣雅》表〉：「竊以所識，擇撢羣藝。」

❷ 引。《淮南子・俶真訓》：「撢掞挺挏，世之風俗。」高誘注：「撢，引。掞，利也。挺挏猶上下也，以求利便也。」

今

摸，掏。如：「快啲**撢**荷包找數！」（「趕快掏錢包結賬！」）

∞ **撢穿袋** jam⁴-ngam⁴ cyun¹ doi⁶⁻² 掏破衣袋。如：「**撢**穿袋都**撢**唔到一文。」（「掏破衣袋也摸不到一元出來。」）

殀 ngan¹

古

人瘦弱。宋・范成大《桂海虞衡志・雜志》：「殀，人瘦弱也。」清・鈕琇《觚賸・粵觚上・語字之異》：「粵中語少正音，書多俗字。……人物之瘦者為殀。」

今

❶ 瘦弱短小。如：「佢生得好**殀**。」（「他長得瘦弱短小。」）

❷ 收入少。如:「我每個月嘅收入好**冚**咋。」(「我每個月的薪酬是很微薄的。」)

∞ **冚切切** ngan¹ cit³⁻¹ cit³⁻¹ 形容人生得短小瘦弱。

∞ **冚媷鬼命** ngan¹ niu⁵⁻¹ gwai² meng⁶ 罵人話。又高又瘦。

∞ **冚皮** ngan¹ pei⁴ (小孩) 頑皮,調皮。如:「呢個細路好**冚皮**。」(「這個孩子很頑皮。」)

銀包 ngan⁴ baau¹

古

錢包。《古今小說》卷一:「說罷,將金錠放**銀包**內,一齊包來。」明・醒世居士《八段錦》第二段:「那羊學德便捏了楊、王二人的手,將**銀包**遞過去了。」《三俠五義》第五十九回回目:「倪生償**銀包**興進縣 / 金令贈馬九如來京」。《包公案:龍圖公案》第七十則:「少頃,身旁眾人挨擠甚緊,背後一人以手托任溫的袖,其**銀包**從袖口挨手而出。」

今

錢包。如:「我個**銀包**唔見咗,你幫我搵下。」(「我的錢包不見了,你替我找找吧。」)

銀子/銀紙 ngan⁴ zi²

古

古時以白銀來造的貨幣。如:《醒世恆言》卷十:「當下吃完酒飯,劉公又叫媽媽斟兩杯熱茶來吃了。老軍便腰間取出**銀子**來還錢。」「**銀紙**」與「**銀子**」不同,即紙幣、鈔票。《二十年目睹之怪現象》第五十七回:「這是從金山發財回來的,鐵櫃裏面不知有多少**銀紙** (粵言鈔票也)。」

今

今用「**銀紙**」,不用「**銀子**」。

❶ 紙幣、鈔票。如:「依家啲**銀紙**縮晒水。」(「現在鈔票大大貶值了。」)

❷ 泛指錢財。如:「你有幾多**銀紙**?畀晒我!」(「你有多少錢?通通給我!」)

※ 嗑 ngap⁶⁻¹

讀音

嗑,《廣韻・合韻》音「五合切」,今粵讀 ngap⁶,變調讀 ngap¹。

眾聲。《廣韻‧合韻》:「噏,眾聲。」

胡謅,說。如:「你唔好亂咁噏。」(「你不要胡亂說話。」)又如:「你 噏乜嘢?」(「你在說甚麼?」)噏,今俗作「嗡」。

∞ **隨口噏,當祕笈** ceoi⁴ hau² ngap⁶⁻¹ , dong³ bei³ kap¹ 粵語順口溜,意謂隨便說說,便以為是金科玉律。

∞ **發噏風** faat³ ngap⁶⁻¹ fung¹ 胡說八道。如:「你咪**發噏風**啦!」(「你不要胡說八道!」)

∞ **噏三噏四** ngap⁶⁻¹ saam¹ ngap⁶⁻¹ sei³ 胡說八道。如:「你咪喺度**噏三噏四**。」(「你不要在這兒胡亂說話。」)

※ 岋 ngap⁶

岋,《集韻‧合韻》音「鄂合切」,今粵讀 ngap⁶。

搖動貌。《集韻‧合韻》:「岋,動兒。《漢書》:『天動地岋。』」「天動地岋」見《漢書‧揚雄列傳上》,「岋」是動搖之意。《南史‧謝弘微列傳》:「**岋岋慅慅**,常如行尸。」「**岋岋慅慅**」,指內心搖動不安之意。

不穩、搖晃貌。如:「張凳**岋**下**岋**下,唔好坐呀。」(「那張椅子搖搖晃晃,不要坐下。」)又如:「好大風,連鋪頭啲招牌都吹到搖搖**岋岋**。」(「風很大,連商店前的招牌也吹到搖晃不定。」)

牛百葉 ngau⁴ baak⁵ jip⁶

牛胃。《說文‧肉部》:「胘,**牛百葉**也。」「膍,**牛百葉**也。」「**牛百葉**」是牛隻胃部中的第三個間隔瓣胃,瓣胃成葉片狀,故稱「**牛百葉**」。可用作食膳。又稱「百葉」。清‧沈自南《藝林匯考‧飲食篇》卷四:「齏者,以百葉諸物細切之,和以醯醬,不待瓶中百日而成,故別為齏之名。」

牛胃。粵式茶樓通常有**牛百葉**點心供應。**牛百葉**的烹調法很多,如羌葱**牛**

百葉、白灼**牛百葉**、紅油**牛百葉**、爆炒**牛百葉**等。**牛百葉**，今或作「牛百頁」，俗作「牛柏葉」。

哦 ngo⁴

❶ 吟哦。《說文・口部》新附字：「**哦**，吟也。」唐・韓愈〈藍田縣丞廳壁記〉：「對樹二松，日**哦**其間。」宋・梅堯臣〈招隱堂寄題樂郎中〉：「日**哦**招隱詩，日誦歸田賦。」

❷ 自言自語，嘮叨不休。明・殷都〈南仙呂・二犯桂枝香〉：「只落得眉兒上鎖，心兒裏窩，指兒上數，口兒裏**哦**。」

嘮叨不休。如：「今早畀老細**哦**咗成個鐘頭，好無癮！」（「今早給上司嘮叨了差不多一小時，真沒趣！」）

∞ **日哦夜哦** jat⁶ ngo⁴ je⁶ ngo⁴　早晚絮絮不休地說話。如：「呢幾日畀老婆**日哦夜哦**，要我攞假同佢去歐洲旅行。」（「這幾天給妻子日夜不停嘮叨，要求我請假陪她到歐洲旅行。」）

外父 ngoi⁶ fu⁶⁻²

岳父。宋・無名氏《潛居錄》：「馮布少時，絕有才幹，贅於孫氏，其**外父**有煩瑣事，輒曰：『俾布代之。』至今吳中謂『倩』為『布代』。」《警世通言》卷二十：「周三不合圖財殺害**外父**外母，慶奴不合因奸殺害兩條性命，押赴市曹處斬。」《金瓶梅》第六十七回：「小的**外父**孫清，搭了個夥計馮二，在東昌府販綿花。」

岳父。如：「我**外父**份人好相與，唔會計較。」（「我岳父為人很隨和，不會斤斤計較。」）**「外父」**的「父」由本調 fu⁶ 變調讀 fu²。

∞ **外父咁外** ngoi⁶ fu⁶⁻² gam³ ngoi⁶　以諧音說人礙事，妨礙別人。「外」、「礙」粵語同音。

外家 ngoi⁶ gaa¹

古

娘家。《史記·魏其武安侯列傳》:「時諸**外家**為列侯。」《說文·邑部》:「邰,炎帝之後,姜姓所封,周棄**外家國**。」「棄」是指周始祖后稷的名。「周棄**外家國**」是周始祖后稷母親祖家的領地。《後漢書·皇后紀上·禹皇后紀》:「前過濯龍門上,見**外家**問起居者,車如流水,馬如游龍。」

今

娘家。如:「我老婆返咗**外家**,要下個月至返嚟。」(「內子回了娘家,要下月才回來。」)

外母 ngoi⁶ mou⁵⁻²

古

岳母。明·李昌祺《剪燈餘話·卷二·瓊奴傳》:「適因入驛,見媽媽狀貌酷與苕**外母**相類,故不覺感悽。」《金瓶梅》第九十三回:「敬濟道:『家外父死了,**外母**把我攆出來。』」《二十年目睹之怪現狀》第三回:「雖是他**外母**代他連懇求帶矇混的求出信來,他卻不爭氣,誤盡了事。」

今

岳母。如:「我**外母**恨抱孫,成日催我同老婆快啲生仔。」(「我岳母很想抱孫子,經常催我和妻子早點生孩子。」)「**外母**」的「母」由本調 mou⁵ 變調讀 mou² 。

※頋 ngok⁶

讀音

頋,《廣韻·覺韻》音「五覺切」,與「岳」字在同一小韻,今粵讀 ngok⁶ 。

古

趾高氣揚貌。《說文·頁部》:「頋,面前岳岳也。」意思是臉上顯出趾高氣揚的樣子。清·朱駿聲《說文通訓定聲》:「吾蘇俗諺,言人趾高氣揚之兒曰頭高頋。」引申為抬頭之意。

今

抬頭。如:「你**頋**高頭睇下。」(「你抬頭看看。」)又如:「佢一咪頭**頋頋**咁行路,前面有個水氹都睇唔到。」(「他只顧抬高頭走路,前面有個水坑也看不到。」)**頋**,今俗作「岳」。

戇 ※ zong³-ngong⁶

讀音

戇，《廣韻·絳韻》音「陟降切」，粵語本讀音 zong³，口語唸 ngong⁶。戇是一個訓讀字。

古

愚直。《說文·心部》：「戇，愚也。」《正字通·心部》：「戇，急直也。」《墨子·非儒下》：「其親死，列尸弗斂，登堂窺井，挑鼠穴，探滌器，而求其人矣，以為實在，則戇愚甚矣。」《荀子·大略》：「悍戇好鬥，似勇而非。」《史記·汲黯列傳》：「甚矣，汲黯之戇也。」元·無名氏《千里獨行》楔子：「信着俺小叔莽戇多英勇。」

今

傻，笨。如：「佢都戇嘅，份工咁高人工都唔去做。」（「他真傻，這工作工資那麼高也不去幹。」）

∞ **戇居** zong³-ngong⁶ geoi¹ 傻，笨。如：「嗽嘅假冒貨你都買，乜你咁戇居㗎？」（「那樣的冒牌貨你也去買，為甚麼你這麼傻居呢？」）

∞ **戇居居** zong³-ngong⁶ geoi¹ geoi¹ 傻乎乎。如：「你個人戇居居嘅。」（「你這個人傻頭傻腦的。」）

∞ **戇直** zong³-ngong⁶ zik⁶ 老實而帶點傻氣。如：「佢個人好戇直，唔會講大話。」（「他這個人很愚直，不會說謊話。」）

撓 ※ ngou⁶⁻⁴

讀音

撓，《集韻·号韻》音「魚到切」。反切上字「魚」屬疑母，今粵讀 ng- 母。反切下字「到」屬号韻，開口一等。中古号韻一等字今粵 -ou 韻。「魚到切」今讀 ngou⁶，變調讀 ngou⁴。

古

搖動。《集韻·号韻》：「撓，動也。」「撓」與「赘」有同源關係。《集韻·号韻》：「赘，動搖貌。」同音「魚到切」。漢·揚雄〈河東賦〉：「嘻嘻旭旭，天地稠赘。」「稠赘」，動搖之意。「赘」是山石動搖，「撓」是用手動搖。

今

晃動，用力搖動。如：「點撓佢都唔醒。」（「怎樣搖動他也不醒過來。」）又如：「撓勻啲藥水至好飲。」（「把藥水搖勻了才喝。」）

∞ **撓簽** ngou⁶⁻⁴ cim¹ 搖動簽筒內的小竹片，在神前求簽。

∞ **揢色仔**ngou⁶⁻⁴ sik¹ zai² 搖色子。也稱「擲色仔」(zaak⁶ sik¹ zai²)。

搦 nik⁶⁻¹

搦，《正韻》音「女力切」，今本音 nik⁶，變調讀 nik¹。

❶ 按壓。《說文・手部》：「**搦**，按也。」《周禮・冬官考工記・矢人》：「橈之，以眡其鴻殺之稱也。」鄭玄注：「橈**搦**其幹。」「橈**搦**」是按壓使之屈曲之意。

❷ 壓抑。《文選・左思〈魏都賦〉》：「**搦**秦起趙，威振八蕃。」

❸ 握，持。三國・魏・曹植〈幽思賦〉：「**搦**素筆而慷慨，揚大雅之哀吟。」金・董解元《西廂記諸宮調》卷二：「緊**搦**著鐵棒。」

❹ 撫、摩。《文選・班固〈答賓戲〉》：「當此之時，**搦**朽摩鈍，鉛刀皆能一斷。」唐・段成式《酉陽雜俎・卷九・盜俠》：「乃舉手**搦**腦後，五丸墜地焉。」

提，拿。如：「**搦**返嗰本書畀我。」（「把那本書拿回給我。」）又如：「佢**搦**起嗰袋行李就走咗。」（「他提起了那袋行李便走了。」）

※唸口簧 nim⁶ hau² wong⁴⁻²

簧，《廣韻・唐韻》音「胡光切」，今粵讀 wong⁴，變調讀 wong²。

❶ 樂器裏用以振動發聲的薄片，用竹、金屬或其他材料製成。《說文・竹部》：「簧，笙中簧也。」《正字通・竹部》：「簧，笙竽管中舌金葉也。笙竽皆以竹管植匏中，而竅其管底之側，以薄金葉障之，吹則鼓之而出聲，所謂簧也。」

❷ 喻動聽的言語。《詩經・小雅・巧言》：「巧言如簧，顏之厚矣。」孔穎達疏：「巧為言語，結構虛辭，速相待合，如笙中之簧，聲相應和，見人不知慙愧，其顏面之容甚厚矣。」漢・焦延壽《焦氏易林・坤之夬》：「一簧兩舌，妄言謬語，三姦成虎，曾母投杼。」

兒童唸書，只能作聲，而不知文字的含義，如簧在口而已。如：「我細個嗰陣讀唐詩，只係**唸口簧**咋，唔知內容講乜。」（「小時候我讀唐詩，只懂得唸內容，卻不知道其中的意義。」）「**唸口簧**」的「簧」由本調 wong⁴ 變調讀 wong²。**唸口簧**，今俗作「唸口黃」。

挼 no⁴

讀音

挼，《廣韻·戈韻》音「奴禾切」，今粵讀 no⁴。

古

用手揉搓。《廣韻·灰韻》：「挼，手摩物也。」又《廣韻·戈韻》：「挼，挼莏。《說文》曰：『摧也。……一日兩手相切摩也。』俗作挼。」宋·洪邁《夷堅甲志·李舒長僕》：「(李) 行深山中，奏溷無水盥手，方折草挼莏，一人在傍，持銅槃盛水以奉之，又執布巾以進。」

今

用手揉搓。如：「要用力挼下條毛巾，先會乾淨嘅。」(「要用力把毛巾揉搓，才會乾淨的。」)

糯米餈 no⁶ mai⁵ ci⁴

讀音

餈，《廣韻·脂韻》音「疾資切」。反切上字「疾」屬從母，全濁。反切下字「資」屬脂韻，平聲。中古從母平聲字今粵音讀 c- 母，故「疾資切」讀 ci⁴。

古

餈，《周禮·天官冢宰·籩人》「糗餌、粉餈。」鄭玄注：「二物皆粉稻米黍米所為也。合蒸曰餌，餅之曰餈。糗者，擣粉熬大豆，為餌餈之黏着，以粉之耳。餌言糗，餈言粉，互相足。」《說文·食部》：「餈，稻餅也。」或作「餈」、「粢」。《廣韻·脂韻》：「餈，飯餅也。」「餈」是米類穀物製成的餅，各地用料和做法有異，如廣東有的地方把糯米磨成粉，和水搓揉成圓形，壓扁成圓餅，再煎成粉餅。

今

❶ 用糯米粉做的有餡 (如：芝麻、花生、紅豆等) 的糰子，可蒸食、煎食或煮食。如：「我最中意食芝麻糯米餈。」(「我最愛吃用芝麻做餡的糯米糰子。」)

❷ 荔枝的一個優良品種，核小、肉厚、味甜。餈，今又作「糍」。

∞ **雪糕糯米餈** syut³ gou¹ no⁶ mai⁵ ci⁴ 用冰淇淋來做餡兒的糯米餈，放在冰箱內，冰硬了才吃。

內宄 noi⁶ gwai²

讀音

宄，《廣韻·旨韻》音「居洧切」，與「軌」字在同一小韻。反切上字「居」屬

見母，牙音。反切下字「洀」屬旨韻，合口三等。中古見母合口字今粵讀 gw- 母。又中古牙音旨韻字今粵讀 -ai 韻。「居洀切」今讀 gwai²。

「宄」有二義：

❶ 從內部作亂或竊奪。《說文・宀部》：「宄，姦也。外為盜，內為宄。」段玉裁注：「凡盜起外為姦，中出為宄。」《廣韻・旨韻》：「宄，內盜也。」《尚書・牧誓》：「俾暴虐于百姓，以姦宄于商邑。」孔穎達疏：「『姦宄』謂劫奪。」《國語・晉語六》：「亂在內為宄，在外為姦。禦宄以德，禦姦以刑。」《文選・張衡〈西京賦〉》：「重門襲固，姦宄是防。」李善注引孔安國《尚書傳》曰：「寇賊在外曰姦，在內曰宄。」

❷ 犯法作亂的人。《三國志・吳志・張昭傳》：「奸宄競逐，豺狼滿道。」

內宄，指潛伏在己方內部，為敵對勢力提供情報、消息的人。如：「原來佢係**內宄**，將我哋啲商業祕密話界我哋嘅對手知。」（「原來他是內部奸細，把我們的商業祕密透露給我們的商業對頭人。」）**內宄**，今俗作「內鬼」。

※ 腦囟 nou⁵ seon³⁻²

囟，《廣韻・震韻》音「息晉切」，今粵讀 seon³，變調讀 seon²。

囟，囟門。《說文・囟部》：「囟，頭會，匘（腦）蓋也。」意謂頭骨會合的地方，大腦的蓋。《禮記・內則》：「三月之末，擇日翦髮為鬌，男角女羈。」鄭玄注：「鬌，所遺髮也。夾囟曰角，午達曰羈也。」孔穎達疏：「囟是首腦之上縫，⋯⋯夾囟兩旁，當角之處，留髮不翦。⋯⋯《儀禮》云：『度尺而午。』注云：『一從一橫曰午。』今女翦髮留其頂上，縱橫各一，相交通達，故云『午達』。」《初刻拍案驚奇》卷十四：「二鬼道：『此即汝母，汝從囟門入！』說罷，二鬼即出。」

腦囟，即囟門，指嬰兒頭頂骨的縫隙，在頭頂的前部中央。如：「呢個細路仔成歲大啦，個**腦囟**重未生埋。」（「這個小孩子周歲大了，囟門尚未長好。」）「**腦囟**」的「囟」，今或作「䪿」。

∞ **腦囟生唔埋** nou⁵ seon³⁻² saang¹ m⁴ maai⁴ 喻人幼稚無知，不成熟。如：「咁嘅事你都會做，你梗係**腦囟生唔埋**喇。」（「這樣的事情你也會做，你真太幼稚了。」）

∞ **腦囟生唔實** nou⁵ seon³⁻² saang¹ m⁴ sat⁶ 喻人缺乏主見。如:「你咪**腦囟生唔實**,快啲落決定啦!」(「你不要沒有主見,快點兒下決定吧!」)

*黷 nung⁴⁻¹

<u>讀音</u>

黷,《集韻·鐘韻》音「尼容切」,今粵讀 nung⁴,變調讀 nung¹。

<u>古</u>

十分黑。《集韻·鐘韻》:「**黷**,**黷**黯,黑甚。」

<u>今</u>

食物燒焦變味。如:「啲飯煲**黷**咗啦。」(「飯燒焦了。」)**黷**,今俗作「燶」。

∞ **面黷黷** min⁶ nung⁴⁻¹ nung⁴⁻¹ 板着臉,不高興。如:「佢成日**面黷黷**,一定係賭馬輸咗錢。」(「他整天板着臉,一定是賽馬輸了錢。」)

∞ **黷口黷面** nung⁴⁻¹ hau² nung⁴⁻¹ min⁶ 板着臉,不高興,與「面黷黷」同。

疴屎 o¹ si²

<u>古</u>

大便。《玉篇·疒部》:「疴,病也。」又作「屙」。《儒林外史》第八十七回:「成老爺睡了一夜,半夜裏又吐,吐了又屙屎。」

<u>今</u>

大便。如:「食得太飽,要去**疴屎**。」(「吃得太飽了,要上廁大便。」)

∞ **又疴又嘔** jau⁶ o¹ jau⁶ au² 又瀉又吐。

∞ **疴尿** o¹ liu⁶ 小便。

∞ **肚疴** tou⁵ o¹ 拉肚子。

*派頭 paai³⁻¹ tau⁴

<u>古</u>

人表現出來的氣勢,氣派。《歧路燈》第九十四回:「一傳十,十傳百,都說譚大老爺與紹聞是本家兄弟,某日還要到蕭牆街來賀喜,這個**派頭**就大了。」《二十年目睹之怪現狀》第二十四回:「有甚麼趣味呢,不過故作偃蹇,鬧他那狂士**派頭**罷了。」

氣派，架子。如：「佢住豪華別墅，出入坐名車，由司機揸車接送，認真夠**派頭**。」（「他住在豪華別墅，出入坐名貴汽車，由司機開車接送，真的氣派十足。」）「**派頭**」的「派」由本調 paai³ 變調讀 paai¹。

∞ **派** paai³⁻¹　時髦，摩登。如：「佢打扮得好**派**喎！」（「她打扮得很時髦啊！」）又如：「你話我着得老土，我就**派**界你睇。」（「你說我衣着土氣，那我就扮時髦給你看。」）

抨 paang¹

抨，《廣韻·耕韻》音「普耕切」，今粵讀 paang¹。

❶ 開弓，彈。《說文·手部》：「**抨**，彈也。」（大徐本《說文》作「**抨**，撣也。」，今據段玉裁《說文解字注》改。）段玉裁注：「彈者，開弓也。」《廣韻·耕韻》：「**抨**，彈也。」唐·杜甫〈自閬州領妻子卻赴蜀山行三首〉其三：「轉石驚魑魅，**抨**弓落狖鼯。」唐·李賀〈猛虎行〉：「長戈莫舂，長弩莫**抨**。」

❷ 打擊。南朝·梁·沈約〈郊居賦〉：「翅**抨**流而起沫，翼鼓浪而成珠。」

❸ 彈劾。《新唐書·陽嶠列傳》：「楊再思素與嶠善，知其意不樂彈**抨**事。」宋·陸游〈賀蔣中丞啟〉：「某聞人情不遠，立朝誰樂於**抨**彈。」

❹ 隨從。《爾雅·釋詁下》：「俾、拼、**抨**、使，從也。」郭璞注：「四者又為隨從。」

趕，打。如：「**抨**佢出去。」（「趕他出去。」）又如：「信唔信我用屈頭掃把**抨**你跙？」（「信不信我用掃帚頭把你打走？」）現代漢語有「**抨擊**」一詞，指用語言或文字批評或攻擊他人，「**抨擊**」粵音應讀 paang¹ gik¹，今人多把「**抨**」讀為「評」（ping⁴）。

拋錨 paau¹ naau⁴

錨，鐵製停船用具，一頭有鈎爪，另一頭用鐵鏈連在船上，拋到水底，可以使船停穩。《玉篇·金部》：「錨，器。」《正字通·金部》：「錨，即今船首尾四角叉，用鐵索貫之，投水中，使船不動搖者。」「**拋錨**」是泊船下錨之意。《警世通言》卷一：「水底**拋錨**，崖邊釘橛。」

❶ 把錨拋入水中，使船停穩。如：「由於呢度冇碼頭，隻船只有喺淺灘度**拋錨**。」（「由於這兒沒有碼頭，船隻只得在淺灘**拋錨**。」）

❷ 汽車中途生故障而停止行駛。如：「架車行行下爆呔，局住喺路中間**拋錨**。」（「汽車在途中輪胎破裂，被迫在路中心停了下來。」）

∞ **起錨** hei² naau⁴ 把錨拔起，船開始起行。《鏡花緣》第二十七回：「三人下來，開發腳錢，**起錨**揚帆。」又如：「颶風過咗，可以**起錨**開船。」（「颶風過去了，可以**起錨**啟航。」）

炮仗 paau³ zoeng⁶⁻²

爆竹。明・沈宣〈蝶戀花〉（鑼鼓兒童聲聒耳）：「**炮仗**滿街驚耗鬼，松柴燒在烏盆裏。」《紅樓夢》第五十四回：「他提起**炮仗**來，咱們也把煙火放了，解解酒。」

爆竹。如：「細路仔嗰陣時，新年燒**炮仗**好開心。」（「小時候，新年燃放爆竹，很高興的。」）「**炮仗**」的「仗」由本調 zoeng⁶ 變調讀 zoeng²。

∞ **炮仗頸** paau³ zoeng⁶⁻² geng² 比喻急脾氣，火性子。如：「佢份人正一**炮仗頸**，一唔啱就跟人嘈㗎啦。」（「他這人真是火性子，意見不合便會跟別人吵起來的。」）

※ 剕 pai¹

剕，《廣韻・齊韻》音「匹迷切」，今粵讀 pai¹。

削。《廣韻・齊韻》：「**剕**，剕斫。」

削。如：「**剕**個蘋果食。」（「削一個蘋果來吃。」）就是把蘋果削去皮後進食。又如：「**剕**薯仔」、「**剕**梨」、「**剕**蔗」，分別指削去馬鈴薯、梨子和甘蔗的皮。**剕**，今俗作「批」。

頻躙 pan⁴ lan⁴

讀音

躙，《集韻‧真韻》音「離珍切」，今粵讀 lan⁴。

古

躙，《說文‧足部》：「躙，轢也。」又〈車部〉：「轢，車所踐也。」可知「躙」最初解車輪踐壓的地方。後「躙」引申為行貌。《集韻‧真韻》：「躙，躙躙，行兒。」

今

匆忙，急忙。如：「你唔好走得咁**頻躙**，因住跌親呀。」（「你不要走得如此匆忙，小心會跌倒。」）

敁/玻 pei¹

讀音

敁，《廣韻‧支韻》音「敷羈切」。反切上字「敷」屬滂母，今粵讀 p- 母。「敷羈切」今讀 pei¹。**玻**，《廣韻‧支韻》也音「敷羈切」，今讀 pei¹。

古

敁，《方言》卷六：「器破而未離謂之璺。南楚之間謂之**敁**。」《廣韻‧支韻》：「**玻**，器破而未離。」《玉篇‧皮部》：「**玻**，音披。器破。」「**敁**」與「**玻**」是異體字，「**玻**」較後出。

❶ 器物磨損。如：「個螺絲批**敁**咗。」（「螺絲刀磨損了。」）

❷ 器物破損。如：「張雲石枱枱邊**敁**咗。」（「雲石枱枱邊破損了。」）

紕 pei¹

讀音

紕，《廣韻‧脂韻》音「匹夷切」。反切上字「匹」中古屬滂母，唇音，今粵讀 p- 母。反切下字「夷」中古屬脂韻，開口三等。中古唇音脂韻開口三等字今粵讀 -ei 韻。「匹夷切」今讀 pei¹。

古

❶ 繒欲壞。《廣韻‧脂韻》：「**紕**，繒欲壞也。」

❷ 謂絲織物稀疏。元‧趙明道〈夜行船‧寄香羅帕〉套曲：「幅尺闊全無半縷**紕**。」

今

❶ 布類起毛，將壞。如：「件衫着到**紕**晒。」（「襯衣穿到起毛頭了。」）

❷ 毛衣類的邊緣鬆散。如：「件冷衫的袖邊**紕**咗口。」（「毛衣的邊緣鬆散了。」）

貔貅 pei⁴ jau¹

貔，《廣韻・尤韻》音「房脂切」。反切上字「房」屬並母，中古並母平聲字今粵讀 p- 母。反切下字「脂」屬脂韻，開口三等。中古唇音脂母開口三等字今粵讀 -ei 韻。「房脂切」今讀 pei⁴。貅，《廣韻・尤韻》音「許尤切」。反切上字「許」屬曉母。反切下字「尤」屬尤韻，開口三等。中古曉母開口字今粵讀 h- 母，例外的讀法有「休」字，《廣韻・尤韻》音「許尤切」，今粵讀 jau¹。「休」與「貅」在《廣韻》屬同一小韻，故貅也切讀 jau¹。

古

❶ **貔貅**，猛獸名。《尚書・牧誓》：「如虎如貔。」《廣韻・脂韻》：「貔，獸名。」又《廣韻・尤韻》：「貅，**貔貅**，猛獸。」

❷ 喻勇猛軍士。《晉書・熊遠列傳》：「命**貔貅**之士，鳴檄前驅。」

今

調皮，搗蛋。如：「呢個細路好**貔貅**。」（「這個孩子很調皮。」）

髀骨 ping¹-peng¹ gwat¹

讀音

髀，《集韻・青韻》音「滂丁切」，今粵讀 ping¹，這是文讀，白讀轉 peng¹ 音。

古

肋骨。《集韻・青韻》：「髀，肋骨。」

今

肋骨。如：「佢唔小心喺閣仔跌落嚟，跌斷咗幾條**髀骨**。」（「他不小心從閣樓摔下，折斷了幾條肋骨。」）

潎 pit³

讀音

潎，《廣韻・薛韻》音「芳滅切」。反切上字「芳」屬滂母，今粵讀 p- 母。「芳滅切」今讀 pit³。

古

❶ 在水中漂擊絲絮。《說文・水部》：「**潎**，於水中擊絮也。」《廣韻・薛韻》：「**潎**，漂潎。」

❷ 水流輕疾。《集韻・薛韻》：「潎，潎洌，流輕疾皃。」《史記・司馬相如列傳》：「橫流逆折，轉騰潎洌。」司馬貞《索隱》引蘇林曰：「流輕疾也。」

<u>今</u>

潎（雨）。如：「快啲閂窗，唔好畀雨潎入嚟。」（「快關窗戶，別讓雨點潎進來。」）又如：「畀雨潎濕衫褲。」（「給雨水淋濕了衣裳。」）

∞ **潎脫** pit³ tyut³ 乾脆爽快。如：「佢做嘢好潎脫。」（「他做事很爽快。」）

膊 pok¹

<u>讀音</u>

膊，《集韻・覺韻》音「匹角切」，今粵讀 pok¹。

<u>古</u>

皮腫起。《廣韻・覺韻》：「膊，皮破起。」即是皮腫起的意思。

<u>今</u>

小泡。如：「我隻手指公畀滾水燶親，起咗個膊。」（「我的拇指給沸水燙傷，起了個小泡。」）

鋪面 pou³ min⁶⁻²

<u>古</u>

店鋪，商店。《水滸全傳》第四十三回：「（朱貴）便走到店裏，收拾包裹，交割鋪面與石勇、侯健，自奔沂州去了。」《紅樓夢》第一百二十回：「花自芳的女人將親戚作媒，說的是城南蔣家的，現在有房有地，又有鋪面。」

<u>今</u>

商店的門面。如：「呢間鋪頭的鋪面好大，六七個人同時入嚟都得。」（「這間商店的門面很大，六七個人同時進來也行。」）

∞ **鋪頭** pou³ tau⁴⁻² 小店鋪。如：「呢間鋪頭專賣相機。」（「這間商店專門出售攝影機。」）

∞ **鋪位** pou³ wai⁶⁻² 店鋪所佔的位置。如：「呢個鋪位好正㗎，早晚都有好多人嚟買嘢。」（「這間店鋪所佔的位置很好，早晚都有很多人來光顧。」）

浮 pou⁴

<u>讀音</u>

浮，《廣韻・尤韻》音「縛謀切」。反切上字「縛」屬奉母，今粵語本讀 p- 母，

但有部分奉母字讀音在中古演變過程中，轉讀輕唇音 f- 母，「**浮**」字亦然，今粵讀 f- 母。反切下字「謀」屬尤韻，開口三等，今粵讀 -au 韻，「縛謀切」今讀 fau⁴。「**浮**」尚有一古音保存在今粵語的口語中。「**浮**」的上古音，聲母屬奉母，韻母屬幽部。上古部分奉母字今粵讀 p- 母，部分則轉讀 f- 母。上古幽部字今粵語有讀 -au 韻（如「流」、「留」、「柳」等字），部分則讀 -ou 韻（如「老」、「牢」、「醪」等字）。今粵語「**浮**」字除讀 fau⁴ 音外，尚保留較古的讀音 pou⁴。

古

❶ 漂浮。《說文·水部》：「**浮**，氾也。」《詩經·小雅·菁菁者莪》：「汎汎楊舟，載沉載**浮**。」

❷ 泛舟，渡水。《楚辭·九章·哀郢》：「過夏首而西**浮**兮，顧龍門而不見。」唐·李白〈梁園吟〉：「我**浮**黃河去京闕，挂席欲進波連山。」

❸ 飄在空中。《論語·述而》：「不義而富且貴，於我如**浮**雲。」

❹ 游蕩。《韓非子·和氏》：「官行法則**浮**萌（氓）趨於耕農，而游士危於戰陳。」

今

❶ 飄浮。如：「啲死魚**浮**晒上水面。」（「死了的魚全**浮**上水面。」）

❷ 玩。如：「你平時中意去邊度**浮**呀？」（「你平日喜歡歡到哪兒玩呢？」）**浮**，今俗作「蒲」。

∞ **夜浮** je⁶ pou⁴ 晚上出去混。如：「佢哋班後生仔好中意**夜浮**。」（「他們這伙年青人很喜歡晚上到處流連消遣。」）

∞ **浮夜店** pou⁴ je⁶ dim³「佢晚晚出去**浮夜店**。」（「他每晚都到夜店流連消遣。」）

∞ **浮頭** pou⁴ tau⁴ 露面。如：「近牌唔見佢**浮頭**喎！」（「近來不見他露面啊！」）

※**埄** pung⁴⁻¹

讀音

埄，《集韻·東韻》音「蒲蒙切」。反切上字「蒲」屬並母，並母平聲字今粵讀 p- 母。「蒲蒙切」今讀 pung⁴，變調讀 pung¹。

古

❶ 塵。《集韻·東韻》：「**埄**，塵也。」

❷ 塵隨風起。《字彙·土部》：「**埄**，塵隨風起。」

蒙蓋（灰塵）。如：「個書架**墶**滿灰塵。」（「那個書架蒙上灰塵。」）又如：「個鋼琴面**墶**晒塵。」（「那鋼琴上面落滿灰塵。」）

※ 鬡鬆／鬡鬆 pung⁴ sung¹

鬡，《廣韻・東韻》音「薄紅切」。反切上字「薄」屬並母，並母平聲字今粵讀 p- 母。「薄紅切」今讀 pung⁴。《廣韻・冬韻》「鬆」、「鬆」並音「私宗切」，今粵讀 sung¹。

❶ 頭髮散亂。《廣韻・東韻》：「鬡，鬡鬆，髮亂皃。」「鬆」即「鬆」的異體字。《廣韻・冬韻》：「鬆，鬡鬆，髮亂皃。」古書「鬡鬆」多寫作「蓬鬆」。唐・陸龜蒙〈自憐賦〉：「首蓬鬆以半散，支棘瘠而枯疎。」《西遊記》第二十二回：「一頭紅燄髮蓬鬆，兩隻圓睛亮似燈。」

❷ 形容物體結構鬆散、不夠密實。清・黃景仁〈大雷雨過太湖〉：「雨聲更驟雷更疾，一聲恪恪雲蓬鬆。」

頭髮鬆散、凌亂。如：「乜你啲頭髮咁**鬡鬆**㗎，冇梳頭咩？」（「為甚麼你的頭髮如此鬆散凌亂，難道沒有梳理嗎？」）**鬡鬆**的重疊式是「鬡鬡鬆鬆」。**鬡鬆**，今寫作「蓬鬆」。

※ 嗄 saa³⁻¹

嗄，《廣韻・禡韻》音「所嫁切」，今粵讀 saa³，變調讀 saa¹。

聲音嘶啞。《玉篇・口部》：「嗄，聲破。」《莊子・庚桑楚》：「兒子終日嗥而嗌不**嗄**，和之至也。」《經典釋文》引司馬彪注：「楚人謂啼極無聲為嗄。」《太玄・夷・次三》：「嬰兒于號，三日不**嗄**。」唐・柳宗元〈同劉二十八院長述舊言懷感時書事奉寄澧州張員外使君〉：「驟歌喉易**嗄**，饒醉鼻成齇。」《聊齋誌異・考弊司》：「秀才大嘑欲**嗄**。」呂湛思注：「嗄，聲變也。」

聲音嘶啞。如：「開咗成日會，聲都**嗄**晒。」（「開了一整天會議，聲音也嘶啞了。」）又如：「嗌到聲**嗄**都冇人應。」（「叫到聲音沙啞了，也沒有人回應。」）**嗄**，今俗作「沙」。

抄盲雞 saa¹⁻² maang⁴ gai¹

讀音

抄，《集韻・麻韻》音「師加切」，今粵語本讀 saa¹，變調讀 saa²。

古

抄，《正韻・歌韻》：「抄，摩抄也。」「摩抄」即是以手撫摩。唐・韓愈〈石鼓歌〉：「誰復著手為摩挲。」「挲」同「抄」。

今

「**抄盲雞**」是小孩子的一種遊戲，捉迷藏，一人蒙着眼來捉摸眾人。如：「我哋一齊玩**抄盲雞**。」（「我們一起玩捉迷藏遊戲。」）**抄盲雞**，今俗作「耍盲雞」。

摍 saai¹

讀音

摍，《集韻・皆韻》音「山皆切」，今粵讀 saai¹。

古

散失。《集韻・皆韻》：「**摍**，散失也。」

今

❶ 浪費。如：「你唔好咁**摍**錢啦！」（「你別這樣浪費金錢吧！」）

❷ 大材小用。如：「叫佢做呢樣嘢，**摍**咗佢喎。」（「着他擔當這份工作，實在大材小用了。」）**摍**，今作「嘥」。

∞ **大摍** daai⁶ saai¹ 耗費。如：「要慳水，唔好咁**大摍**。」（「要節省食水，切勿浪費。」）

∞ **摍氣** saai¹ hei³ 費氣。如：「咪同佢講，無謂**摍氣**。」（「不要跟他說，以免費氣。」）又有人把「**摍氣**」說成「摍 gas」，gas 是氣的意思。「摍 gas」是一個中英混形詞。

∞ **摍晒** saai¹ saai³ 因失掉機會而感到遺憾。如：「咁好機會都把握唔到，**摍晒**！」（「大好機會也把握不到，太可惜了！」）

∞ **摍心機** saai¹ sam¹ gei¹ 費心思。如：「打呢份工真係**摍心機**捱眼瞓。」（「做這工作真是勞心又得捱夜。」）

曬眼 saai³ long⁶

曬，《廣韻·卦韻》音「所賣切」，今粵讀 saai³。眼，《集韻·宕韻》音「郎宕切」，今粵讀 long⁶。

古

「曬」和「眼」均是曝曬之意。《說文·日部》：「曬，暴也。」《集韻·宕韻》：「眼，暴也。」《字彙·日部》：「眼，曬眼。」宋·釋普濟《五燈會元·太平勤禪師》：「今年雨水多，各宜頻曬眼。」元·王禎《農書》卷九：「曬荔法，採下即用竹籬眼曬。」「曬眼」或「眼曬」是指在陽光下曬物件。又「曬眼」的「眼」可以單用。宋·陸游〈春日〉：「遲日園林嘗煮酒，和風庭院眼新絲。」明·陶宗儀《輟耕錄·髹器》：「停三五日，待漆內外俱乾，置陰處眼之。」

今

在陽光下曬衣物。如：「今日好天，快趣攞啲衫出去外面曬眼啦。」（「今天天晴，快拿衣物出外晾曬。」）「曬眼」又可單言「曬」或「眼」，如說「曬衫」或「眼衫」。另外，當「曬」字單用時，則可有炫耀之意，如：「佢成日同人曬命。」（「他經常向別人炫耀自己的身世。」）今「曬眼」寫成「晒晾」，「晒」、「晾」均是後起字。

三腳貓 saam¹ goek³ maau¹

古

略懂多種技藝而不精進的人。元·張鳴善〈水仙子·譏時〉：「說英雄誰是英雄？五眼雞岐山鳴鳳，兩頭蛇南陽臥龍，三腳貓渭水非（飛）熊。」明·郎瑛《七修類稿·奇謔四·三腳貓》：「俗以事不盡善者，謂之三腳貓。嘉靖間，南京神樂觀道士袁素居果有一枚，極善捕鼠而走不成步。」清·錢謙益〈瞿元立傳〉：「無問學儒、學佛、學道，苟得其真，不妨喚作一家貨，否則為三腳貓，終無用處。」清·錢德蒼《綴白裘·雜劇·殺貨》：「你不要看輕了我出門人是三腳貓，你這麼動手動腳，想是會幾下的。」

今

喻人，表面像個人才，實則差勁，像三腳貓走起路來便露短了。如：「佢睇嚟一表人才，實則係隻三腳貓。」（「他表面看來一表人才，實則差勁不堪。」）

∞ **三腳貓功夫** saam¹ goek³ maau¹ gung¹ fu¹ 喻技藝差勁。

*三姑六婆 saam¹ gu¹ luk⁶ po⁴

古

明‧陶宗儀《南村輟耕錄》卷十：「三姑者：尼姑、道姑、卦姑也。六婆：牙婆、媒婆、師婆、虔婆、藥婆、穩婆也。」**三姑六婆**本指古代中國民間女性的幾種職業。「三姑」中的尼姑是佛教女性僧侶、道姑是道教女性教徒、卦姑是以占卜算命為業的女子。「六婆」中的牙婆即女性牙人，為販賣人口交易牽線的中間人。媒婆是專為人介紹配偶的女性。師婆是專門畫符施咒、請神問命的巫婆。虔婆是妓院的鴇母。藥婆是專門賣藥為人治病的女人。穩婆則是專門幫助產婦分娩的接生婆，六婆是各種專業的名稱，有時一人可以身兼數職。古代的大家閨秀深居簡出，她們也只能等**三姑六婆**來串門子時，跟她們閒聊。於是巧言貪利、愛管閒事、道人長短便成了**三姑六婆**的形象。《喻世明言》卷二十二：「常言道：『**三姑六婆**，嫌少爭多。』那媒婆最是愛錢的，多許他幾貫錢謝禮，就玉成其事了。」明‧吳炳《綠牡丹‧覤姻》：「但不知**三姑六婆**之類，那個在他家走動？」《紅樓夢》第一百二十回：「我說那**三姑六婆**是再要不得的。」

今

指好搬弄是非的婦女。如：「你唔好同嗰班**三姑六婆**喺埋一齊啦。」（「你不要跟那班**三姑六婆**聚在一起了。」）

*散場 saan³ coeng⁴

古

❶ 指戲劇等文娛活動演出結束，演員下場，觀眾散去。宋‧劉克莊〈水調歌頭〉(半世慣歧路)：「莫是**散場**優孟，又似下棚傀儡，脫了戲衫還。」

❷ 結局。《初刻拍案驚奇》卷二十二：「雖然如此，然那等熏天嚇地富貴人，除非是遇了朝廷誅戮，或是生下子孫不肖，方是敗落**散場**。」《紅樓夢》第二十五回：「冤孽償清好**散場**。」

❸ 比喻生命終結。明‧瞿汝稷《指月錄‧六祖》：「船子當年返故鄉，沒蹤跡處妙難量，真風偏寄知音者，鐵笛橫吹作**散場**。」

今

指戲劇等文娛活動演出結束，演員下場，觀眾散去。完場。如：「個演唱會重未**散場**，有啲觀眾已經起身走人。」（「演唱會尚未完場，部分觀眾已經離開了。」）

孱 saan⁴

孱，《廣韻·山韻》音「士山切」，今粵讀 saan⁴。

古

《說文·孱部》：「孱，迮也。一曰呻吟也。」根據《說文》，「孱」有二義：一是狹窄（迮），一是呻吟。訓為狹窄，大蓋以「尸」為屋，屋下人多，會意出有狹窄義。按金文有「孱」字，從尸從孨，「尸」是橫人字形，代表人體，孱以產子眾多會意，當訓為虛弱，引申有呻吟義。《集韻·山韻》：「孱，弱也。」唐·杜甫〈秋日夔府詠懷一百韻〉：「勇猛為心極，清羸任體孱。」宋·陸游〈九月一日夜讀詩稿有感走筆作歌〉：「力孱氣餒心自知，妄取虛名有慚色。」

今

虛弱。如：「病咗成個禮拜，身子好孱。」（「病了一星期，身體很孱弱。」）孱，今俗作「潺」。

∞ **孱仔** saan⁴ zai² 身體虛弱的男子。

生番 sang¹-saang¹ faan¹

古

喻文明程度低落、兇殘野蠻的人。在中國歷史上，統治者把四周未開化、半開化地區稱為「化外之地」，當地居民也稱做「番」。「番」是民族名，清代少數民族之一，即今之高山族，居於台灣。其先為百越的一支，三國時稱山夷，隋代稱流求土人。唐以後遷入台灣，與原居民相融洽。明代始形成為單一民族，稱東番夷或土番。清代稱番族，又分野番、**生番**和熟番等。住在山中的叫「**生番**」或「野番」，住在平地的叫「熟番」或「土番」。《儒林外史》第三十九回：「過了半年，松潘衛外邊**生番**與內地人民互市，因買賣不公，彼此吵鬧起來。」

今

喻文明程度低落、蠻不講理的人。如：「你真野蠻，好似**生番**噉。」（「你真野蠻，活像野人一樣。」）「**生番**」的「生」，文讀 sang¹，白讀 saang¹。

生鏽／生銹／生鏥 sang¹-saang¹ sau³

鏽，《集韻·宥韻》音「息救切」，與「秀」字在同一小韻，今粵讀 sau³。

鏽，又作「銹」、「鎦」。《集韻・宥韻》：「鎦，鐵上衣也。或作銹、鏽。」《六書故・地理一》：「鏽，鐵器生衣也。或作銹。」宋・歐陽修〈日本刀歌〉：「令人感激坐流涕，鏽澀短刀何足云。」元・吳景奎〈滿江紅〉（袖拂西風）：「銅花鏽，貂裘敝。」《清史稿・兵志十一》：「機器今已到鄂，置閒必至鏽壞。」

❶ 銅、鐵等金屬表面在潮濕空氣中氧化形成的物質。如：「個鐵罐唔好掂水，唔係就會**生鏽**。」（「不要讓鐵罐跟水接觸，否則便會**生鏽**。」）

❷ 喻技藝生疏。如：「我冇打羽毛球咁耐，啲技術都**生鏽**啦。」（「我沒有打羽毛球這麼久，技術已生疏了。」）「**生鏽**」的「生」，文讀 sang¹，白讀 saang¹。**生鏽**，今多作「**生銹**」。

譅 saap³

譅，《玉篇・言部》音「色立切」，今粵音 saap³。

❶ 言甚多。《玉篇・言部》：「譅，言甚多也。」《集韻・緝韻》：「譅，譅嘼，言不止。」「嘼」是聲多之意。

❷ 說話結巴。《正字通・言部》：「譅，同嗌。譅訓語難。」《楚辭・東方朔〈七諫・初放〉》：「言語訥譅兮，又無彊輔。」王逸注：「譅者，難也。」

❶ 話說得多，費力。如：「**譅**破喉嚨。」（「說話多，聲音也沙啞了。」）

❷ 責令，大聲說。如：「要**譅**佢先至肯做功課。」（「要大聲喝斥，他才肯做作業。」）

∞ **譅氣** saap³ hei³ 費氣，費神。如：「我個仔唔聽話，好**譅氣**。」（「我的兒子不聽話，令人很費神。」）

∞ **譅戇** saap³ zong³-ngong⁶ 罵人發謬論，言行荒唐。如：「你講呢啲嘢簡直係**譅戇**。」（「你說這番話簡直是荒謬。」）

眨眼 saap³ ngaan⁵

眨，《集韻・洽韻》音「色洽切」，與「歃」字在同一小韻。反切上字「色」屬

山母，今粵讀 s- 母。反切下字「洽」屬合韻，開口二等。中古洽韻字今粵讀 -aap 韻。「色洽切」今讀 saap³。

眨眼，轉眼。《集韻・洽韻》：「瞂，目睫動皃。」

眨眼，轉眼。如：「嗰個後生仔走得好快，**瞂眼**就唔見到佢。」（「那個年青人走得很快，轉眼便不見了他。」）**瞂眼**，今俗作「霎眼」。

∞ **瞂眼嬌** saap³ ngaan⁵ giu¹（人）初看不錯，細看則不然。如：「個女仔嘅樣其實麻麻地，只不過係**瞂眼嬌**咋。」（「那少女的樣貌其實是很普通，只不過驟眼望去，覺得她美麗而已。」）

※ 煠 saap⁶

煠，《集韻・洽韻》音「實洽切」。反切上字「實」屬船母，今粵讀 s- 母。反切下字「洽」屬合韻，開口二等。中古洽韻字今粵讀 -aap 韻。「實洽切」今讀 saap⁶。

❶ 火光。《廣雅・釋詁》：「煠，爚也。」

❷ 一種烹飪方法。「爚」就是把肉類放入熱湯，待沸即出。清・翟灝《通俗編・雜字》：「今以食物納油及湯中一沸而出曰煠。」明・徐光啟《農政全書・卷四十六・荒政・草部》：「野生薑……採嫩葉煠熟，水浸淘去苦味，油鹽調食。」

❶ 把食物放在沸水久煮，不加調料。如：「**煠糭**」（「把糭放入沸水久煮」）、「**煠栗米**」（「把玉米放入沸水久煮」）。又如：「啲菜要**煠**耐啲至好食。」（「這些菜煮的時間要長些才好吃。」）

❷ 煮沸消毒。如：「**煠奶樽**」（「把奶樽煮沸消毒」）。

∞ **清水白煠** cing¹ seoi² baak⁶ saap⁶ 指把清水煮沸來煠食物，不加調料，煮出來的食物味道清淡，引申為淡乎寡味。如：「佢寫嘅詩好似**清水白煠**，冇乜興味。」（「他寫的詩歌淡乎寡味。」）

∞ **煠熟狗頭** saap⁶ suk⁶ gau² tau⁴ 俗語。表面意思是指煮熟了的狗頭，比喻人張嘴裂齒而笑，笑相難看。如：「佢笑起上嚟好似**煠熟狗頭**嗽。」（「他笑起來活像煮熟了的狗頭，難看死了。」）

*筲箕 saau¹ gei¹

用竹皮或者條狀植物手工藝編織而成的扁形的器皿，形狀似籃，多用以盛米、淘米、洗菜，器身有大量通氣小氣孔，用以隔除水分。《儒林外史》第二十三回：「只見一個小兒開門出來，手裏拿了一個**筲箕**出去買米。」

今

扁形的器皿，形狀似籃，以前用竹皮或者條狀植物手工藝編織而成多用以盛米、淘米、洗菜，器身有大量通氣小氣孔，用以隔除水分。今**筲箕**多用塑膠製成，也有用不鏽鋼製造。如：「唔該你用個**筲箕**裝啲菜去洗。」（「請你用**筲箕**盛菜去洗。」）

∞ **筲箕灣** saau¹ gei¹ waan¹ 香港地名，在香港島東部。**筲箕灣**本來是一個海灣，由於水域很圓，像一個大筲箕，故以為名。

∞ **酒筲箕** zau² saau¹ gei¹ 形容人酒量好。筲箕有很多小孔，可以排水。用筲箕盛酒，再多也不能填滿，故以「**酒筲箕**」喻酒量大。

※潲水 saau³ seoi²

讀音

潲，《廣韻・效韻》音「所教切」，今粵讀 saau³。

古

「潲」是餵豬飼料。《廣韻・效韻》：「潲，豕食。」

今

泔水。從飯店、餐館、工廠、學校等收集來的殘餘飯菜，可用來飼養豬隻。如：「啲奸商用**潲水**來製食油，害死人！」（「那些無良商人用泔水來提煉食油，害人不淺！」）**潲水**，今又作「餿水」。

∞ **豬潲** zyu¹ saau³ 一種豬飼料，用泔水、米糠、野菜、剩飯等煮成。

※睄 saau³⁻⁴

讀音

睄，《集韻・效韻》音「所教切」，今粵讀 saau³，變調讀 saau⁴。

古

略看一眼。《集韻・效韻》：「**睄**，小視。」明・無名氏《鳴鳳記》第三十齣：「待我開窗**睄睄**看。」「**睄**」是看的意思。

❶ 掃視。如：「去超級市場**睄**下有冇特價貨買。」（「到超級市場去看看有沒有特價貨品可以買。」）

❷ 略看一眼。如：「佢**睄**下間房，見冇人就走咗喇。」（「他稍為看看房間，見沒有人，便離開了。」）

❸ 睨視。如：「佢雙眼**睄**嚟**睄**去，好似做賊咁。」（「他到處睨視，像作賊似的。」）

犀利 sai¹ lei⁶

❶ 堅固銳利。多指兵器。《漢書・馮奉世列傳》：「然羌戎弓矛之兵耳，器不**犀利**。」唐・陸龜蒙〈雜諷九首〉其八：「吳兵甚**犀利**，太白光突兀。」

❷ 形容語言、文辭、感覺、眼光等尖銳鋒利。唐・劉禹錫〈唐故相國贈司空令狐公集記〉：「未幾改職方知制誥，詞鋒**犀利**。」

❶ 利害，兇。如：「佢好**犀利**㗎，千祈唔好惹佢。」（「他很利害的，千萬不要觸惹他。」）

❷ 有本事。如：「你真**犀利**，唔使兩日就做起份報告。」（「你真本事，不消兩天便完成了這份報告。」）

使錢 sai² cin⁴⁻²

❶ 花錢。元・無名氏《包待制陳州糶米》第三折：「他兩個在俺家裏**使錢**。」《初刻拍案驚奇》卷二十二：「幾處往來，都是一般的撒漫**使錢**。」

❷ 用錢。《金瓶梅》第十四回：「初時還請太醫來看，後來怕**使錢**，只挨著。」

❸ 用錢賄賂官府。《水滸全傳》第八回：「林冲家裏自來送飯，一面**使錢**。」

❶ 花錢。如：「佢個仔唔生性，剩係識得**使錢**。」（「他的兒子不懂事，只懂花錢。」）

❷ 用錢。如：「而家物價咁貴，**使錢**好似倒水咁。」（「現在物價高昂，用錢好像潑水一樣。」）

使得 sai² dak¹

古

❶ 行，可以。常用以表示同意他人意見或應答他人之詞。元・馬致遠《青衫淚》第二折：「〔正旦云〕劉員外既成親，容我與侍郎瀉一椀漿水，燒一陌紙錢咱。〔淨云〕這也**使得**。」《二刻拍案驚奇》卷二十一：「王爵心中悶悶不樂，問主人道：『我要到街上閒步一回，沒個做伴，你與我同走走。』張善道：『**使得**。』」《二刻拍案驚奇》卷十二：「你果要從了陳官人，到他家去，須是會忍得飢，受得凍才**使得**。」清・袁枚《續子不語・子不語娘娘》：「鄉鄰聞之，爭來請見。劉歸問女可**使得**否，女曰『何妨一見。』」《二十年目睹之怪現狀》第六回：「再不然，遞到通州知州衙門，托他轉交也可以**使得**。」

❷ 致使。元・曾瑞〈行香子・歎世〉套曲：「名利相籤，禍福相兼，**使得**人白髮蒼髯。」

今

❶ 行，管用。如：「呢條計仔真**使得**。」（「這個辦法真管用。」）

❷ 能用。如：「呢枝毛筆重**使得**。」（「這枝毛筆還可以用。」）

❸ 能幹，有本事。如：「咁難解嘅密碼都界你破解到，你真**使得**！」（「那麼難解的密碼都給你破解了，你真有本事！」）

使費 sai² fai³

古

❶ 古代有事進出官府時，賄賂公人的費用。《二刻拍案驚奇》卷一：「點了名，辦了文書，解將過去。免不得書房與來差多有了**使費**。」《儒林外史》第五十回：「我也曉得閣裏還有些**使費**，一總親家的心，奉托施先生包辦了罷。」

❷ 花費，開支。《古今小說》卷八：「（吳保安）尋個熱蠻，往蠻中通話，將所餘百匹絹，盡數托他**使費**。」

❸ 開支費用。《二十年目睹之怪現狀》第二十九回：「遂專打發了一個能幹的伙計，帶了**使費**出京，到上海來，和他會官司。」

今

費用。如：「佢供個仔去美國讀書，每年**使費**好大。」（「他供兒子到美國升學，每年開支很大。」）

使使 sai² sai²

古

用一用。《西遊記》第五十九回:「使鐵棒打着洞門叫道:『開門,開門!老孫來借扇子**使使**哩!』」《紅樓夢》第四十三回:「咱們這一去到那裏,和他借香爐**使使**,他自然是肯的。」

今

用一用。如:「唔該借把較剪嚟**使使**。」(「請借剪刀給我用一用。」)

※新婦 san¹-sam¹ bou⁵-pou⁵

讀音

新,《集韻‧真韻》音「斯人切」。反切上字「斯」屬心母,今粵讀 s- 母。反切下字「人」屬真韻,開口三等,中古真韻開口三等字今粵讀 -an 韻。「斯人切」今讀 san¹。婦,《集韻‧有韻》音「扶缶切」。反切上字「缶」屬並母,今粵語平聲字讀 p- 母,仄聲字讀 b- 母。反切下字「缶」屬有韻,開口三等。中古音收 -iou 韻,今粵讀 -au 韻。「婦」中古音如不產生音變,今當讀如 bou⁵。然「婦」音在演變的過程中,聲母由雙唇音變輕唇音 f-。由於 f- 聲母不能與 -ou 搭配,於是韻母也出現變化,轉為 -u 母,「房久切」便切讀 fu⁵,這是文讀。但粵語口語仍保留「婦」字的古音讀法,今讀成 bou⁵,經音變作 pou⁵。粵音 san¹ pou⁵ 本寫作「**新婦**」,由於「婦」今讀 fu⁵,因此 san¹ pou⁵ 便改寫成「新抱」。又因「新抱」前字的韻尾 -n 受後字雙唇音聲母 p- 的影響,產生逆同化作用,由 -n 變為 -m,於是「新抱」又轉讀為 sam¹ pou⁵,再因讀音的轉變,「新抱」又改寫成「心抱」了。

古

「心抱」的本字是「**新婦**」,已如上述。「**新婦**」有以下諸義:

❶ 新娘子。漢‧焦延壽《焦氏易林‧同人之渙》:「娶於姜女,駕迎**新婦**。」明‧胡應麟《少室山房筆叢‧莊嶽委談上》:「今俗以新娶男稱新郎,女稱**新婦**。」

❷ 弟妻。《爾雅‧釋親》:「女子謂兄之妻為嫂,弟之妻為婦。」郭璞注:「猶今言**新婦**是也。」

❸ 兒媳。清‧黃生《義府‧**新婦**》:「漢以還,呼子婦為**新婦**。」**新婦**,今俗作「心抱」。

今

兒媳婦。如:「佢下個月娶**新婦**。」(「她下月當家姑了。」)粵語童謠〈雞公

仔〉：「雞公仔，尾彎彎，做人**新婦**甚艱難。」反映在舊社會裏，媳婦事奉家翁家姑的辛勞。

∞ **初歸新婦，落地孩兒** co¹ gwai¹ san¹-sam¹ bou⁵-pou⁵，lok⁶ dei⁶ haai⁴ ji⁴ 諺語。指剛做人家的媳婦，一切都要從頭學起，就像呱呱落地的嬰兒一樣。此語也表示初入門的媳婦與初生的孩子一樣，都要及早教導。

∞ **新婦茶** san¹-sam¹ bou⁵-pou⁵ caa⁴ 新婦過門後，奉給親友的茶。如：「飲**新婦茶**。」（「喝新婦奉給親友的茶。」）

*心甜

*心甜 sam¹ tim⁴

古

感到幸福愉快。《紅樓夢》第八回：「寶玉正在個**心甜**意洽之時，又兼姐妹們說說笑笑，那裏肯不吃？」清・華廣生《白雪遺音・馬頭調・金石良言》：「金石良言將你勸，休嫌絮煩，秦樓妓女有甚麼**心甜**？」

今

心中愉快。如：「個孫女錫咗我一啖，心都甜晒。」（「孫女親了我一下，內心非常愉快。」）

糝／糂 sam²

讀音

糝和**糂**是異體字，《廣韻・感韻》音「桑感切」，今粵讀 sam²。

古

《說文・米部》：「**糂**，以米和羹也。一曰粒也。」「**糝**」是「**糂**」的古文寫法。按《說文》的解釋，「**糝**」有二義：一是「以米和羹」，是以米摻和着肉菜羹汁。二是「粒」，即飯粒。宋・陸游〈晨起偶題〉：「風爐欵鉢生涯在，且試新寒芋**糝**羹。」用的是第一個意義。《廣韻・感韻》：「**糂**，羹糂。」「**糝**」又有撒落、散開之意。唐・李白〈春感〉：「榆莢錢生樹，楊花玉**糝**街。」

今

撒（粉末、顆粒之類）。如：「**糝**啲胡椒粉落啲粥度。」（「撒少許胡椒粉在粥面上。」）又如：「啲菜好淡，**糝**啲鹽落去。」（「菜的味道很淡，加少許鹽調味。」）

新簇簇 san¹ cuk¹ cuk¹

讀音

簇,《廣韻‧屋韻》音「千木切」,今粵讀 cuk¹。

古

「簇」有數義:

❶ 叢生小竹。《玉篇‧竹部》:「簇,小竹也。」《廣韻‧屋韻》:「簇,小竹。」《正字通‧竹部》:「簇,小竹叢生也。」

❷ 聚集。南朝‧陳‧沈炯〈為百官勸進陳武帝表〉:「豐露呈甘,卿雲舒簇。」唐‧黃滔〈江州夜宴獻陳員外〉:「多少歡娛簇眼前,潯陽江上夜開筵。」《西遊記》第四十九回:「真個是花團錦簇!」

❸ 量詞。相當於叢。唐‧白居易〈題盧秘書夏日新裁竹二十韻〉:「幾聲清淅瀝,一簇綠檀欒。」

❹ 副詞。表示程度,很,全,嶄。《紅樓夢》第二十八回:「我這裏也得了一件奇物,今日早起才繫上,還是簇新,聊可表我一點親熱之意。」《官場現形記》第十九回:「署院舉目一看,見他二人所穿的都是簇新袍掛。」

今

「新簇簇」是全新,嶄新之意。如:「我今日喺銀行換咗新銀紙,都係**新簇簇**嘅。」(「我今天在銀行兌換了新紙幣,都是全新的。」)又如:「佢今晚着咗套**新簇簇**嘅晚禮服參加舞會。」(「他今晚穿了一套全新的晚禮服出席舞會。」)

伸懶腰 san¹ laan⁵ jiu¹

古

人疲倦時或睡醒起牀時,舉臂伸腰,舒展筋骨的動作。《紅樓夢》第二十六回:「只見黛玉在牀上**伸懶腰**。」

今

人疲倦時或睡醒起牀時,舉臂伸腰,舒展筋骨的動作。如:「唔停做咗兩個鐘頭,起身**伸下懶腰**先。」(「不停地做了兩小時工作,要站起來舉臂伸腰,舒展一下筋骨了。」)

溼納納／溼泅泅 sap¹ naap⁶ naap⁶ / sap¹ nap⁶ nap⁶

讀音

納,《廣韻‧合韻》音「奴荅切」,今粵音讀 naap⁶。泅,《廣韻‧緝韻》音「尼

立切」。緝韻的字今粵音讀 -ap 韻，故「泅」讀 nap⁶。今 sap¹ nap⁶ nap⁶ 只反映到「溼泅泅」的讀音。「溼納納」之所以轉為「溼泅泅」，大抵與語音同化有關。溼，《廣韻·緝韻》音「失入切」。「溼納納」一詞，「溼」在緝韻，「納」在合韻，受到語音順同化的影響，「納」的收音會與「溼」的收音相同，而變成「泅」音（「溼」與「泅」同在緝韻）。由於「溼泅」一詞見《廣韻》，估計「溼納納」轉為「溼泅泅」，可能在宋或以前已形成了。

古

《說文·系部》：「納，絲**溼納納**也。」「納納」本指絲的濡濕。後引申為衣服濕漉漉。漢·劉向〈九歎·逢紛〉：「裳襜襜而含風兮，衣納納而掩露。」王逸注：「納納，濡溼貌也。」「泅」是後起字，本身亦有濡濕之意。《廣韻·緝韻》：「泅，濕泅。」「濕」是「溼」的後起異體字。

今

今「**溼納納**」為「**溼泅泅**」所代，有二義：

❶ 溼漉漉。如：「你件衫**溼泅泅**噉，快啲換咗佢啦！」（「你的襯衣溼漉漉的，快換了它！」）

❷ 潮溼。如：「今日回南，周圍都**溼泅泅**。」（「今天天氣回暖，颳南風，四周都溼漉漉的。」）

膪碎 sap¹ seoi³

讀音

膪，《集韻·盍部》音「悉盍切」，今粵讀 sap¹。

古

《集韻·盍部》：「膪，胠膪，肉雜也。」「膪」由肉雜引申有零碎之義。

今

❶ 零碎，瑣碎（物件）。如：「洗碗、掃地呢啲嘢好**膪碎**之嘛，等我嚟做啦！」（「洗碗、掃地是瑣碎的工作來的，讓我來做吧！」）

❷ 小意思。如：「請你食晏好**膪碎**嘅，唔使多謝。」（「請你吃午飯很小意思，不必道謝。」）**膪碎**，今俗作「濕碎」。

∞ **膪膪碎** sap¹ sap¹ seoi³ 小意思，量少。如：「一百文一張入場券，**膪膪碎**喇。」（「一百元一張入場券，小意思來的。」）

∞ **膪星** sap¹ sing¹ 瑣碎，零星。如：「佢間房有放咗好多**膪星**嘢。」（「他的房間擺放了很多零碎的東西。」）

※澀滯/歰滯 sap¹ zai⁶

讀音

歰、澀，《廣韻・緝韻》並音「色立切」，緝韻的字今粵音收 -ap 韻，故「澀」讀 sap⁶。

古

澀，本作歰。《正字通・止部》：「歰，別作澀。」《說文》只有「歰」字，無「澀」字。《說文・止部》：「歰，不滑也。从四止。」清・王筠《說文繫傳校錄》：「歰者兩人之足也，故倒上兩足以見意。四足相迕，豈能行哉？故歰即濇也。」《說文・水部》「濇」亦訓「不滑」，「不滑」有不通暢，不滑溜之意。「澀」由「不滑」義引申有說話遲鈍義。《世說新語・輕詆》：「王右軍少時甚澀訥。」《宋書・武二王列傳・南郡王義宣傳》：「生而舌短，澀於言論。」至於「**澀滯**」一詞，其義有三：

❶ 阻澀，不暢順。《晉書・郗鑒列傳》：「僶俛秋冬，船道**澀滯**。」

❷ 言語鈍塞，思路遲緩或表情痴呆的樣子。元・王實甫《西廂記》第三本第一折：「覷了他**澀滯**氣色，聽了他微弱聲息。」《喻世明言》卷二：「眼見得禮貌粗疏，語言**澀滯**。」

❸ 不潤滑。《紅樓夢》第四十四回：「撲在面上，也容易勻淨，且能潤澤，不像別的粉**澀滯**。」

今

有阻力，有麻煩，難辦。如：「落咗成個禮拜雨，拖慢咗成件工程，認真**澀滯**！」（「下了一個星期雨，延誤了整項工程，認真麻煩！」）**澀滯**，今俗作「濕滯」。「濕滯」本指腸胃不適，消化不良。如：「呢排我食肥膩嘢多，有啲濕滯。」（「近來我多吃了肥膩的東西，有點消化不良。」）而「濕滯」又兼取「**澀滯**」的「有阻力，有麻煩，難辦」等義。或說「濕滯」由「消化不良」義引申出「麻煩」、「難辦」等義，亦通。

十幾歲 sap⁶ gei² seoi³

古

十多歲。《初刻拍案驚奇》卷二十九：「其時同里有個巨富之家，姓辛，兒子也是**十幾歲**了。」

今

十多歲。「幾」表示大於一而小於十的不定數目。如：「佢個女**十幾歲**，好生性。」（「他的女兒十多歲了，很懂事。」）

∞ **十零歲** sap⁶ ling⁴-leng⁴ seoi³ ，「零」表概數，「十零歲」與十幾歲意義相同。「零」文讀 ling⁴，白讀 leng⁴。

十一點鐘 sap⁶ jat¹ dim² zung¹

古

十一時。《二十年目睹之怪現狀》第十六回：「我本來一早就進城的，因為繞了這大圈子，鬧到**十一點鐘**方才到家。」

今

十一時。如：「而家喺上晝**十一點鐘**呀，重唔起身？」（「現在是上午一時了，還不起牀？」）粵語報時通常說一點鐘、兩點鐘、三點鐘，如此類推。「**十一點鐘**」也可省稱「十一點」，其他時數也可如此省稱。

∞ **幾點鐘** gei² dim² zung¹ 甚麼時候。也可以說「幾多點」gei² do¹ dim² 或「幾點」gei² dim²。如：「而家**幾點鐘**？」（「現在是甚麼時候？」）

*失魂 sat¹ wan⁴

古

❶ 驚慌之極，形神不全。《太平廣記》卷二百六十九：「人被驚者，皆**失魂**，至死不平復矣。」漢・桓寬《鹽鐵論・誅秦》：「北略至龍城，大圍匈奴，單于**失魂**，僅以身免。」晉・張華《博物志》卷九「雜說」上：「後其人忽忽如**失魂**，經日乃差。」《官場現形記》第五十三回：「畢竟是賊人膽虛，終不免**失魂**落魄。」

❷ 心意煩亂，精神恍惚。元・劉唐卿《降桑椹蔡順奉母》第二折：「您孩兒為母不安，這些時衣不解帶，寢食俱發，憂悽不止，行坐之間，猶如**失魂**喪魄。」元・鄭廷玉《看錢奴冤家債主》第二折：「餓的我肚裏饑**失魂**喪魄，凍的我身上冷無顏落色。」《初刻拍案驚奇》卷三十：「爭奈一個似鬼使神差，一個似**失魂**落魄。」《紅樓夢》第九十五回：「如今看他**失魂**落魄的樣子，只有日日請醫調治。」

今

❶ 精神恍惚，冒冒失失。如：「你呢排做乜咁**失魂**，成日做錯嘢？」（「你這一陣子為何精神恍惚，整天出錯？」）

❷ 極度驚慌。如：「嚇到佢**失魂**。」（「嚇得他魂飛魂散。」）

∞ **失魂魚** sat¹ wan⁴ jyu⁴⁻² 源於放炮炸魚，魚羣受驚，浮出水面打旋，俗名「**失魂魚**」。後借喻行為冒失、記性太差，驚惶失措的人。如：「佢成日唔記得帶功課返學校，正一**失魂魚**。」（「他經常忘記帶作業回校，真是冒失鬼。」）

收科 sau¹ fo¹

「科」本指古典戲曲劇本中關於動作、表情的提示，如「笑科」，表示笑的動作；「打科」表示打的動作。另一戲曲常見術語「插科打諢」，指演員在表演中加插進去的引人發笑的動作或說話。「**收科**」有以下二義：

❶ 收場。原指戲劇中人物結束的動作。元・石君寶《李亞仙花酒曲江池》第四折：「想你來迎新送舊多胡做，到今日窮身潑命怎**收科**。」「怎**收科**」就是怎樣收場或如何了結之意。

❷ 打圓場。《喻世明言》卷二十一：「沈昋只認是真心，慌忙**收科**道：『將軍休要錯怪，觀察實不知將軍心事。容某進城對觀察說知，必當親自勞軍，與將軍相見。』」《警世通言》卷二十二：「劉嫗見老兒口重，便來**收科**道：『再等女兒帶過了殘歲，除夜做碗羹飯起了靈，除孝罷！』」

收場、了結。如：「搞成咁，睇你點**收科**！」（「弄到這個田地，看你如何了結！」）

手扼 sau² aak¹⁻²

扼，《集韻・麥韻》音「乙革切」。反切上字「乙」屬影母。反切下字屬麥韻，開口二等。中古影母開口二等字今粵讀零聲母。「乙革切」讀 aak¹，變調讀 aak² 。

「扼」，本作「搤」。《說文・手部》：「搤，把也。……搤或从戹。」段玉裁注：「搤，今隸變作扼。」「扼」有以下諸義：

❶ 把握，握住。《戰國策・燕策三》：「樊於期偏袒扼腕而進曰：『此臣日夜切齒拊心也，乃今得聞教。』」

❷ 掐住，抓住。《漢書・李廣蘇建列傳》：「臣所將屯邊者，皆荊楚勇士奇材劍客也，力扼虎，命射中。」顏師古曰：「扼謂捉持之也。」

❸ 據守，控制。《新唐書・李光進列傳》：「密遣田布伏精騎溝下，扼其歸。」

❹ 堵住，阻塞。《管子‧度地》：「此五水者，因其利而往之可也，因而扼之可也。」尹知章注：「扼，塞也。」

今

「**手扼**」的「扼」，也有握住或抓住之意。唐代有「扼臂」一詞，解作手鐲。唐‧無名氏《薛昭傳》：「今有金扼臂，君可持往近縣易衣服。」唐‧宮嬪〈冥會詩〉：「卻羨一雙金扼臂，得隨人世出將來。」「扼臂」是套在手臂或手腕上的環形裝飾品，多用金屬製成。今粵語保留「扼」所表示的手鐲義。如：「你戴啲**手扼**幾靚㗎，喺邊度買㗎？」（「你戴的手鐲很漂亮，在哪兒買的呢？」）**手扼**，今寫作「手鈪」，而製造「手鈪」的原料，也不限於金屬。舉凡金鈪、銀鈪、玉鈪、膠鈪等，均以「鈪」來表示了。

*手腳 sau² goek³

古

❶ 動作。前蜀‧韋莊〈途次逢李氏兄弟感舊〉：「巡街趁蝶衣裳破，上屋探雛**手腳**輕。」元‧白樸《裴少俊墻頭馬上》第三折：「魄散魂消，腸慌腹熱，**手腳**麘狂去不迭。」

❷ 手段，本領。元‧尚仲賢《漢高皇濯足氣英布》第一折：「這英布**手腳**好生來得，若不是兩個拿他一個，可不倒被他拿了我去。」《水滸全傳》第七回：「俺且走向前去，教那廝看灑家**手腳**。」

❸ 企圖達到某種目的而暗中採取的行動。《水滸全傳》第一百零七回：「（吳用）急教傳令軍馬，再退後二里列陣，好教兩路奇兵做**手腳**。」《二刻拍案驚奇》卷二十一：「（王爵）隨叫王惠：『可趕上去，同他一路去，他便沒做**手腳**處。』」

❹ 排場。《紅樓夢》第一百一十回：「邢夫人素知鳳姐**手腳**大，賈璉的鬧鬼，所以死拿住不放鬆。」

今

❶ 動作。如：「佢做嘢**手腳**好快。」（「他做工作的動作很快。」）

❷ 武功，本領。如：「佢有三兩度**手腳**嘅喎。」（「他是有一些本領的。」）

❸ 對手。如：「佢唔係我**手腳**，我一出手就可以打低佢。」（「他不是我的對手，我一出手便會把他擊倒。」）

∞ **手腳唔好** sau² goek³ m⁴ hou² 手腳不乾淨，愛偷東西。如：「呢個工人嘅**手腳唔好**，成日偷公司啲嘢。」（「這個工人的手腳不乾淨，經常偷公司的東西。」）

手尾 sau² mei⁵

未做完的事。《二十年目睹之怪現象》第四十六回:「我們是交割清楚的了,彼此沒了**手尾**,便是事忙路遠,不寫信也極平常。」

❶ 未做完的事,剩下的活兒。如:「等我做埋啲**手尾**。」(「待我做完餘下的事兒。」)

❷ 麻煩事。如:「你扭親條腰,**手尾**長嘞。」(「你扭傷了腰部,麻煩事可多了。」)

∞ **有手尾** jau⁵ sau² mei⁵ 形容做事仔細,沒有遺漏。如:「佢做嘢好**有手尾**,唔會甩漏。」(「他做事很仔細,不會有遺漏。」)

∞ **冇手尾** mou⁵ sau² mei⁵ 形容做事不細心,多有遺漏,如東西亂放亂丟,用完東西又不把它放回原處等。如:「你又唔記得熄燈,咁**冇手尾**!」(「你又忘記關燈了,真不細心!」)

∞ **執手尾** zap¹ sau² mei⁵ 善後,收拾殘局。如:「收好啲架生,唔好要人幫你**執手尾**。」(「把工具收拾好,不要讓別人替你善後。」)

*手頭 sau² tau⁴

❶ 身邊。《水滸全傳》第二回:「再有一個玉龍筆架,也是這個匠人一手做的,卻不在**手頭**。」

❷ 手中所有,指個人經濟狀況。《喻世明言》卷二十一:「不瞞你說,兩日不曾做得生意,**手頭**艱難。」《初刻拍案驚奇》卷一:「**手頭**用來用去的,只是那散碎銀子。若是上兩塊頭好銀,便存著不動。」

❸ 親身,切近。《朱子全書》卷十六:「聖人事事從**手頭**更歷過來,所以都曉得。」

指手中所有的(錢財)。如:「你**手頭**有幾多錢。」(「你手中有多少錢?」)

∞ **手頭緊** sau² tau⁴ gan² 手中缺少錢。古典小說作「手頭短」。《紅樓夢》第一百十五回:「賈璉不敢違拗,只得叫人料理,手頭又短,正在為難。」又如:「近牌我**手頭緊**,遲啲至還錢俾你。」(「近來我**手頭緊**,稍後才可以還錢給你。」)

∞ **手頭鬆** sau² tau⁴ sung¹　手頭有錢，錢較為寬裕。如：「佢**手頭鬆**啲就亂咁使錢。」(「他手頭稍為寬裕便亂花錢了。」)

手作 sau² zok³

<u>古</u>

手藝。元‧岳伯川《呂洞賓度鐵拐李》第一折：「你問他開鋪席、為經商，可也做甚**手作**。」

<u>今</u>

手藝。如：「做麵粉公仔呢樣**手作**，而家冇人學啦。」(「用麵粉搓成玩偶這門手藝，現在沒有人學了。」)

∞ **手作仔** sau² zok³ zai²　手藝人。如：「我哋做裝修嘅**手作仔**，求其揾兩餐，唔會發達嘅。」(「我們做裝修這門手工的，只求溫飽，不會發大財的。」)

※ 檮板 sau⁶ baan²

<u>讀音</u>

檮，《集韻‧有韻》音「是酉切」。反切上字「是」屬禪母，全濁。反切下字「酉」中古屬有韻，上聲。切語下字上聲，上字全濁，今粵語改切去聲，「是酉切」今讀 sau⁶。

<u>古</u>

《集韻‧有韻》：「檮，棺也。」

<u>今</u>

❶ 棺材板。

❷ 棺材。如：「**檮板**係用柳州木做的。」(「這副棺木是用柳州木材做成的。」)　檮，今俗作「壽」。

壽頭 sau⁶ tau⁴

<u>古</u>

昧於人情世故，易受愚弄欺騙的人。《官場現形記》第八回：「仇五科道：『這種**壽頭**，不弄他兩個弄誰？』」

<u>今</u>

愚笨的人，或指昧於人情世故，易受愚弄欺騙的人。如：「咁簡單嘅嘢都唔識做，正一**壽頭**！」(「這麼簡單的事情也做不來，真是笨人！」)

∞ **壽頭壽腦** sau⁶ tau⁴ sau⁶ nou⁵　呆頭呆腦，傻里傻氣。

《文明小史》第十九回：「見他壽頭壽腦，曉得生意難成，就是成功，也不是甚麼用錢的主兒。」如：「佢個人**壽頭壽腦**，做唔到大事。」（「他這人呆頭呆腦，不能擔當大事。」）

*※ 賒／賖 se¹

讀音

賖，《廣韻・麻韻》音「式車切」，今粵讀 se¹。

古

本字作「**賖**」，後省作「**賒**」。其義如下：

❶ 買物延期交款。《說文・貝部》：「**賖**，貰買也。」「貰」是貸之意，「貰買」是用賒欠的方式買物。段玉裁注：「在彼為貰（借貸），在我則為**賖**也。」《字彙・貝部》：「**賖**，不交錢而買曰**賖**。」《三國志・吳志・潘璋傳》：「（潘璋）嗜酒，居貧，好**賒**酤。」唐・杜甫〈病後過王倚飲贈歌〉：「遣人向市**賒**香粳，喚婦出房親自饌。」

❷ 賣物延期收款。《周禮・地官・泉府》：「凡**賖**者，祭祀無過旬日。」鄭玄注引鄭司農云：「**賖**，貰也。」《後漢書・劉盆子列傳》：「少年來酤者，皆**賖**與之。」

❸ 借。唐・李白〈陪族叔刑部侍郎曄及中書賈舍人至遊洞庭五首〉其二：「且就洞庭**賒**月色，將船買酒白雲邊。」

今

❶ 買物延期交款。如：「呢間舖頭**賒**咗我哋好多貨重未畀錢。」（「這間店鋪賒了我們很多貨品尚未付款。」）

❷ 賣物延期收款。如：「呢批貨**賒**住畀你，三日後要交錢。」（「這批貨品**賒**賬給你，三天後要付清款項。」）

∞ **賒數** se¹ sou³　賒賬。如：「我哋呢度唔**賒數**嘅。」（「我們這兒不賒賬的。」）

* 些少 se¹ siu²

古

少許，一點兒。唐・無名氏《隋煬帝海山記》下：「方今天下飢，路糧無**些少**。」宋・張端義《貴耳集・卷中》：「這般梵剎，顧非**些少**叢林；簡樣村僧，豈是尋常種草？要得門當戶對，還他景勝人奇。」《京本通俗小說・錯斬崔寧》：「今日賣助你**些少**本錢，胡亂去開個柴米店。」《水滸全傳》第

四十五回：「**些少**薄禮微物，不足掛齒。」《儒林外史》第三十二回：「老父臺，些小之事，不足介意。」

少許，一點兒。如：「我唔記得買鹽，你畀**些少**我就得嘞。」（「我忘記買鹽，你給我一點兒就行了。」）

死鬼 sei² gwai²

已經去世。《儒林外史》第九回：「小老還是聽見我**死鬼**父親說，在洪武爺手裏過日子各樣都好。」

❶ 已經去世。如：「我個**死鬼**老公好顧家㗎。」（「我已去世的丈夫是很照顧家庭的。」）又如：「我老豆**死鬼**咗好耐啦。」（「我父親已去世多時了。」）

❷ 罵人語，通常是責備別人去了哪兒。如：「你成日**死鬼**去邊呀？四圍搵你都搵唔到。」（「你整天到底去了哪兒呢？四處找你也找不着。」）

死人 sei² jan⁴

極了。《紅樓夢》第八十三回：「周瑞家的道：『真正委屈**死人**！』」

糟了，壞了。如：「呢匀**死人**咯。」（「這回可糟糕了。」）

∞ **累死人** leoi⁶ sei² jan⁴ 害苦了別人。

∞ **人比人，比死人** jan⁴ bei² jan⁴，bei² sei² jan⁴ 意謂每個人的情況各不相同，如果事事與別人比，只會自尋煩惱。

∞ **死人野** sei² jan⁴ je⁵ 罵人話。死東西，死家伙。

∞ **死人頭** sei² jan⁴ tau⁴ 罵人話。死鬼。

※惜 sik¹-sek³

惜，《廣韻・昔韻》音「思積切」。今粵讀 sik¹。今「**惜**」字有文白二讀，文讀 sik¹，白讀 sek³。

❶ 哀傷，可惜。《說文・心部》：「惜，痛也。」《論語・子罕》：「子謂顏淵，曰：『惜乎！吾見其進也，未見其止也。』」《文選・古詩十九首・西北有高樓》：「不惜歌者苦，但傷知音稀。」

❷ 愛惜，珍惜。《廣雅・釋詁》：「惜，愛也。」《韓非子・難二》：「夫惜茅者耗禾穗，惠盜賊者傷良民。」《樂府詩集・近代曲辭四・金縷衣》：「勸君莫惜金縷衣，勸君惜取少年時。」

❸ 吝惜，捨不得。《玉篇・心部》：「惜，吝也，貪也。」《後漢書・光武帝紀》：「而諸將貪惜財貨，欲分留守之。」唐・白居易〈賣炭翁〉：「一車炭，千餘斤，宮使驅將惜不得。」

❹ 怕，恐怕。唐・李白〈感興八首〉之三：「不惜他人開，但恐生是非。」宋・黃庭堅〈以酒渴望江清作五小詩〉之一：「以翁今惜醉，舊不論升斗。」

「惜」，口語讀 sek³。有四解：

❶ 愛惜。如：「佢好惜嘢，唔捨得唔要。」（「他很愛惜東西，捨不得放棄。」）

❷ 疼愛。如：「佢惜到個女燶晒。」（「他把女兒寵壞了。」）

❸ 吻。如：「佢惜咗老婆一啖。」（「他吻了妻子一下。」）

❹ 吝惜。如：「你唔好成日惜住個荷包啦！」（「你不要過分慳儉，捨不得花錢。」）惜，今俗作「錫」。

∞ 惜身 sik¹-sek³ san¹ 愛惜身體，也喻人貪生怕死。如：「佢份人好惜身，危險嘅嘢佢唔會做。」（「他這個人很怕死，危險的工作他不會做的。」）

聲氣 sing¹-seng¹ hei³

❶ 聲音和氣息。《周易・乾・九五》：「同聲相應，同氣相求。」孔穎達疏：「『同聲相應』者，若彈宮而宮應，彈角而角動是也……此二者聲氣相感也。」

❷ 聲音，言語。元・李文蔚《同樂院燕青博魚》第一折：「這是衙內的聲氣，他來了也。」《古今小說》卷二十四：「身是劉氏，語音是鄭夫人的聲氣。」《初刻拍案驚奇》卷二：「滴生來在父母身邊，如珠似玉，何曾聽得這般聲氣？」《紅樓夢》第六十四回：「這好一會我們沒進去，不知他作什麼呢，一些聲氣也聽不見。」

信息，消息。如：「你申請嗰份工有冇**聲氣**呀？」（「你申請的那份工作有消息沒有？」）「聲」，文讀 sing¹，白讀 seng¹。

∞ **賣魚佬洗身 —— 冇腥（聲）氣** maai⁶ jyu⁴ lou² sai² san¹ —mou⁵ sing¹-seng¹ hei³ 歇後語。表面意思是魚販沖身後，洗掉身上的魚腥氣味，實際上以「腥」諧音「聲」（seng¹），「冇聲氣」指沒有消息之意。

水腳 seoi² goek³

水上運輸費，船費。《警世通言》卷二十二：「趁得好些**水腳**銀兩，一個十全的家業，團團都做在船上。」《二十年目睹之怪現狀》第五十五回：「我偶然問起這上海到廣東，坐大餐房收多少**水腳**。」

旅費。如：「到廣州要幾多**水腳**？」（「到廣州要多少旅費？」）

水客 seoi² haak³

❶ 指水上作業謀生的人，如船夫、漁夫。唐·李白〈送崔氏昆季之金陵〉：「**水客**弄歸棹，雲帆卷輕霜。」宋·梅堯臣〈雜詩絕句十七首〉之十：「買魚問**水客**，始得鯽與魴。」

❷ 指專門靠來往國內外或省內外替別人攜帶錢物，賺取酬金為生的人。也指在河道上販運貨物做買賣的流動商人。《金瓶梅》第九十四回：「才知道那漢子潘五是個**水客**，買他來做粉頭。」

指帶水貨（「水貨」謂無經由正式代理商進口的貨品）過關的旅客。**水客**向關員報稱所攜貨品（如香煙、相機、手袋等）為自用，得免關稅。過關後把貨品交接收人，賺取酬金。如：「佢做**水客**嘅，每日帶兩次水貨過關，月中都賺唔少。」（「他是個**水客**，每天攜帶兩次水貨過關，月中也賺不少佣金。」）

*水牌 seoi² paai⁴⁻²

指臨時記事用的木牌或薄鐵牌，以白色或黑色的顏料記事，用後以水洗去字跡可以再寫，故稱「**水牌**」。明·郎瑛《七修類稿·辯證八·簡板**水牌**》：

「俗以長形薄板，塗布油粉，謂之簡板，以其易去錯字而省紙。官府用之，名曰**水牌**，蓋取水能去汙而復清，借義事畢去字而複用耳。」清・李光庭《鄉言解頤》卷四：「**水牌**，便於浮記之物也，粉地朱絲，罩以油，便於塗洗。鄉間善於經營者，不許置此，防其作偽。若京師酒肆、飯莊、戲莊，以載餚饌，以記日期，習以為常。」唐・馮贄《雲仙雜記》：「李白游慈恩寺，寺僧用**水牌**刷以吳膠粉，捧乞新詩。」明・無名氏《破風詩》第三折：「你將這三門閉上，怕有賓客至，你記在**水牌**上，等我回來看。」《紅樓夢》第六十一回：「把天下所有的菜蔬用**水牌**寫了，天天轉着吃。」

今

❶ 商店臨時記事的小牌子，可以擦掉字跡再用。如：「呢間肉舖嘅豬肉同牛肉價錢，都寫晒喺**水牌**度。」（「這間店鋪的豬肉和牛肉價格，都寫在**水牌**上。」）

❷ 舊式茶樓酒館掛在牆上的茶牌。如：「你想知道呢間酒樓有乜嘢拿手餸菜，望下個**水牌**就知。」（「你想了解這間酒樓有甚麼馳名菜式，一望**水牌**便知道了。」）現在，**水牌**的應用範圍廣泛，如商場、寫字樓、醫院的入口處的指示性牌子，都可稱為**水牌**。「**水牌**」的「牌」由本調 paai4 變調讀 paai2。

水浸 seoi2 zam3

古

水淹。唐・李白〈初月〉：「雲畔風生爪，沙頭**水浸**眉。」元・耶律楚材〈過濟源登裴公亭〉：「山接青霄**水浸**空，山光灩灩水溶溶。」《水滸全傳》第三十八回：「張順早汊到分際，帶住了李逵一隻手，自把兩條腿踏着水浪，如行平地，那**水浸**不過他肚皮，淹着臍下，擺了一隻手，直托李逵上岸來，江邊看的人個個喝采。」清・查慎行〈中秋夜洞庭湖對月歌〉：「月光浸水**水浸**天，一派空明互迴蕩。」清・納蘭性德〈謁金門〉（風絲嫋）：「風絲嫋，**水浸**碧天清曉。」

今

❶ 遭水災，鬧水災。如：「鄉下今年**水浸**。」（「家鄉今年鬧水災。」）

❷ 水淹（小範圍的）。如：「落咗成日雨，幾條街都**水浸**啦。」（「下了整天雨，幾條道路都遭水淹了。」）粵語童謠〈落大雨〉：「落大雨，**水浸**街。」

碎銀 seoi3 ngan4-2

古

散碎的銀子。元・高明《琵琶記・拐兒紿誤》：「一面取紙筆，待我寫家書，

就付與他去，可取些金珠**碎銀**過來。」《初刻拍案驚奇》卷十一：「劉氏咬牙切齒，恨恨的罵了一番，便在身邊取出**碎銀**，付與王生。」《警世通言》卷十三：「迎兒看那物事時，卻是一包**碎銀**子。」

小塊銀子。在香港，面額小於一元的輔幣，俗稱「**碎銀**」。如：「我有**碎銀**找畀你。」（「我沒有零錢找給你。」）「**碎銀**」的「銀」由本調 ngan⁴ 變調讀 ngan²。**碎銀**今多稱「散銀」（saan³⁻² ngan⁴⁻²）或「散紙」（saan³⁻² zi²）。

*誰知 seoi⁴ zi¹

❶ 有誰知道。唐・李紳〈憫農〉其二：「**誰知**盤中飧，粒粒皆辛苦。」

❷ 豈知，那裏曉得。《金瓶梅》第四十三回：「李瓶兒道：『平白他爹拿進四錠金子來與孩子耍，我亂著陪大妗子和鄭三姐並他二娘坐著說話，**誰知**就不見了一錠。』」《紅樓夢》第四十九回：「**誰知**不必遠尋，就是本地風光，一個賽似一個。」《二十年目睹之怪現狀》第二十回：「**誰知**走到了第三天，忽然遇了大風。」

怎知。如：「我個手袋明明擺喺呢度，**誰知**眨下眼就唔見咗。」（「我的手袋分明是放在這兒，怎知轉瞬間便不見了。」）今粵語更多用「誰不知」（seoi⁴ bat¹ zi¹）或「點知」（dim² zi¹）來代替「**誰知**」。

*戌 seot¹

門窗上的插關兒。古有「屈戌」一詞，是用來開闔門窗的環紐。元・陶宗儀《南村輟耕錄・卷七・屈戌》：「今人家窗戶設鉸具，或鐵或銅，名曰『環紐』，即古金鋪之遺意，北方謂之『屈戌』，其稱甚古。」《水滸全傳》第二十一回：「出得房門去，門上卻有屈**戌**，便把房門拽上，將**戌**搭了。」《紅樓夢》第七十三回：「忙問時，原來是外間窗屜不曾扣好，塌了屈**戌**掉下來。」

❶ 門上的插關兒。如：「個門**戌**壞咗，要搵人修理。」（「門上的插關兒壞了，要找人來修理。」）「門**戌**」是舊式的門閂。**戌**，今又作「鉞」。

❷ 閂（門）。如：「**戌**住度門，唔好畀人入嚟。」（「把門閂好，不要讓人進來。」）

師姑 si¹ gu¹

尼姑。宋・釋道原《景德傳燈錄・智通禪師》:「**師姑**天然是女人作。」宋・莊季裕《雞肋編》卷上:「京師僧謂和尚,稱曰大師;尼謂**師姑**,呼為女和尚。」明・洪楩《清平山堂話本・快嘴李翠蓮記》:「夫家娘家著不得,剃了頭髮做**師姑**。」《儒林外史》第五十三回:「正走得興頭,路旁邊走過一個黃臉禿頭**師姑**來。」

今

尼姑。如:「呢間庵堂住咗五個**師姑**。」(「這間庵堂住了五個尼姑。」)

- ∞ **師姑庵** si¹ gu¹ am¹ 尼姑住的地方。

- ∞ **師姑尿 —— 冇味** si¹ gu¹ liu⁶ — mou⁵ mei⁶ 歇後語。師姑吃素,因此尿液沒有甚麼味道。形容飯菜淡乎寡味。

※諰縮／葸縮 si²⁻¹ suk¹

讀音

諰,《廣韻・止韻》音「胥里切」。反切下字「里」屬止韻,開口三等。止韻開口三等字今粵讀 -ei 或 -i 韻。「胥里切」切讀 si²,變調讀 si¹。

「諰」有二義:

❶ 言且思。《說文・言部》:「諰,思之意。」《廣韻・止韻》:「諰,言且思之。」

❷ 恐懼。《睡虎地秦墓竹簡・為吏之道》:「疾而毋諰,簡而毋鄙。」《荀子・彊國》:「故曰:佚而治,約而詳,不煩而功,治之至也。秦類之矣。雖然,則有其諰矣。」楊倞注:「諰,懼。」《荀子・議兵》:「秦四世有勝,諰諰然常恐天下之一合而軋己也。」楊倞注:「《漢書》『諰』作『鰓』。……鰓,懼貌也。」另有一「葸」字,也有畏懼之意。《玉篇・艸部》:「葸,畏懼也。」《論語・泰伯》:「慎而無禮則葸。」何晏注:「葸,畏懼之貌。」

今

畏縮。如:「睇佢**諰縮**個樣。」(「看他畏縮的模樣。」)**諰縮**,今又俗作「私縮」、「斯縮」。

- ∞ **諰諰縮縮／葸葸縮縮** si²⁻¹ si²⁻¹ suk¹ suk¹ 害怕,畏縮。如:「做人唔好**諰諰縮縮／葸葸縮縮**。」(「做人不要畏縮不前。」)

屎朏 si² fat¹

朏，《廣韻·曷韻》音「苦骨切」，與「窟」字在同一小韻，今粵讀 fat¹。

古

屁股。朏，《廣韻·曷韻》：「朏，朏臀。俗又作腒。」

今

屁股。如：「條數咁簡單都唔識計，抵打**屎朏**。」（「這道數學題目這麼簡單也不懂計算，該打屁股。」）**屎朏**，今又作「屎忽」、「屎窟」。

∞ **捉蟲入屎朏** zuk¹ cung⁴ jap⁶ si² fat¹ 俗語。喻自找麻煩。

屎棋 si² kei⁴⁻²

古

形容棋藝低劣。元·無名氏《昊天塔孟良盜骨》第四折：「呀，這和尚不老實，你只好關門殺**屎棋**。」《儒林外史》第五十三回：「鄒泰來因是有彩，又曉的他是**屎棋**，也不怕他惱，擺起九個子，足足贏了三十多着。」

今

形容棋藝低劣。如：「讓你一隻車都贏唔倒我，你真**屎棋**。」（「我讓了你一隻車，你也不能取勝，你的棋藝差極了。」）**屎棋**」的「棋」由本調 kei⁴ 變調讀 kei²。

∞ **屎棋貪食卒** si² kei⁴⁻² taam¹ sik⁶ zeot¹ 諺語。表面說棋藝低劣者不顧大局，只圖貪吃對手的小卒。喻人只着眼於小處，沒有大局的觀念。

是必 si⁶ bit¹

古

務必，一定。元·劉庭信〈一枝花·尾聲〉套曲：「你**是必**早尋一箇着實店房裏宿。」元·馬致遠《漢宮秋》第一折：「明夜裏西宮閣下，你**是必**兒悄聲接駕。」《西遊記》第八十回：「悟空，我們才過了那崎嶇小路，怎麼又遇這個深黑松林？**是必**在意。」《金瓶梅》第一回：「婦人便道：『叔叔**是必**上心搬來家裏住，若是不搬來，俺兩口兒也吃別人笑話。』」《初刻拍案驚奇》卷三十五：「今生今世還不的他，來生來世**是必**填還他則個。」《儒林外史》第十二回：「到那日，權老爺**是必**到府裏來，免得小的主人盼望。」清·招子庸《粵謳·相思纜》：「相思纜，帶我郎來，帶得郎來莫個又替我解開，**是必**纜係心緒絞成，故此牽得咁耐，逢人解纜我就自見痴呆。」

必定，必須。如：「而家唔係**是必**要你講，但你所講嘅嘢將會係呈堂證供。」（「現在你不是要非說不可，但你所說的話，將會是日後呈堂的證供。」）**是必**，今俗作「事必」。

事幹 si⁶ gong³

❶ 事已辦完。《周易・乾・文言》：「貞者事之幹也。」孔穎達疏：「『貞』為**事幹**，於時配冬，冬既收藏，事皆幹了也。」

❷ 辦事的才幹。《晉書・程衛列傳》：「（衛）遂辟公府掾，遷尚書郎，侍御史，在職皆以**事幹**顯。」《魏書・彭城王勰列傳》：「勰頻表辭大司馬、領司徒及所增邑，乞還中山……高祖重其**事幹**，縶維不許。」

❸ 事情。元・蕭德祥《楊氏女殺狗勸夫》第三折：「元來是孫大嫂。難得貴人踏賤地，到俺家裏有甚**事幹**？」又元・無名氏《隨何賺風魔剷通》第三折：「丞相今日喚小官來，有何**事幹**？」《水滸全傳》第四十九回：「他自是軍官，來我牢裏有何**事幹**？休要開門。」《喻世明言》卷二十六：「張公道：『便是，問小人有何**事幹**？』」《二刻拍案驚奇》卷六：「正在沒些起倒之際，只見一個管門的老蒼頭走出來，問道：『你這秀才有甚麼**事幹**？在這門前探頭探腦的，莫不是奸細麼？將軍知道了，不是耍處。』」

事情。如：「你揾我有乜嘢**事幹**？」（「你找我有甚麼事情？」）

∞ **多多事幹** do¹ do¹ si⁶ gong³ 斥人多管閒事。如：「你咪**多多事幹**啦。」（「你別要多管閒事了。」）

*事關 si⁶ gwaan¹

事情與某某有關。《二刻拍案驚奇》卷三十八：「黃節道：『放你娘的屁！是我賴你？我現有招貼在外的，你這個奸徒，我當官與你說話！』對眾人道：『有煩列位與我帶一帶，帶到縣裏來。**事關**着拐騙良家子女，是你地方鄰里的干係，不要走了人！』」《粉妝樓》第二十九回：「**事關**重大，只怕你三人難保無罪。」《文明小史》第四回：「地保一聽，**事關**重大，立刻齊集了二三十人，各執鋤頭釘耙，從屋後兜到前面。」

因為，與某某有關。如：「個細路猛喺度喊，**事關**佢阿媽冇帶佢出街。」（「那

小孩不停哭泣，因為他母親沒有帶他上街。」）又如：「**事關**到我，我唔可以唔出聲。」（「事情與我有關，我不能不發言。」）

*熄燈 sik¹ dang¹

古

熄滅燈火。又作「息燈」。《二刻拍案驚奇》卷二十九：「蔣生幸未**熄燈**，急忙揀明了燈，開門出看，只見一個女子閃將入來。」《紅樓夢》第三十七回：「二人商議妥貼，方纔息燈安寢。」

今

關燈。如：「我每晚睇書睇到十一點先至**熄燈**瞓覺。」（「我每晚看書到十一時才關燈睡覺。」）

色認 sik¹ jing⁶

古

記號。小說也有說「認色」。《古今小說》卷二十六：「你兩個今夜將我的頭割了，埋在西湖水邊。過了數日，待沒了認色，卻將去本府告賞，共得一千五百貫錢，卻強似今日在此受苦。」《醒世恆言》卷十六：「止記得你左腰間有個瘡痕腫起，大如銅錢，只這個便是**色認**。」

今

記認。如：「你唔見咗個銀包有冇**色認**？我幫你揾下。」（「你失去的錢包有沒有記認？我試替你找找。」）

*先頭 sin¹ tau⁴

古

❶ 領先。《初刻拍案驚奇》卷二十六：「這小哥是我引進來的，到讓你得了**先頭**。」

❷ 以前、原來。《水滸全傳》第二十四回：「王婆道：『大官人**先頭**娘子須好。』」

❸ 起初，早先。《金瓶梅》第七十五回：「那王經在旁立着，說道：『應二爺見娘們去，**先頭**不敢出來見，躲在邊房裏。』」《紅樓夢》第三十二回：「罷呦！**先頭**裏姐姐長，姐姐短，哄著我替你梳頭、洗臉，做這個，弄那個；如今拿出小姐款兒來了。」

❶ 早先，以前。如：「**先頭**已經問過佢，佢答應話去。」（「早先曾徵詢他的意見，他答應會去的。」）

❷ 剛才。如：「**先頭**佢嚟過，啱啱走咗冇耐。」（「剛才他來過，才走了不久。」）「**先頭**」也可說「頭先」，意義相同。

鐥雞 sin³ gai¹

鐥，《正字通・金部》音「線」。

鐥，閹割雄雞的睪丸。《正字通・金部》：「鐥，今俗雄雞去勢謂之鐥，與宦牛、閹豬、騸馬義同。」明・尹直《謇齋瑣綴錄》卷八：「郭師孔少嘗與芳洲同硯席，及芳洲自翰林歸，以**鐥雞**為賀禮。」

去掉睪丸的公雞，也說「閹雞」。如：「**鐥雞**長得大隻啲，但冇普通啲雞咁好食。」（「閹割了的雞長得較大，但味道不如一般的雞好吃。」）鐥，也作「騸」。今俗作「刡」。

惺 sing²

惺，《廣韻・靜韻》音「息井切」，與「省」（「省察」之「省」）字在同一小韻，「息井切」今粵讀 sing²。

❶ 聰慧，機靈。《廣韻・青韻》：「**惺**，惺憁，了慧皃。出《聲類》。」明・袁宏道〈靳尚祠〉：「骨讒猶可懺，舌**惺**豈不悔。」

❷ 領會，醒悟。《廣韻・靜韻》：「**惺**，惺悟。出《字林》。」晉・葛洪《抱朴子・極言》：「至於問安期以長生之事，安期答之允當，始皇**惺**悟，信世間之必有仙道。」宋・釋普濟《五燈會元・東林顏禪師法嗣》：「一聲寒雁叫，喚起未**惺**人。」

聰明外露。如：「呢個後生仔好**惺**。」（「這個年青人很聰慧。」）惺，今俗作「醒」。

成 sing⁴

達到一個完整的數量單位。南朝・宋・鮑照〈擬古八首〉之七：「秋蛩扶戶吟，寒婦**成夜**織。」**成夜**，即整夜。《兒女英雄傳》第三回：「多少大家集個**成數**出來。」**成數**，即整數。

❶ 整。如：「**成個**禮堂坐滿晒人。」（「整個禮堂都坐滿了人。」）又如：「**成班人**都走咗。」（「全部的人都走了。」）

❷ 將近。如：「**成十點喇**，重未見佢返嚟。」（「將近十時了，還未見到他回來。」）

❸ 幾乎，接近。如：「條魚**成兩斤重**。」（「這條魚接近有兩斤重。」）「**成**」可讀 sing⁴ 或 seng⁴。粵語以整數為「**成**」，還見以下諸詞：

∞ **成朝** sing⁴ ziu¹ 整個上午。如：「我搵咗你**成朝**都搵唔到。」（「我找了你整個上午都找不着。」）

∞ **成串** sing⁴ cyun³ 整串。如：「**成串**唸珠唔知擺咗喺邊度。」（「整串唸珠不記得放在哪兒。」）

∞ **成堆** sing⁴ deoi¹ 整堆。如：「我有**成堆**衫要洗。」（「我有整堆衣服要清洗。」）

∞ **成幅** sing⁴ fuk¹ 整幅。如：「**成幅**畫畀人偷咗。」（「整幅畫給人偷去了。」）

∞ **成件** sing⁴ gin⁶ 整件。如：「**成件**恤衫縮晒水。」（「整件襯衣都縮水了。」）

∞ **成籮** sing⁴ lo⁴ 整籮。如：「佢倒瀉咗**成籮**蟹。」（「他打翻了整籮筐螃蟹。」）

成日 sing⁴ jat⁶

❶ 整天，終日。《金瓶梅》第八十一回：「韓道國與來保兩個，且不置貨，**成日**尋花問柳。」《儒林外史》第五十三回：「我**成日**裏燒香念佛，保佑得這一尊天貴星到我家來。」

❷ 經常。《紅樓夢》第八回：「寶釵因笑道說：『**成日家**說你的這塊玉，究竟未曾細細的賞鑒，我今兒倒要瞧瞧。』」

❶ 整天，終日。如：「你**成日**去咗邊度？」（「你整天去了哪裏？」）

❷ 經常。如：「佢**成日**唔記得熄燈瞓覺。」（「他經常忘記關燈睡覺。」）「**成日**」的「成」今粵讀 sing⁴ 或 seng⁴，sing⁴ 是文讀，seng⁴ 是白讀。

※ 㩒 sip³

讀音

㩒，《集韻・帖韻》音「悉協切」，今粵讀 sip³。

古

粵語「塞入」義，一般寫作「攝入」。「攝」的本字是「㩒」。《集韻・帖韻》：「㩒，㩒牒，小楔。」「㩒」的本義就是小木片，屬名詞，後在粵語中引申為動詞。

今

❶ 塞住。如：「用張厚卡紙**㩒**住度房門，唔好畀佢閂埋。」（「用厚紙片把房門縫塞住，別讓它關上。」）

❷ 塞入（薄的東西）。如：「將份文件由門罅**㩒**入去。」（「把那份文件從門縫塞進去。」）

❸ 插隊。如：「你咪**㩒**入嚟，去排隊啦！」（「你別強行插隊，去排隊吧！」）

❹ 墊起。如：「我中意**㩒**高枕頭瞓覺。」（「我喜歡墊高枕頭睡覺。」）**㩒**，今俗作「攝」。

∞ **㩒牙罅** sip³ ngaa⁴ laa³ 塞牙縫。如：「得咁少嘢食，都唔夠**㩒牙罅**。」（「只得這少許食物，還不夠塞牙縫。」）

∞ **㩒位** sip³ wai⁶⁻² 強行插入有利位置。如：「佢影相最中意**㩒位**。」（「他最愛強行插入有利位置拍照。」）

∞ **㩒灶罅** sip³ zou³ laa³ 塞進灶底下，暗指東西沒有用。又喻女子嫁不出去。如：「阿妹，你都唔細啦，再唔拍拖，就要留嚟**㩒灶罅**啦。」（「妹妹，你年紀也不輕了，還不趕快約會男朋友，恐怕會嫁不出去了。」）

燒鴨 siu¹ aap³

古

以高溫燒烤鴨的一種食物。《金瓶梅》第三十四回：「這書童把銀子拿到鋪子，……教人買了一罈金華酒，兩隻**燒鴨**，兩隻雞，……送到來興兒屋裏，央及他媳婦惠秀替他整理，安排端正。」

燒鴨是廣東燒味中的烤鴨,把宰了的鴨去毛後,填滿調味料,掛入炭爐裏高溫燒烤,烤熟的鴨,以皮脆有光澤,皮汁多而不帶腥味為上品。如:「燒鵝好食過**燒鴨**。」(「燒鵝比**燒鴨**好吃。」)

∞ **火鴨** fo² aap³ 再度烹調的燒鴨稱為**火鴨**。例如「**火鴨**絲炆米」(fo² aap³ si¹ man¹ mai⁵),是把燒鴨的肉細切成絲,加上雪菜和米粉烹調出來的一款食品。

消夜 siu¹ je⁶⁻²

❶ 消遣夜晚時間。元・孟漢卿《張孔目智勘魔合羅》第一折:「他有那乞巧的泥媳婦,**消夜**的悶胡蘆。」

❷ 夜裏作食為消遣。宋・周密《武林舊事》卷三「歲除」項:「禁中以臘月二十四日為小節夜,三十日為大節夜,……後苑脩內司各進**消夜**果兒,以大合簇釘凡百餘種,如蜜煎珍果,下至花錫,其豆……」《儒林外史》第九回:「(鄒吉甫)又叫鄒三捧着一瓶酒和些小菜,送在船上,與二位少老爺**消夜**。」

❶ 夜晚吃東西消遣時間。如:「今晚放咗學,我哋一齊去**消夜**。」(「今夜下了課,我們一起去夜宵。」)

❷ 夜裏吃的酒食、點心等。如:「我哋入去嗰間鋪頭食**消夜**。」(「我們光顧那間店鋪吃夜消。」)「**消夜**」的「夜」由本調 je⁶ 變調讀 je²。**消夜**,今又作「宵夜」。

*燒賣 siu¹ maai⁶⁻²

點心名稱,通常以豬肉為主要餡料,外包麵皮,蒸熟來吃。《儒林外史》第十回:「席上上了兩盤點心,一盤豬肉心的**燒賣**,一盤鵝油白糖蒸的餃兒,熱烘烘擺在面前。」

點心名稱,通常以豬肉為主要餡料,外包麵皮,蒸熟而吃。在香港茶樓吃到的**燒賣**,種類很多,如「乾蒸**燒賣**」(以豬肉為餡料)、「牛肉**燒賣**」(以牛肉為餡料)、「魚肉**燒賣**」(以魚肉為餡料)、「豬潤**燒賣**」(每個**燒賣**上放一片豬肝,一起蒸熟)、「鵪鶉蛋**燒賣**」(將已去殼的鵪鶉蛋放在麵皮中心,包入

適量餡料，捏成**燒賣**，然後蒸熟）等。「**燒賣**」的「賣」由本調 maai⁶ 變調讀 maai² 。

∞ **唔服燒賣** m⁴ fuk⁶ siu¹ maai⁵⁻² 不服氣。原當作「不服燒埋」。「燒埋」是指辦理喪事和埋葬死者的費用。《紅樓夢》第四回：「薛家有的是錢，老爺斷一千也可，五百也可，與馮家作燒埋之費。」「燒埋」一詞出元代。元代對於負命案責任的人，除判決刑罰外，另外必須給苦主賠償金，作為燒埋的費用。後以「不服燒埋」比喻不服輸、不認罪。元・康進之《梁山泊李逵負荊》第四折：「休道您兄弟不服燒埋，由你便直打到梨花月上來，若不打這頑皮不改。」「不服燒埋」也作「不伏燒埋」。粵語口頭把「不服燒埋」的「埋」讀成 maai² ，又把此語改寫成**唔服燒賣**，一般人不易從字面得出其意了。

燒鵝 siu¹ ngo⁴

古

以高溫燒烤鵝的一種食物。《金瓶梅》第十五回：「正唱在熱鬧處，見三個穿青衣黃板鞭者——謂之圓社，手裏捧着一隻**燒鵝**，提着兩瓶老酒，大節間來孝順大官人，向前打了半跪。」

今

廣東燒味的一種，把宰了的鵝去毛後，塗滿調味料，掛入特製的爐中用木炭高溫燒烤，烤熟的鵝，以皮脆有光澤，肉汁多而不帶腥味為上品。如：「呢間鋪頭嘅**燒鵝**最有名。」（「這間店鋪的**燒鵝**是最馳名的。」）**燒鵝**，也可變調讀 siu¹ ngo⁴⁻² 。

*燒酒 siu¹ zau²

古

白酒。又稱「燒酎」。《說文・酉部》：「酎，三重醇酒也。」「燒」是指酒入口的感覺辛烈。唐・白居易〈荔枝樓對酒〉：「荔枝新熟雞冠色，**燒酒**初開琥珀香。」唐・雍陶〈到蜀後記途中經歷〉：「自到成都**燒酒**熟，不思身更入長安。」《紅樓夢》第三十八回：「（黛玉）因說道：『我吃了一點子螃蟹，覺得心口微微的疼，須得熱熱的吃口**燒酒**。』」

今

白酒。如：「我最中意飲嘅**燒酒**喺五糧液，佢嘅酒味好濃好香。」（「我最喜歡的**燒酒**是五糧液，它的酒味很香濃。」）

小器 siu² hei³

古

吝嗇,不大方。元·王曄《桃花女破法嫁周公》第一折:「剛剛吃拿了一個
銀子去,便關上鋪門,何等**小器**。」《紅樓夢》第七十回:「紫鵑也太**小器**,
你們一般有的,這會子拾人走了的,也不嫌個忌諱?」也作「小氣」。《官
場現形記》第五十九回:「你們姑太太也太小氣了,既然送你皮袍子面子,
為甚麼不送你一件新的,卻送你舊的?」

今

氣量小,小心眼兒。如:「張先生好**小器**,畀人話幾句便走咗去。」(「張先
生氣量很小,給人批評一下便拂袖而去。」)**小器**,今又作「小氣」。

∞ **小器鬼** siu² hei³ gwai² 氣量小的人。

少少 siu² siu²

古

一點兒,很少。《後漢書·度尚列傳》:「所亡**少少**,何足介意!」《聊齋志
異·卷一·賈兒》:「兒微啟下裳,**少少**露其假尾。」

今

一點兒,很少。如:「我爭**少少**就做完啦。」(「我尚欠一點就成了。」)

鎖匙 so² si⁴

古

鑰匙。《資治通鑒·晉紀·肅宗明皇帝下》「宮門管鑰,皆以委之。」胡三
省注:「鑰,關牡也,今謂之**鎖匙**。」明·陸容《菽園雜記》卷二:「開鎖具
自名鑰匙,亦云**鎖匙**。」清·西湖墨浪子《西湖佳話》卷二:「顧才子掣開金
鎖匙,白樂天撞破鐵門關。」

今

鑰匙。如:「你擺咗條**鎖匙**去邊?」(「你把鑰匙放在哪裏?」)

∞ **鎖匙窿** so² si⁴ lung¹ 鑰匙孔。

*傷風 soeng¹ fung¹

古

感冒。明·張介賓《景岳全書》卷十一「**傷風**」:「**傷風**之病,本由外感,但

邪甚而深者，遍傳經絡即為傷寒，邪淺而輕者，止犯皮毛，即為**傷風**。」《紅樓夢》第五十一回：「寶玉歎道：『如何！到底**傷**了**風**了。』」

感冒。如：「尋晚冇冚好被瞓覺，攪到今日**傷風**添。」（「昨晚睡覺沒有蓋好被，結果今天患上感冒了。」）

∞ **大傷風** daai⁶ soeng¹ fung¹　重感冒。

∞ **焗傷風** guk⁶ soeng¹ fung¹　熱傷風，熱感冒。

∞ **冷傷風** laang⁵ soeng¹ fung¹　冷傷風，冷感冒。

相與 soeng¹ jyu⁵

❶ 相處。《周易‧艮‧象辭》：「上下敵應，不**相與**也。」《莊子‧大宗師》：「孰能**相與**於无**相與**，相為於无相為？」《呂氏春秋‧慎行論‧慎行》：「為義者則不然，始而**相與**，久而相信，卒而相親。」《史記‧淮陰侯列傳》：「此二人**相與**，天下之至歡也。」《二刻拍案驚奇》卷三：「妙通道：『他母親姓白，是個京師人，當初徐家老爺在京中選官娶了來的。且是直性子，好**相與**。』」「好**相與**」即是好相處。《儒林外史》第三十四回：「和尚、道士、工匠、花子，都拉着**相與**，卻不肯**相與**一個正經人。」

❷ 相互。唐‧儲光羲〈田家雜興〉其二：「眾人恥貧賤，**相與**尚膏腴。」宋‧蘇軾〈前赤壁賦〉：「**相與**枕藉乎舟中，不知東方之既白。」

相處。如：「佢份人無所謂，好**相與**。」（「他為人不計較，容易相處。」）「好**相與**」是好相處，平易近人。

*上心 soeng⁵ sam¹

❶ 記在心上。《金瓶梅》第一回：「叔叔是必**上心**，搬來家裏住。」《封神演義》第十七回：「你**上心**打聽，天子用此物做甚麼事？」

❷ 用心，專注。《紅樓夢》第十回：「氣的是為他兄弟不好學，不**上心**念書。」

❶ 放在心上。如：「老細對你呢件事好**上心**㗎。」（「上司很把你這件事放在心上。」）

❷ 用心，專注。如：「我個仔讀書好唔**上心**。」（「我的兒子很不用心唸書。」）

上格 soeng⁶ gaak³

古

上面的一格。《二刻拍案驚奇》卷三十九：「亟取印箱來看，看見封皮完好，鎖鑰俱在。隨即開來看時，印章在**上格**不動，心裏略放寬些。」

今

上面的一格。如：「本書放咗喺**上格**櫃筒度。」（「那本書放在上一格的抽屜內。」）

∞ **上格牀** soeng⁶ gaak³ cong⁴：雙層牀的上層。雙層牀，粵語稱「碌架牀」（luk¹ gaa³⁻² cong⁴）。如：「你大過細佬，你瞓**上格**牀啦。」（「你比弟弟大，你睡雙層牀的上層好了。」）

上晝 soeng⁶ zau³

古

上午。清·范寅《越諺》：「**上晝**，杜預《左傳注》曰：『食時、隅中。』即今辰巳兩時。」《漢書·蕭望之列傳》：「是時太官方**上晝**食，上乃卻食，為之涕泣，哀慟左右。」《儒林外史》第三十三回：「到**上晝**時分，客已到齊。」又第四十八回：「那還是**上晝**時分，這船到晚才開。」

今

上午。如：「我今日**上晝**得閒，可以同你食早餐。」（「我今天上午有空，可與你一起吃早餐。」）

※ 箾 sok³⁻¹

讀音

箾，《廣韻·覺韻》音「所角切」，與「槊」字在同一小韻，今本讀 sok³，變調讀 sok¹。

古

❶ 以竹竿打人。《說文·竹部》：「**箾**，以竿擊人也。」

❷ 古代舞者所執之竿。《廣韻·覺韻》：「**箾**，《說文》曰：『以竿擊人。』又舞者所執。」《字彙·竹部》：「**箾**，舞竿。」《左傳·襄公二十九年》：「見舞《象**箾**》《南籥》者，曰：『美哉！猶有憾。』」杜預注：「『象**箾**』，舞所執。」

用一把（兩條以上）竹枝等物打人。如：「用筷子**箹佢**。」（「用筷子打他。」）

欶 _{sok³}

欶，《廣韻・覺韻》音「所角切」，與「朔」字在同一小韻，今粵讀 sok³。

❶ 吮吸。《說文・欠部》：「**欶**，吮也。」《廣韻・覺韻》：「**欶**，口噏也。」

❷ 飲。唐・韓愈、孟郊〈納涼聯句〉：「車馬獲同驅，酒醪欣共**欶**。」

❸ 吸。小說作「索」。《儒林外史》第三回：「眾人七手八腳將他扛抬了出來，在貢院前一個茶棚子裏坐下，勸他喫了一碗茶，猶自索鼻涕，彈眼淚，傷心不止。」

❶ 吸。如：「呢件衫好**欶**汗。」（「這件上衣很吸汗。」）

❷ 嗅。如：「間房有陣味，你**欶唔欶**到？」（「房間有股氣味，你嗅到沒有？」）**欶**，今俗作「索」。

∞ **欶氣** sok³ hei³ 氣喘，吃力。如：「今朝幫同學搬書，搬到**欶氣**。」（「今早幫同學搬運書籍，搬到氣喘。」）

∞ **欶油** sok³ jau⁴ （1）吸油。如：「炸雞翼好**欶油**。」（「炸雞翅膀很吸油的。」）（2）揩油，佔便宜。如：「佢一見到後生女，就行埋去**欶油**。」（「他一看見少女，就靠近毛手毛腳。」）「**欶油**」也稱「欶嘢」（sok³ je⁵）。

縏 _{sok³}

縏，《廣韻・覺韻》音「所角切」，與「槊」字在同一小韻，今本讀 sok³。

繩索。《廣雅・釋器》：「**縏**，索也。」清・王念孫《廣雅疏證・釋器》：「綃與**縏**同義。」《文選・木華〈海賦〉》：『維長綃，挂帆席。』張銑注云：『綃，連帆繩也。』義與**縏**亦相近。」《廣韻・覺韻》：「**縏**，緘也。」「緘」是繩索。

用繩或帶子來勒緊，抽緊。如：「用繩**縏**緊個袋口。」（「用繩把袋口勒緊。」）又如：「**縏**住條褲腳。」（「把褲腳勒緊。」）**縏**，今俗作「索」。

∞ **挈帶** sok³ daai³⁻² 抽帶的。如:「佢買咗條**挈帶**褲。」(「他買了一條有抽帶的褲子。」) 今「**挈帶**」也有用尼龍或塑膠造的,用途不限勒緊衣服,袋口,也可將物件(如電線)包紮和固定。

*爽口 song² hau²

古

❶ 好吃,清脆可口。南朝・梁・何遜〈七召〉:「既深悟於腐腸,豈自迷於**爽口**?」元・劉壎《隱居通義・古賦一》:「猶蟛蚏瑤柱,食之**爽口**,終不免動氣而嚬眉。」《水滸全傳》第三十九回:「宋江因見魚鮮,貪愛**爽口**,多吃了些。」《金瓶梅》第五十二回:「哥,今日這麵是那位姐兒下的?又**爽口**,又好吃。」

❷ 敗傷胃口。《晉書・張載列傳》:「耽**爽口**之饌,甘臘毒之味,服腐腸之藥,御亡國之器,雖子大夫之所榮,顧亦吾之所畏,余病未能也。」

今

好吃,脆。如:「呢味菜好**爽口**。」(「這個菜口感挺好。」)

∞ **爽脆** song² ceoi³ 脆口。如:「你炒嘅芹菜好**爽脆**。」(「你炒的芹菜很脆口。」)

∞ **爽甜** song² tim⁴ 脆而甜。如:「呢個蘋果好**爽甜**。」(「這個蘋果又脆又甜。」)

*爽利 song² lei⁶

古

❶ 爽快,利落。唐・韓偓〈喜涼〉:「豪強頓息蛙唇吻,**爽利**重新鶻眼睛。」元・楊顯之《鄭孔目風雪酷寒亭》第三折:「你這廝不**爽利**。」《水滸全傳》第三回:「李忠去身邊摸出二兩來銀子。魯提轄看了見少,便道:『也是個不**爽利**的人!』」《西遊記》第二十五回:「好本事!就是叫小爐兒匠使捵子,便也不像這等**爽利**!」《紅樓夢》第七十八回:「這些丫頭的模樣**爽利**,言談針線多不及他。」

❷ 乾脆,索性。《醒世姻緣傳》第五十八回:「咱既吃了這半日的燒酒,又吃黃酒,風攪雪不好,**爽利**吃燒酒到底罷。」

今

興奮,振作,精神好。粵語「**爽利**」僅見與「精神」一詞結合,成「精神**爽利**」。如:「放完長假返工,個個都精神**爽利**。」(「放完長假後上班,各人都精神奕奕。」)

臊豏豏 sou¹ ham¹ ham¹

讀音

豏，《廣韻・覃韻》音「火含切」。反切上字「火」屬曉母，喉音，今粵讀 h-母。反切下字「含」屬覃韻，開口一等。中古曉母覃韻開口一等字今粵讀 -am韻。「火含切」今讀 ham¹。

古

豏，《廣韻・覃韻》：「豏，小香。」

今

「臊豏豏」形容羊肉的膻氣。如：「啲羊肉**臊豏豏**，唔好食嘅。」（「那些羊肉充滿膻氣，不好吃的。」）

雪梨 syut³ lei⁴

古

梨名，肉嫩白如雪，故稱。《水滸全傳》第二十四回：「且說本縣有箇小的，年方十五六歲，本身姓喬。因為做軍在鄆州生養的，就取名叫做鄆哥，家中止有一箇老爹。那小廝生得乖覺，自來只靠縣前這許多酒店裏賣些時新果品，時常得西門慶齎發他些盤纏。其日，正尋得一籃兒**雪梨**，提著來繞街尋問西門慶。」

今

梨名，肉嫩白如雪，故稱。如：「**雪梨**好多汁，可以解渴。」（「**雪梨**汁多，解渴。」）

鉈 taap³

讀音

鉈，《集韻・盍韻》音「託盍切」。反切上字「託」屬透母，舌音，今粵讀 t-母。反切下字「盍」屬盍韻，開口一等。中古舌音盍韻字今粵讀 -aap 韻。「託盍切」今讀 taap³。

古

平底的缶。《說文・缶部》：「鉈，下平缶也。」

今

大口的罌子。如「屎鉈」（盛糞便的罌子）、「米鉈」（盛米的罌子）。

∞ **金鉈** gam¹ taap³ 裝骨殖的陶製罌子，其外塗有金黃色釉，故名「**金鉈**」。舊俗：土葬若干年後開墳，將骨殖裝入罌內繼續存放。**金鉈**，今俗作「金塔」。

∞ **埕埕缽缽** cing⁴ cing⁴ taap³ taap³ 罌罌罐罐，盆罐的總稱。「**埕埕缽缽**」又諧音「情情塌塌」，「情」指感情，「塌」指死心塌地，「情情塌塌」喻一心一意投入情感世界。如：「女仔坐埋一齊，就好鍾意傾**埕埕缽缽**嘅嘢。」（「女孩子聚在一起，便很喜歡談論愛情的事兒。」）

鎝 taap³

鎝，《廣韻・合韻》音「他合切」。反切上字「他」屬透母，舌音。反切下字「合」屬合韻。中古舌音合韻字今粵讀 -aap 韻。「他合切」今讀 taap³。

古

❶ 金屬套。《說文・金部》：「**鎝**，以金有所冒也。」是指以金屬製品冒覆別的物體，即今所謂金屬套。《廣韻・合韻》：「**鎝**，器物鎝頭。」古有「筆**鎝**」一詞，是指覆蓋筆頭的金屬套。唐・段成式《酉陽雜俎・諾皋記下》：「有賣油者張帽驅驢，馱桶不避，導者搏之，頭隨而落，遂遽入一大宅門，官人異之，隨入，至大槐樹下遂滅。因告其家，即掘之，深數尺，其樹根枯，下有大蝦蟆如疊，挾二筆**鎝**……蝦蟆即驢矣，筆**鎝**乃油桶也，菌即其人也。」

❷ 古代飾有小鈴的囊帕。亦指作裝飾之小鈴。宋・羅大經《〈鶴林玉露〉丙編》卷二：「告身五綵絲囊，幖首純紅而繪如瑚玉者最高……絲囊之制，以小鈴十繫之，按式名曰帉**鎝**。黃金、塗金、白金三等，外庭之繫，惟白金耳。」「帉**鎝**」就是飾有小鈴的囊帕。

今

❶ 今「**鎝**」已轉成「筆鎝筒」，用以表示金屬筆套，「筆鎝筒」即毛筆帽。

❷ 鎖上。如：「出街要**鎝**埋度門。」（「出外要把門鎖上。」）

❸ 舊式銅鎖。如：「一把**鎝**」（「一把銅鎖」）。「**鎝**」讀 taap³，也可變調讀 taap²。

健 taat³

健，《集韻・曷韻》音「他達切」，與「撻」字在同一小韻，今粵讀 taat³。

古

逃叛。《方言》卷十三：「**健**，逃也。」郭璞注：「謂逃叛也。」

今

❶ 借錢不還。如：「佢**健**咗人哋嘅錢唔還。」（「他借了人家的錢而不償還。」）

❷ 放棄。如:「佢落咗訂金買樓,後嚟問銀行借唔到錢,結果要**傑**訂。」(他給了訂金買房子,後來向銀行借不了錢,結果犧牲已預付的訂金而取消原定的買賣。)**傑**,今俗作「撻」。

○○ **傑數** taat³ sou³ 賴賬不還。也稱「傑賬」(taat³ zoeng³)。

鰨沙魚 taap³-taat³ saa¹ jyu⁴⁻²

讀音

鰨,《廣韻・盍韻》音「吐盍切」,與「榻」字在同一小韻。反切上字「吐」屬舌音。反切下字「盍」屬盍韻。中古舌音盍母字今粵語收音 -aap。「吐盍切」讀 taap³。然「鰨」(taap³) 與「沙」(saa¹) 連讀產生音變,「沙」的聲母 s- 是舌尖前音,影響「鰨」的韻尾由雙唇塞音 -p 轉為舌尖塞音 -t,於是「鰨」由 taap³ 變讀為 taat³ 了。

古

「鰨」是比目魚。《說文・魚部》:「鰨,虛鰨也。」清・朱駿聲《說文通訓定聲》:「比目魚也。」

今

「**鰨沙魚**」即比目魚,也稱「龍脷魚」,是海魚的一種,魚身長而扁,尾鰭鈍圓,細鱗,口小。「**鰨沙魚**」的兩眼均位在身體的右方,平臥在淺海的泥沙中,捕食小魚。「鰨沙」的「鰨」與「蹋」(即「踏」字) 的意義有關。《說文・足部》:「蹋,踐也。」《玉篇・足部》:「踏,足着地。」「鰨沙」是指貼着沙而臥,「**鰨沙魚**」的命名,與牠喜歡平臥於淺海沙上的特性有關。「**鰨沙魚**」肉質滑嫩,味鮮。如:「清蒸**鰨沙魚**最好食。」(清蒸比目魚最好吃。)**鰨沙魚**,今改寫作「撻沙魚」。

趟趟轉 tam⁴ tam⁴ zyun³

讀音

趟,《集韻・覃韻》音「徒南切」,今本讀 taam⁴,口語轉讀 tam⁴。

古

走貌。《集韻・覃韻》:「趟,趁趟,走貌。」《玉篇・走部》:「趁,趁趟,驅步。」《文選・左思・〈吳都賦〉》:「鷹瞵鶚視,趁趟狒猱。」李善注:「趁趟 狒猱,相隨驅逐,眾多兒。」唐・溫庭筠〈拂舞詞〉:「神椎鑿石塞神潭,白馬 趁趟赤塵起。」宋・蘇舜欽〈送李冀州詩〉:「綠髮三十一,趟趟千騎居上頭。」林百舉〈即席贈天健〉:「吹簫踊足走趟趟,又見蝍蜍世不堪。」

團團轉。粵語兒歌〈趯趯轉，菊花園〉「**趯趯轉**，菊花園，炒米餅，糯米糰。」
趯趯轉，今俗作「氹氹轉」。按：「氹」本音 tam⁵，解作「小坑」或「小水池」，
沒有「走動」的意思。

∞ **趯趯圍** tam⁴ tam⁴ hyun¹　團團。如：「個明星畀啲影迷**趯趯圍**圍住。」（「那個明星
給影迷團團圍住。」）

＊褪 ※ tan³

讀音

褪，《韻會》音「吐困切」，今粵讀 tan³。

古

❶ 卸衣。《韻會》：「**褪**，卸衣也。」引申為脫下，脫掉。元・王實甫《西廂記》
第二本第一折：「羅衣寬**褪**，能消幾度黃昏？」《儒林外史》第三十九回：「惡
和尚道：『你**褪**了帽子罷！』老和尚含著眼淚，自己除了帽子。」

❷ 消減，消失。《京本通俗小說・碾玉觀音》：「腮邊紅**褪**青梅小，口角黃消乳
燕飛。」

❸ 凋謝。宋・蘇軾〈蝶戀花〉（花**褪**殘紅青杏小）：「花**褪**殘紅青杏小，燕子飛
時，綠水人家繞。」宋・辛棄疾〈生查子〉（梅子**褪**花時）：「梅子**褪**花時，直
與黃梅接。」

❹ 藏放。元・無名氏《逞風流王煥百花亭》第一折：「懷揣十大曲，袖**褪**樂章
集。」

❺ 退。元・楊顯之《臨江驛瀟湘秋夜雨》第一折：「待趨前，還**褪**後，我則索
慌忙施禮半含羞。」《警世通言》卷二十三：「見他趨前**褪**後，神情不定，心
上也覺可憐。」

今

❶ 退。如：「你再**褪**後兩步。」（「你再後退兩步。」）「**褪**」解後退，也不限指人。
如：「唔該你將架車**褪**後一啲。」（「請你把汽車稍為駛後一點。」）

❷ 挪，移。如：「將張椅**褪**過啲。」（「把椅子移過點。」）

❸ （時間）順延。如：「會議**褪**到下星期五至開。」（「會議延後至下星期五才召
開。」）

∞ **人衰行路打倒褪** jan⁴ seoi¹ hang⁴-haang⁴ lou⁶ daa² dou³ tan³　意謂人倒霉，行路都會摔
跤。

∞ **褪車** tan³ ce¹　倒車。

∞ **褪舦** tan³ taai³⁻⁵　退縮，後退。《集韻·泰韻》:「舦，舟行。」音「他蓋切」。
與「汰」在同一小韻。反切下字「蓋」屬泰韻，開口一等。中古泰韻開口一
等字今粵讀 -oi 韻或 -aai 韻。「他蓋切」今讀 taai³，變調讀 taai⁵。如:「佢本嚟
話做，而家又**褪舦**話唔做啦。」(「他本來說會做的，現在又退縮，說不做
了。」) **褪舦**，今又作「褪軚」。

※ 忳 tan⁴

忳，《集韻·魂韻》音「徒渾切」，今粵讀 tan⁴。

古

憂鬱煩悶。《玉篇·心部》:「**忳**，悶也，亂也，憂也。」《集韻·魂韻》:
「**忳**，憂也，亂也。」《楚辭·離騷》:「**忳**鬱邑余侘傺兮，吾獨窮困乎此時
也。」王逸注:「**忳**，憂貌。」《楚辭·九章·惜誦》:「申侘傺之煩惑兮，中
悶瞀之**忳忳**。」王逸注:「**忳忳**，憂貌也。」**忳**，今俗作「騰」。

今

❶ 心中驚慌。如:「我個心而家重震**忳忳**。」(「我內心現在還是很驚慌。」)

❷ 肢體發抖。如:「你做乜手**忳**腳震呀?」(「你為甚麼手腳發抖呢?」)

∞ **忳忳震** tan⁴ tan⁴ zang³　哆嗦，發抖。如:「個乞兒凍到**忳忳震**。」(「那乞丐冷得
發抖。」)

* 藤條 tang⁴ tiu⁴⁻²

古

也叫「藤葂」。一種質地堅韌、長條的藤本植物。由於**藤條**彈性極佳，打
到人的身上可以造成強烈的疼痛，因此它也用作抽打的一種刑具。《水滸
全傳》第十六回:「楊志趕着催促要行，如若停住，輕則痛罵，重則**藤條**便
打，逼趕要行。」又第七十五回:「李虞候道:『殺不盡的反賊，怎敢回我
話?』便把**藤條**去打，兩邊水手都跳在水裏去了。」

今

用藤造的長條，軟而韌，或用以體罰。如:「你如果再曳，我就用**藤條**打你
啦。」(「你再頑皮，我便用**藤條**打你了。」)「**藤條**」的「條」由本調 tiu⁴ 變調
讀 tiu²。

∞ **藤條炆豬肉** tang⁴ tiu⁴⁻² man¹ zyu¹ juk⁶　用藤條體罰的意思。

敨 tau²

讀 音

敨,《集韻・厚韻》音「他口切」,今粵讀 tau²。

古

❶ 展開。《集韻・厚韻》:「敨,展也。」

❷ 鬆。《水滸全傳》第二十六回:「看何九叔面色青黃,不敢敨氣。」「敨氣」即鬆口氣。敨,今俗作「唞」。

今

❶ 歇息。如:「等我敨下先。」(「讓我歇息一會兒。」)

❷ 呼吸。如:「呢間房好焗,敨唔到氣。」(「這房間很悶熱,令人透不過氣來。」)

∞ **有氣冇碇敨** jau⁵ hei³ mou⁵ deng⁶ tau² (1) 忙得喘不過氣來。如:「今日好多嘢做,做到我**有氣冇碇敨**。」(「今天工作很多,我忙得喘不過氣來。」)(2) 非常憤怒。如:「我畀個仔激到我**有氣冇碇敨**。」(「我給兒子氣得我沒地方發泄。」)

∞ **敨大氣** tau² daai⁶ hei³ (1) 嘆氣。如:「你做乜猛咁**敨大氣**?」(「你為甚麼不停嘆氣?」)(2) 長出氣。如:「佢啱啱跑咗五千米,坐喺草地**敨大氣**。」(「他剛跑完了五千米,坐在草地上長出氣。」)

∞ **敨氣** tau² hei³ 喘氣,出氣兒。如:「呢度人好多,迫到**敨唔到氣**。」(「這兒人太多了,擠得連氣也透不過來。」)

∞ **敨涼** tau² loeng⁴ 歇涼兒。如:「今晚好熱,佢坐喺騎樓**敨涼**。」(「今晚天氣很熱,他坐在露台乘涼。」)

∞ **敨暑** tau² syu² 歇暑假。如:「今年放假,幾大都要去旅行**敨暑**。」(「今年放假,無論怎樣也要去旅行歇暑。」)

∞ **早敨** zou² tau² (1) 早點休息,晚安。如:「夜啦,我要瞓覺,**早敨**!」(「夜了,我要睡覺,晚安!」)(2) 不要有所指望(這意義近年流行於香港)。如:「呢單工程冇你份啦,**早敨**喇!」(「這個工程沒有你的份兒,不要有所指望了!」)

頭先 tau⁴ sin¹

古

❶ 起先。《水滸全傳》第二十八回:「看看天色晚來,只見**頭先**那個人,又頂

一個盒子入來。」《金瓶梅》第五十回：「**頭先**，爺在屋裏來，向牀背角閣抽梯內翻了一回去了。」

❷ 事先。《水滸全傳》第二十回：「便是老身十病九痛，怕有些山高水低，**頭先**要制辦些送終衣服。」

剛才。如：「**頭先**佢重喺處，而家唔知去咗邊。」（「剛才還見他在這兒，現在卻不知往哪裏去了。」）

*聽見 ting¹-teng¹ gin³

聽到。元・無名氏《玎玎璫璫盆兒鬼》第四折：「張千，你**聽見**他說些甚麼？」《西遊記》第五十七回：「行者道：『有事要告菩薩。』善財**聽見**一個『告』字，笑道：『好刁嘴猴兒！』」明・湯顯祖《牡丹亭・婚走》：「〔淨〕俺也**聽見**些。則小姐泉下怎生得知？」《三俠五義》第一百一十九回：「誰知艾虎與武伯南在上房悄悄靜坐，側耳留神，早已聽了個明白。先**聽見**鍾麟要伯南哥哥，武伯南一時心如刀絞，不覺得落下淚來。」

聽到。如：「你有冇**聽見**啲乜嘢消息呀？」（「你有沒有聽到甚麼消息呢？」）「聽」有文、白二讀，文讀 ting¹，白讀 teng¹。

*甜頭 tim⁴ tau⁴⁻²

好處，利益。《醒世恆言》卷三十六：「陳四哥今日得了**甜頭**，怎肯殺他？」《初刻拍案驚奇》卷十七：「若是弄得到手，連你們也帶挈得些**甜頭**。」《二十年目睹之怪現狀》第四十七回：「他不要想把這點小**甜頭**來哄我。」《文明小史》第五十三回：「人家得了他的**甜頭**，自然把他捧鳳凰一般捧到東，捧到西。」

好處，利益。如：「你畀咗咁多**甜頭**過佢，佢點會唔為你賣命吖！」（「你給了他那麼多好處，他怎會不落力為你效勞呢！」）「**甜頭**」的「頭」由本調 tau⁴ 變調讀 tau²。

*天窗 tin¹ coeng¹

古

設在屋頂上用以通風和透光的窗子。「窗」，又作「牕」。《文選・王延壽〈魯靈光殿賦〉》：「爾乃懸棟結阿，**天窗**綺疏。」唐・李白〈明堂賦〉：「藻井彩錯以舒蓬，**天窗**絪翼而銜霓。」唐・李商隱〈因書〉：「猿聲連月檻，鳥影落**天窗**。」宋・范成大〈晚春田園雜興〉：「雨後山家起較遲，**天窗**曉色半熹微。」

今

❶ 設在屋頂上用以通風和透光的窗子。

❷ 汽車車頂可以開啟的窗，用以通風。

∞ **拉埋天窗** laai¹ maai⁴ tin¹ coeng¹　結縭。「**拉埋天窗**」這句話與舊廣州的建築有關：舊時的西關屋子中，整個屋子除了房門和窗子通風外，還在屋頂的位置開一扇天窗給屋子通風，天窗平時會開着，下雨時才會關閉（拉埋）。新婚的人習慣把門窗關好，久而久之，「**拉埋天窗**」這句話就成了結婚的代稱。

天光 tin¹ gwong¹

古

❶ 天氣。明・馮夢龍《掛枝兒・阻雨》：「早知是這樣的**天光**也，不如不約他來了。」清・李漁《鳳求鳳・囚鸞》：「炎熱**天光**，不宜飲酒。」

❷ 天亮。明・無名氏《贈書記・旅病託栖》：「東方漸漸**天光**動，好教人私心驚恐。」

今

天亮。如：「佢一**天光**就出門返工。」（「天一亮，他便出門上班。」）

∞ **臨天光瀨尿** lam⁴ tin¹ gwong¹ laai⁶ liu⁶　俗語，表面意思是臨近天亮，卻在牀上撒了一泡尿，喻臨到最後關頭，竟然功敗垂成。

*田雞 tin⁴ gai¹

古

各種食用蛙的泛稱，以青蛙為主。因美味如雞而多生長於水田中，故名。《金瓶梅》第二十一回：「一個螃蟹與**田雞**結為兄弟，賭跳過水溝兒去，便是大哥。」清・吳趼人《悄皮話・蝦蟆感恩》：「自大老爺蒞任以來，雖沒有恩德及於百姓，卻還循例出示，禁食**田雞**。」

各種食用蛙的泛稱，以青蛙為主。因美味如雞而多生長於水田中，故名。如：「我最中意食薑葱炒**田雞**。」（「我最愛以薑和葱炒**田雞**來吃。」）

∞ **田雞東** tin⁴ gai¹ dung¹　幾個人湊錢吃東西，打平伙。

∞ **田雞過河 —— 各有各掙** tin⁴ gai¹ gwo³ ho⁴ —— gok³ jau⁵ gok³ jaang³　意謂青蛙過河，自己蹬自己的，義近「黃牛過水 —— 各顧各」。

∞ **照田雞** ziu³ tin⁴ gai¹　田雞怕光，如用電筒或大光燈（用火水為燃料的燈）照着，會即時呆着不動，容易被人捕捉。香港昔日在上環大笪地或油麻地榕樹頭開攤兒的相士，小攤沒電力供應，故用大光燈照明，看相觀氣色，客人求問，安定地坐着，讓相士提起大光燈端詳面相和掌相，指點迷津。相士看相，情況像提燈**照田雞**，故香港粵語謔稱看相為「**照田雞**」。

貼錢 tip³ cin⁴⁻²

❶ 找回的餘款。《水滸全傳》第二十三回：「酒家看了道：『有餘，還有些**貼錢**與你。』」

❷ 賠補不夠的錢，貼補錢財。《儒林外史》第三十二回：「這樣激着他，他就替你用力，連**貼錢**都是肯的。」《文明小史》第五十一回：「後來制臺知道饒鴻生是個富家子，又兼年紀輕，肯**貼錢**，又肯做事。」

賠補不夠的錢，貼補錢財。如：「你只要搵佢做，佢一定幫你，**貼錢**都聽。」（「你只要找他去做，他一定會幫助你，倒**貼錢**也願意做。」）「**貼錢**」的「錢」由本調 cin⁴ 變調讀 cin² 。

∞ **貼錢買難受** tip³ cin⁴⁻² maai⁵ naan⁶ sau⁶　花了錢還要受罪。如：「今次旅行，飛機成日誤時，攪到要喺機場過夜，真係**貼錢買難受**。」（「這次去旅行，班機經常延誤，累得要在機場度宿，真是花了錢還要受難。」）

※艞板 tiu³ baan²

艞，《廣韻・笑韻》解作大船，音「戈照切」，今粵讀 jiu⁶ 。「**艞板**」的「艞」，《正字通・舟部》讀作「跳」。

《廣韻・笑韻》：「艞，對艞。江中大船。」「**艞板**」指搭在船邊，便於人上下

的船板。《正字通·舟部》：「艁，……或曰舟泊岸，去岸丈許，置長板於船首，與岸接，以通往來，俗呼**艁板**，讀若跳。」

碼頭上的通向船上的板。如：「渡輪啲水手搭好**艁板**，畀乘客上船。」（「渡輪的水手把船板搭好，以便乘客上船。」）**艁板**，今俗作「跳板」。

拖油瓶 to¹ jau⁴ ping⁴-peng²

再婚女子帶到夫家的子女。「**拖油瓶**」一詞的由來，說法不一。一說是寡婦改嫁有媒，約書上對帶過門的子女寫作「挽病兒」，這樣，繼父撫育責任因而較輕，後遂訛稱為「挽油瓶兒」或「**拖油瓶**兒」。《喻世明言》卷十：「我父親萬貫家私，少不得兄弟兩個大家分受。我又不是隨娘晚嫁，**拖**來的**油瓶**。」《初刻拍案驚奇》卷三十三：「天祥沒有兒女，楊氏是個二婚頭，初嫁時帶個女兒來，俗名叫做**拖油瓶**。」《二刻拍案驚奇》卷十：「忽然一日，有一伙人走進門來，說道要見小三官人的。這裏門上方要問明，內一人大聲道：『便是朱家的**拖油瓶**。』」清·朱素臣《十五貫·廉訪》：「游二有個**拖油瓶**女兒。」《官場現形記》第四十回：「不是你父親養的，難道是你娘**拖油瓶**拖來的嗎？」

再婚女子帶到夫家的子女。今較少用此稱。「**拖油瓶**」的「瓶」，讀音先由文讀 ping⁴ 轉白讀 peng⁴，再變調讀 peng²。

∞ **油瓶女** jau⁴ ping⁴-peng² neoi⁵⁻² 隨母出嫁的女兒。這是歧視的稱呼。

∞ **油瓶仔** jau⁴ ping⁴-peng² zai² 隨母出嫁的兒子。這是歧視的稱呼。

※佗 to⁴

佗，《集韻·歌韻》音「唐何切」，今粵讀 to⁴。

《說文·人部》：「**佗**，負何也。」「負何」，即「負荷」。

❶ 帶，掛（在身上）。如：「做警察可以**佗**槍，好威！」（「做警察可以帶槍，很威風！」）

❷ 懷（孩子）。如：「佢老婆**佗**住個仔，重好勤力做嘢。」（「他的妻子有了身孕，還很努力工作。」）

❸ 連累。如：「畀佢**佗**衰晒。」（「全叫他給連累了。」）**佗**，今俗作「陀」。

∞ **佗累** to⁴ leoi⁶　連累。如：「呢件事**佗**累埋你，唔好意思！」（「這件事連累了你，對不起！」）

∞ **佗手掕腳** to⁴ sau² lang⁴⁻³ goek³　拖住手腳，累贅。「掕」解拖或帶。如：「帶咁多細路出街，佗手掕腳，好唔自在。」（「帶那麼多小孩子外出，十分累贅，很不自在。」）

∞ **佗衰家** to⁴ seoi¹ gaa¹　罵人話，敗家者。如：「你正一**佗**衰家。」（「你真是敗家了。」）

∞ **佗仔** to⁴ zai²　懷孕。如：「佢老婆又**佗仔**啦。」（「他的妻子又懷孕了。」）

托賴 tok³ laai⁶

❶ 托庇，倚賴。元・李壽卿《說鱄諸伍員吹簫》第三折：「雖然只得鉋鋤力，**托賴**天公雨露恩。」《初刻拍案驚奇》卷二十五：「豈知今日妾身**托賴**著院判，脫籍如此容易。」清・洪昇《長生殿・重圓》：「今夜呵，只因你傳信約蟾宮相見，急得我盼黃昏眼兒穿。這青霄際，全**托賴**引步展。」

❷ 有福氣，托福。元・關漢卿《劉夫人慶賞五侯宴》第一折：「兒也，則要你久已後報冤讐，**托賴**着伊家福，好共歹一處受苦。」《金瓶梅》第五十六回：「書寄應哥前，別來思，不待言，滿門兒**托賴**都康健。」

有福氣，托福。如：「我哋兩個都**托賴**，班仔女好孝順。」（「我們兩人還算有福氣，兒女們都很孝順的。」）

湯 tong¹

宰，殺。殺三牲，都經過用沸水燙毛這程序，故稱宰殺為「**湯**」。後引申殺豬、殺羊也稱「**湯**」。明・洪楩《清平山堂話本・快嘴李翠蓮記》：「燒賣匾食有何難，三**湯**兩割我也會。」此把「**湯**」和「割」分開來用。《紅樓夢》第五十三回：「烏進孝向賈珍交帳單中有：**湯**豬二十個，家**湯**羊二十個。」清・屈大均《廣東新語・水語・溫泉》：「泉微作硫黃氣，其熱可以**湯**雞瀹卵。」清・錢德蒼《綴白裘・雜劇・遣將》：「待俺前去，若不把那厮做**湯**羊兒一

般，一隻手揪着他的腦袋，一隻手拎着他的鸞帶，擒來山寨，……也誓不為人！」

今

❶ 宰殺。如：「今日做冬，要**湯**雞還神。」（「今天是冬節，要殺雞答謝神恩。」）

❷ 剖，割。如：「**湯**開」（「割開」）、「**湯**肚」（「剖開肚子」）**湯**，今俗作「劏」。

※**揚** tong³

讀音

揚，《廣韻・宕韻》音「他浪切」，今粵讀 tong³。

古

推。《玉篇・手部》：「**揚**，推。」《廣韻・宕韻》：「**揚**，排**揚**。」

今

順着一定的軌道拖拉，有來回反復之義。如：「**揚**門」（「用橫向推拉方式開關的門」）、「**揚**窗」（「用拖拉方式來開關的窗扇」）。又如：「唔該你順手**揚**番好個櫃桶。」（「請你隨手把抽屜推上。」）**揚**，今俗作「趟」。

※**溏心** tong⁴ sam¹

讀音

溏，《廣韻・唐韻》音「徒郎切」，與「唐」字在同一小韻，今粵讀 tong⁴。

古

❶ 水池。《玉篇・水部》：「溏，池也。」後作「塘」。

❷ 泥漿。《廣雅・釋言》：「溏，淖也。」「淖」是瀾泥之意。

❸ 像糊狀的，半流動的。漢・張仲景《傷寒論・辨陽明》：「陽明病，發潮熱，大便溏，小便自可，胸脅滿不去者，小柴胡湯主之。」《農桑輯要》卷三：「至四五月內，晴天巳午時間，橫條兩邊，取熱溏土，擁橫條上成壠。」

今

溏心，指醃過或煮過的蛋的蛋黃沒有凝固。如：「**溏心**蛋」。現在，「**溏心**」不限於指蛋類，也可指其他食物，如「**溏心**番薯」，指烤熟的地瓜，中心呈糊狀。又如「**溏心**鮑魚」，是指把曬乾的鮑魚煮至中心部分黏黏軟軟，入口時質感柔軟及有韌度。**溏心**，今俗作「糖心」，因而亦誤把「**溏心**」的「溏」理解為「糖」，以為是甜的東西。

淘古井 tou⁴ gu² zing²-zeng²

古

「古井」的出處，見唐・孟郊〈烈女操〉：「貞婦貴殉夫，舍生亦如此。波瀾誓不起，妾心古井水。」後因以「古井」喻寂然不為外物所動之心，尤多用於守寡不嫁的婦女。其後，又以「古井」喻有積蓄的寡婦或妓女。清・張心泰《粵游小志・妓女》：「有若再醮婦者，粵俗謂之**淘古井**。」清・黃世仲《廿載繁華夢》第三十九回：「更有些風流子弟，當他是一個古井，志在兜結於他，希望淘得錢鈔。」「**淘古井**」是娶有錢的妓女或寡婦為妻。《二十年目睹之怪現象》第五十七回：「我雖然懂得廣東話，卻不懂他們那市井的隱語，這『**淘古井**』是甚麼，聽了十分納悶。後來問了旁人，才知道凡娶著不甚正路的婦人，如妓女、寡婦之類做老婆，卻帶着銀錢來的，叫做『**淘古井**』。」

今

指娶有錢的妓女或寡婦。今「**淘古井**」又延申為傍上有錢的老女人。如：「佢貪嗰個老寡婦有錢，一心諗住**淘古井**。」（「他看上那老寡婦有錢，志在娶她為妻。」）「**淘古井**」的「井」，文讀 zing²，白讀 zeng²。

※摦 waa²

讀音

摦，《類篇・手部》音「烏瓦切」，今粵讀 waa²。

古

❶ 手捉物。《集韻・麻韻》：「**摦**，手捉物。」

❷ 手爬物。《類篇・手部》：「**摦**，吳俗謂手爬物曰**摦**。」明・張岱《陶庵夢憶・爐峯月》：「余挾二樵子從壑底**摦**而上，可謂癡絕。」

今

用手指甲抓取。如：「佢畀人**摦**損咗塊面。」（「她給人抓傷了面部。」）「**摦**」，今又讀作 we²。如：「好在我**摦**（we²）住枝樹枝，唔係就跌咗落山。」（「幸好我抓住一根樹枝，不然便會掉下山去。」）

∞ **摦爛塊面** waa² laan⁶ faai³ min⁶　撕破面皮，喻跟別人反面，不顧一切，不理羞恥之意。

∞ **摦子** waa² zi²　「**摦子**」是以前兒童的一種遊戲，以石子或盛放了沙子（或米粒）的方形小布袋作玩具，數人以單手輪番抓擲（邊拋邊拾邊接），抓擲石子或布袋之數由一至六，最快完成者為勝。這種傳統遊戲，據說已有好幾百年

的歷史。「**搲子**」遊戲對訓練兒童眼靈手快，促進腦部發展，很有幫助，可惜現在沒有人提倡，兒童已不懂得玩這種遊戲了。

∞ **搲銀** we² ngan⁴⁻² 賺錢的俗稱。如：「佢放假都唔休息，博命**搲銀**。」（「他放假也不休息，拚命賺錢。」）

※滑漦漦 waat⁶ saan⁴ saan⁴

漦，《集韻・山韻》音「棧山切」。反切上字「棧」屬崇母，全濁，崇母字今或轉成粵語 s- 母。「棧山切」今讀 saan⁴。

「漦」有三義：

❶ 順下滲流。《說文・水部》：「漦，順流也。」段玉裁注：「〈釋言〉(指《爾雅・釋言》) 曰：『漦，盠也。』盠同漉酒之漉。」「漉」是水慢慢地滲下之意。

❷ 龍的唾液。《國語・鄭語》：「夏之衰也，褒人之神，化為二龍，以同于王庭，……夏后卜殺之，與去之，與止之，莫吉。卜請其漦而藏之，吉。」韋昭注：「漦，龍所吐沫，龍之精氣也。」《文選・班固〈幽通賦〉》：「震鱗漦于夏庭兮，匪三正而滅姬。」

❸ 魚身黏滑的液體。《集韻・山韻》：「漦，魚龍身濡滑者。」此義蓋由魚龍之唾液一義引申而來。

「**滑漦漦**」指黏滑之狀。如：「條魚**滑漦漦**，好難捉。」（「這條魚魚身滑膩膩的，很難把牠抓牢。」）**滑漦漦**，今俗作「滑潺潺」。

※耾 wang¹

耾，《集韻・耕韻》音「烏宏切」。反切上字「烏」屬影母。反切下字「宏」屬耕韻，合口二等。中古影母合口二等字今粵讀 w- 母。「烏宏切」今讀 wang¹。

❶ 耳聾。《廣雅・釋詁》：「**耾**，聾也。」清・王念孫《廣雅疏證・釋詁》：「《集韻》：『**耾**，耳中聲也。』凡聽而不聰，聞而不達者，耳中常**耾耾**然，故謂之**耾**也。」「耳中聲」即耳鳴。

❷ 大聲。《集韻・耕韻》：「**耾**，……一曰：**耾耾**，大聲。」《韻會》卷八：「**耾**

耾，大聲。」戰國・楚・宋玉〈風賦〉:「**耾耾**雷聲，回穴錯迕。」漢・揚雄《法言・問道》:「非雷非霆，隱隱**耾耾**。」

今

吵得耳朵難受。如:「你嘈到我耳都**耾**晒。」(「你吵得我耳朵**耾耾**作響了。」)

○○ **耾耾聲** wang[1] wang[1] sing[1]-seng[1] 象聲詞。如:「蜜蜂**耾耾聲**」(「蜜蜂嗡嗡作響」)。又如:「隻耳仔**耾耾聲**，好唔舒服。」(「耳鳴耾耾作響，很不舒服。」)

※爩 wat[1]

讀音

爩，《廣韻・物韻》音「紆物切」，與「鬱」字在同一小韻。反切上字「紆」屬影母。反切下字「物」屬物韻，合口三等。中古影母物韻合口三等字今粵語多讀 j- 母，也有讀 w- 母。「紆物切」今粵讀 wat[1]。

古

❶ 煙出。《玉篇・火部》:「**爩**，煙出也。」

❷ 煙氣。《廣韻・物韻:「**爩**，煙氣。」

今

烹調法。把肉類塗上醬油，略煎，然後加配料及上湯，慢火燒熱。如:「**爩**雞」、「薑葱**爩**鯉魚」等。**爩**，今俗作「焗」。

核突 wat[6] dat[6]

古

核突古作「鶻突」、「鶻鶟」、「猾突」。它是疊韻連綿詞，無固定寫法。

❶ 混亂，模糊。唐・孟郊〈邊城吟〉:「何處鶻突夢，歸思寄仰眠。」《朱子語類》卷四:「則此理本善，因氣而鶻突；雖是鶻突，然亦是性也。」

❷ 不明白事理。宋・曾布《曾公遺錄》卷七:「葉祖洽嘗云:『章惇為勘當他孫子理親民差遣不明，罵他作「鶻突尚書」。』」《二刻拍案驚奇》卷十九:「(莫繼) 心裏鶻突，如醉如癡，生出病來。」

❸ 疑惑不定。明・沈榜《宛署雜記・民風二》:「事之依違曰鶻鶟。」《英烈傳》第十五回:「太祖正在胡牀翻來覆去，……虛空似被人扶起一般。心中正起鶻突，只聽得帳門外『呀』的一聲響，太祖便跳將起來，閃在一處。」《好逑傳》第四回:「到日中，忽前番府裏兩個差人，又來說:『太爺請過去說話！』水運雖然心下鶻突，卻不敢不去。」

❹ 心情紛亂。《二刻拍案驚奇》卷十四：「宣教雖然見了一見，並不曾說得一句悄俏的說話，心裏猬猬突突，沒些意思走了出來。」

❺ 糊塗。《聊齋志異‧卷二‧嬰寧》：「設鶻突官宰，必逮婦女質公堂，我兒何顏見戚里？」

❻ 乖迕。《明史‧劉宗周列傳》：「誅閹定案，前後詔書鶻突。」清‧捧花生《畫舫餘譚》：「如某姬者，凌人傲物，施之同輩，真為鶻突。」

❼ 驚慌。《隋唐演義》第十九回：「這些宮主嬪妃，都猜疑。惟有陳夫人他心中鶻突的道：『這分明是太子怕聖上害他，所以先下手為強；但這釁由我起，他忍於害父，難道不忍於害我？與其遭他毒手，倒不如先尋一個自盡。』」

❽ 形容使人厭惡的言行。《二十年目睹之怪現象》第四十四回：「繼之夫人相見時，便有點疑心，暗想他是旗人，為甚裹了一雙小腳，而且舉動輕佻，言語鶻突，喜笑無時，只是不便說出。」

❾ 形容形態醜陋。魯迅《中國小史略》說《聊齋》中的鬼狐「和易可親，忘為異類，而又偶見鶻突，知復非人。」

今

wat⁶ dat⁶ 今寫作「**核突**」。

❶ 使人看來惡心的滑溜的東西，如痰涎、鼻涕、膿血等。如：「唔該你唔好隨處吐口水痰，好**核突**！」（「請你不要隨地吐痰，難看極了！」）

❷ 形容使人厭惡的言行。如：「你講啲嘢好**核突**！」（「你說的話內容太難聽了！」）

浣 wo³⁻⁵

讀音

浣，《廣韻‧過韻》音「烏臥切」。反切上字「烏」屬影母。反切下字「臥」屬過韻，合口一等。中古影母合口一等字今粵讀 w- 母。「烏臥切」今讀 wo³，變調讀 wo⁵。

古

❶ 泥污。《廣韻‧過韻》：「**浣**，泥著物也。」唐‧韓愈〈合江亭〉：「願書巖上石，勿使泥塵**浣**。」

❷ 污染、弄髒。唐‧杜甫〈虢國夫人〉：「卻嫌脂粉**浣**顏色，淡掃蛾眉朝至尊。」

今

❶ 壞。如：「嗰隻雞蛋**浣**咗。」（「那隻雞蛋壞了。」）

❷ 糟了，壞事了。如：「呢件事畀佢搞**浣**咗。」（「這件事情給他弄壞了。」）

鑊黸 wok⁶ lou⁴⁻¹

黸，《廣韻·模韻》音「落胡切」。反切上字「落」屬來母。反切下字「胡」屬模韻，合口一等。中古舌音模韻合口一等字今粵讀 -ou 韻。「落胡切」今讀 lou⁴，變調讀 lou¹。

古

黑色。《說文·黑部》：「齊謂黑為黸。」《廣韻·模韻》：「黸，黑甚。」漢·揚雄《法言·五百》：「彤弓黸矢。」

今

鍋底的黑煙子。今多稱「鑊黸」。如：「呢個鑊好污糟，個底積晒**鑊黸**。」（「這個鍋很骯髒，底部佈滿黑煙子。」）**鑊黸**，今俗作「鑊撈」。

黃黔黔 wong⁴ gam⁴ gam⁴

讀音

黔，《廣韻·侵韻》音「巨金切」。反切上字「巨」屬羣母，全濁。反切下字「金」屬侵韻，開口，平聲。中古羣母開口平聲字今粵讀 k- 母，「黔」當切讀 kam⁴，今口語讀 gam⁴。

古

「黔」是淺黃黑色。《說文·黑部》：「黔，淺黃黑也。」元·吳昌齡《張天師斷風花雪月》楔子：「你沒病，我看着你這嘴臉，有些黃甘甘的。」「黃甘甘」形容面色又黃又黑。

今

指黃中帶黑。如：「你塊面**黃黔黔**，氣色唔好。」（「你的面色黃中帶黑，氣色不好。」）**黃黔黔**，今又作「黃甘甘」。「黔」也有人讀成 kam⁴，故**黃黔黔**又寫作「黃禽禽」。

旺相 wong⁶ soeng³

古

❶ 健旺。《初刻拍案驚奇》卷三十四：「除非這個着落，方合得姑娘貴造，自然壽命延長，身體**旺相**。」《醒世姻緣傳》第四回：「公公屢屢夢中責備，五更頭尋思起來，未免有些良心發見，所以近來也甚雁頭鶌嘴的，不大**旺相**。」

❷ 旺盛，興隆。元·李好古《沙門島張生煮海》第三折：「鍋裏水滿了也，再

放這枚金錢在內，用火燒着，只要火氣十分**旺相**，一時間將水煎滾起來。」《醒世恆言》卷三十五：「前日聞得你生意十分**旺相**，今番又趁若干利息？」

今

旺盛，興隆。如：「祝你身體健康，周年**旺相**！」（「祝你身體健康，全年興旺。」）

*烏鴉嘴 wu¹ aa¹ zeoi²

古

喻話多使人討厭的人。《石點頭》卷十三：「誰知是個**烏鴉嘴**，耐不住口，隨地去報新聞，頃刻就嚷遍了滿營。」

今

喻話多使人討厭的人，或形容某人嘴巴特別可惡，好事說不靈，壞事一說便靈。如：「佢真係**烏鴉嘴**，件事畀佢話好，就唔靈啦。」（「他真是**烏鴉嘴**來的，事情給他說好，便不靈驗了。」）

※烏黢黢 wu¹ ceot¹-zeot¹ ceot¹-zeot¹

讀音

黢，《集韻・術韻》音「促律切」。反切上字「促」屬清母，今粵讀 c- 母。「促律切」今本讀 ceot¹，轉讀不送氣 zeot¹。

古

「黢」是黑的意思。《玉篇・黑部》：「黢，黑也。」《集韻・術韻》：「黢，黑也。」

今

「烏」是黑的意思，如：「烏豆」（「黑豆」）、「烏雞」（「黑皮雞」）。「烏黢黢」形容物體烏黑，或形容物體黑得發亮。如：「嗰個女仔把頭髮**烏黢黢**，幾好睇。」（「那少女的頭髮烏油油的，很好看。」）又如：「嗰隻蟋蟀個頭**烏黢黢**，一定好打得。」（「那隻蟋蟀的頭烏黑得發亮的，一定很善鬥。」）烏黢黢，今又作「烏卒卒」。

烏糟 wu¹ zou¹

古

骯髒。《負曝閒談》第十四回：「（領衣）白的漂亮是漂亮，然而一過三四天，就要換下來洗。那顏色的耐**烏糟**些，至少可以過七八天。」

❶ 骯髒。如：「啲細路玩到成身**烏糟**晒。」（「孩子們玩得全身都骯髒了。」）

❷ 卑鄙下流。如：「你唔好講埋啲**烏糟**嘢啦！」（「你別要老是說那些下流話吧！」）

∞ **烏糟貓** wu¹ zou¹ maau¹　骯髒的人。

※**揸／攄／揸** zaa¹

讀音

揸，《廣韻・麻韻》音「側加切」，與「渣」字在同一小韻，今粵讀 zaa¹。

古

取。《說文・手部》：「揸，挹也。」《方言》卷十：「揸，取也。南楚之間，凡取物溝泥中謂之揸。」漢・劉熙《釋名・釋姿容》：「攄，叉也。五指俱往叉取也。」《墨子・天志下》：「而有踰於人之牆垣，**揸格**人之子女者乎。」「揸格」是掠奪之意。宋以後，「揸」字出現，取代「揸」字，表示取或抓取之意。元・楊梓《功臣宴敬德不伏老》第一折：「我也曾**揸**皴奪旗，抓將挾人。」《水滸全傳》第三十八回：「李逵見了也不謙讓，大把價**揸**來只顧吃，拈指間把這二斤羊肉都吃了。」明・湯顯祖《紫簫記・就婚》：「四娘，你也房裏**揸**些撒帳錢回去。」

今

今只用「**揸**」。

❶ 拿，握。如：「我**揸**住本書。」（「我拿着一書本。」）又如：「**揸**實拳頭。」（「握緊拳頭。」）又如：「你要**揸**定主意。」（「你要拿定主意。」）

❷ 把住，掌管。如：「**揸**車」（「駕駛汽車」）、「**揸**船」（「駕駛船隻」）、「**揸**錢」（「管錢」）、「**揸**數」（「管賬目」）。

❸ 擠，搾。如：「我喺農場負責**揸**牛奶。」（「我在農場負責擠牛奶。」）

❹ 窄，緊。如：「你着呢件**揸**腰衫會好睇啲。」（「你穿這件窄腰襯衣會好看些。」）

❺ 量詞。把。變調讀 zaa⁶。如：「一**揸**米」（「一把米」）、「一**揸**散銀」（「一把錢幣」）。

∞ **揸大旗** zaa¹ daai⁶ kei⁴　喻居領導地位。如：「今次搞呢個旅行團，都係由你**揸大旗**好。」（「這次舉辦旅行團，還是由你做領導決策好點。」）也說「擔大旗」（daam¹ daai⁶ kei⁴）。

∞ **揸大葵扇** zaa¹ daai⁶ kwai⁴ sin³ 喻做媒人。如：「佢哋結得成婚，係我同佢哋**揸大葵扇**咋。」（「他們得以成婚，是我做媒人撮合的。」）

∞ **揸篼** zaa¹ dau¹ 「篼」本指裝飼料餵馬的竹器，其後引申為瓦製的飼料盆，如「豬篼」；又引申為小搪瓷盆、小鋁盆或缽等器物，如「飯篼」、「乞兒篼」等。**「揸篼」**即指拿着行乞用的缽，喻行乞之意。如：「如果你唔畀心機讀書，第日聽（ting³）**揸篼**啦。」（「你如果不好好向學，日後恐怕要行乞過活了。」）

∞ **揸 fit 人** zaa¹ fit jan⁴ 老大，老闆。如：「我係呢間酒樓嘅**揸 fit 人**。」（「我是這間酒樓的老闆。」）

∞ **揸價** zaa¹ gaa⁴ 不肯降低價錢。如：「個業主一味**揸價**，間屋係都唔肯減價賣。」（「那個業主抓緊賣價，無論如何也不肯把房子減價出售。」）

∞ **揸頸就命** zaa¹ geng² zau⁶ meng⁶ 熟語。喻忍氣認命。如：「而家好難搵工，就算成日畀老細鬧，都唔敢唔撈，惟有**揸頸就命**啦。」（「現在人浮於事，即使經常給老闆責罵，也不敢辭工不幹，只好忍氣認命了。」）

∞ **揸二攤** zaa¹ ji⁶ taan¹ 接手去做別人未完成的事。如：「我係**揸**佢嘅**二攤**咋。」（「我只是接手去做他未完成的工作而已。」）也說「執二攤」（zap¹ ji⁶ taan¹）。

∞ **揸拿** zaa¹ naa⁴ 把握。如：「要搞掂呢單嘢真係冇乜**揸拿**喎！」（「要處理好這件事真的沒有甚麼把握啊！」）

∞ **揸手** zaa¹ sau² （1）掌管，在握。如：「我嘅未來外母要我畀層樓佢**揸手**先肯將個女嫁畀我。」（「我的未來岳母要我給她一所房子，才答應把女兒下嫁給我。」）（2）做抵押。如：「佢要我畀間鋪佢**揸手**，然後至肯借錢畀我。」（「他要我把店鋪給他做抵押，才肯借錢給我。」）

∞ **揸正嚟做** zaa¹ zeng³ lai⁴ zou⁶ 公正地按原則辦事。如：「呢件事我要**揸正嚟做**，唔係人哋會話我偏心。」（「這件事我得要公正地處理，否則別人會說我徇私。」）

※ 笮 zaak³

讀音

笮，《廣韻・陌韻》音「側伯切」，今粵讀 zaak³。

古

「笮」是壓的意思。《說文・竹部》：「笮，迫也。」《玉篇・竹部》：「笮，迫也，墜也。」漢・王充《論衡・幸偶》：「足所履，螻蟻笮死。」意謂腳踩過的地方，螻蛄和螞蟻都被壓死。

❶ 壓、砸之義。如:「用石頭**笮**住疊紙。」(「用石塊把那疊紙張壓着。」)又如:「**笮**爛咗個盒。」(「盒子給壓破了。」)

❷ 鎮壓物。如:「銅紙**笮**」,是用銅製的紙鎮。**笮**,今俗作「責」。

∞ **畀鬼笮** bei² gwai² zaak³ 即夢魘,指睡眠中做一種感到壓抑而呼吸困難的夢。

∞ **大石笮死蟹** daai⁶ sek⁶ zaak³ sei² haai⁵ 用大石壓死螃蟹,喻用強大勢力或壓力,迫人服從。如:「業主委員會以大比數投票通過五千萬元嘅屋宇維修工程,迫小業主服從,簡直係**大石笮死蟹**!」(「業主委員會以大比數投票通過五千萬元的屋宇維修工程,迫小業主就範,簡直是恃強凌弱!」)今「**大石笮死蟹**」又發展成為一個歇後語,就是「**大石笮死蟹 —— 冇聲出**」。「冇聲出」(mou⁵ seng¹ ceot¹) 即不能作聲,蟹被壓死,自然是不能作聲了。

∞ **笮年** zaak³ nin⁴ 即壓歲之意。過年舊俗,把生菜、芹菜放在米缸上,又把水果、肉類、鯪魚、油角等放在米缸中,叫做**笮年**,待新年過後才食用。

※眨眼 zaam² ngaan⁵

讀音

眨,《廣韻・洽韻》音「側洽切」,今粵讀 zaap³。《韻略易通》卷上第九「緘咸」韻「枝」母上聲列「斬」、「眨」二字,因知「眨」有「斬」(zaam²) 音。今粵語口語中「眨」保留 zaam² 音。

古

眼睛快速一開一閉。《說文・目部》新附字:「眨,動目也。」古書作「瞤」(瞤,《龍龕手鑑》卷四上聲音斬)。元・關漢卿《望江亭》第二折:「我雖是個裙釵輩,見別人瞤眼抬頭,我早先知來意。」元・曾瑞〈醉花陰・四門子〉套曲:「腳兒又疾,口兒又喃,我見他頭低眼瞤。」《西遊記》第八回附錄:「卻待烹與母親吃,只見鯉魚閃閃瞤眼。」瞤又作「斬」。元・李壽卿《月明和尚度柳翠》第一折:「巡指間春又秋,斬眼間晨又昏。」元・賈仲明《鐵拐李度金童玉女》第四折:「人世光陰,如同斬眼。」明・湯顯祖《南柯記・情盡》:「可為甚斬眼兒還則瘂?」《西遊記》第四十九回:「但見那籃裏亮灼灼一尾金魚,還斬眼動鱗。」《金瓶梅》第八十七回:「月娘聽了,暗中跌腳,常言『仇人見仇人,分外眼睛明』,與孟玉樓說:『往後死在他小叔子手裏罷了。那漢子殺人不斬眼,豈肯干休!』」

今

眼睛快速一開一閉。如:「佢個人好古惑,講大話唔**眨眼**。」(「他這人狡猾精明,說謊話時連眼也不眨一下。」)**眨眼**,今俗作「斬眼」、「瞤眼」。

嬩 zaan³⁻²

嬩，《廣韻‧翰韻》音「徂贊切」。反切上字「徂」中古屬從母，全濁，中古從母仄聲字今粵語讀 z- 母。「徂贊切」讀 zaan³，變調讀 zaan²。

古

❶ 白皙而美好。《說文‧女部》：「嬩，白好也。」段玉裁注：「色白之好也。」「嬩」是指女人膚色白皙之美。《廣韻‧翰韻》：「嬩，……一曰美好皃。」

❷ 不恭謹。《廣韻‧翰韻》：「嬩，不謹也。」《集韻‧換韻》：「嬩，……一曰不恭。」

今

❶ 美好。如：「呢樣嘢認真嬩。」（「這件事真美好。」）

❷ 寫意。如：「今日咁好天，出去揸車兜風都幾嬩。」（「今天天氣晴朗，外出駕車兜風挺寫意。」）

❸ 妙，有意思。如：「而家可以上網買嘢，真係嬩。」（「現在可以上網購物，真有意思。」）嬩，今俗作「盞」。

∞ **嬩鬼** zaan³⁻² gwai² 有美好、妙、有意思等義，用法與「嬩」相同，「鬼」字有加重語氣的作用。如：「呢件玩具嘅設計好精細，認真嬩鬼！」（「這件玩具的設計很精緻，真棒！」）

∞ **嬩嘢** zaan³⁻² je⁵ 漂亮的東西，好事情或人物。如：「你睇，幾嬩嘢！」（「你看，多漂亮的東西！」）

濺 zaan³

濺，《廣韻‧翰韻》音「則旰切」，與「讚」在同一小韻。「濺」的反切上字「則」屬精母，齒音。反切下字「旰」屬翰韻，開口一等。中古齒音翰韻開口一等字今粵讀 -aan 韻。「則旰切」今讀 zaan³。

古

水濺。《說文‧水部》：「濺，汙灑也。一曰：水中人。」「汙灑」是指用污水揮灑。「水中人」是指水濺到人們身上。「中」讀去聲。《廣韻‧翰韻》：「濺，水濺。」

今

❶ 濺，淋。如：「今日條街水浸，汽車經過嗰陣，濺起啲水，搞到我成身濕晒。」（「今天道路水浸，汽車經過時，濺起水花，弄得我全身濕透了。」）

❷ 在熱鍋中放入少量水或油、酒之類。如：「炒芥蘭**攢**少少酒好食啲。」（「炒芥蘭時，加進少許酒會好吃些。」）

爭 zang¹-zaang¹

爭，《廣韻・耕韻》音「側莖切」，今粵讀 zang¹，這是文讀，白讀 zaang¹。

❶ 爭奪。《左傳・隱公十一年》：「公孫閼與潁考叔**爭**車，潁考叔挾輈以走。」《北史・長孫道生列傳》：「嘗有二鵰，飛而**爭**肉，因以箭兩隻與晟，請射取之。」

❷ 差，欠。唐・杜荀鶴〈自遣〉：「百年身後一丘土，貧富高低**爭**幾多。」宋・楊萬里〈舟中夜坐〉：「與月隔一簟，去天**爭**半篷。」宋・辛棄疾〈江城子〉（一川松竹任橫斜）：「比着桃源溪上路，風景好，不**爭**多。」元・關漢卿《竇娥冤》第一折：「是個婆婆，**爭**些勒殺了。」《水滸全傳》第六十九回：「我這行院人家坑陷了千千萬萬的人，豈**爭**他一個？」宋・方岳〈滿庭芳〉（半殼含黃）：「笑鱸魚雖好，風味**爭**些。」

❶ 爭奪。如：「兩個細路仔喺度**爭**嘢玩。」（「兩個小孩子正在**爭**東西玩。」）

❷ 差，欠。如：「佢**爭**我一百蚊未還。」（「他還欠我一百元。」）又如：「打麻雀三缺一，重**爭**隻腳。」（「打麻將三缺一，還差一人。」）

❸ 偏袒。如：「你成日**爭**住細佬，好唔公道！」（「你常常偏袒弟弟，很不公平！」）

❹ 爭執。如：「你哋唔好再**爭**喇！」（「你們不要再**爭**吵了！」）

∞ **瘦田冇人耕，耕開有人爭** sau³ tin⁴ mou⁵ jan⁴ gaang¹, gaang¹ hoi¹ jau⁵ jan⁴ zang¹-zaang¹ 俗語。表面意思是指本來沒有人去開墾的貧瘠田地，一旦有人真的去開墾了，就會有很多人一起爭着去耕種。比喻困難的事情，最初大家都不願意去做，當有人去做而發現有利可圖時，大家便爭着去做了。

∞ **爭在** zang¹-zaang¹ zoi⁶ 只在，就看。如：「訂咗位啦，**爭在**你嚟唔嚟食咋。」（「已經訂了座位，就看你來不來吃了。」）

𤷪 zang¹-zaang¹

𤷪，《集韻・耕韻》音「甾莖切」，與「爭」字在同一小韻，今粵讀 zang¹，口語轉讀 zaang¹。按：粵語有文白異讀，如 -ang 韻屬文讀，-aang 屬白讀。以「爭」

字為例，文讀 zang¹，如「爭執」之「爭」；白讀 zaang¹，如「細路仔爭嘢玩」(小孩子爭玩具) 之「爭」。

《集韻・耕韻》：「腈，足筋。」又《集韻・梗韻》：「腈，足跟筋也。」

❶ 足後跟。如：「佢行路腳腈唔掂地。」(「他行路時腳跟不着地的。」)

❷ 鞋後跟。如：「你對鞋嘅鞋腈太高啦，所以行得唔舒服。」(「你這雙鞋子的後跟太高了，所以穿起來行路不舒服。」)

❸ 肘部。如：「我畀佢嘅手腈撞到一下。」(「我給他的手肘撞擊了一下。」)

❹ 豬、牛等的肘。如：「豬腈」(「豬肘子」)。腈，今俗作「踭」。

∞ **高腈鞋** gou¹ zang¹-zaang¹ haai⁴ 高跟鞋。

∞ **托手腈** tok³ sau² zang¹-zaang¹ 拒絕借錢、借物給別人。如：「我唔係故意**托你手腈**，而係無錢借畀你。」(「我不是故意拒絕你，而是真的沒錢借給你。」)

碾 zaang⁶

碾，《廣韻・映韻》音「除更切」，去聲。反切上字「除」屬澄母，舌音，今讀 z- 母。反切下字「更」屬映韻，開口二等字。中古舌音映韻開口二字今粵讀 -aang 韻。「除更切」今讀 zaang⁶。

塞。《廣韻・映韻》：「碾，塞也。」

❶ 填塞使脹。如：「你裝得太多嘢，個布袋差唔多**碾**爆啦。」(「你盛載的東西太多，那布袋幾乎綻破了。」)

❷ 過份地吃。如：「**碾**到個肚脹晒。」(「吃到肚子脹鼓鼓的。」)碾，今俗作「掙」。

雜崩冷 zaap⁶ bang¹ laang⁵⁻¹

雜拌兒，喻學無專長。古典小說作「雜板令」。《初刻拍案驚奇》卷一：「有憐他的，要薦他坐館教學，又有誠實人家嫌他是個雜板令，高不湊，低不就。」

雜拌兒。如：「佢識啲嘢**雜崩冷**，唔得專精。」（「他的知識是雜拌兒的，一點也不專精。」）「**雜崩冷**」的「冷」由本調 laang⁵ 變調讀 laang¹。

※ 燥 zaau⁶⁻³

燥，《廣韻·效韻》音「直教切」，與「棹」字在同一小韻，今粵讀 zaau⁶，變調讀 zaau³。

❶ 猛火急煎。《廣韻·效韻》：「**燥**，火急煎皃。」

❷ 熾火急燃。《集韻·效韻》：「**燥**，熾火急謂之**燥**。」

烹調法。以猛火煎油，置食物油中，稍炸即撈。如：「**燥**花生」（「把花生放入猛火煎油，稍炸即出」）、「**燥**芋蝦」（「把芋絲混和糯米粉放入猛火煎油，稍炸即出」）。用油**燥**的食物，多香脆可口。**燥**，今俗作「罩」。

∞ **燥籬** zaau⁶⁻³ lei⁴⁻¹ 用來撈起燥熟食物的器具，多以金屬織成網狀的容器，半圓形，有長手柄，用以撈起用油炸熟的食物，並把油隔去。

※ 瘵 zai³

瘵，《廣韻·祭韻》音「征例切」，與「制」字在同一小韻。今粵讀 zai³。

願意。《廣韻·祭韻》：「**瘵**，入意。」

❶ 答應、願意。如：「叫佢等耐啲都唔**瘵**。」（「叫他多等一會兒也不願意。」）

❷ 合算。如：「點落都係唔**瘵**得過。」（「細想還是不劃算。」）**瘵**，今俗作「制」。

∞ **咪瘵** mai⁵ zai³ 不願意，不肯。如：「咁熱出街，都係**咪瘵**嘞。」（「那麼炎熱外出，我還是不去了。」）

∞ **瘵得過** zai³ dak¹ gwo³ 合算，劃得來。如：「呢件事**瘵得過**。」（「這件事合算得來。」）

∞ **瘵唔過** zai³ m⁴ gwo³ 不合算，劃不來。如：「呢單工程**瘵唔過**。」（「這項工程不合算。」）也說「唔**瘵**得過」（m⁴ zai³ dak¹ gwo³）或「唔過**瘵**」（m⁴ gwo³ zai³）。

∞ **聯唔聯** zai³ m⁴ zai³ 願意不願意。如：「我同你交換禮物，**聯唔聯**？」(「我跟你交換禮物，願意不願意？」)

側邊 zak¹ bin¹

古

旁邊。《古今小說》卷四：「夫人與尼姑吃齋，小姐也坐在**側邊**相陪。」《水滸全傳》第四十三回：「李逵看看捱得到嶺上松樹邊一塊大青石上，把娘放下，插了朴刀在**側邊**。」《警世通言》卷十五：「二人來到**側邊**一個酒店裏坐下，金滿一頭吃酒，一頭把要謀庫房的事，說與王文英知道。」《醒世恆言》卷十九：「約莫走半里遠近，忽然斜插裏一陣兵，直衝出來。程萬里見了，飛向**側邊**一個林子裏躲避。」

今

旁邊。如：「佢一直坐喺我**側邊**，冇行開。」(「他一直坐在我旁邊，沒有離開。」)

側近 zak¹ gan⁶⁻¹

古

附近，旁邊。南朝樂府民歌〈青溪小姑曲〉：「**側近**橋梁，小姑所居，獨處無郎。」唐・劉恂《嶺表錄異》：「五嶺內富州、賓州、澄州，江溪間皆產金，**側近**居人，以淘金為業。」唐・李商隱〈河陽〉：「百尺相風插重屋，**側近**嫣紅伴柔綠。」

今

旁邊。如：「間生果舖就喺我屋企**側近**。」(「那間水果店就在我家旁邊。」)「**側近**」的「近」由本調 gan⁶ 變調讀 gan¹。

*斟 zam¹

古

倒（茶水等）。唐・李白〈悲歌行〉：「主人有酒且莫**斟**，聽我一曲悲來吟。」《紅樓夢》第八回：「即令鶯兒**斟**茶來。」

今

❶ 倒茶。如：「你個工人好有禮貌，我每次嚟探你，佢都會**斟**茶遞水畀我。」(「你家的傭人很有禮貌，每次來探望你，她總會為我**斟**茶倒水。」)

❷ 斟酌，商談。如：「我哋坐低**斟**下生意。」（「我們坐下來商談一下生意。」）又如：「呢件事**斟**妥咯。」（「這件事情談妥了。」）

真材實料 zan¹ coi⁴ sat⁶ liu⁶⁻²

❶ 真實本領，真材實學。《金瓶梅》第六十一回：「只會賣杖搖鈴，哪有**真材實料**，行醫不按良方，看脈全憑嘴調。」

❷ 名副其實。《金瓶梅》第七十六回：「他是**真材實料**，正經夫妻，你我都是趁來的露水。」

真實本領，真材實學。如：「佢嘅武功係**真材實料**嚟㗎，唔係三腳貓功夫。」（「他的武功是真材實學，並非花拳繡腿。」）「**真材實料**」的「料」由本調 liu⁶ 變調讀 liu² 。

※ 懤 zat¹

懤，《廣韻·質韻》音「之日切」，與「質」字在同一小韻。今粵讀 zat¹ 。

止也。《廣雅·釋詁》：「**懤**，止也。」王念孫《廣雅疏證》：「**懤**者，《損·象傳》：『君子以懲忿窒欲。』《釋文》云：『窒，鄭、劉作**懤**。懤，止也。』」《廣韻·質韻》：「**懤**，止也。」《玉篇·心部》：「**懤**，止也、塞也、滿也。」

❶（用話）止住，堵住對方嘴。如：「佢喺度嘈喧巴閉，等我**懤**住佢把嘴。」（「他不停地吵吵嚷嚷，讓我阻止他說話。」）

❷ 堵塞。如：「而家好肚餓，有乜食乜，**懤**飽個肚再算。」（「現在很餓，甚麼東西都吃，填滿肚子再算。」）

※ 躓 zat¹⁻⁶

躓，《廣韻·至韻》音「陟利切」。反切上字「陟」屬知母，舌音，今粵讀 z- 母。反切下字「利」屬至韻，開口三等字。中古開口三等字今粵讀 -i 韻。「陟利切」今粵讀 zi³ 。又《集韻·質韻》「**躓**」音「職日切」，今粵讀 zat¹ ，變調讀 zat⁶ 。

❶ **躓**，跌倒，被絆倒。《說文‧足部》：「**躓**，跲也。⋯⋯《詩》曰：『載**躓**其尾。』」「跲」有跌倒之義。《說文》引《詩》出《詩經‧豳風‧狼跋》，今《詩》「**躓**」作「疐」，「疐」有窒礙不能行之義。《左傳‧宣公十五年》：「杜回**躓**而顛，故獲之。」《舊唐書‧蔣鎮列傳》：「馬**躓**墮溝澗中，傷足不能進。」

❷ 事情不順利。南朝‧宋‧謝靈運〈還舊園作見顏范二中書〉：「事**躓**兩如直，心愜三避賢。」

❸ 文辭晦澀。南朝‧梁‧鍾嶸《詩品》卷上：「若專用比興，則患在意深，意深則詞**躓**。」《南史‧江淹列傳》：「自爾淹文章**躓**矣。」

❶ 突然停止。如：「佢講到呢度，**躓**咗一下。」（「他說到這裏，突然停了一下。」）

❷ 突然一驚。如：「佢嚇到**躓**一**躓**。」（「他嚇了一跳。」）**躓**，今俗作「窒」。

∞ **躓手躓腳** zat⁶ sau² zat⁶ goek³ 縮手縮腳，礙手礙腳。如：「佢投資**躓手躓腳**，好難有斬獲嘅。」（「他投資畏首畏尾，很難會獲利的。」）

走路 zau² lou⁶⁻²

溜走，離開。《二刻拍案驚奇》卷三十八：「莫大姐道：『說與你了，待我看著機會，揀個日子，悄悄約你**走路**。你不要走漏了消息。』楊二郎道：『知道。』」《紅樓夢》第六十八回：「給我休書，我就**走路**。」

溜走，跑掉。如：「佢爭人錢冇得還，而家要**走路**。」（「他欠人錢沒法還，現在要逃跑避債。」）「**走路**」的「路」由本調 lou⁶ 變調讀 lou²。

樽 zeon¹

古代盛酒器具。本作「尊」。《後漢書‧孔融列傳》：「(融) 好士，喜誘益後進。及退閒職，賓客日盈其門。常歎曰：『坐上客恆滿，尊中酒不空，吾無憂矣。』」《醒世恆言》卷二十九：「凡朋友去相訪，必留連盡醉方止。倘遇著個聲氣相投知音知已，便兼旬累月，款留在家，不肯輕放出門。若有人患難來投奔的，一一俱有資發，決不令其空過。因此四方慕名來者，絡繹不絕。真個是：座上客常滿，尊中酒不空。」又作「鐏」。晉‧陶潛〈歸

去來兮辭〉:「攜幼入室,有酒盈罇。」唐・李白〈將進酒〉:「人生得意須盡歡,莫使金**罇**空對月。」又〈前有**罇**酒行二首〉之一:「春風東來忽相過,金**罇**淥酒生微波。」《儒林外史》第十回:「少頃,擺出酒席,四位**罇**酒論文。」

❶ 瓶子。如:酒**罇**(「酒瓶」)、花**罇**(「花瓶」)、藥水**罇**(「藥水瓶」)、牛奶**罇**(「牛奶瓶」)等。又如:「佢一個人飲晒成**罇**紅酒。」(「他一人把整瓶紅酒喝光。」)

❷ 量詞。如:一**罇**水(「一瓶水」)、兩**罇**酒(「兩瓶酒」)。

卒之 zeot¹ zi¹

終於。《莊子・盜跖》:「其**卒之**也,子路欲殺衛君而事不成,身菹於衛東門之上,是子教之不至也。」宋・王安石〈傷仲永〉:「**卒之**為眾人,則其受於人者不至也。」宋・范祖禹《唐鑑》卷五:「**卒之**身故而見疑,讒人得以間之。惜哉!」宋・洪邁《容齋續筆・卷一・顏魯公》:「雖然,公囚困於淮西,屢折李希烈,**卒之**捐身徇國,以激四海義烈之氣,貞元反正,實為有助焉。」

終於。如:「**卒之**搵到佢啦。」(「終於找到他了。」)

*知客 zi¹ haak³

寺廟中管接待的僧人。也叫「**知客**僧」。《水滸全傳》第六回:「僧門中職事人員,各有頭項。且如小僧,做個**知客**,只理會管待往來客官僧眾。」《儒林外史》第三十八回:「郭孝子同衙役到海月禪林客堂裏,**知客**進去說了,老和尚出來打了問訊,請坐奉茶。」《官場現形記》第三十八回回目「丫姑爺乘龍充快婿 / **知客**僧拉馬認乾娘」:「單說這龍華寺裏的**知客**,法號善哉,是鎮江人氏。」

❶ 寺廟中管接待的僧人。

❷ 舊時有錢人家辦婚喪喜慶事,請來幫忙招呼賓客的人。

❸ 在香港和澳門,知客通常指在食肆或娛樂場所門前接待顧客的接待員,多數由女性擔任。如:「呢間酒樓嘅**知客**好有禮貌。」(「這間酒樓的**知客**很有禮貌。」)

*至 zi³

古

❶ 最好的。《後漢書‧吳漢列傳》：「免下愚之敗，收中智之功，此計之**至**者也。」《南史‧沈顗列傳》：「幼清靜，有**至**行。」

❷ 副詞。最。《呂氏春秋‧離俗覽‧為欲》：「天子**至**貴也，天下**至**富也，彭祖**至**壽也，誠無欲，則是三者不足以勸。」漢‧東方朔〈答客難〉：「水**至**清則無魚，人**至**察則無徒。」

❸ 介詞。到。《史記‧扁鵲倉公列傳》：「**至**春，果病。**至**四月，泄血死。」又〈滑稽列傳〉：「**至**其時，西門豹往會之河上。」《漢書‧匈奴列傳上》：「近幸臣妾從死者，多**至**數十百人。」

今

❶ 副詞。才。如：「佢而家**至**到。」（「他現在才到。」）

❷ 副詞。最。如：「**至**遲等到你下晝三點鐘。」（「最遲等到你下午三時。」）又如：「**至**叻係你。」（「你最能幹。」）

❸ 副詞。再。如：「第日**至**嚟喇。」（「改天再來了。」）

❹ 介詞。到。如：「由屋企**至**學校有幾遠？」（「由家居到學校有多遠？」）

∞ **至得** zi³ dak¹ 才行。如：「火車就開啦，要行快啲**至得**。」（「火車快開了，要加快腳步才行。」）

∞ **至多** zi³ do¹ (1) 最多。如：「每人**至多**只可以攞兩張入場券。」（「每人最多只可領兩張入場券。」）(2) 充其量，大不了。如：「**至多**係畀老闆炒魷魚。」（「大不了給僱主解僱。」）

∞ **至到** zi³ dou³ 直至。如：「呢個禮拜由星期一**至到**星期六，我哋都要加班。」（「這星期由周一到周六，我們都要加班工作。」）

∞ **至好** zi³ hou² (1) 最好。如：「你**至好**唔好做咯。」（「你最好是不要做了。」）(2) 才好。如：「天冷要著多件衫**至好**呀！」（「天氣寒冷，要多穿衣服才好啊！」）

∞ **至啱** zi³ ngaam¹ (1) 才對。如：「你要向西行**至啱**。」（「你要向西行才對。」）(2) 最適合。如：「呢件外套嘅款式**至啱**我。」（「這件外套的款式最適合我。」）

志在 zi³ zoi⁶

古

志向所在。三國‧魏‧曹操〈碣石篇四首〉之四：「老驥伏櫪，**志在**千里。」

唐‧李白〈古風〉其一：「我**志在**刪述，垂輝映千春。」宋‧陸游《老學庵筆記》卷一：「張樞密子功，紹興末還朝已近八十，其辭免及謝表皆以屬予。有一表用飛龍在天，對老驥伏櫪，公皇恐，語周子充左史，託言於予，易此二句。周叩其故，則曰：『某方丐去，恐人以為**志在**千里也。』」

❶ 目的在於。如：「佢咁高調開記者招待會，**志在**宣傳之嘛。」（「他如此高調地召開記者招待會，目的在宣傳而已。」）

❷ 在乎。如：「呢單生意有冇錢賺，我唔**志在**。」（「這宗生意是否賺錢，我並不在乎。」）

*字號 zi^6 hou^6

❶ 名稱。《西遊記》第六十八回：「行者道：『師父原來不識字，虧你怎麼領唐王旨意離朝也！』三藏道：『我自幼為僧，千經萬典皆通，怎麼說我不識字？』行者道：『既識字，怎麼那城頭上杏黃旗，明書三個大字，就不認得，卻問是甚去處何也？』三藏喝道：『這潑猴胡說！那旗被風吹得亂擺，縱有字也看不明白！』行者道：『老孫偏怎看見？』八戒、沙僧道：『師父，莫聽師兄搗鬼。這般遙望，城池尚不明白，如何就見是甚**字號**？』行者道：『卻不是朱紫國三字？』」

❷ 店鋪。《二十年目睹之怪現狀》第五十二回：「南京本來也有一家**字號**，這天我在**字號**裏吃過晚飯，談了一回天，提著燈籠回家。」

店鋪的名稱。如：「你嗰間店鋪係乜嘢**字號**？」（「你那間店鋪的名稱是甚麼？」）

∞ **老字號** lou^5 zi^6 hou^6 老店，指的是一間歷史悠久，建立起自己品牌和信譽的商店。如：「我哋呢間係**老字號**，唔會賣假嘢嘅。」（「我們這間店鋪歷史悠久，不會出售假貨。」）

*字紙 zi^6 zi^2

寫過字的紙。《紅樓夢》第五十八回：「你很看真是紙錢了麼？我燒的是林姑娘寫壞了的**字紙**。」《兒女英雄傳》第三十五回：「那廟裏還起著個敬惜**字紙**的盛會。」

今

寫過字的紙。如：「唔該將啲廢紙掉喺**字紙**籮（zi6 zi2 lo4-1）嗰度。」（「請把廢紙放入**字紙**簍內。」）

*即刻 zik1 hak1

古

立刻。《紅樓夢》第一百一十九回：「王夫人也哭道：『妞兒不用着急，我為你吃了大太太好些話，看來是扭不過來的。我們只好應着緩下去，**即刻**差個家人趕到你父親那裏去告訴。』」

今

立刻，馬上。如：「你**即刻**出去！」（「你馬上離開！」）

*直落 zik6 lok6

古

連續不停。《喻世明言》卷二十六：「**直落**打了三十下，打得皮開肉綻，鮮血淋漓。」

今

連續不停。如：「今晚食完晚飯，宵夜**直落**。」（「今晚吃完晚飯後，繼續夜宵。」）

直頭 zik6 tau4

古

❶ 實在，簡直。《水滸全傳》第二十四回：「**直頭**既然娘子這般說時，老身權且收下。」明・張岱《陶庵夢憶・自序》：「始知首陽二老**直頭**餓死，不食周粟，還是後人妝點語也。」清・朱素臣《十五貫》第六齣：「（丑）住了，是我家物件，就到我家出脫，**直頭**欺你是開眼烏龜了。」清・徐大椿《道情・嘲八股》：「兩個肩頭一高一低，**直頭**吃了幾服迷魂劑，又不得穩中高魁，只落得昏昏一世。」《官場現形記》第七回：「老三搭魏老，**直頭**恩得來。」《二十年目睹之怪現狀》第四十三回：「我道：『甚麼規矩！我看着**直頭**是搗鬼！』」

❷ 直接。《西遊補》第二回：「跳了半日，也無半個神明答應。行者越發惱怒，**直頭**奔上靈霄，要見玉帝，問他明白。」

❶ 簡直,完全,確實。如:「呢件事**直頭**係你唔啱。」(「這件事確實是你不對。」)

❷ 直接。如:「**直頭**同佢講清楚。」(「直接跟他說清楚。」)「**直頭**」,也可說「直情」(zik⁶ cing⁴),意義無別。

※ 皸 zin²⁻¹

讀音

皸,《廣韻・獮韻》音「知演切」,今粵讀 zin²,變調讀 zin¹。

古

❶ 薄膜。《禮記・內則》:「去其**皸**。」鄭玄注:「**皸**,謂皮肉之上魄莫也。」「魄莫」,即薄膜。

❷ 把皮和肉分開。《廣雅・釋詁》:「**皸**,離也。」《廣韻・獮韻》:「**皸**,皮寬。」

今

❶ 切開。如:「**皸**開塊魚皮。」(「把魚皮用刀切開。」)

❷ 剝,撕。如罵人語:「**皸**開你層皮。」(「把你的皮撕開來。」)

※ 煎䭔/煎餛 zin¹ deoi¹

讀音

䭔,《集韻・灰韻》音「都回切」。反切上字「都」屬端母,舌音。反切下字「回」屬灰韻,合口一等。中古舌音灰韻字今粵讀 -eoi 韻。「都回切」今讀 deoi¹。

古

丸餅。《集韻・灰韻》:「䭔,丸餅也。或作餛。」所謂丸餅,是指小而圓,像球狀的餅。《太平廣記》卷二百三十四載「䭔」的形狀和製法:「候油煎熟,于盒中取䭔子䭭(餡),以手于爛麵中團之,五指間各有麵透出,以篦刮卻,便置䭔子於鐺中,……三五沸取出,拋台盤上,旋轉不定,以太圓故也,其味脆美,不可名狀。」唐人有〈七言饞語聯句〉,詩云:「拈䭔舐指不知休,欲炙侍立涎交流。過屠大嚼肯知羞,食店門外強淹留。」此詩作者依次為李嶠、顏真卿、皎然、張薦。這是一首饞嘴詩,各句都反映了饞嘴之樂。

今

丸餅。**煎䭔**是用糯米粉做的油炸食品,多在過農曆新年期間食用。**煎䭔**,今俗作「煎堆」。

∞ **冷手執個熱煎鎚** laang⁵ sau² zap¹ go³ jit⁶ zin¹ deoi¹ 意外地拾到便宜。

∞ **年晚煎鎚 —— 人有我有** nin⁴ maan⁵ zin¹ deoi¹ — jan⁴ jau⁵ ngo⁵ jau⁵ 歇後語。語源於舊俗粵港地區過年時，家家戶戶都自製煎鎚，引申為人人都有，並不稀奇。今多借喻男子最終找到了結婚對象，雖然並不很理想，但總算是人有我有了。

整 zing²

古

❶ 弄。《金瓶梅》第五十五回：「西門慶竟回到翟家來，脫下冠帶，已**整**下午飯，吃了一頓。」

❷ 預備。《金瓶梅》第一回：「話說西門慶一日在家閒坐，對吳月娘說道：『如今是九月廿五日了，出月初三日，卻是我兄弟們的會期。到那日也少不的要**整**兩席齊整的酒席，叫兩個唱的姐兒，自恁在咱家與兄弟們好生玩耍一日。你與我料理料理。』」

今

❶ 搞，弄。如：「個細路唔小心**整**損手。」（「那小孩不小心弄破了手。」）

❷ 修理。如：「阿爸**整**好張櫈啦！」（「爸爸把椅子修理好了。」）

❸ 裝樣子。如：「個細路又喺度**整**鬼面。」（「那小孩又在做鬼臉了。」）

∞ **整古** zing² gu² 作弄。如：「佢好中意**整古**人。」（「他很喜歡作弄別人。」）**整古**，又作「整蠱」。

∞ **整古做怪** zing² gu² zou⁶ gwaai³ 裝神弄鬼。

∞ **整鬼** zing² gwai² 作弄。如：「**整鬼**下佢至得。」（「作弄一下他才行。」）

∞ **整色整水** zing² sik¹ zing² seoi² 裝模作樣；搞門面功夫，造成假像，以掩飾內裏的虛假。如：「唔使再喺度**整色整水**，我一早知你唔掂啦！」（「不要再在這兒弄虛作假了，我早就知道你不行！」）

∞ **豉油撈飯 —— 整色整水** si⁶ jau⁴ lou¹ faan⁶ — zing² sik¹ zing² seoi² 歇後語。意謂白飯加上醬油後，白米飯就有了顏色和水分，但是白米飯終究還是白米飯。整句話的意思是說，只做些表面工夫，弄虛作假，卻改變不了事情根本性質。

*正經 zing³ ging¹

古

❶ 指儒家經典，以別於諸子百家之書。晉・葛洪《抱樸子・百家》：「**正經**為

道義之淵海，子書為增深之川流。」明・胡應麟《少室山房筆叢・史書佔畢》：「凡此數事，語異**正經**，其書近出，世人多不信也。」

❷ 正當。漢・董仲舒《春秋繁露・楚莊王》：「以賢君討重罪，其於人心善。若不貶，孰知其非**正經**。」《紅樓夢》第一百一十八回：「（寶釵）細想：他只顧把這些『出世離羣』的話當作一件**正經**事，終久不妥！」

❸ 端莊嚴肅。《兒女英雄傳》第二十一回：「還是一副**正經**面孔，望了眾人。」

❹ 正派。《儒林外史》第三十二回：「你的品行、文章，是當今第一人。你生的個小兒子，尤其不同，將來好好教訓他成個**正經**人物。」清・李漁《意中緣・囑婢》：「我是人家的丫鬟，落你圈套也罷了，怎麼把**正經**人家的女兒，也是這般做弄起來。」

今

❶ 端莊。如：「佢個人冇厘**正經**。」（「他這人一點端莊也沒有。」）

❷ 正派。如：「佢撈偏門，唔係個**正經**嘅人。」（「他經營非正當行業，不是個正派的人。」）

❸ 認真，踏實。如：「做嘢要**正經**啲。」（「做事要認真點。」）

∞ **正正經經** zing³ zing³ ging¹ ging¹　認真地，正當地。如：「你要**正正經經**做人，千祈唔好行差踏錯呀！」（「你要正正當當地做人，千萬不要誤入歧途啊！」）

***正正** zing³ zing³

古

正好。《西遊補》第二回：「我這一日當班，**正正**立在那道士對面，一句一句都聽得明白。」《兒女英雄傳》第二十八回：「又是第三箭，卻**正正**的射在轎框上，噹的一聲，把枝箭碰回去了。」

今

正好。如：「而家**正正**係下晝兩點鐘。」（「現在正好是下午二時。」）

※**濈** zit³⁻¹

讀音

濈，《廣韻・屑韻》音「子結切」，今粵讀 zit³，變調讀 zit¹。

古

水出。《玉篇・水部》：「濈，水出也。」《集韻・曷韻》：「濈，水出也。」《集韻・曷韻》：「濈，小水出也。一曰灑也。」

❶ 濺出。如:「唔好**濺**啲水出嚟。」(「不要把水濺出來。」)

❷ 擠出(液體、稀軟之物)。如:「**濺**牙膏」(「擠牙膏」)、「**濺**暗瘡」(「擠粉刺」)。

∞ **水濺**seoi² zit³⁻¹ 噴水器。如:「用個水**濺**噴下啲花。」(「用噴水器向花噴水。」)

折墮 zit³ do⁶

折磨。「**折墮**」一詞隱含宿命果報之意。《醒世姻緣傳》第七十九回:「姑娘,你年小不知好歹,這北京城裏無故的**折墮**殺了丫頭,是當頑的哩!」清・新廣東武生《黃蕭養回頭》:「前世唔修,咁就**折墮**今生。」

❶ 受苦,遭不幸。如:「佢咁衰,呢次抵佢**折墮**嘞。」(「他這麼壞,這回活該他受苦了。」)

❷ 人格墮落。如:「佢做咗咁羞家的事,真係**折墮**。」(「他做了這樣敗壞家風的事,真是墮落了。」)

❸ 造孽。如:「你唔好殺生,好**折墮**㗎。」(「你不要殺生,這是很造孽的。」)

招紙 ziu¹ zi²

❶ 貼在商品上,印有商標等的紙。《二十年目睹之怪現狀》第十二回:「有一個私販,專門販土,資本又不大,每次不過販一兩隻,裝在罈子裏面,封了口,黏了茶食店的**招紙**,當做食物之類。」

❷ 海報,廣告。清・錢彩《說岳全書》第六十三回:「元帥歸天,乃是臘月除夕之事,所以無人知道。不如寫一**招紙**,貼在驛門首。如有人知得屍首下落,前來報信者,謝銀一百兩。」《二十年目睹之怪現狀》第十五回:「在街上看見一個人在那裏貼**招紙**。」又第七十三回:「他賣書,外頭街上貼的萃文齋**招紙**,便是他的。」

商品上貼的商標紙。如:「你睇吓張**招紙**,就知道呢隻朱古力喺邊度嚟。」(「你看看商標紙,便會知道這種巧克力的生產地了。」)

嚼 ziu⁶

讀音

嚼，《廣韻・笑韻》音「才笑切」。反切上字「才」屬從母。反切下字「笑」屬笑韻，去聲。中古從母仄聲字今粵讀 z- 母。「才笑切」今讀 ziu⁶。

古

咀嚼。《說文・口部》：「嚼，齧也。」《廣韻・笑韻》：「嚼，嚼也。」漢・王充《論衡・道虛》：「口齒以嚼食，孔竅以注瀉。」

今

❶ 咀嚼。如：「食嘢要嚼爛先好吞落肚。」（「要把食物好好咀嚼碎了才吞下。」）

❷ 大吃。如：「一於嚼餐勁嘅。」（「乾脆大吃一頓。」）嚼，今俗作「噍」。

∞ **牛嚼牡丹 —— 唔知花定草** ngau⁴ ziu⁶ maau⁵ daan¹ — m⁴ zi¹ faa¹ ding⁶ cou² 歇後語。表面的意思是名花牡丹，牛吃了，也不知它是花還是草，喻人吃東西沒有品味，吃了也不知是好是壞。有時也自謙不懂飲食。如：「你請我食咁貴嘅嘢，但我只係牛嚼牡丹，撠晒！」（「你宴請我吃那麼貴的食品，但我不懂得品嚐，太浪費了！」）

左近 zo² gan⁶⁻²

古

附近。北朝・北魏・酈道元《水經注・夷水注》：「每至大旱，平樂**左近**村居，輋草穢著穴中。」《南史・夷貊列傳上》：「其上有樹生火中，洲**左近**人剝取其皮紡績作布。」《初刻拍案驚奇》卷二十七：「強盜只在**左近**，不在遠處了。」《儒林外史》第四回：「僧官因有田在**左近**，所以常在這庵裏起坐。」

今

附近。如：「呢度交通好方便，火車站就喺**左近**。」（「這兒交通很方便，火車站就在附近。」）「**左近**」的「近」由本調 gan⁶ 變調讀 gan²。「**左近**」也可讀作 zo² gan⁶。

膇 zeoi¹-zoe¹

讀音

膇，《廣韻・灰韻》音「臧回切」。反切上字「臧」屬精母，齒音，今粵讀 z- 母。反切下字「回」屬灰韻，合口一等。中古齒音灰韻字今粵讀 -eoi 韻。「臧回切」今讀 zeoi¹，口語變讀 zoe¹。

小男孩的生殖器。《說文‧肉部》新附字：「**朘**，赤子陰也。」《廣韻‧灰韻》：「**朘**，赤子陰也。」《老子》第五十五章：「未知牝牡之合而**朘**作，精之至也。」《經典釋文》謂「**朘**」一本作「**朘**」。

小男孩的生殖器。口語說「**朘仔**」（zeoi¹-zoe¹ zai²）、「**朘朘**」（zeoi¹-zoe¹ zeoi¹-zoe¹）或「**朘朘仔**」（讀 zeoi¹-zoe¹ zeoi¹-zoe¹ zai² 或 zoe¹⁻⁴ zoe¹ zai²）。

著／着 zoek³

《廣韻‧藥韻》：「**著**，服衣於身。」音「張略切」，今粵讀 zoek³。又作「**着**」。

❶ 穿著。《禮記‧玉藻》：「**著**皮弁視朝。」〈古詩為焦仲兄妻作〉：「**著**我繡裌裙，事事四五通。」《資治通鑑‧齊紀六》：「魏太子恂不好學，體素肥大，苦河南地熱，常思北歸。魏主賜之衣冠，恂常私**著**胡服。」唐‧岑參〈白雪歌送武判官歸京〉：「將軍角弓不得控，都護鐵衣冷難**著**。」唐‧李白〈贈歷陽褚司馬時此公為稚子舞故作是詩也〉：「先同稚子舞，更**著**老萊衣。」宋‧羅大經《鶴林玉露》卷十二：「（黃）巢髡髮為僧，題詩自贊，有『鐵衣**着**盡**着**僧衣』之句。」元‧馬彥良〈一枝花‧春雨〉套曲：「穿一領布衣，**着**一對草履。」

❷ 使接觸別的事物或附在別的事物上。戰國‧宋玉〈登徒子好色賦〉：「**著**粉則太白，施朱則太赤。」元‧杜仁傑〈耍孩兒‧莊家不識構欄〉套曲：「滿面石灰更**着**些黑道兒抹。」元‧于伯淵〈點絳唇‧油葫蘆〉套曲：「**着**粉呵則太白，施朱呵則太紅。」

穿（衣服、鞋）。如：「**著**褲」（「穿褲子」）、「**著**鞋」（「穿鞋子」）。又如：「今日好凍，**著**番件大褸至好出門口。」（「今天天氣很冷，穿上大衣才好出門。」）

∞ **著草** zoek³ cou² 為逃避債主、執法人員或仇家，而離開原本身處之地，遠走他方潛藏。「草」指草鞋，古時遠行穿著。

∞ **著舊鞋** zoek³ gau⁶ haai⁴ 「舊鞋」指再嫁的女人。「**著舊鞋**」指娶結過婚的女人為妻，語帶譏諷。

∞ **著孝** zoek³ haau³ 穿孝。

*着 _{zoek⁶}

着 _{zoek⁶}

❶ 對，得當。宋・王道父〈道父山歌〉：「種田不收一年辛，取婦不**着**一生貧。」《水滸全傳》第十六回：「只因用人不**着**，半路被賊人劫將去了。」

❷ 燃，發光。明・馬歡《瀛涯勝覽・蒲剌加國》：「打麻兒香……火燒即**着**。」明・周履靖《羣物奇制・文房》：「櫟炭灰成花燒之，有墨處**着**，無墨處不**着**。」

❸ 下棋落子。宋・周密《齊東野語・賈相壽詞》：「算當日枰棊如許，爭一**着**吾其衽左。」宋・羅大經《鶴林玉露》卷一：「凡來**着**者，皆饒一先。」

❹ 受到。元・關漢卿《包待制智斬魯齋郎》第四折：「我是個夢醒人，怎好又**着**他魔。」元・周文質〈蝶戀花・悟迷〉套曲：「**着**迷本是伊之禍，辜恩非是咱之過。」

❺ 用在動詞後面，表示已經達到目的或有結果。宋・王明清《揮麈錄・揮麈餘話》卷二：「良久問道：『你早睡也，那你睡得**着**？』」元・馬致遠〈喬牌兒・碧玉簫〉套曲：「為甚石崇睡不**着**？陳摶常睡**着**。」元・張養浩〈朝天曲〉：「自劾，退歸，用不**着**風雲氣。」

❶ 正確，對。如：「你講得好**着**。」（「你說得很對。」）

❷ 點燃，開（電燈）。如：「唔該你幫我透**着**個火。」（「請你助我生火。」）又如：「間房好暗，快啲**着**燈。」（「房間很黑暗，快點開燈。」）

❸ 感受，受到。如：「佢**着**鬼迷。」（「他受到鬼迷惑。」）又如：「你做埋咁多壞事，小心**着**雷劈。」（「你做了那麼多壞事，當心被雷擊。」）

❹ 用在動詞後面，表示已經達到目的或有結果。如：「佢瞓唔**着**。」（「他睡不着。」）又如：「你好彩遇**着**我。」（「幸好你遇上我。」）

❺ 佔。如：「我哋五個人，一人**着**兩成。」（「我們五個人，每人佔二成。」）

∞ **着意** zoek⁶ ji³ 上心，留意。元・吳昌齡《張天師斷風花雪月》第二折：「怎比得玉天仙知心**着意**。」又如：「佢好**着意**仔女啲功課。」（「她很留意子女的作業。」）

*著落 / 着落 _{zoek⁶ lok⁶}

❶ 安排，安置。《元典章・刑部十八・字蘭奚》：「緣本省去都四千餘里，誠恐沿路瘦損倒死……若不早為**著落**，歲月既久，死損更多。」《古今小說》

卷十九：「（長老）就把箱籠東西，叫人**著落**停當。」清·李漁《慎鸞交·棄舊》：「如今死的便死了，還有一箇活的，留在那邊，不伶不俐，叫我怎生**着落**他？」

❷ 根據，來源。宋·朱熹《朱子語類》卷七十：「凡天下之物，須是就實事上說，方有**著落**。」清·李漁《奈何天·助邊》：「赤手回鈞旨，空拳繳令旗，錢糧無**着落**，常例不曾虧。」《老殘遊記》第三回：「這金線泉相傳水中有條金線……老殘便作揖請教這『金線』二字有無**著落**。」清·薛雪《一瓢詩話》：「及觀其所作，比近體不過稍增幾句不工不緻不唐不宋之語，尋繹其所擬何人，究無**著落**。」

❸ 下落。元·楊暹《西遊記·導女還裴》：「我道將甚麼為信，他便與了我這個手帕。從頭一一都道，怎孩兒便知**著落**。」明·洪楩《清平山堂話本·陳巡檢梅嶺失妻記》：「巡檢一頭行，一頭哭：『我妻不知**著落**！』」《孽海花》第十五回：「彩雲看完，又驚又喜，喜的是寶簪有了**著落**。」

❹ 歸宿。清·李漁《風箏誤·凱宴》：「大的女兒，已許了戚家，二女尚無**着落**。」

❺ 責成。《水滸全傳》第五十七回：「一個是金眼彪施恩，原是孟州牢城施管營的兒子，為因武松殺了張都監一家人口，官司**著落**他家追捉兇身，以此連夜挈家逃走在江湖上。」《警世通言》卷二十八：「數日前邵太尉庫內封記鎖押俱不動，又無地穴得入，平空不見了五十錠大銀。見今**著落**臨安府捉賊人。」《紅樓夢》第一百零一回：「說是大舅太爺的虧空，本員已故，應**著落**其弟王子勝、侄兒王仁賠補。」《老殘遊記》第十八回：「前半截的容易差使我已做過了，後半截的難題目，可要**著落**在補殘先生身上了。」

今

❶ 可依靠或指望的來源。如：「佢而家冇嘢做，全家生活都冇**著落**咯。」（「他現在失業，一家生計都無**著落**了。」）

❷ 停留，暫住。如：「無處**著落**。」（「沒有地方暫住。」）今粵語「無處**著落**」已少人說，而改稱為「冇地方落腳」。

着數 zoek⁶ sou³

古

❶ 數得着，有名氣。宋·孟元老《東京夢華錄·卷三·寺東門街巷》：「以東向南曰第三條甜水巷，以東熙熙樓客店，都下**着數**。」

❷ 手段、計策、辦法。《朱子語類》卷一百三十：「蔡京們**着數**高，治元祐黨

只一章疏便盡行遣了。」《二刻拍案驚奇》卷十：「朱三對妻子道：『列位說來的話，多是有**着數**的，只教兒子依著行事，決然停當。』」

❸ 算得上，判斷準確。元・關漢卿《包待制三勘蝴蝶夢》第二折：「包龍圖往常斷事曾**着數**，今日為官忒慕古。」

❹ 下棋的步子。《二刻拍案驚奇》卷二：「他昨日看棋時，偶然指點的**着數**多在我意想之外。」

好處，便宜，優惠。如：「你要我幫你，有冇**着數**先？」（「你要我幫你忙，那我會有好處沒有？」）又如：「嚟呢度買嘢滿五百蚊，有好多**着數**。」（「來這兒購物滿五百元，會有很多優惠。」）

*將就 zoeng¹ zau⁶

❶ 勉強。元・關漢卿《竇娥冤》楔子：「孩兒，你也不比在我跟前，我是你親爺，**將就**的你。」元・鄭廷玉《忍字記》楔子：「罷罷罷，咱**將就**的飲幾杯。」

❷ 勉強遷就不滿意的環境或事物。《金瓶梅》第二十三回：「那平安道：『耶嚛，嫂子！**將就**着些兒罷。對誰說？我曉的你往高枝兒上去了。』」《紅樓夢》第六十八回：「一席話，說的尤氏垂了頭。自為有這一說，少不得**將就**些罷了。」《文明小史》第五十回：「倘然辭了他，跑到香港，一定被人恥笑，不如**將就將就**罷。」

❸ 稍差。《儒林外史》第三十回：「沈大腳道：『正是。十七老爺把這件事託了我，我把一個南京城走了大半個，因老爺人物生得太齊整了，料想那**將就**些的姑娘配不上，不敢來說。』」

勉強遷就不滿意的環境或事物。如：「呢間屋只有一個沖涼房，你哋**將就**下，輪流入去沖涼啦。」（「這間屋只有一個浴室，要大家**將就**一下，輪流洗澡了。」）

*在行 zoi⁶ hong⁴

內行，有經驗。《儒林外史》第十九回：「而今要寫一個（婚書），鄉里人不**在行**，來同老爺商議。」《二十年目睹之怪現狀》第三十四回：「侶笙道：『這也沒有甚麼**在行**不**在行**，我當得引路。』」

內行。如：「做生意我好**在行**嘅。」（「做生意我是很有經驗的。」）

***作怪** zok³ gwaai³

❶ 奇怪。元・睢景臣〈哨遍・高祖還鄉〉套曲：「這幾個喬人物，拿着些不曾見的器仗，穿着些大**作怪**的衣服。」《水滸全傳》第二十五回：「這件事卻又**作怪**！我自去殮武大郎屍首，他卻怎地與我許多銀子？」《儒林外史》第四十九回：「這兩個人卻也**作怪**！但凡我們請他，十回到有九回不到。」

❷ 搞鬼。《古今小說》卷三十六：「店二哥與我買的爐肉裏面有**作怪**物事。」

❸ 作祟。《二刻拍案驚奇》卷十三：「你是某年某月某日死的，我於某日到你家送葬，葬過了纔回家的。你如今卻來這裏**作怪**，你敢道我怕鬼，故戲我麼？」《紅樓夢》第九十四回：「據我的主意，把他砍去，必是花妖**作怪**。」

❹ 發生性行為的隱諱說法。《紅樓夢》第三十四回：「寶玉難道和誰**作怪**了不成？」

❶ 搞亂，搞鬼。如：「你唔好喺度整古**作怪**啦。」（「你不要在這兒裝神弄鬼了。」）

❷ 比喻受不良的思想影響。如：「佢之所以撈偏門，一日都係錢**作怪**。」（「他之所以做不正當的行業，歸根究柢還是貪錢的心理作祟。」）

❸ 喻人做不正當的行為。如：「你老婆去咗旅行，你就晚晚唔返屋企，你**作怪**啦。」（「你的妻子去了旅行後，你便每晚不回家，你是做了不軌的事了。」）

***作死** zok³ sei²

自找死路。《水滸全傳》第二十七回：「這賊配軍卻不是**作死**，倒來戲弄老娘！」《西遊記》第十七回：「你個**作死**的孽畜！甚麼個去處，敢稱仙洞！」《紅樓夢》第十一回：「這畜生合該**作死**！」

❶ 自找死路。如：「你**作死**啊（aa⁴），咁危險嘅嘢你都夠膽去做！」（「你找死嗎？這麼危險的事也膽敢去做！」）

❷ 找死，罵人惡作劇、搞蛋。如：「你**作死**咩？成日搞住我。」（「你不停騷擾我，想找死嗎？」）

裝 zong¹

❶ 盛入。《紅樓夢》第七十一回：「襲人**裝**了幾樣葷素點心出來與尤氏吃。」

❷ 假裝。《紅樓夢》第四十八回：「話說薛蟠聽見如此說了，氣方漸平。三五日後，疼痛雖愈，傷痕未平，只**裝**病在家，愧見親友。」

❶ 盛入。如：「唔該**裝**碗飯畀我。」（「請替我盛一碗飯。」）又如：「**裝水**」（「盛水」）、「**裝衫**」（「盛衣服」）等。

❷ 裝扮。如：「佢每次出街都要用個幾鐘頭**裝身**。」（「她每次出門前都要花一個多小時穿衣打扮。」）

❸ 使落入圈套。如：「佢整咗個陷阱**裝**雀。」（「他設了一個陷阱捕雀鳥。」）

∞ **裝彈弓** zong¹ daan⁶ gung¹ 設圈套使人上當。如：「你畀人**裝彈弓**，上咗當重未知。」（「你給人設圈套，上了當還不知道。」）

∞ **裝假狗** zong¹ gaa² gau² 偽裝。如：「你估佢喺房真係讀書咩？**裝假狗**咋！」（「你以為他在真的房間溫習功課嗎？他假裝罷了！」）

裝香 zong¹ hoeng¹

上香。元・關漢卿《溫太真玉鏡臺》第二折：「小姐，彈琴不打緊，須**裝香**來，請哥哥在相公抱角牀上坐着。」元・張國賓《相國寺公孫合汗衫》第四折：「張義，**裝香**來！您一行望闕跪者。」

上香。如：「佢拜神嘅，每日都要**裝香**畀祖先。」（「她拜神的，每天都要給祖先上香。」）

做忌 zou⁶ gei⁶

謂避免做犯忌的事情。《醒世姻緣傳》第二十九回：「注我該死於水，我第一不要過那橋，但是湖邊、溪邊、河邊、井邊，且把腳步**做忌**這幾日。」

在逝者去世的紀念日擺設供品拜祭。如：「聽日就係你阿公嘅忌辰，要同佢**做忌**。」（「明天便是你外公的忌日，要設供品拜祭他。」）

∞ **棹忌** zaau⁶ gei⁶ （1）忌諱。如：「佢最**棹忌**人講佢同老婆離婚嘅事。」（「他最忌諱別人說他與妻子離婚的事。」）（2）倒霉，糟糕。如：「真**棹忌**，唔記得帶銀包出街。」（「真糟糕，忘記了帶錢包外出。」）

做人情 zou⁶ jan⁴ cing⁴

古

給人恩惠，以某種行動或東西結好於人。《水滸全傳》第八回：「你不要多說，和你分了罷！落得**做人情**。日後也有照顧俺處。」《水滸全傳》第二十二回：「雷橫見說要拿宋太公去，尋思：『朱仝那人，和宋江最好，他怎地顛倒要拿宋太公⋯⋯這話以定是反說。他若再提起，我落得**做人情**。』」《初刻拍案驚奇》卷十九：「申蘭財物來得容易，又且信托他的，那裏來查他細帳，落得**做人情**。」

今

給辦喜事請客的主人家送禮金或禮物。如：「今日老闆嫁女，唔去飲都要**做人情**。」（「今天是上司女兒出閣，不出席婚宴也要送上賀禮。」）

∞ **欠人情** him³ jan⁴ cing⁴ 欠了別人的恩惠。如：「今次佢幫咗我一個大忙，我**欠**佢一份**人情**。」（「這次他幫了我一個大忙，我欠了他一個恩惠。」）

∞ **人情緊過債** jan⁴ cing⁴ gan² gwo³ zaai³ 欠人債務，尚可拖延清還，但獲邀出席親友婚禮，不論參加與否，也要奉上賀禮，故做人情比欠債還要緊。

做硬 zou⁶ ngaang⁶

古

肯定做。《金瓶梅》第七回：「薛嫂道：『姑奶奶聽見大官人說此樁事，好不喜歡！說道，不嫁這等人家，再嫁那樣人家！我就**做硬**主媒，保這門親事。』」

今

肯定做。如：「佢呢次**做硬**主席啦。」（「他這次肯定會當主席了。」）

∞ **企硬** kei⁵ ngaang⁶ 站穩立場。如：「佢喺呢點**企硬**，唔會改變主意。」（「他在這方面站穩立場，不會改變主意。」）

∞ **贏硬** jeng⁴ ngaang⁶ 肯定會贏。

∞ **食硬你** sik⁶ ngaang⁶ nei⁵ 表面意思是「吃掉你」，內在意思是「（我）贏定你」或「（我）不會放過你」。

*足足 zuk¹ zuk¹

整整，不少於。《紅樓夢》第六十四回：「連忙請了醫生來診脈下藥，**足足**的忙亂了半夜一日。」《儒林外史》第四十回：「話說蕭雲仙奉著將令，監督築城，**足足**住了三四年，那城方纔築的成功。」《二十年目睹之怪現象》第六十八回：「**足足**等了有十分鐘的時候，喇叭和鼓一齊停了。」《文明小史》第二十四回：「因為請教這王太史的事多，**足足**談了兩個鐘頭，才端茶送客。」

❶ 整整，不少於。如：「今日唔停咁做嘢，**足足**忙咗十個鐘頭。」（「今天不停工作，整整的忙了十小時。」）

❷ 確實，實在。如：「呢個公園**足足**有十個足球場咁大。」（「這個公園的面積實在有十個足球場那麼大。」）

※蹱 zung¹

蹱，《廣韻·鍾韻》音「職容切」，今粵讀 zung¹。

小兒行貌。《廣韻·鍾韻》：「蹱，躘蹱，小兒行皃。」小兒行路步履不穩，故「躘蹱」引申為行動不便貌。又作「躘踵」。唐·盧仝〈自詠〉其二：「盧子躘蹱也，賢愚總莫驚。」又引申為跟蹌貌。《西遊記》第三回：「這猴王打出城中，忽然絆著一個草紇縫，跌了個躘蹱，猛的醒來，乃是南柯一夢。」

❶ 走路的姿勢向前栽。如：「嗰個阿伯行路**蹱**下**蹱**下。」（「那個老伯走路的姿勢向前栽。」）

❷ 頭朝下栽下去。如：「佢喺河邊釣魚，唔小心**蹱**咗落水度。」（「他在河畔釣魚，一不小心頭朝下掉入水中。」）蹱，俗作「春」。

∞ **蹱瘟雞** zung¹ wan¹ gai¹ 喻暈頭轉向，步履不穩。如：「佢行路好似**蹱瘟雞**噉。」（「他走路東搖西晃，像發瘟雞一樣。」）

中意 zung¹ ji³

❶ 內心之意。唐·韋應物〈廣陵遇孟九雲卿〉：「新知雖滿堂，**中意**頗未宣。」

❷ 滿意，喜歡。《漢書·杜周列傳》：「奏事**中意**，任用。」顏師古注：「以奏

事當天子之意旨，故被任用也。」宋‧張昊《雲谷雜記》卷三：「雪兒，李密之愛姬，能歌舞。每見賓僚文章有奇麗**中意**者，即付雪兒叶音律以歌之。」《喻世明言》卷二十二：「唐氏正在吃醋，巴不得送他遠遠離身，卻得此句言語，正合其意；加添縣宰之勢，丞廳怎敢不從？料道丈夫也難埋怨，連聲答應道：『這小婢姓胡，在我家也不多時。奶奶既**中意**時，即今便教他跟隨奶奶去。』」《紅樓夢》第十三回：「賈珍恣意奢華，看板時，幾副杉木板皆不**中意**。」《二十年目睹之怪現狀》第五回：「我們一個伙計，見他這麼**中意**，就有心同他打趣，要他三萬銀子。」

今

❶ 滿意，喜歡。如：「我**中意**呢件恤衫。」（「我喜歡這件襯衣。」）**中意**，今又作「鍾意」。

終須 zung¹ seoi¹

古

終究，終會。唐‧白居易〈池鶴二首〉其二：「低回且向籠間宿，奮迅**終須**天外飛。」唐‧裴夷直〈鸚鵡〉：「如今漫學人言巧，解語**終須**累爾身。」宋‧嚴蕊〈卜算子〉（不是愛風塵）：「去也**終須**去，住也如何住。」元‧關漢卿《山神廟裴度還帶》第三折：「我可便嘆吾生久困蓬蒿，看別人青霄有路**終須**到。」

今

終究，終會。如：「如果唔放棄，**終須**有日會成功。」（「如果不放棄的話，終有一天會成功的。」）

∞ **命裏有時終須有，命裏無時莫強求** ming⁶ leoi⁵ jau⁵ si⁴ zung¹ seoi¹ jau⁵ , ming⁶ leoi⁵ mou⁴ si⁴ mok⁶ koeng⁵ kau⁴ 有或無都是命中注定的，強求只是枉然。《金瓶梅》第十四回：「西門慶這邊正是月娘、金蓮、春梅用梯子接着，牆頭上鋪襯毡條，一個個打發過來，都送到月娘房中去了，正是『富貴自是福來投，利名還有利名憂。**命裏有時終須有，命裏無時莫強求。**』」

∞ **終須有日龍穿鳳，唔通成世褲穿窿** zung¹ seoi¹ jau⁵ jat⁶ lung⁴ cyun¹ fung⁶ , m⁴ tung¹ sing⁴ sai³ fu³ cyun¹ lung¹ 俗語。意謂終會有一天出人頭地，飛黃騰達，難道會一生穿破褲子捱窮嗎？

※ 重 zung⁶

讀音

重，《廣韻‧宋韻》音「柱用切」。反切上字「柱」屬澄母，全濁。中古澄母仄聲字今粵讀 z- 母，不送氣。「柱用切」今讀 zung⁶。

再，還有。《廣韻・宋韻》：「**重**，更為也。」《楚辭・離騷》：「紛吾既有此內美兮，又**重**之以脩能。」王逸注：「言己之生，內含天地之美氣，又**重**有絕遠之能，與眾異也。」洪興祖補注：「**重**，儲用切，再也，非輕重之重。」「**重**有」即還有之意。《文選・司馬遷〈報任少卿書〉》：「李陵既生降，隤其家聲，而僕又佴之蠶室，**重**為天下觀笑。」文中的「**重**」音「仲」，解作「還有」。《文選・古詩十九首》其一「行行**重**行行」句，「**重**」亦音「仲」，句意是行了又行，極言路途之遠。晉・陶潛〈連雨獨飲〉：「試酌百情遠，**重**觴忽忘天。」「**重**觴」是再觴，即連飲。宋・尤袤〈淮民謠〉：「流離**重**流離，忍凍復忍飢。」

❶ 副詞，仍，還。如：「你點解**重**唔去呀？」（「你為甚麼還不出發？」）

❷ 副詞，再。如：「你**重**有冇見過佢？」（「你再有沒有見過他？」）

❸ 副詞，更加。如：「你唔做**重**好。」（「你不做更好。」）**重**，今俗作「仲」。